百年广西多民族文学大系

BAINIAN GUANGXI DUOMINZU WENXUE DAXI

（1919—2019）

史料卷

（1949—2019）

（上）

⑰

总　主　编 ◎ 黄伟林　刘铁群

本卷主编 ◎ 黄伟林　李咏梅

GUANGXI NORMAL UNIVERSITY PRESS
广西师范大学出版社

·桂林·

出版统筹：罗财勇
项目总监：余慧敏
责任编辑：唐　娟
助理编辑：唐俊轩
　　　　　邹　婧
责任技编：李春林
整体设计：智悦文化

图书在版编目（CIP）数据

百年广西多民族文学大系：1919—2019：全 18 册 / 黄伟林，刘铁群总主编．—桂林：广西师范大学出版社，2019.12
ISBN 978-7-5598-2282-6

Ⅰ．①百… Ⅱ．①黄…②刘… Ⅲ．①中国文学－当代文学－作品综合集－广西②中国文学－现代文学－作品综合集－广西 Ⅳ．①I218.67

中国版本图书馆 CIP 数据核字（2019）第 217639 号

广西师范大学出版社出版发行

（广西桂林市五里店路 9 号　邮政编码：541004）

网址：http://www.bbtpress.com

出版人：张艺兵

全国新华书店经销

广西广大印务有限责任公司印刷

（桂林市临桂区秧塘工业园西城大道北侧广西师范大学出版社

集团有限公司创意产业园内　邮政编码：541199）

开本：720 mm × 970 mm　1/16

印张：591.5　　字数：9420 千字

2019 年 12 月第 1 版　　2019 年 12 月第 1 次印刷

定价：2800.00 元（全 18 册）

如发现印装质量问题，影响阅读，请与出版社发行部门联系调换。

目 录

导　言

广西当代文学作为中华人民共和国文学的一个组成部分，一开始就纳入了中华人民共和国文学的管理机制。1950年6月，广西省文学艺术工作者代表会议在南宁召开，成立了广西省文联筹备委员会以及文学、音乐、美术、戏剧四个工作委员会，经过长达四年的筹备，1954年5月广西省文学艺术工作者第一次代表大会召开，广西省文学艺术工作者联合会正式成立，广西文学事业也开始得到体制化的开展。

作为文学双翼中的一翼，对广西当代文学的评论和研究几乎是与广西当代文学同步发生的。

漫长的研究起步阶段

在《广西文艺》1956年第9期，我们读到了胡明树的文学评论《读〈虹〉》。《虹》是仫佬族诗人包玉堂用汉文发表的第一篇诗作。胡明树认为"这是一个美丽的故事，很富于民族特色的故事"，这个看法在很大程度上可以代表评论界对当时广西文学的基本看法：美丽而富于民族特色。类似的评价我们在《红水河》1958年第8期宋宇的文学评论《读〈板雅坡上〉》也可以看到，《板雅坡上》的作者潘荣才当时还是广西师范学院（今广西师范大学）中文系的学生，宋宇对这个小说的评价是"相当真实地艺术地再现了壮族人民富有民族色彩的美好而又丰富的文化生活"。

　　1958年广西壮族自治区的成立对广西文学的影响是深远的，它有力地强化了广西文学的少数民族特别是壮族文学特质。在后来相当长的时间里，广西文学虽然未能出现在中国文坛影响卓著的作家，但其在各种版本的中国当代少数民族文学史中，总是占有一席之地。

　　1950年代，广西除了拥有像陆地、秦似这样的知名作家，也出现了像韦其麟、包玉堂这样的青年作家；而文学评论领域，广西既拥有像林焕平、李文钊、周钢鸣、胡明树这样的知名评论家，也出现了像刘硕良这样的青年评论家。但当时广西的文艺评论相当不景气，刘硕良曾在《红水河》1959年第6期发表过《从各方面推动文艺评论工作》一文，在他看来，"广西是一个多民族地区，民族、民间文学的搜集、整理中也有很多问题需要研究"。这个看法即使是今天也是中肯的。然而，当时的广西评论界的现状却是"无视广西的文艺创作，没有认真去研究广西的文艺创作"，"在戏剧方面，如何继承传统、如何塑造人物、如何提高表演技巧等，几乎还没有进行过深入的系统的探讨；音乐、美术的评论更加落后，一年到头除了举办美术作品展览时报纸上发过篇把一般化的评论外，就没有什么评论文章出现，音乐方面的更少"。基于这样的现状，刘硕良提出要加强文艺评论的计划性和系统性，"先评论后研究，先搞一般的评论，从中扩大队伍，培养作者，再进一步作系统的研究工作"。

　　客观地说，1950年代广西文艺评论的不景气确实也与广西文艺创作优秀作品贫乏有关，但是，这种局面进入1960年代之后有所改变。随着一批本土佳作的出现，也出现了一批有见地的评论，如曾庆全的《〈美丽的南方〉艺术浅赏》（《广西文艺》1961年第8期）、刘硕良《喜读〈故人〉》（《广西文艺》1963年第2期），等等。显然，名家名作的出现是能够激起文艺评论的热情的。

　　经过1950年代的积累，至1960年代，可供评论和研究的广西当代文学作家作品逐渐增多，刘硕良所提倡的那种带有系统性的广西文学评论也开始出现，如潘红原的《漫评一九六二年我区的短篇小说》（《广西文艺》1963年第3期）、陆星的《僮族人民生活的真实反映——谈几篇具有民族特色的小说》（《广西文艺》1963年第3期）、刘硕良《可贵的开端 丰硕的收获》（《广西文艺》1964年第7—8期）等。

1970年代，广西出现了以广西文学为主要研究对象的评论家，他就是毕业于北京大学中文系，曾经在中国作协工作多年，后由中央文化部咸宁干校来广西支边的王敏之。作为广西文联的专职评论人员，王敏之撰写了大量以广西当代文学为对象的文学评论，赢得了"广西作家的知音"之称誉。

从1950年代到1970年代，广西当代文学研究经历了一个漫长的起步阶段。如此漫长的起步阶段，显然与广西当代文学的整体水平相关，也与广西文学评论家对广西当代文学自身发展的相对忽略有关。毕竟，那个时代广西的知名作家相对太少，那个时代广西文学的气质与主流评论家的审美趣味相对隔膜，广西当代文学引起人们广泛的研究兴趣，还有待来日。

1980年代广西文坛理论自觉

1980年代是广西当代文学作家的理论自觉年代。

在这十年里，随着中国改革开放的深入，广西作家开始对前30年的广西文学有所反思。这些反思主要体现为两个现象：一是1985年梅帅元、杨克在《广西文学》发表《百越境界——花山文化与我们的创作》一文，该文引发了广西文坛审美文化选择的讨论，可以称之为"百越境界"；二是1988年黄佩华、杨长勋、黄神彪、韦家武、常弼宇发动的"88新反思"，这个反思后来以系列文章《广西文坛三思录》在《广西文学》刊发。

上述两篇（组）文章在广西文坛引起强烈反响。对于前者，《广西文学》编辑部专门召开了"花山文化与我们的创作"研讨会，《广西文艺评论》也召开了"百越境界"研讨会，《广西日报》《广西文学》发表了一系列相关文章；对于后者，《广西文学》、《南方文坛》、《广西日报》文艺部等6家单位召开了"振兴广西文学大讨论"。

"百越境界"和"88新反思"的重要价值在于为广西文学的整体发展提供了开放性的思考。

"百越境界"为广西文学建构了一个"离奇怪诞的百越文化传统"，并提供了西方现代主义的成功范例，表示"要创造一个感觉到的世界"，"打破了现实与幻想的界线，抹掉了传说与现实的分野，让时空交叉，将我们民族的昨天、今天与明天溶为一个浑然的整体"。"88新反思"主要是基于广西作家八年无缘于全国文学奖的现实，意识到不能继续跟着外省作家主导的文学潮流亦步亦趋，如此不可能在全国文坛进入领先位置，他们或者对广西文学的土司文化、民间文学传统以及"民族风情画卷"模式不以为然，表示要"告别""刘三姐文化"和"百鸟衣圆圈"，要寻找"一种充满人性、充满个性与自由的文化精神本质"，或者提出"广西作家必须早日结成代际的同盟，文学的红水河才能汇入世界文学的江海"，应该凝成"强大的群体冲击力来撼动全国的文坛和读者"。

"百越境界"的提出造就了一个"百越境界"作家群，他们以聂震宁、梅帅元、杨克、林白、李逊、张宗栻、张仁胜等人为代表，虽然后来这个作家群的作家们大都放弃了文学写作，但他们当年的作品确实抵达了相当的高度，值得广西文学的研究者深入研究。尤其重要的是，这个文学群体中的林白，后来成为中国女性主义文学的代表人物，了解广西文学发展轨迹的研究者，当能理解"百越境界"所提出的"离奇怪诞的百越文化传统"在林白作品中的滋长。

"88新反思"打造了一个"文学新桂军"文学团队。这个文学团队后来逐渐出现了其领军人物"广西三剑客"，并终于实现了广西文坛渴望已久的"边缘的崛起"。

"百越境界"和"88新反思"主要由广西作家发动，但其中有广西评论家的参与。然而，值得指出的是，1980年代既是广西当代作家自我反思的年代，也是广西当代评论家评论自觉的年代。据李建平等著的《广西文学50年》，可知1980年广西作家协会成立了理论工作委员会，著名文艺理论家林焕平出任主任；1984年广西文联文艺理论研究室组织举办青年文艺评论作者学习班，张燕玲、李建平、彭洋、银建军皆为该班成员；1982年，广西文联创办了《广西文艺评论》，该刊共出版36期，1987年，该刊更名《南方文坛》，公开发行。《南方文坛》的创刊，集聚了当时广西的一批青年评论家，为广西文学的批评自觉建立了重要的传播平台。这种对评论的重视催生了一批评论家的出现，其代表人物主要有李建平、彭洋、张燕玲、杨长勋、黄伟林等人。他们或任职广西文联，或执教广西高校，或转业研究机构。他们接受大学教育的年代，正是中国"文学热"的年代。他们大学毕业之后因为各种机缘跻身文学评论，成为当时广西文坛有影响的"青年评论家"。

所谓"评论自觉"有多方面含义，但其中一个重要含义就是广西当代文学研究和评论的自觉。也就是说，广西青年评论家的评论自觉很大程度上体现为他们对本土文学的自觉关注。

在如今"文学桂军"影响力日渐增强的形势下，人们很难想象1980年代广西文学"无人问津"的寂寞状态。这种寂寞不仅表现为区外文学评论家对广西当代文学的陌生，同时也表现为广西评论家自身对广西当代文学的隔膜。

广西当代文学研究的寂寞局面从1980年代开始改变，这种局面的改变与一批青年评论家的出现有关。

李建平大学毕业后最初任职《广西文学》，从事编辑工作，对广西文学的发展现状有近距离的了解。

张燕玲大学时代即参与了许多桂林文学界的活动，毕业后曾先后兼职《广西文学》和《南方文坛》编辑，对广西文坛亦有深度参与。

杨长勋或许是最早自觉研究和评论广西当代文学的青年评论家，还在大学求学期间，他就写了"广西作家与民间文学"系列专题论文，由广西民间文学研究会编印成书。

黄伟林大学毕业后执教广西师范大学，因撰写张宗栻的小说评论引起广西文坛的重视，从此撰写了大量广西当代作家的评论。

1980年代，这批青年评论家开始从事广西当代文学评论，他们的出场，为广西当代文学带来了朝气和活力。

与青年评论家朝气蓬勃的出场相呼应，从1984年到1986年，周作秋编的《周民震 韦其麟 莎红研究合集》，蒙书翰编的《陆地研究专集》，蒙书翰、白润生、郭辉编的《苗延秀 包玉堂 肖甘牛研究合集》相继出版。这些极其专业的广西当代作家研究著作，在寂寞的状态中保证了广西当代文学研究如星星之火的存在。显然，大学的学术体制对文学研究还是起到了某种保护和鼓励的作用。而只要有火，广西当代文学研究终将会薪火承传。

1990年代文学评论影响凸显

1990年代是广西青年评论家成长的年代，也是广西当代文学评论影响力凸显的年代。

1993年，漓江出版社出版了《文艺新视野》一书，该书由广西青年文艺评论学会编，是李建平、杨长勋、黄伟林和王杰四位青年评论家的评论文选，这是广西青年评论家的一次集结。

1993年，漓江出版社出版了黄伟林的《桂海论列》一书，该书为"广西作家桂版图书评论汇编"，属于"新桂系文丛"中的一种，"新桂系文丛"由梁潮主编。事实上，《桂海论列》一书由梁潮从黄伟林的包括散文随笔、文学评论以及图书评论等各种文章中筛选出来，在筛选的过程中，确定了"广西作家桂版图书评论"这个主题，梁潮此举使作者黄伟林并非自觉的"广西文学研究"变成了自觉的"广西文学研究"。

1996年，接力出版社出版了"评论家接力丛书"，包括彭洋《视野与选择》、李建平《理性的艺术》、张燕玲《感觉与立论》、杨长勋《话语的边缘》、黄伟林《转型的解读》。这是广西青年评论家的又一次集结。当时的接力出版社正值旭日东升之时，出版评论家接力丛书，既可见接力出版社的抱负，也显示了广西青年评论家的影响力。

1996年，青年评论家张燕玲主持了《南方文坛》的改版，这是广西当代文学历史上重中之重的大事。

早在大学求学期间，张燕玲就深度参与了广西的文学事业，大学毕业后曾经在北京大学访学一年，结识了许多当时中国文坛最有影响的评论家。她所主持的《南方文坛》改版，立刻组织编发了许多全国知名评论家的文章，将《南方文坛》从一个区域性的文艺评论刊物提升为一个全国性的文艺评论刊物。在《南方文坛》转型升级为"中国文艺批评重镇"的同时，张燕玲通过精妙的栏目设计，使《南方文坛》保持了对广西文学的特别关注。最为难得的是，张燕玲还通过办刊过程中与中国最优秀评论家建立的良好友谊，促成这些中国最优秀的评论家撰写了许多广西作家的评论，并与中国最优秀的文学评论家共同打造了"广西三剑客""广西后三剑客"等具有全国影响的文学品牌。这一点非常重要。我们知道，一个区域的文学，如果只有本土评论家评论和研究，其影响力终究是有限的。因此，吸引域外评论家的评论，就变得非常重要。张燕玲及其《南方文坛》，就起到了引领或者吸引区外评论家，特别是中国一流评论家关注广西文学的作用。这一方面有利于广西文学的健康成长，另一方面对广西文学影响力的扩大起到了重要的推进作用。

在广西文学的评论、研究和传播方面，1990年代是一个重要的年代。一方面，《南方文坛》通过其影响力，不仅推出了"广西三剑客"这个重要的广西文学品牌，而且组织一批全国知名评论家，撰写了对当时广西一批新锐作家的评论；另一方面，冯艺自1997年担任广西作家协会常务副主席，后又担任广西作家协会主席，在大约十年的时间里，他组织了许多广西文学评论在诸如《民族文学》《文艺报》《文学报》等具有全国影响力的文学媒介上刊发，有效地扩大了文学桂军团队在全国范围内的影响。

值得注意的是，作为少数民族地区，广西当代文学有鲜明的多民族文学色彩，特别是壮族文学、瑶族文学、仫佬族文学的发展相当充分。在一定程度上，广西当代文学研究的最初成果主要来自广西各民族文学的研究。1990年代是这类研究获得成果的丰收期。如1991年由广西民族出版社出版，梁庭望、农学冠编著的《壮族文学概要》，壮族当代文学已经纳入其中；1992年广西人民出版社出版蒙国荣、王弋丁、过伟著的《毛南族文学史》，毛南族当代文学得到了关注；1993年由广西教育出版社出版龙殿宝、吴盛枝、过伟著的《仫佬族文学史》，仫佬族当代文学已经占据相当篇幅；1993年由广西教育出版社出版，苏维光、过伟、韦坚平著的《京族文学史》，专设有京族当代文学内容。而由苗延秀、蒙书翰主编，漓江出版社出版的

《广西侗族文学史料》，则以庞大的篇幅，收集了大量侗族文学史料。

1990年代，广西当代文学的研究者微乎其微。2000年代，随着文学桂军影响力的扩展，广西当代文学的研究者如过江之鲫，越来越多的人开始加盟了广西文学的评论和研究。

2000年代文学评论全面繁荣

2000年代，广西文学研究进入全面繁荣年代。

首先，广西文学研究的"繁荣"表现为多种广西文学史著述的出现。

2001年，农学冠、黄日贵、苏胜兴著的《瑶族文学史》由广西民族出版社出版，与1988年广西人民出版社出版的《瑶族文学史》相比，该书最突出的地方就是增加了瑶族当代文学的内容。

2001年，徐治平著的《中国当代散文史》由中国文联出版社出版，作者将彭匈、凌渡、曾敏之等广西散文家有机地整合到中国当代散文历史中。

2004年，姚代亮主编的《中国当代文学史》由广西师范大学出版社出版，这是由广西师范大学、广西民族大学、广西师范学院等广西高校中国当代文学专业资深教师集体编写的中国当代文学教材，在该教材中，林白小说被作为女性小说的代表专门评介，该书还设有"东西、鬼子、李冯"专节，这应该是"广西三剑客"以专节篇幅首次进入中国当代文学史。

2004年，徐治平主编的《广西散文百年》在民族出版社出版，这是第一部广西现当代散文史，该书分上下两册，上册是对1901年至2000年的百年广西散文历史作了提纲挈领的探讨，对重要散文家进行了专门的论述；下册编选了诸如王力、秦似、华山、凌渡、潘琦、冯艺、彭洋、张燕玲等重要散文家的散文。

2005年，李建平主持的《广西文学50年》出版，这是第一部广西当代文学史，对广西当代文学历史进行了梳理，对广西当代重要作家作品进行了评述。

2007年，温存超主编的《广西新时期文学作品选读》由社会科学文献出版社出版，该书以大学文学教材的规范体例进行编撰，显示出编者在广西文学研究中的经典化努力。

2007年，周作秋、黄绍清、欧阳若修、覃德清著的《壮族文学发展史》由广西人民出版社出版，该书在《壮族文学史》的基础上，增补了1919年至2000年的现当代壮族文学的内容。全书共三卷170多万字，壮族现当代文学部分超过了全书五分之二的内容，约70来万字，足见壮族文学进入现当代之后获得了强劲的发展。

其次，广西文学研究的"繁荣"表现为诸多评论家将文学桂军崛起作为一个现象进行研究。

2005年，金丽、蔡勇庆著的《世界文学视野中的广西少数民族文学》由广西师范大学出版社出版，该书选择了一批广西少数民族宗教神话、民间传说和文人创作，将其放在世界文学的坐标中进行探讨，从比较文学的角度对韦其麟、韦一凡、蓝怀昌、鬼子、凡一平、海力洪等广西当代作家的作品进行了解读。

2007年，李建平、黄伟林等撰写的《文学桂军论——经济欠发达地区一个重要作家群的崛起及意义》由中国社会科学出版社出版，该书把文学桂军的崛起作为一个义学现象进行论述，并对东西、鬼子、李冯、凡一平的创作进行了深入的阐释。

2007年，由广西文联主持、蓝怀昌主编的《世纪的跨越——广西文学艺术十三年现象研究》由广西人民出版社出版。该书对1989年至2002年的广西文艺进行了现象解读和作品评论。而1989年至2002年，被认为是"广西文艺以新桂军的整齐阵容，迈开了跨越式发展的步伐，从花山脚下走向全国，走向世界，迎来了百花齐放、百舸争流、繁荣昌盛的文艺春天"（该书总论），"这十三年在漫长的历史长河中只是短暂的一瞬，而在广西文艺发展史上却是一段激动人心、感人肺腑、催人振奋的难忘岁月"（该书潘琦序）。

雷锐主持了"十五"国家社科基金项目"壮族文学现代化的历程"，将壮族现当代文学纳入现代化视野进行观照，并于2008年在民族出版社出版了《壮族文学现代化的历程》一书。

再次，广西文学研究的"繁荣"表现为广西文学研究进入"诸侯割据，百家争鸣"状态。

所谓"诸侯割据，百家争鸣"指的是随着广西文学的体量日趋增大，全面研究广西文学变得越来越困难，也越来越趋同。于是，研究者开始将广西文学继续细分，出现了桂西北作家群、环北部湾作家群、天门关作家群、相思湖作家群、独秀作家群等以广西地域为标志或以广西高校为旗帜的作家群，广西文学研究因此进入"诸侯割据，百家争鸣"的状态。

2002年，容本镇主编的《悄然崛起的相思湖作家群》由广西民族出版社出版。相思湖作家群是广西打造的第一个大学文学品牌，该书的出版，增加了认识文学桂军的一个新视角。

在"诸侯割据，百家争鸣"的状态中，北部湾作家的研究颇具特色。冯艺、张燕玲主编的《风生水起——广西环北部湾作家群作品选》（上下册）2005年由作家出版社出版。该书附有张燕玲《风生水起——广西环北部湾作家群作品札记》一文，将广西环北部湾作家群置放在全国诸多地域性作家群的格局中进行审视，既有全景性扫描，也有个案式分析，是对北部湾当代文学的检阅。

2008年，黄继树主编的《水莲：桂林青年作家中短篇小说选》由广西师范大学出版社出版，该书以黄伟林撰写的《广西文学格局中的桂林小说》作为代序，该文简略地梳理了桂林文学历史，并将桂林小说置放在整个广西小说格局中参照论述。

都安是广西的一个瑶族自治县，涌现了蓝怀昌、凡一平、李约热等一批文学名家，黄启先、韦翰翔、潘莹宇主编的《山里山外——都安作家群作品选集》虽然是内部印刷，但以厚重的篇幅显示了"小县崛起大作家"的文学成绩，置于全书卷首的张燕玲《山里山外——序〈都安作家群作品选〉》则对都安作家群作了精当的点评。

张燕玲、张萍主编的"南方论丛"2004年由广西人民出版社出版。这是广西评论家的又一次集结。该丛书包括陈祖君《两岸诗人论》、顾凤威《美的解放》、黄伟林《文学三维》、江建文《美的解读》、徐治平《散文春秋》、吕嘉健《兼美的文学批评》、朱慧珍《民族文化审美论》和张燕玲、张萍选编的《南方批评话语》八部评论集，透露出鲜明的南方批评话语意识。

2010年代文学研究纵深拓展

2010年代，广西文学研究进入全面纵深的阶段。

2010年，潘琦主编的《广西文学艺术六十年》由广西人民出版社出版，该书对中华人民共和国成立以来的广西文艺创作和文艺评论进行了较为全面的总结，被认为是"广西文学艺术界的一次重要学术研讨活动和著作撰写工程"（该书后记）。

2010年，黄伟林主编的《从雁山园到独秀峰——独秀作家群寻踪》《大学里的作家梦——独秀作家群访谈》由广西师范大学出版社出版。前者对独秀作家群谱系进行了深度梳理，使广西当代文学的现代传统得以"浮出海面"；后者对当代独秀作家群进行了深度访谈，让人们了解了一批广西当代知名作家的文学初心和业绩。

2010年，邱灼明主编的《发轫之路——北海文学三十年》由花城出版社出版，是一部对北海新时期文学的综合研究，既有宏观的论述，也有个案的分析，显示了北海文学研究"风生水起"的态势。这是广西第一部以一个城市文学为研究对象的著作。

2011年，肖晶著的《边缘的崛起——桂军当代女性文学的文化探析》由河南人民出版社出版，该书将研究视角投向文学桂军中的女性作家，并将其置放到整个中国女性文学版图中进行研讨。

2011年，韩颖琦、王迅著的《当代广西小说十家》由陕西人民教育出版社出版，该书由东西、凡一平、光盘、鬼子、海力洪、黄佩华、李冯、林白、沈东子、杨映川十位小说家创作论构成，并附录了这十位小说家的小说创作年表。

2011年，张柱林著的《小说的边界——东西论》由广西师范大学出版社出版，这是继温存超《秘密地带的解读——东西小说论》之后第二本"东西论"。张柱林与东西有极其相似的生活经历，因此，他更理解东西作品所写的各种生活情节、情境、情势以及情感，他对东西作品的解读，有许多评论家所没有的"会心之处"。

2012年，容本镇、王建平、石才夫主编的《广西文艺研究与评论文选（2007—

2012）》由广西教育出版社出版，其中收入了不少广西当代文学专题研究的论文。

2012年，刘铁群著的《广西现当代散文史》由广西师范大学出版社出版，这是作者在《桂林文化城散文研究》之后新的研究成果。

2012年，潘琦主编的《广西当代文艺理论家丛书》（第一辑）出版，该丛书作者包括广西当代20位文艺理论家林焕平、王敏之、黄海澄、丘振声、潘琦、李建平、张燕玲、黄伟林、江建文、陈学璞、杨炳忠、王杰、唐正柱、容本镇、杨长勋、黄祖松、张利群、彭洋、王建平、谢麟，每人一卷，共20卷，构成了广西当代文艺理论家理论实绩的基础呈现。

2013年，刘锡庆主编的《中国散文通史·当代卷》由安徽教育出版社出版，黄伟林承担了其中当代杂文的撰写。

2013年，温存超著的《边缘地带的解读——广西当代文学批评》由广西民族出版社出版，这是作者多年来广西作家创作研究成果的集中呈现，既有对当代广西文学现象的探讨，也有对当代广西作家作品的评论，还有对广西当代文学评论家的研究。温存超还出版了三部作家专论，分别是《秘密地带的解读——东西小说论》《追飞机的玉米人——凡一平的生活和创作》以及《地域 民俗 家族——黄佩华的文学脉流》。显而易见，温存超是用力最巨于广西当代文学研究的广西当代文学评论之一。

2014年，罗小凤著的《新世纪广西诗歌观察》由广西人民出版社出版；2015年，陈代云著的《民族 地域 现代——广西当代诗歌研究（1949—1999）》由中国文联出版社出版，两书正好构成对广西当代诗歌的完整论述。

2015年，黎学锐、张淑云、周树国著的《桂西北作家群的文化诗学研究》由广西师范大学出版社出版，该书从文化诗学的角度阐释桂西北作家群，显得别有意趣。

2015年，欧造杰著的《边缘地带的活力——广西当代文艺理论与批评的构建与发展》由广西人民出版社出版，这是第一部以广西文学评论家为研究对象的专著，从中可以看到广西当代文艺理论和评论的整体面貌以及几代广西文学评论家的评论实绩。

2016年，刘硕良主编的《广西现代文化史》由广西师范大学出版社出版，该书设了文学专章，由新旧转型、文学抗战、民族自觉、百越境界、边缘崛起、多元共生、海外写作、民间想象、古典文学研究、现代文学评论和外国文学翻译与研究等11节构成，成为广西百年文学史的雏形。

2017年可以说是广西当代文学研究成果盘点的一年。这一年，广西师范大学出版社出版了张燕玲、张萍主编的《南方批评30年》和张燕玲主编的《八桂文学二十年评论精选（1997—2017）》，广西人民出版社出版了容本镇、唐春烨主编的《2012—2017年度广西文艺评论文选》和容本镇主编的《广西文艺理论家协会二十年》。其中，《南方批评30年》为1987年至2017年《南方文坛》发表的广西评论家文论选，这些精选出来的文论见证了《南方文坛》30年为广西当代文学的发展繁荣所做出的努力和贡献。《八桂文学二十年评论精选（1997—2017）》则是以"文学桂军的崛起"为中心，收入了区内外评论家对文学桂军崛起现象的评论，其中包括了诸如陈晓明、刘大先、陈建功、李敬泽、洪治纲、贺绍俊、张柠、曹文轩、张颐武、王干、冯敏、邵燕君等全国著名评论家对文学桂军的评论，深刻地揭示了文学桂军崛起的文化内涵，客观地呈现了文学桂军崛起的全国性影响。

2018年，张燕玲著的《有我之境》由作家出版社出版，该书为"中国当代文学研究与批评书系"之一种，收录了张燕玲数十年文学评论的精华之作。张燕玲的广西文学评论具有非常鲜明的现场感。她既熟谙中国当代文学现场，了解中国当代文学的现状和走势，她也熟谙广西当代文学现场，了解文学桂军的审美气质和人文风韵。这种双重了解，使她能够对最新的广西文学作家作品有敏锐的把握和透彻的理解。因此，她的广西当代文学评论既能引领潮流，又能切中肯綮，可谓见林见树。值得说明的是，"中国当代文学研究与批评书系"只收录了如谢冕、雷达、陈晓明、孟繁华、李敬泽、吴义勤、谢有顺、李建军等28位评论家的著作，张燕玲是入选该书系的唯一广西评论家。

2019年，曾攀在《贺州学院学报》主持《桂派批评》专栏，成系列地推出广西评论家，并对"桂派批评"的风格特征、价值追求以及话语形态进行了深入的论述。《桂派批评》专栏的推出，意味着广西批评的学术自觉。

必要的说明

本文实际上是广西评论家的广西当代文学研究概述，但正如前文所说，如果没有区外评论家对广西当代文学的评论，广西当代文学的影响力将是可疑的。值得欣慰的是，70年来，中国最具影响力的文学评论家如陈思和、程光炜、曹文轩、王德威、陈晓明、张清华、李敬泽、贺绍俊、谢有顺、丁帆、洪治纲等都对广西当代作家有深刻精警的阐释和解读，他们的评论文章，为广西当代文学研究增添了深邃的卓见和绚丽的文采。

我们也不能忽视，因为广西当代文学的多民族文学定位，因此，广西当代文学自其发生开始，就一直处于中国多民族文学研究的视野关注之中。多年来，吴重阳著《中国当代民族文学概观》、梁庭望著《中国诗歌通史·少数民族卷》、李鸿然著《中国当代少数民族文学史论》、特·赛音巴雅尔主编《中国少数民族当代文学史》、杨春编著《中国少数民族文学史·散文卷》、李云忠著《中国少数民族文学史·小说卷》等中国少数民族文学史，始终将广西少数民族文学创作放在一个重要的位置加以论述。这些著作的存在，表明广西当代文学研究一如既往地在场。

《百年广西多民族文学大系（1919—2019）·史料卷（1949—2019）》主要收录70年来广西评论家对广西当代文学的宏观研究文章，不收单一的作家论和作品论。鉴于21世纪以来已经出版有《世纪的跨越——广西文学艺术十三年现象研究》《广西文学艺术六十年》《南方批评30年》《文学桂军二十年评论精选（1997—2017）》《广西文艺理论家协会二十年（1995—2015）》《2012—2017年度广西文艺评论文选》《广西文艺研究与评论文选（2007—2012）》多种研究著作和评论文选，为避免重复，上述七种研究著作和评论文选已经选收的文章本书亦不收。

黄伟林

2019年9月26日修改于桂林朝阳乡

1950年代

把广西人民文艺运动推到一个新的辉煌的阶段

田　汉

　　明天——五月廿三日对于中国文学艺术工作者是一个非常重大的值得庆贺的日子。从一九一九年"五四"发端的中国新文艺，奔流曲折，经二十三年，到一九四二年五月延安文艺座谈会我们才有了真正大家应一致遵循的正确方向——为人民大众，首先为工农兵的方向。有了准确的方向发展才更正常，更健康，更能"给伟大影响于政治"，鼓动社会前进。我们这个可庆贺的日子也是我们伟大的人民领袖和指导者毛主席给我们的。毛主席不只在政治军事战线领导中国人民取得今天的辉煌无比的胜利，就在文化战线也因他的马克思主义的天才的领导把中国新文艺"推进到一个光辉的新阶段"。从一九四二年延安文艺座谈会到一九四九年七月在人民首都北京召集的第一次全国文代大会，不过短短七年间，单是解放区优秀的文艺作品收入人民文艺丛书的就有五十种左右。这期间在毛主席文艺方针影响下的在白

作者简介

　　田汉（1898—1968），湖南长沙人，中国现代戏剧奠基人，《义勇军进行曲》词作者，主要剧作有《秋声赋》《名优之死》《关汉卿》等，抗战时期在桂林文化城从事戏剧抗战文化活动，与欧阳予倩主持了西南第一届戏剧展览会。1949年后任全国文联副主席，文化部艺术事业管理局局长，中国戏剧家协会主席。

作品信息

　　《广西文艺》1952年第1期。

区奋斗的文艺工作者们，也有不少的成就。

在第一次全国文代大会上，毛主席也曾应大家的渴慕出席一次。当时许多代表心里都期待毛主席再给我们一次讲演。但毛主席只含笑向大家说了几句话，肯定文艺工作者过去的努力，说"人民需要你们"。毛主席何以没有做新的指示呢？那是因为他在延安文艺座谈会上的讲话已经十分周到、全面，真是精深博大、吸取不尽的思想海洋，朝着毛主席的方向走，就可以使中国新文艺永远胜利发展，永远为人民所需要。因此在那次代表会上全场一致地决议以毛主席在延安文艺座谈会上所指示的方向——工农兵的方向，为全国文艺的共同方向。

但我们应该记得，十年前的延安，就在延安文艺座谈会进行的时候，是同时进行着文艺界的思想整风的。毛主席曾在座谈会上这样说："……为要领导革命运动更好地发展，更快地完成，就必须把内部从思想上组织上认真地整顿一番。而为要从组织上整顿，首先需要在思想上整顿，需要展开一个无产阶级对非无产阶级的思想斗争。延安文艺界现在已经展开了思想斗争，这是很必要的。"正因为当时进行过那样具体的、深刻的思想斗争，延安文艺界接受毛主席的方向才比较自然、确实，也比较有成绩。而在第一次全国文代大会上的代表们大部分是没有经过这样的思想斗争的。因此，接受毛主席所指示的方向便不确实，便很模糊。也就限制了他们的成就。正如胡乔木同志所指出："一部分在一九四九年大会上举过手的作家并没有真正了解毛泽东同志关于文艺工作的指示的内容。他们对于文艺工作仍然抱着小资产阶级或资产阶级的见解。所以当他们听说我们的文学艺术要以工人阶级的人生观世界观去教育全体人民，去批评资产阶级小资产阶级的人生观世界观，因此也就要以工人阶级的文学艺术观去批评资产阶级小资产阶级的文学艺术观的时候，他们就惊异起来，觉得似乎是'方针变了'。而和他们在一起的还有一些共产党员文艺工作者，其中甚至也包括少数在延安文艺座谈会上表示过拥护毛泽东同志的文艺方针的共产党员。这些同志和资产阶级小资产阶级文艺家接触以后，失去了对于他们的批判能力，而跟他们无条件地'团结'起来了。在这些同志看来，文艺界内部可以没有斗争，受资产阶级小资产阶级教育的文艺家可以不经过改造而'为人民服务'。

就在这两部分人的影响下我们两年来的文学艺术工作的进展受了重大限制。"

胡乔木同志的指摘是非常正确的，我们许多人曾经举手拥护毛主席的文艺方向而实际常常违背毛主席的方向。毛主席在座谈会上首先提出文艺工作者的立场态度问题。叫我们站在无产阶级的和人民大众的立场，共产党员还要站在党的立场。站在党性和党的政策的立场。教我们分清谁是敌人，谁是朋友，谁是自己，而决定哪个应该歌颂，哪个应该暴露。并明确指出革命文艺家的基本任务是"一切危害人民群众的黑暗势力必须暴露之，一切人民群众的革命斗争必须歌颂之"。

而我们文艺工作者在这两年来的创作活动中有的立场模糊，敌我不分；有的甚至严重丧失立场，歌颂和暴露的对象也常常不恰当；我们有的歌颂了不应该歌颂的敌人（如《武训传》）；有的暴露了不应该暴露的人民（如《我们夫妇之间》歪曲革命干部，某些作品歪曲地描写工人、解放军的面目，夸大他们的缺点）。毛主席也明确地指出，"我们的文艺第一是为着工农兵，第二才是为着小资产阶级。在这里，不应该把小资产阶级提到第一位，把工农兵降到第二位"，并十分恳切地教我们不止在口头上还要从实际上、行动上把革命的领导阶级及共同盟军——工农兵看得比小资产阶级更重要，但我们在创作实践上常常和毛主席的指示相反。小资产阶级出身的作家常常以更多的同情对待作品中的小资产阶级的主人公，甚至常常以小资产阶级的思想感情来理解并描写工农兵，结果正如毛主席所说的"衣服是工农兵，面孔却是小资产阶级"。这样倾向的作品目前还如此的多。就如我们在广西看到的秦似同志的《牛郎织女传》那里面的农民的感情也正是小资产阶级的。毛主席着重地提出提高与普及问题，说："人民要求普及，跟着也就要求提高。"要我们"从普及基础上提高"。毛主席又指出中国革命和革命文化发展不平衡，一处普及了，在普及基础上提高了，别处还没有开始普及。长时期在封建阶级与资产阶级统治下不识字、愚昧、无文化的农民迫切要求他们所急需的与所能迅速接受的文化知识和文艺作品向他们作普遍的启蒙运动，这个情形我们在广西乡下也到处感受到，比如一处村里演戏、放电影，常常几十里外的男女农民也打着火把唱着山歌赶来，不以为远。本来嘛，他们大部分人一辈子也没有看过一次戏，一回电影。怎么肯丧失这个机会呢？因此毛主席给我们文艺工作者的任务第一是"雪里送炭"，第二才是"锦上添花"。而"雪里送炭"的人目前在广西还是太少了。在全国各地解放了的农民也都在期待文化的温暖，但是送炭的人也都还是非常的少。毛主席也指出文艺的源泉和借鉴的问题。他教我们从人民生活斗争中去发掘最生动、最丰富、最基本的文艺矿藏，认为这是唯一的取之不尽、用之不竭的源泉；而古代的、外国的东西只能是一种借鉴。有这种借鉴对于我们的创作活动是有益的，它能使我们搞得更文、更细、更快。因此毛主席说："我们决不可拒绝借鉴古人与外国人，哪怕是封建阶级与资产阶级的东西，也必须借鉴。"但这仅仅是借鉴而不是替代。毛主席警诫我们把死人与外国人的东西毫无批判地硬搬、模仿、替代。而我们文艺工作者仍旧容易犯这样硬搬、模仿的毛病，而不肯艰苦深入地向人民生活发掘宝藏和源泉。凡此都是对毛主席的指示的违反或是怠工，大大地限制了人民文艺运动的更壮大的发展。

我们怎样突破这一文艺上的思想危机呢？那就是再来一次文艺思想整风——无产阶级与非无产阶级的思想斗争。乔木同志说目下文艺工作中的首要问题，从根本上说"是确立工人阶级的思想领导和帮助广大非工人阶级文艺工作者进行思想改造的问题"。只有通过这样具体深刻的思想改造才能使我们回复并贯彻胜利的毛主席的文艺道路。

在去年十一月二十四日北京文艺界已经首先开始这样的整风学习。这个伟大的思想改造运动已经渐次普遍到全国。毛主席曾经号召我们说："中国革命的文学艺术家，有出息的文学艺术家，必须到群众中去，必须长期地无条件地全身心地到工农兵群众中去，到火热的斗争中去，到唯一的最广大最丰富的源泉中去，观赏、体验、研究、分析一切人，一切阶级，一切群众，一切生动的生活形式和斗争形式，一切自然形态的文学和艺术，然后才可能进入加工过程，即创作过程。……"乔木同志也本着毛主席的指示，号召我们："力求站到工人阶级的立场上来，和劳动人民建立亲密的联系。抱着革命的态度到群众中去，和群众打成一片，充分地了解群众的生活、斗争、思想、感情"，"带着创作的要求、想象、主题、题材从群众中来，然后写出革命的作品，让作品回到群众中去，为群众服务。……"就是今天扭转文艺界思想倾向的对症的良药。

在庆祝毛主席发表延安文艺座谈会讲话十周年纪念的前夕，我们要求广西文艺界和全国文艺工作者一道，重新精读毛主席的这一文艺思想上划时代的历史文献以及毛主席最近刊行的著作，检查我们的思想偏差，端正我们的立场态度和方法，尤其是结合创造实践和社会实践，全心全意和群众一道生活，投向火热的群众斗争。这样我们文学艺术工作者的作品和活动一定能得到广大人民的热爱支持，把广西人民文艺运动推到一个新的辉煌的阶段。

检查我们的工作，纪念毛主席《在延安文艺座谈会上的讲话》发表十周年

胡明树

毛主席的经典著作《在延安文艺座谈会上的讲话》发表到现在，已整整十周年了。我们广西文艺工作者执行毛主席的文艺工作方针，算来也有两年多了。现在来将我们两年多的工作加以认真的检查，是非常必要的。

本省的文艺队伍自一九五〇年下半年以后才逐渐组织、壮大起来。到今天止，各市、部分专区和县都有了文艺和文工团队的组织；专业文艺工作者近千人；全省有公私营剧团（包括桂剧、粤剧、邕剧、采茶剧、京剧）三十多个，在业艺人二千二百人（城市及农村业余剧团、傀儡剧团不算在内）；《广西文艺》发展了约四百个文艺通讯员。

作者简介

胡明树（1914—1977），广西桂平人，曾在广州中山大学、日本早稻田大学攻读，有短篇小说集《失意的洋服》，诗集《朝鲜妇》《难民船》等，1949年后任《广西文艺》编辑、广西文联副主席。

作品信息

《广西文艺》1952年第1期。

一九五〇年夏、秋直到一九五一年五月以前，广西的中心任务是剿匪。我们的文艺工作者是参加了这一伟大的运动的，在我们的报纸、杂志和展览会出现了不少反映这类主题的作品。

一九五一年春，桂林文艺界组织了土地改革工作团，广西文工团全体团员也参加了土地改革工作。一九五一年秋，参加土地改革工作的文艺工作者有各地文工团队约七百人，文教厅的三个剧团二百多人，广西艺专师生九十多人，各文联的工作同志及各地文艺通讯员六十多人。

合唱团、歌咏队、腰鼓队在各地普遍地成立，年画展览、街头画刊、街头剧等各种萌芽状态的文艺形式，配合着各种运动和纪念节日成了群众性的文艺活动。

文艺工作者响应"鲁迅号"捐献运动，共得捐款约七千万元。

《广西文艺》是一九五一年六月创刊的。各地也前前后后出过各种文艺刊物和小册子，如《文艺旬刊》《桂北文艺》《桂北文学》《梧州文艺》《柳州文艺》《广西歌声》《广西民歌》《采茶曲集》《土地改革山歌集》等，都曾对群众起过一些影响。在我们的刊物上，也曾发表了一些优秀的作品，如《路工之歌》《土改功臣》以及一些山歌、采茶剧本、兄弟民族诗歌等。通过它，我们联系着、培养着一些文艺青年和工农作家，如工人李葩嫩、李双寿，农民陈有才等。

我们的工作重心渐渐地进入了组织创作。也曾举行过征文评奖。组织文艺创作小组方面，桂林文协做得较有成绩。它所领导的创作小组拥有组员卅四人。其中有五个是工人，又和别的工人组织了一个"邮电工会文艺小组"，共有组员十二人，他们定出爱国公约和创作计划，在七、八、九月的三月中共写稿一百二十八篇，超额完成十七篇，发表了六十六篇。

山歌的创作和利用山歌作政策宣传已成为一种运动，我们的报刊（《广西文艺》及各专区的农民报）都很注重山歌的选登，这些刊物中的内容最受欢迎的也是山歌。很多地方的农民都成立了山歌社和山歌赛唱会，有些农民报的编辑部也常出定题目组织山歌联唱。

桂北的"采茶戏"（花灯戏）和桂南的"唱采茶"（较为简单）是广西人民最喜闻乐见的民间艺术，宜山区文联曾举办过采茶剧训练班，对采茶剧曲的收集、研究、改编和辅导工作做得较有成绩。广西妇女的剪纸艺术也是很好的，我们的同志在配合剿匪和土地改革工作中也搜集了不少。一九五一年冬季，广西美术供应社成立，工作重点是制作幻灯片，配合土地改革宣传，也有相当的成绩。

两年来，我们在一连串的紧急任务之下做了不少工作。有一些成绩，但是比较起来，我们的缺点是更多的。

首先，是我们的领导方面存在着严重的官僚主义作风。如对《武训传》的批判，曾举行过一次座谈会，推出专人草拟讨论提纲，但当时的省委宣传部副部长刘宏正由北京回来，说要重视批判《武训传》的学习，要有计划地有领导地布置学习，被推负责起草提纲的同志就停手等待领导。结果是"包而不办"和"等待依赖"这两种官僚主义作风拖垮了这次思想批判运动。没有领导文艺界展开关于《武训传》批判的学习运动，省文联方面除了有着倚赖思想之外，主要的还是由于我们对这个问题不重视甚至采取旁观态度。

领导思想是很不统一的，有些缺乏整体观念，想各立门户，互不侵犯。省文联、戏曲改进会、文工团都想各搞各的刊物，结果是人力分散，大家都没有把刊物编好。这其中恐怕还有着"各立门户"思想在内吧。或者说，我们都是未经彻底改造的知识分子，小资产阶级意识占主导地位，因此"文人相轻"的情形也是有的。

在文艺界中，缺乏批评与自我批评的精神，文艺批评的空气很稀薄。《广西文艺》就很少发表批评的文字。如对《牛郎织女传》的批评已成了群众性的批评运动，而我们没有去组织、领导，也没有发表批评文字。这与它不正确的编辑思想是有关的：编辑者以为《广西文艺》只可发表一些通俗的作品给工农兵看，而另外出版《文艺工作报》发表些较高级的批评和指导性的文章给文艺干部看，这样就把普及与提高的关系截然割裂了。此外，《广西文艺》还发表过一些有错误和缺点的文章，如不适当地表现了瑶族内部斗争的《瑶山情调》，表现了小资产阶级思想意识的《萧仁山》等。在发行工作上也是做得很差的，邮局负责发行工作，但很多读者到邮局去买不到《广西文艺》，很多工人、农民还不知道有《广西文艺》。

很多地方的文工团队，甚至中小学的剧团，都是演北方来的剧本，虽演工农兵，却是与本省工农兵生活有着距离的东西。有些公营剧团（如人民京剧团）缺乏思想领导，所以在选择演出剧目的态度上不很严肃，一些有封建毒素的也搬了出来。很多剧团喜演大剧，而很少就地取材地用集体编导的方法去解决剧本（群众所要求的剧本）问题。这也是由于我们对群众文艺运动的辅导工作做得太不够的缘故。

我们的工作是零碎而不集中的，既缺少工作干部，也不集中于一二重点，现在用毛主席的文艺方针来检查我们的工作，就可以看出实在做得不够，甚至还有相悖的做法。这都是因为我们的大部分干部没有经过很好的改造，都未曾"长期地无条件地全身心地到工农群众中去"锻炼自己，都未曾将帝国主义、封建主义、资产阶级所遗留所传染给我们的思想上的毒素洗清的缘故。

《长江文艺》四十期的社论，号召我们"展开文艺整风学习运动纪念毛主席《在延安文艺座谈会上的讲话》发展十周年"，我们认为这是很必要的很及时的一个号召，我们应该在参加了"三反""五反"和土地改革的工作基础上参加而且保证做好这次学习和改造工作。

毛主席在十年前延安文艺座谈会上的发言，在今天看来，每句话对我们都是宝贵的，我们应该很好地学习它。我们一定要把我们的写作和工作和生活实践结合起来。

我们要善于处理我们的作品中的人民生活中的矛盾与斗争；我们要很好地改造我们的思想，解决我们思想上的矛盾；应该研读毛主席的《矛盾论》。"一切事物中包含的矛盾方面的相互依赖和互相斗争，决定一切事物的生命，推动一切事物的发展。没有什么事物是不包含矛盾的，没有矛盾就没有世界。""不同质的矛盾，只有用不同质的方法才能解决"，而革命阵营内部的矛盾，则用批评与自我批评的方法去解决。批评与自我批评的武器我们是曾学习过使用过的，这一次更应很灵活地运用来展开我们的整风学习运动，改造我们自己。

改造我们自己，就是为了更好地贯彻执行毛主席的文艺方针，更好地为工农兵服务。文艺整风学习运动即将在全中南区各地开展，我们应该十分重视这次思想改造运动。

南宁各文艺部门的领导同志和工作同志，多数参加土地改革工作未回，检查我们工作的意见是未曾交换过的，上述的一些很不全面，它只能算是我个人的意见。

全省文艺工作者组织起来，为争取本省文学艺术创作的开展与繁荣而努力!

——广西日报社论

全省文学艺术工作者第一次代表大会已经闭幕了。这次会议传达了去年九月间召开的全国文学艺术工作者第二次代表大会的决议，号召全省文学、戏剧、音乐、美术各方面的文艺工作者进一步组织起来，加强制作，以更多更优秀的作品，为党在过渡时期总路线服务，并正式建立了广西省文学艺术工作者联合会。

过去四年来，由于全省文艺工作者包括各种地方戏曲艺人和群众中的业余民间艺人的共同努力，通过向工农普及的文艺读物、新的歌曲、新的年画、反映当前群众生活和斗争的戏剧，以及用新的观点、思想整理过的戏曲等等，我们的文艺工作已经使全省广大劳动群众获得了新的文化食粮，初步改善了他们的文化生活。然而，文艺上的创作还没有达到应有的旺盛，真正反映了本省各个生产线上劳动人民优良品质的作品还是极其稀少，跟现实生活对比起来，就显得是极不相称的。随着经济建设的发展和人民物质生活的改善，广大劳动群众要求欣赏更多更好的戏剧，欣赏更多的能够反映现实、鼓舞人民前进的文学、美术、音乐作品。我们每一个为

作品信息
《广西文艺》1954年第6期。

人民服务的革命文艺工作者，必须回答人民的这个要求，以巨大的努力来改变今天我们的创作落后于现实的现象。

要正确地开展创作，首先就要求文艺工作者采取积极的劳动态度来对待创作。作品是劳动的结果，比较好的作品更是长期艰巨劳动的结果。同时，作家的任务既然是表现、反映现实，以社会主义思想、品质来影响社会、教育人民，那么他首先就必须参加当前群众的生活斗争——不是以旁观的资格去"体验生活"或"收集材料"，而是采取站在人民的先进的行列，和人民一道为社会主义建设而斗争的态度。然而，能不能说，在这个问题上我们的作者都已经尽了主观上应有的努力呢？我们的创作领导机构，又已经有效地在这方面帮助了文艺工作呢？从本省过去已有的一些作品来看，正说明文艺工作者还必须进一步重视生活实践，才有可能克服公式化概念化的缺点，创作出有血有肉、具有艺术感染力量的作品来。社会主义现实主义要求作家从革命的发展中真实地和具体地去描写现实，如果一个作家不加强自己的学习，不断锻炼、改造和提高自己成为一个现实生活中的先进分子，那么他对于突飞猛进的新的现实和新的人物就不可能有足够的敏锐感觉，他对于现实生活中新旧事物的矛盾和冲突就无力去进行分析，他就会只看到现实的一些纷纭错杂的表面现象，并迷失于其中，成为生活和创作上的庸人。可是事实上今天我们全国和本省的建设事业正在迅速开展着，每一个作家都完全有可能全身心地参加到现实斗争中去，获得他们创作的真正泉源。要解决这些问题，关键在于省文联和有关的领导方面，对于作家如何完成他们的作品必须给予更多的关心，认真地帮助他们加强马克思列宁主义以及每一项具体政策的学习，克服资产阶级个人主义、自由主义的思想情绪；有计划地组织他们到工矿、农村中去进行生活实践，并且担任一定工作，克服单纯"收集材料"的旁观态度。到了已经回来要进行创作的时候，又必须在题材选择上、观点方法上，甚至必要的艺术加工上给予具体切实的帮助。过去文艺领导工作中是缺少这种具体领导的。现在首先就必须从这方面予以加强。

本省的专业作家不多，但要进一步开展创作，还必须要求专业作者成为创作工作的骨干。那种以为广西不是先进地区，写不出有意义的成功作品的错误思想是必须纠正的。毛主席指示我们说："革命的文艺……是人民生活在革命作家头脑中的反映的产物。"广西人民的现实生活对于我们的文艺作家来说应该是取之不尽，用之不竭的泉源。不但巨大的农业的社会主义改造运动以及其中涌现的无数崭新的人物可以提供我们以千万幅生动多彩的图景，广西各民族丰富的生活以及各个民族人民的英勇斗争，对于我们的文艺工作者是没有打开的宝库。问题完全不在于好像我们的地区没有什么先进的东西，而在于我们作家自己本身还缺乏先进的观点。专业的文艺作家除了有计划地贮蓄材料进行较大的写作计划之外，应该多写一些为当前所需要的短小作品，这些较通俗的作品既可供工农通讯员写作的借鉴，又可满足农业当前要求，并且使作家经常得到写作上的锻炼。鲁迅是很重视而且很认真为当前的需要而写作的，他这种充分发挥文艺作品战斗作用的精神，我们必须学习。在锻炼中创造，在不断实践中逐步提高自己的水平，这是我们一切文艺工作者正确的努力途径。

就广西的情况说，无论文学、音乐、绘画及剧本创作，专业的人都很少，因此必须更好地发掘创作的潜力，有效地组织具备一定创作能力的业余文艺作者参加到创作的队伍中来，同时大力辅导群众中的工农写作人才，如农村剧团中能编写剧本的，报纸刊物的工农通讯员，以及有创作天才的民间艺人等。只有在群众创作有了更好地开展的基础上，新的文学艺术才能进一步在工农群众中生根，也才有可能出现更多更优秀的作品。省文联在这方面的任务就是：密切它与业余作者的联系，鼓励他们创作，协助解决他们创作上所遇到的一些困难：例如必要时可以通过省文联和有关的主管机关商量，给予一定假期使一个业余作者完成他较大的作品。同时，业余文艺工作者，则应该尽可能利用业余时间进行创作活动，历史上有不少好作品是在业余条件下写出来的。既是业余作家，他就有着一种社会职业，有着生活的实践。例如在学校中担任教学的许多美术教师和音乐教师，他们天天面对着正在成长中的我们国家的新青年，而且又有必要用自己的作品来给学生示范，是很可以一面教学一面创作的。省文联在条件许可时，还可以组织业余文艺讲习班，帮助业余作者及一般文艺青年进行学习，以便逐步提高写作的水平。

创作的范围很广泛，演员的表演也是创作。四年来戏曲改革工作，遵循毛主席"百花齐放，推陈出新"的方针，是做出了一定成绩的。舞台上陈旧不良的作风和影响，在全省范围内已逐渐被清除，许多剧团都已在国营剧团的带动下，逐步建立推演制度及订出剧目上演计划。然而还必须注意克服保守思想，大力鼓励在表演艺术上的创作。有些人认为在戏曲艺术上向来只有前传后教，用不着什么创造，这显然是一种错误的墨守成规的想法。其实，正因为中国戏曲有着优良的现实主义传统，历来的艺人不断吸取了生活中的形象来丰富自己的表演，才留下了许多今天还活在舞台上的生动的典型。同时地方戏曲还必须努力向表现现代生活方面发展。由于各个戏种条件的不同，达到这一目标的过程迟速应有所区别，但对于演员来说，必须有目的地参加到社会活动和现实生活中去，了解新生人物的思想感情，然后才有可能正确地表现舞台上先进人物的形象。话剧比之戏曲形式，更适于表现现代生活和现代人物，应该加以提倡，应该扭转目前话剧工作停滞的状况，逐步地使之普及到工矿、农村中去，并且采取更加自由的方式演出，群众是会欢迎的。

为要开展和提高文艺创作，就必须开展文艺批评。过去本省虽然有过一些文艺批评，也对作者和读者有了一定的帮助，但在这个工作上还缺乏必要的领导。所以文艺批评还是很不够的，省文联今后应注意加强这一方面工作的领导。批评必须采取爱护创作的态度，只要不是反人民的作品，都应该首先恰当地肯定它正确的、有益的方面，然后诚恳地批评它的缺点和错误。作家必须拿出应有的虚心来倾听对他的作品的批评，同时，批评不是命令，批评本身就应该是不怕批评、容许批评的。只有坚持批评与自我批评的原则，创作和批评才能得到正常的发展。

文学艺术事业的发展，是和党的正确领导分不开的。各级党委应关怀和鼓励文艺创作，要加强对文艺团体和工农群众的业余文艺活动的领导。文艺工作者应该在党的领导下，紧密地团结起来，虚心学习，刻苦钻研，反对互不关心、互不尊重、互相挑剔、自寻门路、各不往来的妨碍团结甚至破坏团结的坏作风。在党的领导下，在全省文艺工作者密切团结，共同努力之下，本省文学艺术创作的开展与繁荣是可以预期的。

为争取广西省的文学艺术繁荣而斗争

——一九五四年五月二十六日在广西省文学艺术工作者
第一次代表大会报告

周钢鸣

（一）

从一九五〇年六月召开本省文艺工作者代表会议、选出了广西省文联筹委会到今天，已整整地四年了。四年来，本省的人民和全国人民一样，在中国共产党的领导下，经历了空前伟大的斗争和变革，经历了清匪反霸、镇压反革命、抗美援朝、土地改革、民主改革等一系列社会改革运动和实行民族区域自治财政经济的恢复工作。

由于这些伟大斗争的胜利，人民的政治觉悟普遍提高，物质生活逐渐改善，因

作者简介

周钢鸣（1909—1981），广西罗城人，1932年参加"左联"，抗战时期在桂林任《救亡日报》记者，《人世间》副主编。著有歌词《救亡进行曲》，论文集《论文艺改造》《怎样写报告文学》。1949年后，曾任华南文联副主任，广西省文化局局长，第一届广西文联主席。

作品信息

《广西文艺》1954年第6期。

而人民对文化生活的要求更加迫切。本省的文学艺术工作，就在中共广西省委的直接领导和热烈支持下，遵循毛主席所指示的文艺方针努力贯彻为工农兵服务。随着社会改革的伟大斗争的进展开展有组织的文艺活动。

下面就是四年来我们的文艺工作，所表现的具体情况。

在贯彻为工农兵服务的文艺方针上，我们遵循了中南区文艺工作会议决议"普及第一，生根第一"的指示。在解放初期一面把老解放区的文艺向本省人民普及；一面吸取本省人民所喜闻乐见的民间文艺形式，反映此时此地人民斗争的新内容，并开展群众性的创作活动。在解放初期，我们的作家，能结合本省现实生活和政治任务，及时地写出了中篇小说《落胆坡》(张谷、岳玲著)和多幕话剧《王老黑自新》(邓燕林著)。这两部作品虽有不同的缺点，但它们能及时地反映本省解放初期剿匪反霸的某些斗争的实际。接着就有反映革命老根据地人民长期的斗争生活以至得到翻身胜利的长诗《我再把二十年的事情从头记起》(姚冕光著)，在贯彻婚姻方面写出了采茶剧《王兰香的亲事》(莎红、岳玲著)，在反映苗族人民斗争历史方面的就有长篇叙事诗《大苗山交响曲》(苗延秀著)，这些小说、多幕剧和长篇叙诗，都在不同的程度上、在各个方面反映了本省各族人民的生活和斗争。在文艺青年和群众、少数民族人民创作方面，如《与匪斗争坚持邮运》(李葩嫩著)、《路工之歌》(田丁)、《鞋》(唐民)、《钥匙拿在妹手中》(赵美玉)等，以及发表在《广西文艺》和各地《农民报》上的山歌，都或多或少地表现出他们朴素健康的气息。

四年来，我们文学艺术工作者，都普遍地参加了各个时期的社会改革运动的群众斗争。尤其是在一九五一年至一九五二年全省土地改革期间，全省大部分的文学艺术工作者，热烈响应党的号召，贯彻中南区第一次文代大会的决议精神，都投身到土地改革运动中去，而且各有程度不同的深入在广大的农民生活中间实行"三同"，受到阶级斗争的教育，锻炼了立场、观点，对劳动人民的生活、思想、感情有了初步体验，思想感情也得到初步的改造。

文艺批评方面，虽然没很好的有计划、有领导地开展。但在读者、观众方面对反历史主义观点的《牛郎织女》(京剧)对《瑶山情调》和《土地还家》以上二文

（《广西文艺》发表）的错误曾经进行了批评。还对提高文艺工作者的创作思想与端正创作的态度，有很大的教育意义。同时全国开展了《武训传》影片的批评和全国文艺界整风运动，对本省的文艺工作者也起了很大的教育作用。本省的文艺界的整风学习，虽然延迟到一九五三年底才进行，但这次学习还是有收获的。在这次整风学习中，我们检查了文艺领导方面思想领导薄弱，脱离实际，在贯彻为工农兵服务的文艺方针上没有抓紧，放松了领导创作这个中心环节等缺点。在整风学习中通过对《新儿童》杂志几篇作品的批评，使对批评和被批评的原则和态度有了统一的认识。参加整风学习的文艺工作者，一般的都能联系实际来检查自己的工作和思想。从思想上划清了工人阶级和资产阶级小资产阶级的界线。以上这些都使我们对改造思想、改进工作上认识到了明确的方向。

各种地方戏曲和戏曲艺人，在戏曲改革工作上做了很大的努力。在各种社会改革运动中，都或多或少地受到了群众斗争的锻炼教育，提高了政治觉悟，贡献了应有的力量。在抗美援朝运动中，全省艺人创作、改编、演出抗美援朝的戏曲大小二十多种，其中优秀的有《欧秀妹义擒匪夫》等。在镇反运动中各地艺人也通过自己的戏曲演出进行广泛的宣传，如群力粤剧团由艺人与文艺作家共同创作的，以该团如何清除潜藏的反革命分子朱洪为题材的《翻身雪恨快人心》一戏，在南宁演出二十一场，观众达二万人。对群众的政治教育起了一定的作用。又如北海粤剧团结合"三反""五反"与文艺工作者合作编演了《糖衣炮弹》。这些是以地方戏曲表现以当前群众斗争生活为内容，获得比较好的成绩的作品。

一九五一年底到五二年，本省土地改革运动普遍展开的时期，省文联、省戏改会在省委领导下，响应党的号召和中南区第一次文化大会的号召，动员了全省戏剧艺人共组成六个分团，深入到桂北、桂南农村，通过演出为"土改"进行宣传。统一演出《白毛女》《九件衣》《仇深似海》《小二黑结婚》四个戏，对鼓舞人民斗争情绪，启发农民阶级觉悟是起了不少作用的。仅据三团的统计观众面达六十多万人。艺人本身通过参加"土改"宣传工作，更深切地感受农民受地主阶级压迫的痛苦和农民斗争的坚决性，因此，大大提高了自己的阶级觉悟，并对劳动人民的思想、感情、生活有了较深入的体验。

一九五三年，省组织了桂剧团参加赴朝慰问，一方面起了鼓舞人民志愿军，进一步加强了中朝两国人民友谊的作用。另一方面艺人本身通过这个工作的政治锻炼，也受到了很好的爱国主义国际主义教育。一九五四年春节，全省大部分剧团参加慰问人民解放军工作和向农民宣传总路线的演出工作，都在政治思想上有一定程度的提高。

在整理剧目和提高演剧艺术创作上，有了显著的成绩。如参加全国戏曲会演《拾玉镯》得第一奖（尹义、刘万春等演），《抢伞》得第二奖（谢玉君、秦志精演）。改编和演出达到具有一定水平的节目有：邕剧的《拦骂过关》，群力粤剧团的《小二黑结婚》《张主芳改嫁》，桂剧艺术团的《西厢记》，柳州桂剧团的《张羽煮海》，红星京剧团的《牛郎织女》。都受到群众的热烈欢迎。而这些剧团的改编和演出艺术的提高，都是充分依靠艺人的积极性和文艺作家团结合作所得到的显著成果。

话剧艺术的活动方面也有了显著的提高。《在新事物面前》（省话剧团演出）、《英雄的阵地》（军区文工团演出）、《春风吹到诺敏河》（省话剧团演出）等是比较成功的演出，是打破本省解放以来话剧在舞台演出的沉寂状况，而且是开始把社会主义现实主义的戏剧，通过舞台艺术形象的创造扩大到群众当中，使正在努力争取实现国家社会主义工业化和逐步实现农业社会主义改造的劳动人民，得到有力的鼓舞。我们应当积极和大力地扶植社会主义现实主义的戏剧，在广大群众中扩大它的影响作用。

音乐工作方面在四年来初步统计发表了一百九十七首群众歌曲。较有质量的受到群众欢迎的，在群众中流行的歌曲作品也不少。

在发掘整理民间的少数民族的音乐、歌舞艺术方面，在一九五三年全省第一届民间艺术观摩会演中我们看到和听到一些具有创造性的经过改革的曲艺演唱，如《王老头学文化》（盲艺人王仁和演唱），它是很好地运用了渔鼓原有的形式的优点，结合演唱艺术能够生动地来表现出今天的新人新事。如宜山专区整理出的《调子戏曲集》和《调子戏本》（江容安、冯琪整理），省文化局音乐工作室搜集整理《采茶调子音乐》《桂剧音乐》《文场音乐》。这些对改革和发展曲艺、民间音乐、民族歌舞都打下了良好的基础。同时，给民间艺人以极大的鼓舞，他们看到自己所创作的艺术受到国家和人民的重视，看到自己的艺术的光辉前途。我们许多文艺团队的工作者，近年来已重视向民间艺人学习和跟他们合作研究，共同来进行整理、改革，这是一种非常良好的风气。

四年来，新的年画、招贴画、连环图画，已逐渐地普遍地代替了旧的年画、门神画。我们的年画艺术一年比一年地提高，它的内容所反映本省人民生活的角度逐渐扩大深入。这些年画和连环画是由粗糙逐渐趋于精致，由一般宣传政策的比较概念化的宣传画，逐渐转入企图对人民生活形象的塑造与内心的刻画。比如《人民热爱毛主席》的大幅油画（阳太阳画）是较深入地表现出了本省南部人民的勤劳勇敢，健康朴实，乐观主义的性格气质；《欢庆民族区域自治实施纲要颁布》（余武章画），反映了本省实行民族区域自治划历史的一件大事；《新教师来了》（师立德画）是比较更亲切地体现共产党的关心和发展少数民族文化的民族政策的现实意义；雕塑作品《小英雄》（秦家彝雕）、《劳动人民肖像》（杨蕴华雕）也较能表现本省劳动人民的勇敢勤劳朴实的形象和性格。

在开展群众文艺活动方面，四年来省文联发展了四百多个群众通讯员。解放初期直辖各市的文联所发展的群众性的个人会员也在千人以上。在土地改革期间和土地改革后各市各专区有领导的和自发组织起来的群众业余剧团不下一千个。单以宜山专区来说现在已达到五百二十多个，而且从"土改"时期到现在基本都能巩固下来，这些剧团对反映斗争生活和鼓舞生产的情绪起了一定的作用。

从上面所叙述的工作情况，可以看出我们四年来已经做了一些工作，为今后继续发展本省的文艺活动打下了基础。这些工作的能够开展，是和毛主席的文艺思想方针所指示分不开，和省委直接领导与关心分不开，和全省的文学艺术工作者的共同努力分不开，但这样的工作情况与本省人民所进行的伟大社会改革的成就比起来还是很不相称的，是远落在现实和人民要求的后面的。当然这和我们特别是省文联领导的主观努力不够分不开。因此，在我们的工作中，所产生的错误和缺点也就不少。这就是工作当中产生下面的另一方面的情况。

（二）

我们贯彻文艺为工农兵服务这个方针的主要问题是什么呢？关键就是创作的问题，可是我们的创作太少了，特别是较有思想性艺术性的通俗文艺创作太少了。

我们较有文艺修养和写作经验的文艺作家，对写通俗文艺作品的工作是不够重视的。也许有些作家是重视工农兵对通俗文艺的需要的，也认为应当有更多的通俗文艺的产生的，但他们总以为这不是他名分所应做的工作，应当由别人、由青年作家去写。而他自己呢是应当写"高级"创作。当然我们不反对作家写高级的作品，但我们希望他同时应当多写通俗的创作。这是因为群众太需要了。

因为在本省过去四年的具体情况来说，通俗文艺作品的写作，是实事求是从实际出发的问题。同时是解决在开展文艺运动和发展创作活动中，"普及第一""生根第一"的问题，是向青年和群众通讯员写作提供示范性的通俗作品的问题。

因此，我们领导方面和我们文艺工作者本身，思想上没有很好解决，因而造成我们的文艺活动落在群众要求的后面，造成"提高"工作与"普及"工作脱节。造成有写作经验的作家与初学写作的青年、群众文艺通讯员的写作脱节。这样的状况，需要作家们在今后写作工作中很好地改进与重视。

另一种错误的认识，是以不严肃不认真的态度来对待通俗的文艺创作。把通俗化大众化——群众性的文艺，错误地理解为内容浮浅、故事单调、空口说教的劝世文，结果粗制滥造出来的通俗文艺往往成为浅薄的说教，既缺少生活的真实和人物的性格描写，更谈不上具有艺术性和思想性。这是一种不好的倾向。针对以上这些思想倾向，我想引证周扬同志一段很正确的话，他说："通俗文艺作品既是以工农群众为对象的，就应当特别保证它们是在以正确的思想而不是以错误的思想教育群众，它们是在用优美的艺术形式提高群众的趣味水平，而不是在以粗劣的制造品去败坏群众的趣味，如果以为写给工农看的东西可以马虎些，只有写给知识分子看的作品才应当讲究艺术，那就根本错误了。一切进步的、真正愿意为工农兵服务的作家们应当把创造能为千百万群众所理解和爱好的作品当作自己最光荣的任务。"（周扬《为创作更多的优秀的文学艺术作品而奋斗》）

在贯彻文艺为工农兵服务的方针时必须从实际出发。开展文艺运动的方针任务和目的要求，一方面也就是文学艺术工作者深入地参加到当地群众生活斗争当中，经过观察、体验、分析、研究、集中、概括反映出当前群众生产、建设、战斗生活中所涌现的英雄模范人物。而在反映这些英雄模范人物的生动的形象的时候，可以运用适当的各种艺术形式来表现。对各种艺术形式的运用，我们的原则是既贯彻自由竞赛的"百花齐放，推陈出新"的方针，而同时又是有计划有步骤地介绍和普及新的艺术形式。这就是既认真地吸收当地传统的土壤、气候的优良美好丰富的营养，而又必须呼吸清新健康先进的空气。这两方面都需要内容与形式的统一，需要努力锻炼和创造的过程，这样才能使我们新的文学艺术和群众结合，才能使它在群众的生活里面生根。

但是在我们工作当中的情况，常常产生两种偏向。一种是：对发展新的缺乏信心和勇气。这表现在一些工作同志对发展话剧艺术方向的看法，以为群众不喜欢看话剧，事实上本省人民对话剧艺术的爱好，自抗战时期经过各抗敌演剧队和几个进步的职业话剧团的努力，已打下了很好的基础，所以只要是能反映人民真实生活的内容较有一定水平的演出艺术，即受到广大群众的欢迎。《在新事物面前》《春风吹到诺敏河》的演出受到群众普遍欢迎，这就是明显的例子。另一种是：对吸收、提高、整理、改造和丰富当地的民族传统的形式来适当地表现现代生活没有信心和勇气。甚至有些保守的偏向。当然我们是反对那种以所谓一种"新"的东西代替一切所谓"旧"的专断思想。也反对只要表现现代生活的戏剧而不要表现历史生活的古典戏曲的偏狭思想。也反对那种不加区别不分程度不顾条件成熟与否而不分快慢地要各种地方戏曲立即都要表现现代生活斗争的主观急躁思想。也反对那种用不慎重和不尊重各种地方的民族传统的优美艺术的内容和形式随意破坏和乱改的粗暴态度。这些都是违反"百花齐放，推陈出新"的方针和原则的。（但也不能长期地停留在这种状态。）

我们要求的文学艺术与群众结合，首先就要我们文学艺术工作者和群众结合。首先就要求作家在为当前的政治任务服务，及时地而又深入地反映当前群众斗争的短篇小说、报告、诗歌、戏剧、演唱作品，这是群众的需要，斗争的需要，推进文艺运动的需要。当然，我们并不反对作家有计划地写大型的作品，但目前群众对文艺作品的要求又多又迫切，若我们的作家都计划两三年才写成一部大型作品（当然这在写作时间上来说也是需要的），那就不能满足群众的要求和当前战斗的要求。因此，我们希望作家、文艺工作者，在订创作计划和写作实践中，对写作大作品和小作品要同时兼顾。事实上反映当前战斗的小型作品越写得多，反映的斗争方面也就越广越深入越全面，写作的经验也越熟练。我们看到鲁迅一面进行大型译著，一面又时时刻刻地进行投枪的战斗。苏联作家爱伦堡把他的写作巨著和他参加保卫世界和平的战斗结合起来，随时写政论性的报告文章，这种紧密地互相结合起来的工作方法，都是值得我们努力学习的范例。

还有一种思想以为国家正在进行社会主义工业化建设，一百四十一项大工业建设广西并没有分配到，而写作是写工业建设和工人的英雄模范人物，才显得重要。因而有些文艺工作者就认为在广西搞文艺工作，是搞不出什么名堂来的。这种思想，和陶铸同志在广州文学艺术界学习讨论会上的讲话中所指出的：一些作家存有"是不是华南地区落后，影响了作家创作'先进'的作品呢？"的思想，有本质相同的错误。其实具有这种思想的文艺工作者，他们虽然认识国家社会主义工业化的重要性，认识它是我们国家建设社会主义社会的命根子，但他们还没有认识到它的现实，是不能离开农业集体化、是离不开在发展农业生产的基础上来进行对农业社会主义改造的相互关系的道理。你想我们的国家若不改造小农经济和发展为社会主义的农业大生产，社会主义工业化怎样可能实现呢？

本省当前的经济建设工作，就是"按照国家五年计划的基本任务和本省的具体情况，最中心的任务，仍是发展生产，特别要用最大力量去搞好农村工作，发展农业和手工业生产，同时必须抽调一部分较强的干部去加强对城市、工矿和其他财经工作的领导，以配合全国工业化的建设。我们一切工作都必须环绕这个中心，一切均须服从发展生产的观点出发，按照比例的平衡的发展的原则去开展工作，以便在发展生产的基础上和全国一道实现逐步地过渡到社会主义社会的任务"（陈漫远《一九五四年广西省工作的方针和任务》）。所以本省发展生产的方针，发展农业生产合作社，这就是对国家社会主义工业化的支持与适应它的需要，对小农经济实行社会主义的改造的伟大意义。本省到现在已发展了半社会主义性质的农业生产合作社四百八十四个。这就是广大农民坚决走社会主义的道路的先进的思想和行动的表现。表现这些先进的劳动农民的模范人物接受党的政策的自觉和他们组织起来的过程，鼓舞农民积极增产和走集体化的道路，鼓舞农村青年知识分子（中小学毕业生）参加农业生产，这不是对社会主义工业化的建设，对国家经济实行社会主义的改造，具有积极的先进的意义吗？本省的工、矿中的工人群众在生产劳动竞赛过程中涌现了大批积极分子和模范人物，全省工业劳模大会在前廿天才开过。从这些劳模的事迹上，就表现出了他们忘我地献身于为实现国家社会主义工业化的劳动智慧和热情，他们每个人都是活生生地具有不同的个性又具有劳动人民所共有的社会主义的高贵品质的人物。表现这些工、矿劳动人民的模范人物，难道不具有先进的意义吗？

同时本省是少数民族最多的省份。在党的民族政策的光辉照耀下，按照他们的愿望与要求已实行了民族区域自治，创造了新生活。表现各民族人民当家作主精神与他们的先进人物，和表现各族人民的团结友爱，和在不同的步骤上逐步过渡到社会主义社会去，难道没有先进的意义吗？而本省劳动人民，在历史上的革命起义斗争、民族抗战的许多可歌可泣的英雄事迹，我们能通过创作表现出来，难道不也是先进的吗？我想，我们若能够深刻而又尖锐地表现这些斗争的发展过程和他们的英雄模范的典型人物的时候，我们的文学艺术还搞不出名堂来吗？因此，陶铸同志的话，对我们广西省文艺工作者也是有教育意义的。他说：

"而华南的人民，华南的党，华南的部队，在过去，特别解放几年来，完成了改革，恢复了生产，英勇地保卫了祖国的南大门；现在又和全国人民一道，在循着党的总路线，逐步地过渡到社会主义社会去。为着实现社会主义的改造，华南人民一切创造的热情和智慧将会更加高扬起来，一切新的崇高的品质将更普遍地生产出来，我们将在这一过程中看到无数新的人，新的事，他们是感动人的，是能给人以教育的。这难道不值得我们写下来吗？"（陶铸《关于创作上的一些问题》）

是的，是太值得写了，应当是必须写的。

"如果说落后，那只能说是华南的作家落后，他们没有赶上时代的需要，没有赶上人民的需要。"

"那么，到底是什么原因呢？最主要的原因还是作家的生活不够的问题。"（陶铸。同前引。）

这些话是非常切实而又非常诚恳的分析，我们应当有自信有勇气来克服我们作家的这种落后状态。

由于我们"作家的生活不够"的原因，我们的作品，很大部分都是公式化概念化的。这是小资产阶级只热心于革命的言辞，而不顾——或只想付出很少的代价，没有决心和勇气投身到群众的火热革命斗争中去改造自己锻炼自己，从群众生活中去观察、休验、分析、研究生活。相反的，而往往以小资产阶级的思想感情——幻想，和凭一些政治术语、概念来编造所谓群众斗争的故事，虚拟工农人物。结果产生了千篇一律的公式化概念化的作品，这也是那种"言论的巨人，行动的矮子"的生活态度工作态度所产生出来的作品。

这些公式化概念化的作品当中，也有一部分是初学写作的青年，受到了这些作品的坏影响之后，不自觉地也模仿写作这样的作品。而这些作品共通特点，就是仅从主观的政治概念出发来编造没有真实生活冲突和人物的故事，或用预先设想好的主题、公式来套上一些生活素材。所以它表现出来的作品，或是空洞的说教，或是故事编得曲折离奇，但没有真实的人物和真实的生活冲突。表现在绘画方面就是着重讲究形式，构图很和谐，色彩很鲜明，背景渲染得很突出，却都没有描画出生活在背景当中和前面的人物。表现在戏曲上就是用很多舞蹈的动作和美丽的唱词，来代替戏剧中生活的冲突，掩盖内容的空虚。表现在音乐歌曲上是空洞概念式的口号词句，加上花腔装饰与重叠的节奏，来代替生活的语言与劳动的节奏，唱起来虽然好听，但表现不出生活和战斗的真实感情与时代的感情。就算这类作品当中也写上了人物，但写不出这些人物在生活和斗争中所形成的性格和人与人的真实的社会的关系，更显不出这些人物的内心世界和他们的英雄行动。这就是作家的生活不够的原因。结果呢，又造成文学艺术的落后。

我们所存在的这种公式化概念化的倾向长期不能克服，这基本的原因就是作家的生活不够和表现生活的能力缺乏的问题；解决这个问题，不单是一个加强批评的问题，而是需要文学艺术家投身到群众斗争生活当中去，参加创造生活的实践的问题。

对于发掘、研究、整理、发展民间艺术、民族艺术，少数民族艺术方面，四年来做得非常不够的，本省在去年举行第一届民间艺术会演时，我们就看到本省各地区、各少数民族的歌舞艺术的丰富，可说这是我们还没有去充分发掘出来的艺术宝藏。这不仅是艺术形式的多种多样，而且具有深厚的人民性的内容。是各族劳动人民长期地集体创造，又经过许多民间艺人诚实的艺术劳动，苦学苦练地一代传一代地保留下来，到了今天，在毛主席所指示的"百花齐放，推陈出新"的方针的光辉照耀下，才更充分地显出它们的优美绚烂的光彩。这是健康的人民的民族的艺术传统，我们不仅要尊重它爱护它，而且要慎重地改革与积极发展丰富它。因此，就不是单纯地利用的问题，而实际就是我们自己的创造性的工作的问题。

但是在对待民间、民族、少数民族、原有的传统艺术，我们有些文学艺术家对它们的重视是不够的，所以也就没有积极地去研究、学习和整理，吸收与改革它们。甚至或总以为它们是旧形式不适宜于表现新的生活内容，这种看法是很错误的。艺术的表现形式不能机械地分什么新与旧的问题，而应当是某一种艺术形式，它所表现的内容是否适合和切适的问题。要是我们硬要把一切民间的、民族的传统艺术形式都看成是旧的，那么"民族的形式，社会主义的内容"这个原则就不可能成立了。事实上我们许多民间的、民族的艺术形式，同样可以表现现实生活和新人新事。如曲艺的渔鼓经过整理和适当的改革就能很生动真实地表现出现代的人民生活形象。

像本省的采茶歌舞的艺术形式，就能很亲切地表现现实的人民生活。我们传统的国画艺术，在五代和唐、宋的时期都是现实主义的写实艺术。到了明、清才走向临摹的公式化概念化的倾向。但近年来由于许多艺术家的努力，已重新恢复、发展、提高它面向现实描绘人民现实生活的写实精神，因而产生出很多以民族的艺术形式既能表现出我们人民现代生活，又表现出我们的民族气质、性格、非常和谐的优美画幅。

几年来我们的国画不但没有发展，甚至许多画国艺的艺术家也没有信心去努力创作了，当然他们是受社会风气和一些偏颇之见的影响或因一时生活的困难才造成这样的状况。同样由于对民间、少数民族的艺术重视不够，所以这方面的艺术宝藏——特别是美术工艺方面，还没有被我们发掘整理出来。对改编整理戏曲节目，依靠艺人，文学工作者跟艺人合作，发挥艺人的积极创造性是做好这一工作的切实保证。但我们文艺工作者、青年艺人向老艺人，向民间艺人的学习精神不够。就是有了一些剧目的改编工作，也是没有计划的，各剧种互相没有联系地零散地进行，有时在有些方面还显出不慎重的粗暴态度，把原有好的具有历史人物性格的戏剧性的情节动作粗暴地"删改"去了。另一方面又反历史主义地生硬地在戏剧的结局加上进步的尾巴，强迫历史上的古人讲现代的话。这都是破坏传统的优美艺术的反历史主义的粗暴态度。另一种对待民间艺术就是单纯地利用观点，结果也是很生硬地粗暴地把民间艺术乱改一番。这些倾向须严格地进行批判纠正。

群众艺术活动，四年来我们有了以上所说的一些基础，可是我们并没有很好地帮助提高他。像群众文艺通讯员，过去流于一般指导，而没有计划地进行重点培养，密切关系，积极帮助，没有抓紧培养工农文艺通讯员这一环节。因为工农文艺通讯员本身一般都是具有劳动人民先进思想的积极分子，他们对生活和斗争中的新事物感受较敏锐，重点地培养提高他们，也就是加强了我们文学艺术表现工、农劳动人民先进的思想品质的力量，是扩充我们文学艺术新的血液。在本省从去年底到现在，群众文艺通讯员中工、农成分的比例有了很大的增加，这是文艺运动深入到工、农群众的基层中的具体表现。

总的回顾过去四年中，我们的创作质量更是薄弱的，我们的文艺批评是没有很好地开展，几年来组织领导工作也没有很好地建立起领导的核心。没有主动地加强和全省的文艺工作者联系。没有贯彻以工人阶级的文艺思想领导，来帮助作家进行思想改造，没有有计划有重点地来组织创作，领导创作。在头两三年大部分文艺工作者都参加社会改革运动，当时组织创作固然是有客观的困难。但是土地改革基本完成之后，没有抓紧组织创作这个中心环节来推进本省的文学艺术活动，因此，使本省的文学艺术远落在现实生活和群众要求的后面，这就是脱离实际脱离群众的错误。省文联筹委会的这种工作状况，是应受到指责，应作为我们省文联正式成立之后引为教训和加以改进的。

（三）

我们这次大会，是正式成立全省文学艺术工作者联合会的组织，结合本省实际情况，讨论如何贯彻全国文学艺术工作者第二次代表大会的号召和决议。正如决议所说："在中国共产党领导下，掌握为工农兵服务的方向，深入实际生活，提高艺术修养，努力艺术实践，用艺术的武器来参加逐步实现国家的社会主义工业化的伟大斗争。"（引自《中国文学艺术工作者第二次代表大会两项决议》）争取本省的文学艺术的繁荣的斗争。因此，我们必须从实际出发，从积极参加祖国伟大建设的实际斗争中努力前进。

我们的国家已过渡到社会主义社会的历史时期。逐步实现国家社会主义工业化和逐步实现对农业、对手工业、对资本主义工商业社会主义的改造，这是复杂而又深刻的阶级斗争。每个文学艺术工作者跟全国人民一道参加这个斗争的同时，还要用艺术的武器来参加这个斗争，就是要置身在文学艺术的思想战线上，掌握为工农兵服务的方向，努力艺术的实践，发展创作，开展文艺批评进行思想斗争。我们要歌颂光明，同时要诅咒黑暗，深刻地全面地反映今天的现实生活中的矛盾冲突，正确地引导人民争取更幸福美好的明天，还要彻底鞭挞昨天的黑暗残余。我们争取社会主义现实主义文学艺术的繁荣和它的优势，就是扩大社会主义现实主义文艺思想的阵地，清除封建主义、帝国主义、法西斯贯彻的思想残余影响和批判资产阶级有害的文学艺术的影响。

无产阶级的文学艺术是无产阶级整个革命事业的一部分，是社会的一定的经济基础的上层建筑，是阶级斗争的武器。这就是"上层建筑一出现后，就要成为极大的积极力量，积极帮助自己的基础的形成和巩固，采取一切办法帮助新制度来根除和消灭旧基础和旧阶级"（斯大林《论马克思主义在语言学中的问题》）。我们争取文学艺术的繁荣开展文学艺术创作，加强艺术实践表现劳动人民英雄先进力量的崇高品质的目的和要求，就是为着以后爱国主义社会主义的精神来教育人民，鼓舞群众努力参加国家建设工作，贯彻为过渡时期总任务服务。

一个革命的文学艺术工作者在他进行创作的热情和愿望，他总是把他所歌颂的勤劳勇敢的人民的英雄模范人物，跟自己所向往的自由、幸福、美好的没有人剥削人的社会生活的政治理想结合起来，渗透地体现在自己所塑造的生动艺术形象里面，用以鼓舞人民群众向新生活的道路前进。这种崇高的政治理想的高尚目的，已成为我们人民正逐步地去实现的具体行动了。实现国家社会主义工业化，正是促进我们文学艺术繁荣的物质基础，又是供给我们作为创作、反映成社会主义现实主义的文学艺术的最生动、最丰富的唯一源泉。作为一个参加建设社会主义社会的人，与同时作为一个担任创造社会主义现实主义的文学艺术工作者，要勇敢地担任起这光辉而又重大的任务；这一定要通过艰苦深入的生活实践与艺术实践和时时刻刻把两者结合统一起来，才能达成这光荣而重大的任务。

所以发展文学艺术的创作正是建设社会主义新文化的重要部分，是文化为国家过渡时期总任务服务的重要手段。而发展文学艺术的创作，就要我们文学艺术工作者职业的和业余的文艺作家和工农群众文艺通讯员，老一辈和青年一辈艺人，大家积极地行动起来，为创造更多的文学艺术作品而斗争。

为了使文学艺术事业的旺盛，在思想上要打破对发展创作和自己搞创作没有信心的思想。本省较有写作经验的文艺工作者这几年来，由于国家建设工作的需要，一些作家都搞行政工作和文教工作去了，由于职务忙碌，有不少人多少产生转业思想退坡思想。我认为这是值得向大家提出来讨论的问题。作为一个社会主义思想的战士，革命的文学艺术工作者，就不应该放弃了自己的武器的。所以我们要求——也是人民责成我们，在任何职业工作岗位上要继续担负起文化思想战斗的任务，尽可能利用和挤出时间来写作，两年三年写一部作品，一月两月写一两篇文艺批评文章都成。重要的关键是希望每个业余的作家也订出切实的写作计划。把它当作执行国家规定的工作计划一样来执行它，把它看作这是向广大人民负责的光荣任务。

业余作家除了感觉时间少之外，还觉得自己丢不开本身的职务，到群众当中去观察、体验生活。没有专业这样便利。但是业余作家，他所服务的那个工作部门的生活和工作，那部门里的领导和群众，他们为执行过渡时期总任务而斗争的现实，也应当是我们观察、体验、分析、研究、表现的内容和对象。如像在农村负责搞农业生产合作社，在工矿里搞工会、文教、行政工作，甚至在党、政、群、团机关里工作，搞民族区域自治工作，不管你在深山僻境，都市农村，不管你搞哪一行业，不管你所接触的是个人或是集体，在今天，都在过渡时期总任务的灯塔照耀下，实行不同程度的社会主义改造的过程。党的政策和组织领导爱国主义社会主义思想具有排山倒海的力量贯注在人民的心坎上，鼓舞起人民去进行伟大而又复杂深刻的阶级斗争。新的，每时每刻在战斗中生长。旧的，每时每刻在挣扎着而又不能免于死亡。从社会生活面貌的改变到个人心理、精神状态的改变。这就是现实生活当中尖锐的丰富内容，也是我们各方面的业余作家在本身的职业工作生活里面可以体验、观察、分析、研究得到的生活内容，可以表现得出来的内容。我们要求业余作家只表现和他有密切联系的生活和人物，譬如文教工作者可以表现文教工作者自身的思想改造，和他们自觉地发挥创造性积极为人民教学负责的精神品质。如目前机关青年工作同志的思想、学习、工作，以至恋爱方面的生活也可以作我们表现的内容，可以表现出青年人的心理精神面貌和他们追求新事物新思想的坚决精神，问题是要提高信心，振奋热情，坚决地负起业余创作的任务，切实地订出创作计划和严格地执行。我们希望业余作家做出例范来。

另外还要打破那种把创作看作是很神秘的高而不可及的思想。其实除用文字、色彩线条、音符来创作小说、诗歌、剧本、图画、音乐、歌曲的创作之外，而许多演员、艺人、民间歌手，他们的演戏、歌唱、舞蹈的表演艺术、歌唱艺术都是创作。是他们用自己的身体、口头语言、声音来创作。优秀的演员，民间艺人，他总是用现实主义的精神来创造角色，来塑造、表演历史的现代的人物生活和性格。来歌唱民间故事传说，来歌颂新人新事，来表达出人民的思想感情。

在开展文学艺术创作活动中，职业作家与业余作家的写作，专家与群众的写作应密切地结合起来。有计划地组织作家开展创作活动，同时又通过这个运动，不断地把文学艺术的队伍壮大，把新的力量逐步地培养起来。

今天，凡是掌握为工农兵服务的方向，根据社会主义现实主义的原则，为创造民族的新文学艺术而努力的文学艺术家，他们一切不同的艺术形式，不同的艺术风俗，在有领导之下，都应该允许开展自由竞赛，以贯彻"百花齐放，推陈出新"的方针。"我们既需要人物画，也需要风景画；既需要战斗的进行曲，也需要抒情的歌曲；我们既需要有较高级的、复杂的艺术形式，也需要有大量的、比较简易的艺术形式。社会主义现实主义当然对一切文学艺术创作都是适用的。但在我们对一个具体作家或作品提出要求的时候，就必须根据各个作家在思想和艺术上的不同的倾向和成熟程度及各种不同艺术形式的发展情况和特点而有所区别。如果有人企图把社会主义现实主义方法变成艺术创作的死格式，用他自己主观的尺寸来随便套一切作品，那就是和社会主义现实主义的精神正相违背了。"

"社会主义现实主义应成为指导和鼓舞作家、艺术家前进的力量。"（周扬《为创造更多的优秀的文学艺术作品而奋斗》）这是组织、领导、发展创作，开展文艺批评的要求的方针和原则，是文学艺术家彼此之间的相处所应有的互相关系的原则，又是他们各自应该努力的共同方向。

今天，对文学艺术家的要求是努力生活实践，加强艺术实践；生活实践又是艺术实践的基础，艺术创作的源泉。所以不论专业的业余的作家，到任何一个生产部门的群众当中去建立生活根据地的时候，不单是"落户"与搜集材料式地关心群众生活，而首先是热爱群众与积极参加群众创造新生活的斗争。而且更要严肃负责地努力使自己成为这斗争中的积极分子或工作核心的成员。应是为人民服务的勤务员，在任何时候任何场合，在参加创造新生活的斗争中，要成为贯彻党的政策的坚决的执行人。要有向党的革命政策负责，同时也是向人民负责，为创造人民自由、幸福、美好的新生活负责。这是用高度的责任心与积极的先进者的立场、观点，来对待自己的与群众的生活和工作。

我们许多作家都有过参加土地改革的斗争经验，证明我们在运动中成为坚决执行党的政策的干部和按照政策、路线，来负责组织发动群众为实现党的政策而斗争的时候，我们才可能真正地深入到运动的核心和群众的思想当中，才能比较具体地了解群众的生活、思想、情绪，认识他们当中先进和后进的人物。所以作家到群众当中去建立生活根据地的时候，不但要研究党的理论政策，根据党的理论政策观点，来认识生活，更重要的是坚决负责执行党的政策，为创造人民的新生活而斗争，这是作家打破旁观者的心境，深入生活内层的关键的主要环节。因为每一个方面的党的政策的贯彻，是党的组织领导，干部与群众结合，群众互相之间的结合和把他们从思想上武装起来的行动纲领，是领导的意图、决心，与群众的愿望、意志联系起来的枢纽，是社会改革、冲突的正面与反面的焦点。作家在生活的实践中，担负起执行党的政策的任务，他才耳聪目明，他才能与当地的领导和群众建立起血肉相连的关系深厚的感情，才能更敏锐地观察、体验、分析、研究、表现出生活中的矛盾与冲突和在这些矛盾冲突中所显现出来的劳动人民坚强战斗的力量和先进的思想品质。

我们的任务，正确地反映今天明确地指引人民走向明天。我们到人民生活当中去，观察、体验、分析、研究生活的时候，不仅仅在于看到现实当中已经有的事物为满足，而是要进一步观察、分析、研究在生活矛盾冲突当中，正在生长，或还在萌芽状态但将来一定发展的新的事物。现在正是新旧冲突，新旧交替的时候，新的，正在党的正确领导之下和人民热烈的支持当中生长发展起来，但局部与个别的落后现象或不免一时还未能完全彻底地改变，但它是必然要被改革和走向灭亡。一个小资产阶级的作家，他往往总是用旧的经验片面的虚无主义的观点来看世界，他永远看不见在人民当家作主的社会生活中，占主导作用的新的社会生活和力量。即使看到了感到了，但与他的极端的个人主义思想情绪有抵触的时候，他就一概加以否定。这样的思想意识不加以彻底改造，他不但不能正确地认识生活和深刻地表现生活，结果他自己会随着旧的事物没落下去。所以，作家、文艺工作者要深刻地进行自我思想改造，要以工人阶级的立场观点，历史唯物辩证的观点，以每个革命阶段党的革命方针政策的全面观点，来认识生活与表现生活。因此要向社会发展的前面看，不是往后面看。要看出推动社会前进的主导力量，而不是只看到在社会还残留的一些渣滓。作家的任务，就是要把党的政策贯彻到群众生活当中，所鼓舞、组织劳动人民起来改造世界改造生活的革命斗争表现出来，以鼓舞人民向新生活的道路前进。

争取文学艺术的繁荣的另一个方面，就是发展文学艺术的批评。批评除了解释创作之外，它同时是具有和负有指导、帮助、鼓舞创作的责任。我们鼓舞和发展创作，同样要鼓舞、发展批评。没有创作批评不容易发展，没有批评创作的进步就会停滞。它们之间的关系好像两个前进的车轮，缺了一个轮子前进就受到了障碍，就会停滞不前。文艺批评是文艺工作者之间的批评自我批评。作家与批评家之间应当通过批评与自我批评达到互相尊重的互助合作。共同为发展新的人民文学艺术而努力。

除了鼓舞、发展专家的批评之外，同时还要鼓舞群众的批评，作家、批评家都应当尊重群众的批评。我们发展文艺批评的标准，就是毛主席所指示的："文艺批评有两个标准，一个是政治的标准，一个是艺术标准。"

"我们的要求则是政治和艺术的统一，内容和形式的统一，革命的政治内容和尽可能完美的艺术形式的统一。缺乏艺术性的艺术品，无论政治上怎样进步，也是没有力量的。因此我们既反对政治观点错误的艺术品，也反对只有正确的政治观点而没有艺术力量的所谓'标语口号式'的倾向，我们应该进行文艺问题上的两条战线斗争。"（毛主席《在延安文艺座谈会上讲话》）

遵照毛主席这个指示，结合本省的实际，批评的原则，我们提出以下几点意见：

一、在批评文学艺术作品的时候，应先分析它是否于我们人民有利，有害或是无害。那么我们应提倡以有利的为主。同时在对一部作品的批评，应当区分它的整个倾向是反人民的作品，还是它虽然有缺点甚至有错误但整个倾向是进步的作品。前者是有意识的歪曲，后者是由于作家认识能力不足或是表现技术不足，而造成对生活不真实地描写。这就是前面一种是全部都是不好的。而后者是整个倾向是正确的好的，而只有局部的缺点甚至有错误。那么对前者应当加以揭露、抨击。而对后者则应着重肯定它整个正确的好的倾向，而对它的局部缺点甚至错误，给以善意的批评，指出它的缺点，并积极地指出改正的途径。同时群众的批评应重视，作家批评应倾听和尊重群众的意见，专家的批评，应与群众的批评结合。

二、对每一部分作品的批评的具体要求，应从实际出发。就是根据本省作家——应区分出较有写作经验修养的作家，与一般初学写作的青年作家——他们不同的认识生活表现生活的写作的艺术表现水平的能力出发。因此对作品的批评要求应分别不同程度地从原有基础出发提高一步和逐步提高。但对具体的作品的思想内容若有原则上的错误，是不能放松，应给以严正的批评。而对于表现生活的艺术水平不高的作品，我们则要求他逐步提高，鼓励他们有信心有勇气地前进。而不能一律用全国的和较高的艺术标准来衡量一切不同程度的作家的作品。那样是成了主观主义的批评，结果不但达不到鼓舞起创作的旺盛情绪，反而会因此影响作家们——特别是青年的初学写作的作家们的信心的。同时批评还应该照顾到作家的创作的发展的道路过程，对一个原来不是社会主义现实主义的作家，他今天已开始或是已走向社会主义现实主义的道路，哪怕他还有很多缺点，但他已经基本是走向社会主义现实主义了，就应当肯定他和鼓舞他前进。

三、批评的用意是解释和指导、鼓舞创作。因此批评家对于作家应有同志般的关心态度，应将严正的批评和热情的鼓励，将对作家的严格要求和对他的创作命运的关心正确地结合起来，批评不是行政命令，而是坚持真理、原则进行深刻地分析耐心地说服。批评家应爱护作家，体味他创作的甘苦。而作家应尊重批评家，接受他批评的意愿。若是采取急躁偏激、粗暴的态度的批评是应受批评的。而忽视、抱怨、抗拒批评的态度同样是应受批评的。在今天我们要反对前者的态度。同样要反对后者的态度。这样才能把批评建立发展起来。

四、要发展批评当然是发展正确的批评。现在，我们有正确的批评也还有不正确的批评，但是不能要求所有的批评都是正确的。若是认为还有些不正确的批评存在，就不许发展批评，这样要求是不对的。正如我们发展创作，不见得所有的创作篇篇都是好的，我们不能因为有些创作还没有写好，就不发展创作，同样的对批评的批评也是需要的。因为不能每篇批评文章都是很正确的，因此对批评进行批评也是必要的，真理愈辩愈明。所以在有组织有领导地建立开展批评的时候，是允许展开自由批评、讨论、解释、答复。这是我们人民民主国家的文学艺术团体应当提倡的风气，是批评自我批评的方法。

"无产阶级的文学艺术是无产阶级整个革命事业的一部分。"因此，发展文学艺术的创作与批评，就得要加强党和政府对文学艺术事业的领导。没有党和政府的领导，文学艺术事业的发展，就会迷失了方向，文艺工作者更应主动地争取党和政府的领导，因为，党和政府领导人民进行国家社会主义工业化的建设和国民经济社会主义的改造；人民按照党的政策的指导来改造和发展自己的生活；在我们国家、社会生活任何方面，都可以体现出党和政府领导的英明和力量的伟大。文艺工作者能深刻地体会党和政府的领导就能更明确地认识祖国建设和人民生活发展的方向。

群众业余剧团，民间艺人，是我们文学普及工作的基本队伍，是群众的歌手、艺术家。他们生活在群众当中，和群众密切地联系着。在他们的身上就可以深切地体会到群众的思想、感情、意志和愿望。他们是人民对艺术的爱好的代表者和创造者，他们是我们文学艺术家与群众联系的纽带。文艺工作者有帮助群众剧团、民间艺人和为他们——为群众服务的责任和义务。他们也有权利责成我们为他们写出更多更好的演唱材料。每个文学艺术家首先应当和一个或几个群众剧团、艺人取得密切的联系，关心他们的艺术劳动、政治思想、文化的学习，为他们写作、供给演唱材料。跟他们合作，集体创作群众性通俗的演唱文学。同时，群众艺术家、民间艺人他们很多都是具有热情充沛的创作能力，他们随时演唱，用文字用口头创作出来的作品，我们应很重视地记录起来，帮助他们整理、加工，把它们集中起来，然后再推广到群众当中去。这样的做法是非常地必要而且完全可能做到的，这在国内和本省都有这方面的生动的例子。通过这样的联系、关心、合作的艺术劳动互助的创作方法，是巩固、提高、发展群众艺术运动，开展普及工作的决定的关键，是培养文艺新力量的工作的重要环节。

关于搜集、研究、整理民间、少数民族的文学艺术，在今天是迫不容缓的工作。而民间、少数民族的艺术，一般都保存在劳动人民、民间艺人的口头上和身上。若不积极去搜集、研究、整理，就将失传、湮没。这将是我们人民的重大损失。像在各少数民族中有许多口头流传的民族史诗，这是非常宝贵的遗产。需要赶快地去发掘、记录、翻译整理出来。这个工作，建议文化行政方面应有组织地有重点地去进行之外，我们散居在各地区、各少数民族中的作家、艺术家、民间艺人，应分类进行、合作进行，有了一些收获我们再组织起来一同研究。这是我们对自己的伟大祖国各族人民的历代优秀艺术家们的艺术劳作负起保护、整理、发扬的责任。和今天在我们辉煌的民族艺术基础上，更进一步为各族人民负起创造人民新的艺术之责。

为了提高我们文学艺术的创作、批评的思想水平，要加强我们的政治理论学习，提高马克思列宁主义的政治思想水平。这是工人阶级先进的共产主义的思想武器，它不仅是指导人们正确地去认识世界。而它正是今天工人阶级的先锋队伍，按照它的思想理论的指导原则来改造世界。文学艺术工作者掌握了它，就能逐步地提高自己认识生活分析生活创造人民新生活的战斗能力。

为了提高我们文学艺术创作的艺术水平，要加强文学艺术修养的业务学习，提高我们艺术的表现技术。我们能够正确地认识生活还要能够正确地表现生活，我们表现生活的艺术技巧越高，越能正确地表达出人民的英勇的战斗活力，也就越能够鼓舞人民向新生活的道路前进。我们所说的社会主义现实主义的文学艺术，它就是作家具有正确地认识生活表现生活的高度的思想水平艺术水平的产物。因此我们要向全国优秀的作家、作品学习。要向社会主义艺术先进的作家、作品学习。要向我们祖国伟大的古典的作家、作品学习。学习他们的生活实践与艺术实践的战斗精神，学习他们的现实主义的博大精深的思想，学习他们精练语言生动朴实地创造艺术形象的表现能力。

最后为了贯彻全国第二次文化大会的决议，争取本省的文学艺术繁荣，我们文学艺术工作者首先要团结在中国共产党的旗帜下，团结在毛泽东的文艺思想方针的基础上。努力艺术的实践，用艺术的武器，来参加逐步实现国家社会主义工业化和逐步实现国民经济社会主义的改造的伟大斗争。

我们这次代表大会的召开，是本省有历史以来文学艺术工作者更进一步紧密地大团结起来的标志。我们相信今后省文联正式成立了，在党委的领导关心支持之下，全国文联指导之下和全省文学艺术工作者共同努力之下，我们的文学艺术事业，将会在大家发挥高度的创造性的努力中获得新的发展与繁荣。

为争取全省文学艺术繁荣而斗争

——记本省文艺工作者第一次代表大会

记　者

五月廿五日，广西省文学艺术工作者第一次代表大会在南宁开幕，大会历时八天，已于六月一日胜利闭幕了。

这次大会，标志着本省文艺工作者的空前大团结、大会师。参加大会的代表共二百零六人。其中包括正式代表一百七十三人，列席代表三十三人。他们来自省内七个专区和五个市，以及工厂、部队、铁路等系统。

出席这次大会的代表中，有最近出版《大苗山交响曲》的侗族作家苗延秀；优秀的农民歌手刘文川；农民通讯员陈有才；几年来在繁忙中坚持长篇小说业余创作的青年作者阳枫、吕波涛。

代表中还有老当益壮热情充沛的调子戏老艺人吴老年、李福林；深得群众爱戴的曲艺演唱者盲艺人王仁和；荣获全国戏曲会演演员奖的桂剧名演员尹义（一等奖）、谢玉君（二等奖）、刘万春（三等奖）、秦志精（三等奖）；全省群众热爱的各剧种的名演员湘文非、周筱兰魁、瑾玲、许少康。

作品信息

《广西文艺》1954年第6期。

代表中还有工厂音乐工作者梁超凡；积极进行业余创作做出成绩的美术工作者龙廷霸；老国画师黄冠儒、帅碰坚。

代表中还有省、市、专区、工厂、部队、铁路等系统文艺工作的领导者和组织者。

这次大会，是围绕着"为争取全省文学艺术繁荣而斗争"的关键问题来进行的。

廿五日，大会首先由省文联筹委会陆地副主任传达全国第二次文代大会精神。廿六日，省文联筹委会周钢鸣主任作了《为争取全省文学艺术繁荣而斗争》的报告。报告根据全国第二次文代会的精神，总结检查了四年来全省文艺工作的成绩、经验与缺点，并结合广西当前的具体情况，提出了今后工作意见，明确地指出主要关键是发展文学艺术的创作，特别是注意指导业余创作。

听过报告，代表们开始紧张起来了。有好几夜，时钟已打过十二点，但代表们的宿舍里还传出一阵阵"哄""哄"的讲话声，原来是好些地区的领队同志正给那些听不懂话的代表解释文件内容；照大会规定，早上起床的时间应该是七点半的，可是通常在六点钟就有代表爬起来，拿起文件静静地钻研着。代表们都记得，在大会开幕时青年团省委的代表钱晨同志向他们提出的真挚要求："创作更多更好的作品鼓舞青年前进；耐心地培养青年新文艺军，希望十年……十五年后，广西有更多的青年作家出现。"这担子是多么重啊！代表们谁还体会不到呢？

廿八日，开始小组讨论了。许多代表都认真地根据文件精神，准备了发言提纲。讨论的主要内容是：检查"过去创作不振的原因及障碍创作的思想是什么？""怎样才能产生更多更好的反映现实的作品，为国家过渡时期总路线服务？"特别是在业余的条件下，怎样进行解决？

这两道题，确是人人注目，个个关心。在检查过去创作不振的根源时，一部分搞业余创作的代表强调了领导不重视、中心工作忙、没有时间深入生活等客观困难，但另一部分代表不完全同意这种说法。他们认为主要还应该检查自己是否尽了主观努力。经过深入讨论，证明后一种讲法是更全面的。譬如，许多代表都暴露出自己在文艺战线上滋长着退坡、无所谓、怕批评、一举成名等不健康的创作思想。有一个代表还以他自己的实例来现身说法——首先，他工作的地区，党、政领导对文艺工作是很重视的，有一次排戏，政府首长还亲临指导；如果说到生活，他经常也有机会去接触工人；再说时间，抓紧些总可以挤得出。可是这几年他什么都没有写，主要原因是"懒得动笔"。他诚恳地检讨说："这几年，连个搜集材料的笔记本也没有，仓库里没点储藏，又怎样进行创作呢？"

许多小组的代表，都这样勇敢地批判了自己的"懒汉思想"，由此得出一个共同的结论：过去创作不振，客观影响是存在的，但并非不能解决的，关键还在于自己。

找到了解决问题的钥匙，代表们的情绪更高涨了。今后怎么办？大家提出许多具体办法，有人冷静地分析了一下本身所处的环境：自己本来就生活在工农群众中，或者是有着和工农群众经常联系的机会，只要加强学习，提高思想觉悟与政治嗅觉，是可以逐步提高对生活观察、分析、研究的能力，写出作品来的。有人还主张既订出长计划，又善于短安排，这样，一方面领导上可以摸到你的底，而且业余创作者本身工作繁忙，没有计划更容易使创作陷于被动。

"一定写！"这简朴有力的话，已成为代表们响应大会号召的共同誓言。他们觉得：如果有能力，有生活，面对着动人心魄的历史变革而不愿动笔，这就是对人民事业责任感不强的表现。有个代表说："一年半载，哪怕是挤出一两个短篇，三五篇小品文，也算是对人民的一点贡献呀！"

八天的时间过得飞快，六月一日，大会举行了闭幕仪式，全体代表慎重地选出了文联委员五十一人，组成广西省文学艺术工作者联合会，并直接选出周钢鸣为主席，秦似、李金光、胡明树、林焕平为副主席。大会通过了广西省文学艺术工作者联合会章程。最后通过两项决议：（一）一致拥护全国二次文代大会的决议和同意周钢鸣同志《为争取全省的文学艺术繁荣而斗争》的报告；（二）广西省文学艺术工作者联合会申请加入中国文学艺术界联合会和中苏友好协会为团体会员。

党和政府对这次大会一直是重视和关怀的。除在大会开幕时，中共广西省委统战部赵卓云部长、省人民政府陈此生副主席都亲临指导外，还体现在给予代表们今后创作上的具体办法与支持。本来，廿七号下午，按日程表的规定是"省委同志作政治报告"的。可是当时省委同志都下乡检查工作去了。直到大会闭幕那天，省委宣传部贺亦然部长刚从乡下回来，听了大会主席团的汇报后，便扼要地给大会作了重要而又具体的指示。他首先向大会说明了广西今后的中心任务，以及互助合作运动高涨的情况。接着，又对部分文艺工作者存在的一举成名、怕批评和埋怨领导不够重视文艺工作的思想作了批判，并号召文艺工作者从三方面努力：一、加强学习，提高自己的政治思想水平；二、深入实际生活，建立生活根据地；三、加强创作修养。代表们在大会闭幕前，得到党更明确的指示，这是多么宝贵啊！可惜的是：有些桂南地区的代表听不懂话。那晚上，代表宿舍里又是念的念，抄的抄，到头来，又是劳烦领队的同志们了。

大会闭幕后，省人民政府文化局还设宴招待全体代表，为预祝全省文学艺术的繁荣而干杯！

大会期中，代表们还充分表现了互相虚心学习的精神。大会除组织了广西省工业展览会的参观外，还组织了桂剧、粤剧、邕剧、歌舞、电影等七次晚会，代表们都细心地观摩了各个剧种的演出。更感动人的是七十二岁的老艺人吴老年，他每天牺牲了午睡的时间，耐心地把调子戏传授给徒弟们——青年的舞蹈工作者们。有人听到文联俱乐部里传出他那雄亮的"嗨嗬"之声时，不禁触景生情道："这是繁荣的象征啊！"

就让我们庆祝这繁荣的开始吧！不是吗？大会已给广西的文艺工作撒下良种了。今后在党的关怀、扶植和代表们努力栽培下，一定能够发芽、生根，开出万紫千红的花朵的。

把文艺创作赶上社会主义革命高潮！

——为迎接全省青年文艺创作者会议而写

　　三月间，全国召开了第一次全国青年文学创作者会议。我们省里有同志参加。这次会议对青年文艺创作者来说，是一种莫大的鼓舞，对繁荣文学创作事业来说，是一种有力的推动；它给予我们正在步入文学道路的青年朋友指出了宽阔的前途；提出了我们文艺创作者处在社会主义革命高潮中，应如何负起光荣的新的历史任务。会议还显示了我国文学事业正以蓬勃的，欣欣向荣的气象进入新的历史阶段。但是，不能否认，对照当前社会主义革命这一历史要求来看，我们文艺事业仅仅依靠出席会议的同志的实践显然是不够的。我们广西六个人太少了；就是全国约480人也并不算多。既然"文学事业是党的事业的部分"（列宁），那么，要使它繁荣，要使它满足人民日益增长的文化艺术生活的要求，它就必须有成千上万的人来从事这个工作。这里，需要老战士也需要有新兵；需要反映农村合作化的现实，也需要反映工厂、矿山的劳动竞赛；需要表现正面英雄人物，也需要批判那些阻碍进步的保守落后现象；人民要求我们给他们写出鼓舞社会主义建设高潮的热情和英雄气概，也要求我们对那些公开和隐蔽的敌人给画出他们的丑恶嘴脸，以提高革命警惕性。

作品信息

《广西文艺》1956年第4期。

总之，人民对我们要求是很高很切；希望我们给的作品又多又好。因而，我们文艺队伍需要扩充、文艺创作需要提高，这是可以理解的，而且是必要的。

　　在我们广西来说，文艺创作者面临这一现实，同全国各地的情况基本是没有区别的。根据省里各个报刊接到的来稿，我们发现，几年来一直都在人民群众中参与斗争，现在仍然从事各种职业的业余文艺创作者就不少，这一潜力是丰富的。这些同志都以对待革命事业一样高度的热情和毅力来对待文学创作。当中就有为数不少的人，几年来坚持着创作劳动，写出了十来二十万字的长篇；也有百几十个同志，几年来保持着与报刊联系，不断地及时地反映他们周围的斗争生活。从各人工作岗位看，有工厂工人，有农村合作社员，有少数民族干部，也有机关里的油印员……这些同志的创作精力是旺盛的，而且都来自实际生活中，这就使我们文艺创作具备着不但可能，而且应该得到健康发展的有利条件和坚实的生活基础。但是，不能否认：我们年轻的文艺创作者，不独是写作技巧是新手，就是政治理论水平也是不高的。正因我们的理论水平、写作技巧都还需要继续不断地学习，因而即使我们一直是生活在实际斗争环境里，但是，如何正确认识生活，表现生活，就不能不是我们需要解决的问题。

　　为了号召更多的业余文艺创作者更有效地从事文艺创作，为了我们文艺队伍吸收更多的生力军，为了提高和增加我们作品的质量和数量，为了迎接社会主义革命文化建设的高潮，我们广西紧接全国青年文学创作会议之后，最近就要召开一次青年文艺创作者会议。目的是通过会议，互相学习，交流经验，共同研究解决某些写作上存在的问题。

　　当前存在我们文艺创作中的问题很多，专靠三五天时间把所有的问题都解决得透彻当然不可能。现在把一些比较带普遍性的问题，在这里提一下，对大家可能是有帮助的。比如说，我们的创作态度问题。我们就有不少的同志一动手就要写十来二十万字的长篇，总想很快就写出一部成功的大作品，"一举成名"。因而往往对自己的艺术水平和生活体验的程度估计过高，对创作劳动的艰苦性认识不足；结果，花了精力和时间，作品却不一定写得好。当然，我们不是反对写大作品，也不是不鼓励青年同志写长篇。大作品是需要的。好的长篇大作，往往是由于它的篇幅大，容量多，反映生活面广，对现实的本质的掘发更深，人物形象的描画更活，感人的力量更强烈，所起的作用也更加重大。可是，应该而且必须认识：长篇大作的产生，应该是在作者掌握了丰富的生活体验的基础上，在作者有了一定的创作经验，同时在作者具备着相当的认识和辨别现实生活的理论能力等等条件之后，这时，要写长篇大作把握就会大一些。

比喻常常不一定准确，但是可以帮助我们理解一些生活的真理。譬如：北京天坛的建筑，它所需要的材料、工程设计，所花费的人力和时间，同公园里造一间简单的凉亭，显然是不能一样的。倘说造一间简单的凉亭，都还缺乏这一技术的经验，而一下子就要着手设计规模宏伟的建筑，那只能是空想。即或你有可贵的勇气，冒险造了起来，那，恐怕也是空架子，与真实的完美的建筑是不相干的。

其次，还有不少的同志，他们的第一篇作品发表过后，就开始骄傲自满起来，以为社会上都认识他的名字，了不起，对周围做实际工作的同志既不那么尊重，对待组织也不那么服从了；有的就开始不安心于原来工作了，一心只想转到文艺团体机关，过早地要做专业作家。……这些，对我们文艺事业来说，不独不是增加文艺队伍的力量，促进创作专业的繁荣，相反，它只能使文艺创作遭受枯萎；对他个人说，不仅不是很好的出路，相反，那正是他开始走进了歧途。爱伦堡说过："对于青年作家，再没有什么比过早的专业化更危险的了，它会使他脱离同辈的人们，脱离他们的日常生活，脱离他们的工作。"为了我们文艺创作能够得到健康的发展，和免得我们年轻同志走这文艺上的弯路，在这里提一下，希望得到大家注意，以纠正这种不正确的趋向是必要的。

应该承认：文艺创作是有它的特点的。创作一篇作品，是需要一定的技巧和才能。但是，也应同时认识，它同样是人的劳动的产物。只要人付予一定的劳动（包括学习、生活、写作等较为复杂的脑力劳动），总也可能获得一定的文艺的成果。只是，人类不是神仙，人的生活不可能仅靠读小说、听音乐、看戏、跳舞过日子。比之这种那种文艺生活来，人还须参与更为重要而伟大的经济生活和政治斗争。而这些经济的和政治的生活，都需要更多的有伟大的才能和智慧的政治家、科学家和劳动人民的发明创造，以之推动人类社会的进步和创造生产资料与生活资料。因而，比起全人类来，从事文艺创作的人始终也只能是少数。如果认为从事这一工作的人为数稀少，就觉得这是别人攀不上的"天才"事业，那就大错特错了。革命的文艺工作既同其他革命工作一样，都是服务于人民革命利益的。工作本身就没有贵贱、高低之分。

可能，你对文艺创作有更大的兴趣，学习得多些，工作经验多些，倘能专干这一工作，成就可能会大些。可是，主要关键绝不在于你能不能过早地做专业作家，而是在于你的劳动。倘若你对文艺创作的观点没有端正过来，即使给你专职于创作了，也仍然难以希望有好作品贡献给读者的。这已经有不少的前例可以说明了。

在这里，我们还要重复一句：过去我们一些同志利用着业余时间写了不少的作品，这现象和风气是好的。我们认为：那些既能把本身工作做好，联系了实际斗争，又能利用了可贵的时间写出了作品的同志是应该受到鼓励和表扬的。这些同志对革命事业是表现了高度的热爱，他们是做了"加班加点"的工作，是值得我们仿效的榜样。今后应该继续发扬这种精神，使我们文艺事业跟得上社会主义革命高潮的发展而繁盛起来。

第一个春天

——记本省第一个青年文艺创作者会议

本刊记者

今年，南国的春天来得特别早；广西的文艺园地里，新苗也分外茁壮：早在3月，人们就忙着选派出席全国青年文学创作者会议的代表；4月16日，240多位青年作者又欢聚南宁，参加全省第一次的青年文艺创作者会议。

参加这次会议的，有汉、回、瑶、仫佬、毛难（今作"毛南"）等族的青年，有壮族和侗族的作家，还有苗家的姑娘。代表们从事着各种不同的职业，给会议带来清新多样的生活气息。他们当中有工人、农民、军官、教师、青年学生、记者、编辑、企业职员、干部，还有县委的副书记。他们的爱好是多么广泛：散文、诗歌、戏剧、电影、美术、音乐，以至舞蹈。尽管这里不少还是含苞待放的花蕾，但我们相信，他们将会为广西各民族的文艺开出茂盛的花朵。

会议得到省委和各界的重视与支持。省委宣传部史乃展副部长到会作了指示。特别兴奋的是中央文化部副部长、我们的老前辈、作家夏衍恰到南宁，给会议作了报告，并和青年电影创作者作了一次亲切的座谈。青少年和妇女报刊的编者，都发

作品信息

《广西文艺》1956年第5期。

言表示一定为青年创作开辟园地。《广西日报·文化宫》还为青年创作者出了一期专辑。数十封来自各地作家协会和文联的贺电、贺信，给青年们以同志般的关怀和鼓舞。

会议听取了省文联副主席李金光、省文联常委苗延秀关于中国作家协会理事会扩大会议的传达报告；曾海君、李汗两同志关于全国青年文学创作者会议的传达报告；省文联副主席胡明树关于省文联的工作报告；青年团广西省委孙鸿泉副书记《在文学艺术创作的道路上奋勇前进》的报告。最后听了省文联副主席林焕平的总结报告。

阮英等15位青年创作者在讲台上发了言。他们感谢党和老作家引导他们走上文学的道路，也批评了有些领导人员压制创作和某些报刊编辑部对青年作者不够关心的错误。他们兴奋地谈着自己的创作甘苦，也批判了自己还存在的一些不正确的创作态度。有些代表来不及发言，就提出了书面发言。

小组讨论会上，老一辈的作家陆地、胡明树、林焕平、陈白曙，画家陈更新，音乐家满谦子等参加了辅导工作，受到青年们的热烈欢迎。有几十位初学写作的同志文艺基本知识较少，对讨论感到困难，因此大会主席团指定了曾海君、李汗两位同志分别用桂南桂北话作了一次辅导性的发言，加深他们对文艺的基本认识。

"一年之计在于春。"4月16日至22日，这一个星期，对青年们今年以至明年、后年……的创作，是多么有意义啊！七天里，代表们用严肃又愉快的劳动，得到了丰富的收获。

过去，不少人对文艺事业是存在各式各样的错误认识的。其中最主要的是把文艺当作取得名利的工具。有一位农民作者检讨说："过去认为稿子在专区农民报一登，全个专区都知道了。还有稿费，真捞得！"有人总想在全国性的大杂志发表文章，因为这容易一举成名；有人什么文学形式都写，本来大胆尝试是好的，但他却希望在那里找捷径，什么形式"容易"就写什么。甚至有人想以写作成名作为恋爱的本钱。这些思想，大家都在讨论时进行了批判，认识到文艺事业是党的事业的一部分，创作的动机，绝不应为了个人的名誉和金钱。会议总结指出："作品发表了，名字登了出去，只是拿来作我们的劳动创造的标志；给我们稿费，只是我们劳动的报酬。正如做工作有工资一样。"

繁荣文艺创作，主要是开展业余创作。这也是会议明确的一个重要问题。在开会以前，不少代表常为创作和工作的矛盾而苦闷，经过学习，大家体会到：工作岗位就是生活的源泉，离开工作，就是离开了生活，一根幼苗脱离了土壤，哪有不枯萎的呢？有同志谈到肖洛霍夫所以成为伟大的文豪，就因为他生在顿河，住在顿河，顿河肥沃的土壤哺育了他，使他不但扎实了根，而是开出了光辉灿烂的花朵。这的确是我们最好的范例。当然，这并不等于说深入一点就不必观察研究其他广阔的生活了。会议号召大家通过学习政策、阅读文件和报刊、听报告等方法，理解其他各方面的生活。至于时间问题，既是业余创作，创作时间当然在业务工作之余，这是免不了零碎的。问题是要善于"化零为整"，有同志提出"行时想，坐时写"的办法，是值得参考的。

谈到修养。会议自始至终号召大家加强马列主义学习，并明确：不但要从书本上学习，还必须从生活斗争中，从艺术实践中去学习。提高共产主义道德品质，这是大家都感到非常重要的一个问题。农民作者陈成初说得好："有些人写婚姻、恋爱的故事写得好，自己却乱搞男女关系，这种会写不会做的人，他的作品是没有人相信的。"会议还研究了青年作者如何进行艺术修养，林焕平同志在总结报告中指出，须从三方面下功夫：一是学习文艺理论；二是多读精读，先选定一个作家，把他所有的名著反复精读，然后逐步推开，找其他许多中外古今名著来阅读，吸收更多作家的优点，创造自己的风格；三是勤写苦练，天天写，写一千字、五百字也好，坚持下去，三年五年十年，必然会取得成绩的。

会议给青年作者开辟了健康、正确的前进道路，这条道路，也是全省成千业余文艺创作者的方向。

让我们再看一看，年轻人为了繁荣全省的文艺创作，在这七天里，怎样把自己青春的热力，燃起了熊熊的火光。

七天，时间是多么宝贵！没有人能把月亮变成太阳，但也没有人能阻挡住青年人学习的意志。春夜，已经够短促了。但每天深夜，在他们住宿的地方，到处还在讨论研究，不过，你可找不出是谁在领导这些"会议"；患着肺病的阮英同志以他数年如一日的毅力，坚持着把会议开好，有几次，他感到身体实在支持不住了，就到休息室歇一下，然后，又坚毅地走回自己的座位；林焕平同志在会上介绍了一个进行文艺理论自修的书目，陈振芳同志连夜到书店把这批书买齐；钱晨、刘叶锦等同志，都订出了自己的学习规划。时间呀，前进！谁不愿做时代的落伍者，谁就得做时间的主人。这是所有青年人都深深感觉到的。

"文人相轻"——这个"自古已然"的帽子，现在，再不应加到我们青年一代的头上了。会议是多么融洽地进行着。但这并不是一团和气。坦率的甚至是指名叫姓的批评和恳切的自我批评，给会议带来了战斗力量。在文联的工作报告中，对去年苗延秀同志与麦寒同志在《长江文艺》上的争论，作了恰当的批评；黄经才同志对某文化机关某同志不关心业务文艺活动，指名提出质问；有一位代表骄傲情绪很严重，但同来的青年战士并没有鄙弃他，同志式的帮助，使这位同志在思想上得到了提高；向虹同志找到《广西文艺》编辑部的同志，检查了自己过去的骄傲情绪。他说："在会上，比我成绩好的人多着哩，但别人却是那么谦虚，自己有什么值得骄傲呢？"他非常恳切地要编辑部的同志给他提意见……这些，都体现着青年一代在政治上、思想上的团结一致。

令人最难忘的是4月22日的下午：30多个少先队员代表向南宁市的少年儿童向会议献礼。小朋友们把一份一份的礼物，送给写少年儿童作品的叔叔和阿姨们。一位少先队员跑到儿童文学作家胡明树跟前，踮起脚尖，把一条丝的红领巾系到他的脖子上。台下，掌声像暴风雨般经久不息，人们看见胡明树同志掏出手帕往脸上擦，以为他激动得出汗了，可是当他走上讲台致答词时，好久也说不出话来，他擦着快要泻出眼眶的泪水，只能用最单纯的话代表创作者们表示了态度；从来没有过的激动，使他咽哽得说不下去了。这时，唐日赐同志也忍不住了，黄豆般的泪水滴了出来，他不好意思地低下头；可是，当他偷偷地抬起头时，却看见许多个头低了下去。的确，想一想几年来文艺落后于人民群众的需要，特别是少年一代的要求，谁能不感到惭愧呢？但青年作者们绝不会让这种情况长期存在的。张琳同志散会后就到街上买了几份礼物送给几位小朋友，并对他们表示决心，回去一定为少年儿童写更多更好的作品；年轻的邓质钢也坚决地表示："我虽然是个刚学走路的小孩子，但有老作家牵着我走，党扶着我走，我一定学会用自己的笔来推动这个时代前进。"不少代表还准备回去以后发现和联系更多业余写作者，使文艺队伍日益扩大起来。

240多位青年的文艺园丁，又回到了自己耕耘着的土地。我们期待着，到第二个春天的时候，在各民族的文艺园地里，会培植出无数万紫千红的花朵。

欢呼广西僮族自治区成立

广西僮族（今作"壮族"）自治区的成立，对全区各族人民以致全国人民来说，有重大的历史意义。这是全区人民政治生活中的大喜事。我们文艺工作者和全区人民在以前所未有的欢欣鼓舞的精神来庆祝僮族自治区的诞生。

僮族自治区的成立，标志了共产党、毛主席的民族政策的光辉胜利，也就是马克思列宁主义的光辉胜利；它体现了我国各民族大家庭的亲密团结，它表示了我国社会主义革命的巨大胜利。

僮族自治区的成立，表示了全区各族人民在社会主义建设中已经迈出一大步，贡献了力量，取得了巨大的成就；今后将迈出一大步又一大步，奔向社会主义前程。我们可以预期，在新的政治条件下，在共产党的英明领导下，广西少数民族的工农业生产，将集中力量，更有计划地发展起来，并将出现新的高潮，新的跃进。随之而来的必将是一个文化建设新高潮、新跃进。此后，各族人民将更充分地发挥自己的智慧和才能，为广西各族人民和伟大的祖国创造巨大的功勋和更多的奇迹；各族人民的物质生活和文化生活，将更丰富，更多彩；各族人民的精神面貌将发生巨大的变化。

所有这一切，将大大促进全区社会主义文艺事业的繁荣和发展。今后文艺工作

作品信息

《红水河》1958年创刊号。

者的使命是更光荣也更艰巨。我们的任务就是要大大加强少数民族文艺工作。要完成这个任务，有有利条件，也有困难。但是，只要我们有乘风破浪的革命气概和精神，任何困难都是可以克服的。要发展民族文艺，首先要有正确方向。经过反右派斗争以后，我们明确了文艺的方向：社会主义文艺方向。虽然民族文艺在艺术形式和风格上有其特点，但社会主义方向是一致的。民族文艺工作与其他事业一样，必须在马克思列宁主义理论指导下，在共产党领导下进行。民族文艺工作也是要为社会主义服务，为各族人民首先是为建设社会主义的主力工农群众服务。因此，在发展整个民族文艺工作中，要宣传共产主义精神，宣传集体主义，要体现党的民族政策、民族团结和民族间的新关系。因此，要使社会主义方向成为全区文艺工作者的共同方向，我们必须坚决深刻地批判文艺上的修正主义，要避免和批判可能会反映到文艺作品和文艺理论上的狭隘地方民族主义和大汉族主义思想。

僮族自治区成立后，文艺工作者的任务是艰巨的。我们今后要做许多工作：首先也是主要的，是繁荣以少数民族现实生活为题材的文学艺术创作。一个进步的文学家艺术家，从来都是以反映现实生活为自己的主要任务。今天我们处在一个崭新的社会主义现实中；其中社会主义的声音，社会主义的人物形象，构成我们这个时代的主要内容和主要特征。僮族自治区成立后，广西的社会主义事业将有一个巨大的跃进，我们这个时代的主要内容，将更丰富多彩，这个时代的特征将更鲜明。我们的文学家艺术家，对这样的现实生活，反映得越充分越深刻，他的作品就越能以社会主义精神对各族人民进行生动的教育。其次是要有计划地、有目的地发掘、整理少数民族的文艺遗产。广西少数民族中流传着极为丰富、多彩，既有较高的思想性，又有较强的艺术性的民族民间文艺。这些民族文艺遗产，极为群众喜闻乐见。这是各族人民的珍宝。但是，在发掘、整理时，应该运用马克思主义立场、观点，并抱严肃认真的态度，同时要明确目的性：通过整理出来的作品，对人民群众进行一定的爱国主义教育、民主教育；另一方面，对作家艺术家来说，更重要的是从中接受优秀的民族文学传统，并运用到反映现实生活的创作中去，使我们的作品不仅具有社会主义内容而且也具有民族形式。再次，要做好上述两项工作，还要加强马克思主义文艺理论的研究，宣传马克思主义美学原则，解决运用社会主义现实主义创作方法中存在的问题，讨论作家在创作中出现的倾向，特别是要解决民族文艺工作中产生的问题。使我们的文艺事业沿着社会主义路线发展。这项工作应该结合批判文艺上的修正主义来进行，并始终贯彻"百花齐放，百家争鸣"的方针。

要做好以上各项工作，需要一支强大的民族文艺队伍。这支队伍应该是我国工人阶级文艺队伍的组成部分。培养和建立一支这样的队伍，是自治区文联和其他文艺团体、文化艺术机关的重要任务。要建立这样一支队伍，一方面要经常地、正确地培养新的作者特别是少数民族中涌现的作者；另一方面，希望原有的作家，青年作者，积极参加民族文艺工作，深入各民族地区，与各族人民一起参加各种生产、斗争，从中改造自己的思想、感情，并从中发现创作题材，以便为少数民族服务，为社会主义建设服务。

当我们欢跃地庆祝广西僮族自治区成立的时候，当春风吹遍山林原野的时候，让我们开始在民族文艺的园地里进行辛勤的耕作吧！让民族文艺的花朵像红茶花一样，朵朵鲜艳，四季常开。

表现少数民族的同时代人

——祝广西僮族自治区的成立

周钢鸣

一

成立广西僮族自治区，是广西各族人民政治生活中的一件大喜事。两年多来，在广西各族人民当中，从中央到地方，曾展开广泛深入的民主讨论。所以，它在文学上也很快地得到反映。例如僮族诗人黄青的《欢乐颂》(见《作品》1957年12月诗歌专号)，就生动地描写了人民欢欣的心情：

……

为什么各族男女那么高兴？

是不是所有的歌圩同一天齐唱？

是不是所有的婚礼同一早举行？

是丰收处处报喜吗？

作品信息

《红水河》1958年创刊号。

还是人人捡到了黄金？

不是，不是，那样的确令人欢欣鼓舞，
但怎么能比得上这样的事情——
人大成立广西僮族自治区的决议呵，
如晨钟在明朗的上空敲鸣；
首都北京发出的电波，
激动着广西每个人的心；
报纸上的大号标题，
特别鲜艳地在人们的眼下跳动。
人们喜欢得像奔涛跃浪的大海，
大地如处处荡过春风。
老歌手呀，都高声歌唱吧，
诗人呵，你怎能不扬眉赞颂？

　　这些诗句，的确非常生动地表现出僮族人民以及广西各族人民欢欣鼓舞地迎接
成立广西僮族自治区决议的心情。现在广西僮族自治区即将成立了！这是党的民族
政策的伟大胜利；从此，在伟大祖国宽广自由、丰饶壮丽的土地上，在社会主义的
民族大家庭中，广西僮族自治区，开始了它新的史页。

　　解放八九年来，广西省各族人民，在党和政府的领导之下，进行了五大运动、
三大改造，将广西各族人民生活的面貌改变了，同时经过运动的锻炼，各族人民的
政治觉悟提高了。在党和政府的正确领导下，特别是在1953年成立桂西僮族自治州
之后，使各少数民族实行自治，增进了各族人民的团结，建立了社会主义的民族关
系。同时，由于各少数民族的政治生活有了根本的改变，经济生活和文化生活也得
到逐渐改善与发展，各少数民族人民当家作主的主人翁思想、热情提高了。仫佬族
诗人包玉堂，在他的诗歌里就表达出这种庄严的思想。他说：

在过去，

统治者不承认

世界上

有一个仫佬族

就是我

也不敢承认

自己是仫佬人

为了逃避歧视和侮辱

常常大胆去冒充汉族

如今呵

不管你问谁：

你是哪个民族的？

人们都会挺起胸

骄傲地回答：

我是仫佬人！

呵！我的民族，

……

被称为"蛮人"的时代

已经一去不复返了

如今我们有着光荣的称号：

主人翁，公民，同志，同胞！

……

谁说共产党不好

党是我们的亲娘

谁说我们生活没改善

解放前，解放后

一个是地狱，一个是天堂

告诉你：右派分子们

……

共产党

是我们民族的太阳！

……

谁要往太阳上抹黑

我们就斩断他的手

谁要向共产党进攻

我们就先把他打倒

……

（见《作品》1957年11月号包玉堂《歌唱我的民族》）

这是代表各少数民族人民的政治觉悟提高，思想、感情深刻变化的宣言：随着这种思想、感情的变化，社会人群的关系，社会的风俗习惯也都逐渐地而又显著地跟着变化了。因此，各族人民在社会生活中对文化—文艺的要求，也就相应地表现得非常的迫切。这个要求，表现在两个方面：一是需要文艺——各种形式的文艺来为他们服务，以鼓舞他们斗争和劳动的热情；另一方面，也要求通过各种文艺形式——特别是他们喜闻乐见的民族形式与民族风格的各种文艺形式，来表现他们日益涌现出来的新人新事和新斗争的生活面貌。所以，各族人民群众在进行历史变革斗争的同时，一面是自动地，同时又是在得到了党和政府的重视鼓励下积极进行发掘整理各个民族民间传统的各种优秀艺术——歌、舞艺术；另一面也努力编唱了不少新的山歌。他们歌唱翻身和新社会的美好；歌颂共产党和毛主席领导人民进行革

· 57 ·

命斗争，使少数民族得到解放、自由的恩情；歌唱农业合作化的优越性；歌唱少数民族实行自治的光明远大前途；在这许多纯朴简单的山歌中表达出他们真纯深厚的思想感情。在党和政府的培养下，壮、侗、苗、瑶、仫佬、毛难这些少数民族中，解放以来也已陆续出现了较优秀的诗人、作家，写出了较优秀的诗歌、小说。在伟大祖国多民族的文学园地当中，这些少数民族鲜丽的文艺花朵，已开始放绽出来，这是令人非常喜悦的事情。但是，已有的少数民族创作的作品，和描写少数民族生活的作品，数量上还是很少的。因此它还远不能满足各民族人民的要求；尤其是在广西少数民族地区的社会主义改造取得了伟大的胜利，广西僮族自治区即将正式成立的这个光辉的历史时期，站在这样伟大的社会主义革命的历史新阶段来看我们表现各少数民族生活的文艺，无疑的，它是落在少数民族社会、生活发展的现实的后面的。因此，我们要积极地赶上去；尤其是在创作方面应当研究如何去反映这个深刻变化的生动的伟大现实。这是我们当前最重要的课题，最中心的任务。

二

根据《漓江》编辑部的初步统计（可能不全面），已经写成文字的少数民族文学作品，从1954—1957四年间，在《漓江》和《广西文艺》发表的总共只有36篇。其中反映过去生活的5篇；整理民间故事6篇；反映解放后生活变化的25篇。按这些作品中反映少数民族的生活方面来划分：写革命斗争的3篇；风景抒情的9篇；生活中的新变化的16篇；以民间故事作题材的6篇；其他2篇。这个数量较少的原因，主要是由于各少数民族的作家原来就少。除了少数民族作者之外，汉族作家描写少数民族生活的作品就更少了。

在这些作品中，比较优秀的都是写过去的生活和发掘整理的民间故事，例如从《大苗山交响曲》到《百鸟衣》《虹》《双棺岩》。这些都是各少数民族的叙事诗和民间传说。把它们发掘出来，经过创造性的整理，是非常有意义、非常可喜的。除了这个类型的作品之外，如《红河之歌》《一道红光》《双仇记》，也都是写种族人民解放前的革命斗争。此外反映解放后生活变化的，如《歌唱我的民族》《仫佬族走坡组诗》《欢乐颂》《红丝球》（均见《作品》1957年11、12月号）等作品则都是些抒情小诗，这种类型的作品，歌颂了党、歌颂了领袖和党的民族政策，表现了各族人民对新社会制度下的生活的无比欢欣。此外，就是少数民族人民表现自己对故乡山区美丽河山纯朴自然的歌颂和热爱的作品了。在以上各种类型作品当中，虽然都反映出一定时期各族人民的生活图景与民族色彩，表达出诗人、作者的革命热情，很有激动人心使人感到亲切朴实的力量。但是，在这些类型的作品中，还不能使我们看到各少数民族与我们同时代人的精神面貌，以及革命的英雄模范人物的生动真实形象。因此，也就不能深入具体地看到解放以来，各少数民族中贯彻民族政策，所发展起来的社会主义的民族关系，与经历了社会改革和社会主义改造之后的深刻变化。这说明了反映广西各少数民族当前人民的生活斗争还非常不够。从这里也可以看到我们各少数民族的诗人、作家以及汉族作家，还没有很好地深入到各少数民族的群众生活当中去；或是还不知道如何去反映当前各民族的生活和斗争。

我们并不是不要反映各少数民族的历史革命斗争，也不是忽视整理各少数民族的叙事诗和民间传说所已取得的成绩，和它具有的极其重要的意义；应该说，这些都是各族人民的珍宝。我们也并不排斥抒写各族人民的故乡景色与生活情调；相反的，还希望继续有以上这些类型的优秀作品更多产生出来。但我们认为：更重要的是要在这个基础上，进一步要求反映各族人民当前的生活斗争，描写进行社会主义改造、建设的斗争的作品。这才能更好地为各族人民服务，为社会主义服务。因为，我们各少数民族和汉族一道，已进入了社会主义革命的伟大变革时代了，各族人民要求在文学上，能充分地反映他们在社会主义革命时期的时代生活，要求作家、艺术家塑造少数民族与我们同时代人的英雄人物形象。要求用社会主义的精神来教育少数民族人民。这就是当前迫切的中心任务！

反映过去的斗争，整理民族的叙事史诗和民间传说，固然也是很重要的，但是同样要用工人阶级革命的立场，科学的历史唯物主义的观点，与社会主义现实主义的创作方法来进行深入细致的发掘、搜集，创造性地加以整理，才能使它的主题更明确，形象更生动，情节、冲突更集中，语言更洗练，风格更鲜明，更符合历史的真实，更具有艺术的感染力量。但无可否认，各少数民族过去斗争的题材与民族叙事史诗民间传说，都有它的历史局限性和民族偏狭性；因为这些斗争和传说，或产生于原始的或部落的社会生活当中，或产生于受民族压迫的时代当中，因而很自然地带有历史的局限性和民族的偏狭性，所以今天要反映和整理这些过去的民族斗争与叙事史诗、传说，应当要按照党的民族政策的思想观点来慎重地分析、处理，不然用纯客观的自然主义的观点来反映与处理，就有可能陷入地方民族主义的狭隘观点，会给我们少数民族的文学带来极不健康的思想、色彩。设若让这样的地方民族主义文学作品传播，就会破坏我们社会主义的民族关系，影响整个社会主义的建设事业。因此，少数民族过去的斗争和民族叙事史诗与民间传说，就算是能够很正确地反映、整理出来，但它无论如何也不可能反映出今天社会主义的民族关系，表现不出我们同时代人的精神面貌。唯有诗人、作家在深入群众生活当中，紧密地与群众结合，和深切地体会党的民族政策，正确地认识各少数民族社会生活的深刻的变化，才有可能塑造出少数民族与我们同时代人的英雄模范典型人物的真实生动的形象。

在今天，各少数民族的社会生活当中，有哪些方面的深刻变化呢？我看，有以下几个主要的根本性的变化。一、是民族关系的变化。反动统治时期的民族压迫已经一去不复返了，解放以后，在党和政府的领导下，坚决贯彻国内各民族一律平等，各少数民族实行自治的民族政策，并坚决反对、清除大汉族主义和地方民族主义思想，以根绝造成民族隔阂与分裂的思想毒害，使各民族团结在党的领导下，在各民族之间建立起社会主义的民族关系。二、是阶级关系的变化。解放以后经过社会改革土地改革，把阶级压迫——封建的政治、经济压迫的地主阶级打垮了，各族人民分得了土地、山林的生产资料，各族人民真正地得到了自由。三、是社会制度变化。经过社会主义的三大改造，各族人民掀起群众性的农业合作化的高潮，单根据前桂西僮族自治州的统计，到1957年7月止，全州共有高级社5937个，参加社的农户188万多户，占总农户99%，这说明了各族人民已建立了集体所有制，使各族人民从此永远摆脱了资本主义的黑暗道路，走上繁荣幸福的社会主义光明大道。

随着以上三个根本性的变化，就同时带来了以下几个方面的变化。即：劳动生产方法的变化。由于合作化的优越性把过去分散的落后的个体生产，改变为集体的有计划的有组织的生产；提高了群众的生产积极性和能战胜一切自然灾害的力量，使劳动生产技术能得到逐渐改革，充分发挥集体化后的生产的先进性作用。由于有了劳动生产方法的变化，在各族人民生活中就产生：经济、文化生活的变化。人民物质生活得到逐渐改善，在这个基础上，人民要求文化生活的改善就非常迫切。加上党和政府在保证各少数民族人民有使用和发展自己的语言文字的自由，有保持或者改革自己的风俗习惯的自由，在这个基础上，进一步积极发展各少数民族的文化，为没有文字的民族创造文字，设立各种学校，鼓励、培养各族人民发掘、整理各自优秀的传统艺术，和创造具有民族形式社会主义内容的文学艺术。这样一来各族人民的文化，和文化生活也就逐渐地发展、繁荣起来。再加各民族人民的团结友爱，各民族文化的相互变流，人民中涌现出来的社会主义的新人新事的互相影响、互相学习，因此在各族人民的社会生活中就产生：社会风俗习惯的变化。这种社会风俗习惯，不是任何人可以用行政命令来改变的，它是随着它的社会经济基础的变化，文化生活的发展，在党和政府的各项社会革命政策的推行，人民政治思想觉悟的提高，以及种族人民的——尤其是汉族人民的社会主义新事物的互相影响下潜移默化的。这种变化，并不是民族虚无主义者的一概否定，或是根本改变，而是各族人民非常自然地一面保持原有优良的风俗习惯，一面又选取各族人民的社会主义的新风气，来丰富发展自己传统的优良的风俗习惯。这表现在民族艺术——特别是歌、舞艺术的创作方面，我们也看到这种互相学习，吸取别人的长处来丰富自己艺术的优良作用。

除了以上这些变化之外，贯串着和承受着一切变化的更中心的变化是：各族人民思想感情的变化，一切社会经济基础和上层建筑的变化，都促进人的思想意识、感情的变化。而人的思想意识感情的变化又反过来维护和推动社会的前进，这就是人民起来改造世界，同时在改造世界的斗争中改造自己。这就是各少数民族社会生活的全面深刻的变化。

上述的这些变化，就是伟大的社会变革。而社会变革并不是一帆风顺的，因为社会变革就是斗争。这斗争中有两种矛盾：有对抗性的矛盾与非对抗性的矛盾，即敌我的矛盾与人民内部的矛盾。解决这些矛盾的办法——即变革的斗争，这是由各少数民族自愿决定；由各族人民的干部自己来领导，进行和平改造的斗争。在这个和平改造的斗争中，也充分表现出各族人民在政治战线上、思想战线上的阶级斗争。例如在建立广西僮族自治区问题上，就是一场尖锐的阶级斗争。正如韦国清同志说的："资产阶级右派分子在对待民族问题上，一种表现是反动的大汉族主义，……另一种表现，是出自少数民族内部的资产阶级右派分子的，他们是反动的地方民族主义者，……这两种反动的民族主义的活动表现，其论调虽有不同，而思想本质却是一样的反动，都代表着已经灭亡了的反动阶级的思想。他们异曲同工的阴谋目的，都是企图制造民族分裂，使各民族离开社会主义的道路，……如果没有社会主义，不走社会主义的道路，任何民族都是不可能获得自己的繁荣发展的。"（见1957年8月22日韦国清《广西省人民委员会工作报告》）可见在任何一个方面的关系的变化、变革，任何一个社会革命政策的推行，都贯串着矛盾和斗争：或是敌对阶级的冲突和斗争；或是集体主义与个人主义的斗争；先进革新者与落后保守者的斗争；新的思想和旧的思想的斗争；这是事物变化发展的关键所在。我们文学创作的主题，就是要表现这种矛盾冲突的变化、变革的斗争，揭示新事物的成长，和充分表现出新事物如何去战胜旧事物的变化、变革的发展过程。要充分反映这些变化，这就需要作家、诗人充分地描写少数民族在社会主义时期的时代生活和精神面貌，塑造出少数民族与我们同时代人的英雄模范典型人物的生动真实的形象。同时，应在所塑造的典型人物身上，体现出这一切变化的时代精神的特征，要把所塑造的典型人物，放在和通过这些变化着的社会生活的环境中，放在前进着的时代激流的矛盾冲突中来表现。这就是典型人物与典型环境密切攸关的生动真实图景。

至于具体的写些什么呢？我想，就以各族劳动人民贯彻党的民族政策的斗争，和进行三大改造，尤其是以农业合作化前后的斗争为中心，各族人民生活所起的多方面的变化，各种新人新事的成长，这些都给文学的创作提供了宽广丰富的题材，生动深刻的新人新事的鲜明形象，真是取之不尽用之不竭。韦国清同志在1957年8月的报告中说："现在全省少数民族干部已增长到五万一千多人……不少民族干部，已担当了各级党和政府的领导职务。……"（见前引）想想看，这些具有一定水平的社会主义政治觉悟的五万一千多个民族干部的成长过程，就提供给我们不知多少大可描写的新人新事。我们应当好好地向他们学习，把他们的英雄模范的事迹，他们的优秀品质和生动的精神面貌，加以观察、研究、分析、综合、概括，典型地表现在文学作品中来吧！他们，就是活生生的与我们同时代的人物，我们不把他们作为表现、描写的对象，还去表现什么同时代的人呢？

三

由于许多作家、诗人，没有很好地深入各少数民族的群众生活当中，长期地脱离政治、脱离群众、脱离实际，加以作家、诗人本身的思想没有改造好，所以还有很多人不能明确地看到各族人民社会生活的深刻变化，社会主义建设事业的"大跃进"大发展，因而反映在文学活动方面，还表现不出各族人民的新的精神面貌，还塑造不出活生生的同时代的英雄模范的形象。因此就仍停留在反映过去的、历史的斗争，和整理民族叙事史诗、民间传说的这个范围内。

一般来说，回顾过去的、古老的事物，是比较容易的，而认清现在和认识正在发生发展着的事物，以及预见未来的事物是不容易的、困难的。在写作上也是一样，写古老的传说和过去的斗争，是比较容易，而写新人新事创造同时代人的典型，是比较艰难的。这需要艰苦深入的革命实践，和认真地联系实际联系群众，向群众学习。还需要有工人阶级的正确的世界观。需要作家认真地改造思想。因此，我们不能拣方便的道路走。

今天，要反映少数民族人民的生活精神面貌，要创造与我们同时代人的典型的形象，关键在于我们每个作家、诗人，坚决贯彻党的文艺方针路线，认真地学习，与群众一道去为贯彻党的各项社会革命政策而斗争；长期地无条件地到各族人民工农群众当中去，跟群众结合，同劳动，共甘苦，来锻炼自己，改造自己的思想、立场、观点，全心全意为人民服务，为社会主义服务。只有这样，我们才有可能把自己改造为工人阶级的知识分子，才有可能正确表现出各族人民的社会生活的深刻变化，才有可能塑造出与我们同时代人的典型人物形象，才有可能创造出具有民族形式与社会主义的内容的社会主义现实主义的思想风格的文学艺术作品来。

让我们的诗歌闪耀民族生活的光芒

于　放

　　自从提出加强民族文学工作以后，本省的作家和作者，在进行民族文学的搜集、整理、翻译和以少数民族现实生活为主题的文学创作上，都取得了一定的成绩。

　　广西少数民族有诗境般的自然景物，各族中有着丰富美丽的民间语言，有古老的动人的传说；各族中有的能歌，有的善舞，有的既能歌又善舞，几乎各族中都有浓郁的民族特点的民间美术；在各少数民族地区居住着的是勤劳、勇敢、热情、聪明的人民；各少数民族在党的民族政策光辉照耀下，合着整个祖国社会主义建设豪迈的步伐在前进，已经结合成各族人民友爱团结的大家庭，过去在经济文化上落后的情况在逐渐改变，各族人民的精神面貌起了巨大的变化，在各种斗争和建设中涌现了许多新人新事。所有这些，都是培育少数民族文学作者丰厚的土壤。正是这些条件，使得各族人民有了自己的青年文学作者，如僮族的黄青、覃桂清，仫佬族的包玉堂，等等，使得他们开始显露的才华得以发展，在他们的某些作品中闪耀出民族生活的光芒。现在我们仅就近年来本省部分青年民族文学作者整理和创作的诗

作品信息

《红水河》1958年创刊号。

歌，作一概要的巡礼。

在旧社会，少数民族是最受压迫最受屈辱的。少数民族同胞生活在痛苦和黑暗中。但是他们对未来抱着强烈的希望和美好理想，为了解除痛苦，实现希望和理想，他们对压迫者进行了不屈的斗争。在长期艰苦的斗争中，少数民族人民培养出强悍、勇敢、坚毅的性格，在历史上出现了许多为后代传诵的英雄豪杰和可歌可泣的事迹。我们的诗作者同全体少数民族人民一样崇敬、热爱、珍贵那些英雄人物，用热情、响亮的诗句来歌颂他们。黄青在《欢乐颂》（《作品》1957年12月号）中充满了这种歌颂的激情：

> 在那荒古的年代，
>
> 这里人民像被追赶的野兽般苦难重重，
>
> 侬智高，侬智高，侬智高，
>
> 僮族第一个名字响彻天空！
>
> ……
>
> 木棉花红似烧山的火焰，
>
> 洪秀全千兵万马奔泻在祖国的南方，
>
> 狂卷去多少僮族儿女，
>
> 接连跃起韦昌辉、萧朝贵、李开芳、林凤祥；
>
> 他们右手扬起明晃晃的利剑，
>
> 四周簇簇密密的长矛呵，漫山遍野的好汉。

虽然他们"不朽的名字永留在僮人心中"，但他们正如作者慨叹的："给安排下悲剧的命运"。只有在共产党领导下，原来不散的红光和一片血光，又烧起熊熊的革命烈火，作者继续道出了人民的衷心的颂歌：

> 天上最光的是太阳，

地上是共产党最红最亮！

春天第一声雷最动听，

在广西是红七军和红八军声名最响！

多大的山都是尖顶最高，

僮族人民是革命英雄韦拔群最强！

你们呵，掀起了僮族人民斗争的巨浪，

奔腾的红河，右江，左江上处处红旗飞扬；

枪鸣和脚步凑成中国革命的一片轰声，

红旗下红色的血光交闪着火光。

从此革命胜利的花朵才开始怒放，

民族平等才展现了它的天空海洋。

少数民族人民的坚强性格，还体现在男女青年反对封建压迫、忠于纯洁崇高的爱情、追求幸福美满的生活的民间传说中。这些传说强烈地反映了人民追求自由幸福的愿望。如包玉堂根据苗族民间传说写成的《虹》(《广西文艺》1956年7月号)，其中的土角花姐姐可以说是苗族人民心目中美的化身之一；在皇帝的强娶和一切引诱面前，她的性格多么坚强：

花姐挺起身，

说话像钢针：

……

我要种苗家的地，

织苗家的麻，

我要喝苗山的水，

编苗山的花。

……

作者处处充满激情地去描绘花姐姐，勾出了苗族人民心目中的善和美：

漫山花开千万朵，

最红的是石榴花，

苗家姑娘千万个，

最能干的是花姐姐。

这种善和美在苗族人民中不息地生长着。花姐姐上了天之后，在天上织起一条大花边。作者这样描绘：

从此彩虹常在天边挂，

寨上的姑娘学着编花，

编得像花姐一样快，

巧手的姑娘满苗家。

同类的作品还有覃桂清、肖甘牛根据民间老歌手贾老绍、梁老岩口唱整理的《哈迈》（《漓江》1957年2月号）和《友蓉伴侬》（《漓江》创刊号）。两者都是大苗山的八大苗歌之一。其中特别值得介绍的是《友蓉伴侬》。这是一个描写苗族青年男女为了纯真的爱情而忠贞不屈和坚决斗争的故事。故事是说美丽的姑娘友蓉伴侬和英俊的迭功，新歌节在芦笙坪互相会面发生了真挚的爱情。后来战胜了财主佬的儿子抵皆的迫害和破坏。诗里充溢着苗族青年男女奔放的热情，表现了他们对自由和爱情热烈的追求，也就是表现了少数民族人民纯朴而深厚的思想感情和崇高的理想，为实现理想而斗争的坚强意志。整理者做了较为细致的提炼工作，基本上保存了民族生活特点和民族民间文学的色彩。诗的结构紧凑完整，人物形象鲜明，处处注意使故事的叙述和描绘不脱离苗山环境和民族转点，生活气息较浓。例如在描写友蓉砍下一段金竹子给选功表示爱情时——

友蓉扬起眉毛讲：

"竹子里面白，

竹子外面黄，

竹子的节巴硬硬的，

有钱的人用金银来做凭证，

我们穷人用金竹来做凭证，

以后哪个反悔，

哪个就吞下半边金竹！"

又如在表现友蓉对爱情的忠贞时的描绘：

友蓉在杨梅树下望呀望，

挺起脚望了七年啦！

杨梅树卜站出了坑坑，

坑坑里面装满了眼泪。

这都显出了深刻的概括力和动人的艺术感染力。

在旧社会，反动的统治者给少数民族同胞带来的是贫困与愚昧，而在新社会，共产党和人民政府给少数民族同胞带来了繁荣和文化。于是在他们的生活中，充满了喜悦、歌声、理想和希望。

我们知道，广西各族人民是多么热爱生活，多么热爱自己世代生息的山川田园——这是我们伟大的祖国的锦绣河山的一部分，在新的社会制度下，面貌改变的愈来愈美了，因此，作者们在赞美广西各少数民族地区的山川景物，描绘各族人民的生活风俗画的时候，都洋溢着爱国主义的思想情感。包玉堂在《歌唱我的民族》

（《作品》1957年11月号）里，一开始便表现了不可抑止的喜悦：

> 我的民族
>
> 正在春天里
>
> 天空飘着云彩
>
> 山坡开放花朵
>
> ……
>
> 现在的生活
>
> 充满了喜悦
>
> 充满了歌声
>
> 充满了奇闻
>
> 充满了希望

同一作者在《仫佬族走坡诗组》（《作品》1957年12月号）里，描写随着收割结束，走坡的季节到了，一个少女第一次走坡而发生的激情。作者给我们写了一幅细腻的抒情画，描绘了少数民族新的生活、新的感情，使人读了更热爱新社会、新生活。

当然，我们的诗歌作者没有忘记：少数民族已经与全国人民一起踏出了建设社会主义的豪迈步伐，和越来越高昂的劳动热情。

覃桂清在《森林之歌》（《漓江》1957年10月号）里，满怀激情地抒述过去的被压迫者已经成了森林的主人，苗山建立了国营林场和伐木场，组成了合作社，农民中成长了第一批掌握新技术的伐木工人。看呵：

> 红旗插在苗寨，映着阳光
>
> 欢乐的歌声又在广阔的森林里飘荡
>
> 山林的主人们组成了伐木的队伍
>
> 踏着朝露去扣开森林的门扇

用粗大的手开动刚结识的发动机

电锯和风啸的和声激励他们心花大放

看呵：他们在劳动中怎样信心百倍地展望着美好的远景：

种下生活吧，在这迷茫的高空，

我们第一次升起了炊烟；

开始工作吧，在这黑夜和寒冷的尖顶，

我们第一个把火光点燃。

……

此刻我们住的更高了，

我们已离家乡更远；

今夜我们想起亲，

展望祖国辉煌的远景。

——黄青：《夜宿金钟山》(《漓江》1957年3月号)

值得特别介绍的是肖甘牛的《歌唱大苗山》(《广西日报》1956年5月26日《文化宫》)和覃桂清的《赞贝江》(《广西日报》1956年11月26日《山地》)。前者的作者用热情奔放的抒情笔触，概括地歌颂大苗山为英雄山、藏宝山、劳动者的山、花果山、蓬莱山。后者，作者以饱满的热情，在四十多行诗句里，从诉不尽的民族的灾难写到唱不完的翻身的欢乐，从美丽的苗家姑娘、勇敢的侗族猎手写到慈祥的瑶族婆婆，最后把贝江与祖国的社会主义建设联系起来了：

贝江啊

你是辛勤的伐木者的保姆

你润湿了他们焦躁的喉咙

你洗涤了他们的疲惫

你肩负着沉重的木排

让它们顺流而下

贝江

你那跳跃的激流

像琴师灵敏的指头

不停地将水电站的马达拨动

让白色的火花开遍宁静的山野

让锯木机的歌声响彻原始森林

贝江啊

你的每个浪头啊

都带着一个喜讯

把山区建设的捷报

快快奔送到祖国各地

当社会主义改造运动在少数民族地区进行时，诗作者的笔触又紧紧地跟上去。他们用朴实的语言叙说了人们如何改变了几千年的积习，生活在全新的人和人的关系中。如包玉堂的《高级社的……》（《作品》1957年5月号）：

山上的树林，

是高级社的；

山下的田地，

是高级社的；

河边的水车，

是高级社的；

坡上的牛群，

是高级社的；

……

高级社是谁？

是你，是我，是他，

是社员大家！

看，多么美丽的群山

绿叶茂盛，红秀灿烂

我们的前途呀

这群山还比不上……

　　少数民族人民的幸福生活，不是从天而降的，而是共产党和毛主席领导我们进行斗争的成果。有了党和党的民族政策，少数民族地区才有遍地阳光，沉睡千年的森林和矿藏才被唤醒和打开，那里的生命才更活跃起来，那里才有真正的欢笑和响亮的歌声，人们才有信心和力量。也就是说，党把社会主义带到僻远的山区，给人们指引走向更光辉更幸福的未来。因此，少数民族同胞随时随地都表现出衷心地拥护、爱戴党和毛主席，并且最坚定地表示忠于祖国，忠于党。下面就是诗作者唱出的人民强烈感情：

天上最光的是太阳，

地上是共产党最红最亮！

……

我们都承受着毛主席的恩泽呵，

整个大地披着共产党的光芒！

——黄青:《欢乐颂》

我歌唱我的民族

我更要歌唱共产党

……

共产党

是我的民族的太阳

——包玉堂:《歌唱我们的民族》

当右派分子猖狂地向党进攻时，诗作者吹起了保卫党的号角:

我要一万次歌唱:

共产党，我们民族的太阳;

谁要往太阳上抹黑

我们就斩断他的手

——同上

广西各民族人民的幸福生活，随着祖国社会主义事业的发展而发展、上升而上升。广西僮族自治区即将成立的消息，激动着广西成千成万人的心。僮族诗作者黄青在《欢乐颂》中，以不可抑止的激情，描绘了当带着即将成立僮族自治区的喜讯的电波，从首都北京发出后，城市在欢腾，乡村在欢声雷动。男女老少为什么那样欢欣？"是不是所有的歌圩同一天齐唱?""是不是所有的婚礼同一早举行?"当"人们喜得像奔涛跃浪的大海，大地如处处荡过春风"，当老歌手都高歌的时候，作者把人们引到对过去长期灾难重重和艰苦斗争岁月的回忆中去，说明只有有了共产党的领导，革命胜利的花朵才开始怒放，后来又经过了多少斗争锻炼，人民忍受了多少灾难，革命才取得了伟大胜利，广西各族人民，才在社会主义改造和社会主义建设中创造了无数奇迹。那么，由城市到乡村是那样的欢欣若狂，难道是难以理解的？是的，广西各族人民在今后的社会主义建设中，信心将更强了；雄心将更大了。最后，作者以磅礴的气概、奔放的热情和抒情的笔调结束了他的颂歌：

　　五色缤纷的各族衣裙都同时起舞吧

　　还有什么节日能比这时刻更令人欢畅？

　　好大块的宝石发着透天的光华——

　　那是我们自治区在祖国的大地上

　　捧起巨幅瑰丽无比的图画！

　　多动听的琴弦鸣震天动地的音响——

　　那是各族人民在祖国的山海之间，

　　奏起永不停息的乐章！

　　从以上几个作者的作品的简略介绍中，我们可以看到，近年来反映广西各少数民族生活斗争的诗歌，数量大为增加，质量也有所提高。许多作者都以爱国主义和社会主义思想作为共同的主题。因此，好作品有着饱满的政治热情，能正确地在作品中表现革命的英雄主义精神，有着时代的、社会主义的声音。他们的作品表达了各族人民对祖国对党的热爱和景仰，歌颂了我们民族大家庭的友爱团结和各族人民新的生活和新的精神面貌。在艺术技巧方面（特别是以苗族人民生活斗争为题材的作品中），运用了形象的、朴素的、具有鲜明民族色彩的语言，给人以强烈的感染。许多作品洋溢着各民族的乡土气息。一些作者还力避公式化、概念化的倾向，开始注意运用或吸取原有的民族形式。所有这些成绩，都是应该肯定的。

　　然而，上述的成就，比之于少数民族瑰丽的现实生活，比之于人民群众的要求，还差得很远。在上列几个作者的诗歌中，还存在不少问题（也是广西诗歌创作中共同的问题）。解决了这些问题，民族诗歌创作才能更加繁荣。

首先引起我们注意的一个问题，就是反映现实生活的作品较少。从上举几个诗作者的全部作品来看，表现了以下的倾向：第一，有分量的作品大部分是整理民间传说和历史斗争故事的，反映现实生活的作品则较少。诚然，民族文学遗产应该整理，但对我们文学工作者特别是青年作者来说，主要任务在于反映现实生活，以诗人的社会主义革命热情去鼓动人们发出更高的劳动积极性和创造性，激励人们乘东风沿社会主义康庄大道奋勇前进。也就是以社会主义精神教育各族人民。原来的民族民间文学遗产，因历史条件的限制，其思想内容是有一定的局限性的，因此，它的教育作用也有限度。我们整理民族民间文学遗产，其目的之一是为了吸取其优良传统，发展和繁荣新的创作。第二，在现有的比较好的作品中，描绘爱情、描写乡土风光和风俗习惯的较多，正面地描绘热火朝天的社会主义建设的较少。第三，在以现实生活为题材的作品中，有的抓不住主要题材，或触及了主要题材却只抓住现象，写来显得单薄、肤浅。有的作品已经开始出现狭隘的地方民族主义倾向，这更值得注意。

问题的关键在哪里呢？首先是在于诗作者的思想感情，还没有足够地与社会主义革命中的无数奇迹和瑰丽的现实生活相融合。一些作者的创作冲动，发自这个蓬勃的社会主义革命时代的不多不强。不少作者的思想感情，还是停留在民主革命阶段。诗人的思想感情，与时代的跳跃不合拍，就不可能把原有的爱国主义思想提到一个新的高度：为无产阶级的豪迈事业而歌唱，为社会主义光辉未来而歌唱，从而把摄取题材的着眼点，放在当前蓬勃发展着的新生事物和社会主义的伟大创造上。社会主义革命和社会主义的创造，是各民族主要和共同的东西，人们生活中的一切变化，都在这个主要的、共同点上发生的。诗人看不到这主要的共同之点，他们思想、感情就难免带有狭隘性，就会自觉或不自觉地表现为地方民族主义。

我们希望诗作者们在深入少数民族人民的生活、斗争中，求得这些问题的逐步解决，使新诞生的诗歌，表现出深刻的思想力量和感人的艺术力量。

其次，关于熟悉和接受民族文学传统问题。几乎诗作者的作品中，翻译整理的作品或根据民间传说的创作一般做得较好，而在反映少数民族现实生活、斗争的创作中，不少作者就不善于表现发生某一事件的民族地区的生活背景，不善于在作品中体现少数民族在特定环境和条件下的思想方法、生活方式和感情的表现形式。在学习和运用民族文学语言上，上述诗作者虽各有较好的一面，但总的来看，仍分别在不同程度地存在着一些缺陷。如有的作者感情比较充沛、高昂，政治性较强，但民族生活气息不浓，诗句冗长，缺乏少数民族语言所特具的精练和缺乏艺术概括，甚至在长诗中也少见突出的情节和较典型的形象；有的作者的作品形式虽优美，却嫌纤弱，情调也不甚高昂；有的作者在整理的作品中，一般能保存原有民族文学特点，但不能从中吸取其优良传统，所以在创作中民族情调淡薄；有的作者运用了民歌中朴素的语言来反映少数民族生活，但由于对少数民族人民的思想情感的理解还不深刻，因此所选取的民间语言，往往仅是形式，没有体现人们真实深邃的思想情感；有的作者的诗，民谣味较强，也能抓住一些独特的事件，但显得概念化，思想内容空泛，语言缺乏艺术魅力。所有这些问题集中起来，就是在发展民族文学中如何接受民族文学传统问题。当然，学习民族民间优秀的艺术技巧、丰富的民间语言，都是异常重要的。但根本问题，还在于深刻地理解少数民族人民过去和现在生活、斗争及其思想感情，了解民族文学在历史上的战斗传统，明确它今天肩负的光荣任务，只有这样，才能通过吸取民族文学传统的艺术技巧和语言，使新的作品闪耀出民族生活的光彩。

除了上面几个诗作者的作品介绍外，广西还有许多诗作者进行了辛勤的劳动。在广西的诗歌园地上，已经开出了许多闪现光彩的花朵。虽然这还是初开的花朵，但这是值得珍贵的令人喜悦的花朵。随着僮族自治区的成立，必将出现社会主义建设新的跃进、新的高潮。广西各族人民在共产党领导下，展开在各族人民面前的将是一幅更宏伟、更瑰丽的图景。预祝我们诗歌的花朵，将开得满山遍野，开得更光彩夺目。

为创作更多更优秀的作品而努力

——在区文联及作协广西分会成立大会上的工作报告

苗延秀

一、对1958年文学创作工作的估计

文学艺术是一定时代社会生活的反映，它帮助和教育人民推动历史前进。当代的文学艺术主要是反映人们如何在党的领导下进行社会主义建设的新生活，反映新时代人民的精神面貌。特别是1958年"大跃进"以来，在党的总路线光辉照耀下，全国人民"精神振奋，斗志昂扬，意气风发"，"力争上游"的崭新的精神面貌，在文学艺术上更应有所反映。

1958年，是"一天等于廿年"的伟大一年，我们广西与全国其他省、区一样，在成立了僮族自治区后，掀起了"大跃进"的高潮，各民族人民欢欣鼓舞和团结一

作者简介

苗延秀（1918—1997），广西龙胜人，侗族，1941年到延安，在鲁迅艺术文学院文学系学习，主要作品有《红色的布包》《大苗山交响曲》《元宵夜曲》，曾任广西文联、广西作协副主席，《广西壮族文学史》编辑室主任。

作品信息

《红水河》1959年第6期。

致地坚决执行了社会主义建设的总路线，鼓足干劲，发扬了敢想、敢说、敢干的共产主义风格，使粮食生产大量增加，使钢铁生产在短短的几个月中，炼出15万吨，结束了广西不能炼钢的历史，打开了工业建设的新一页。而工农业生产"大跃进"和人民群众思想觉悟的"大跃进"，带动了文学的"大跃进"，我们去年一年的文学创作，主要有下列几方面的收获：

第一，在"大跃进"的形势下，群众性的文学创作运动得到蓬蓬勃勃的发展。我们广西出现了大量的新事物、新的具有共产主义风格的英雄人物。具有喜爱山歌的优秀传统的各族人民，掀起了声势浩大的以民歌为中心的群众性创作运动。于是，不论在高炉旁，在田野里，在山顶上，都经常听到群众用生动的语言，嘹亮的歌声，歌唱伟大的党和毛主席，歌唱总路线，歌唱生产"大跃进"，歌唱人民公社……新民歌变成了生产"大跃进"的战鼓，成为鼓舞劳动人民前进的号角。这是群众进行社会主义、共产主义自我教育的武器，是群众在文化上闹翻身和巩固与扩大扫盲工作成绩的运动。在新民歌创作中，出现了不少革命的现实主义和革命的浪漫主义相结合的优秀作品。

这些作品，有的歌唱农业"大跃进"，反映了农民鼓足干劲，力争上游的乐观的战斗精神，显示了农村社会主义建设"大跃进"的时代面貌。

有的对工业"大跃进"，特别是大炼钢铁运动，给以非常热情生动的描写。表现工人阶级的伟大气魄和理想，表现全民大办钢铁的豪迈气概。

部队战士写兵歌，反映保卫祖国南大门，保卫社会主义建设的作品，也有不少。

此外，民歌还成为表扬先进人物和群众自我批评教育的武器，成为歌颂新的民族关系——团结、和睦、互助的赞歌。

工农群众把劳动诗化了，把诗劳动化了。而诗与劳动的结合，就意味着在我们社会主义文学中出现了共产主义萌芽。

这些民歌给我们当代诗人的影响很大，正如周扬同志所说："新民歌开拓了诗歌的新道路。"

去年一年，全党全民开展的采风运动，成绩很大，据很不完全的统计，区人民出版社和民族出版社共出版了七十多集民歌。如《人民公社奇迹多》《丰收之歌》及《这里工厂冒火烟》等民歌都是受人欢迎的群众创作，此外，各专区、市县出版的民歌约有二百多集。各地墙头诗画数量也相当多。

群众创作，不仅在民歌上成绩很大，而且写有比较优秀的散文和小说。它们继承了民间故事传统和发扬了时代精神，用朴素、生动的语言和比较鲜明的人物形象及生动的故事来表现"大跃进"。如《五伯娘和新儿媳》，文章虽短，却相当生动地表现了农民的生产干劲和新的人与人的关系。此外，还有小小说《插割之争》，写人民内部先进与保守思想的矛盾，写得也很生动。剧本《剪红带》及其他作品，好的也不少。这些作品，虽然不十全十美，但都朴素、真实，充满了生活气息，在一定程度上表现了"大跃进"伟大时代人民的精神面貌，对"大跃进"起了促进作用。

去年一年，由于群众创作的蓬勃发展，不少工农作者参加到文艺战线上来，对今后创作的影响，对文学队伍质的变化，将起极大作用。

第二，去年文学工作的"大跃进"，还表现在作家和文学工作者的下放劳动或参加基层工作，下决心以普通劳动者姿态长期深入生活，特别是业余作者和斗争、和群众、和生产的密切联系，跟人民群众一道"大跃进"，使文学创作面貌有所改观。这是在整风反右斗争胜利基础上的一个有极大意义的成果，也是文学上一个革命性的措施。毛主席说："中国的革命的文学家艺术家，有出息的文学家艺术家，必须到群众中去，必须长期地无条件地全心全意地到工农兵群众中去，到火热的斗争中去，到唯一的最广大最丰富的源泉中去，观察、体验、研究、分析一切人，一切阶级，一切群众，一切生动的生活形式和斗争形式，一切文学和艺术的原始材料，然后才有可能进入创作过程。"

所以，业余作家的长期与劳动、与群众、与斗争结合，作家、艺术家的下放当农民或参加基层工作，不仅是改造思想，实现知识分子劳动化，而且是解决作家在创作与生活上的矛盾，使作家的创作充满了乐观的斗争精神，较充分地表现"大跃进"的时代面貌。根源于个人主义而产生的悲哀、沉闷的思想感情，在"大跃进"的洪流中被冲得粉碎，低沉的、发泄个人哀怨的作品，已一扫而空，或者是为数很少了。

我们广西的作家，有的在劳动中立了功，成为先进工作者；有的边劳动边写出短篇作品来为生产为政治服务；有的正在写长篇小说和长篇叙事诗。就已发表的作品看来，比过去有较浓厚的生活气息，有较健康的思想感情，在一定程度上表现了"大跃进"中的人们的精神面貌，刻画革命斗争和"大跃进"的英雄人物。如小说《抢红旗》《僮族人民的好儿女》《猎手外传》《老游击队员》及其他许多诗歌、散文，尽管它们的文学样式、风格不同，或多或少存在某些缺点，但它们的共同特点：描绘了各方面具有共产主义思想、风格的人物形象，从这些人物身上，我们看到了工人、农民的聪明智慧，看到了工人农民豪迈的性格和高贵的品质。

这些作品，有的是下放作家的创作，有的是业余作家或青年作者在基层工作中挤时间写出来的。但总的是在"大跃进"中，作家参加劳动，参加基层工作，作家是参加了社会主义建设的实践，不是旁观或局外人，而他与群众的关系，从客人变成了自己人，因而，对自己思想改造较好，对人民群众的思想感情和性格的理解就比较深，才能创作出较有时代精神的作品来。

文艺工作者下放与群众结合，辅导群众创作，对提高群众的创作水平也起一定作用。如广西僮族自治区各剧团和艺专的同志，去年在全区各地进行劳动锻炼时，辅导了当地业余剧团的创作和演出，使群众的创作和演出有所提高。

去年一年，作家和青年作者的创作，据《红水河》编辑部的统计，仅《红水河》发表了小说、散文97篇，其中反映工农业"大跃进"的就有45篇，反映现实各方面的生活的有33篇，反映革命斗争的有18篇；诗歌80篇；剧本及演唱材料13篇。其他如《广西日报》副刊《山地》和《群众艺术》，也发表了作家和青年作者的反映工农业"大跃进"的作品及通俗演唱材料。此外，电影剧本的创作，仅南宁电影制片厂收到54部。这些作品在一定程度上反映了我区一日千里的社会主义建设的面貌。

第三，在理论批评方面，贯彻了"百花齐放，百家争鸣"的方针，对文学工作者思想"大跃进"和文学创作的发展起了促进作用。我们从文艺界的反右斗争到修正主义的批判，从"文学作品可以不要主题"，"你搞你的政治，我搞我的文艺"，把政治与艺术对立，或把政治与艺术并列等等资产阶级文艺思想的批判斗争中，组织文艺工作者学习了总路线和周扬同志的《文艺战线上的一场大辩论》，提高了文艺工作者的思想认识，懂得了香花和毒草的区别，并在创作实践中不断提高。去年，我们在刊物上开展了对丁玲等修正主义的批判，对我区某些人的借"写真实"和"干预生活"等论调，来夸大和片面地专门描绘新社会的所谓"缺点"，进行反社会主义和贩卖修正主义文艺思想的批判，使评论工作出现了新的面貌，而革命的现实主义和革命的浪漫主义相结合的口号的提出，对我区文艺创作更起了重大影响。

有些作家和青年作者，在创作方法上已有所革新，对用革命的现实主义和革命的浪漫主义相结合的创作方法来进行写作有所努力，写出的作品，尽管存在缺点，但大体有革命立场，人物有革命干劲，有革命理想，情调比较清新、健康。

此外，我们对某些较优秀的作品作了评论推荐工作，如对《五伯娘和新儿媳》这篇小小说的推荐，转载了老舍同志的评论；对《歌唱我的民族》等诗歌作了评介。对某些有严重缺点的作品，如《中秋节》等也开展了讨论。

在文学评论中，大专学校学生，也已显示出一定作用。

第四，民族文学有了一定的发展，民族作者的作品，反映了少数民族地区的蓬蓬勃勃的富有强大生命力的社会主义建设。像仫佬族包玉堂的诗集《歌唱我的民族》的出版，就是以朴素的语言和深厚的感情来歌颂党和社会主义革命给仫佬族人民带来的新的幸福生活。其中《歌唱我的民族》一诗，表现了诗人对本民族家乡的热爱和对祖国的热爱；而对阴谋破坏社会主义建设和破坏各民族幸福生活的右派分子，表现了强烈的憎恨。

诗人又在《山城的早晨》一诗中为本民族工人的新生而欢欣鼓舞。

僮族诗人黄青的《百东河水库工程散歌》，用朴素的语言，粗犷、豪迈地赞颂着僮族人民大搞水利的信心，表现了一定要战胜自然的英雄气概。

苗族新作家梁彬的小说《抢红旗》，虽然有些缺点，对人物为什么抢红旗这一思想的展示写得不够，但仍可以看到苗族人民在"大跃进"中的生产干劲，而且富有民族生活气息；语言，特别是人物间的对话写得相当精练。所以，仍为读者所喜爱。

民族文学的成长，还表现在戏曲方面的发展，如僮族、苗族、侗族等都有新的剧本创作，并搬上了舞台。

僮、瑶、苗、侗、彝、仡佬、仫佬、毛难等民族的作者，是在党的培养下成长起来的，其中绝大多数是在1958年"大跃进"中才显示了自己的才能。他们在报刊上有的发表了诗；有的发表小说、散文；有的写电影剧本，而且拍成电影。据《红水河》编辑部不完全的统计，1958年，民族作者在《红水河》发表诗歌的有僮、瑶、苗、侗、仫佬、毛难、彝、仡佬等8个民族的49个作者，共发表诗92首；小说、散文15篇。这些作品，有的相当优秀，有的还存在缺点，甚至可以说还相当粗糙，水平不高，但它是以崭新的姿态出现于文坛，以富有民族生活气息和特色的文学而丰富了我们广西的文艺园地。

我们广西僮族自治区一向重视民族民间文学的搜集、整理，1958年，广西各民族文艺工作者，在区内外出版民间故事集和民间歌谣集62本（僮文版55本），其中有：《僮民族间故事》《风水先生》《僮族民歌选》《哈迈》，《中国民间故事选》中也选有我区的作品。1958年10月以后，成立了"僮族文学史"编辑室，组织作家、教师、干部、学生等60多人，进行僮族文学作品的普遍搜集，得到的作品有二百多万字，并且将随着文学史的编写而陆续整理出来。这无疑的，是我区僮族文学史上的一件大事。

在民族文学工作上，还要提一下从事这项工作的有汉族作家、干部和学生；也有少数民族作家、干部和学生。他们互相学习，互相团结，共同工作，体现了我区新的民族关系。这种关系，今后我们还要继续巩固和发扬。可以肯定，通过民族民间文学的搜集整理工作，民族作家在汉族作家帮助之下，可较快地成长起来；而汉族作家，也可以在与民族作者共同搜集、整理民间文学中得到生活、艺术的提高。

在民族文学发展上，还要提一下民族文学翻译工作，把汉族文学中的优秀作品译成少数民族语文，把少数民族文学中的优秀作品译成汉文，这对巩固民族团结，提高民族文化和文学能起一定作用。当僮族有了文字以后，民族出版社在这方面做了许多工作，仅1958年翻译出版汉族文学的有：高玉宝的《半夜鸡叫》、方之的《在泉边》以及《英雄黄继光》等作品。

这工作，不仅在文学上有重大的意义，而且是一项相当重要的文化政治工作。

第五，为了继承光荣的革命传统，向在革命中艰苦斗争和为革命而献身的英雄人物学习，进一步鼓舞群众的干劲，1958年我们有计划地组织了一些老干部进行革命回忆录的写作，以及收集反映历代革命斗争的作品。

我们知道，广西各民族不但有悠久的历史，而且有悠久的革命传统。各民族在很久以前，就曾有过反抗民族压迫和阶级压迫的斗争，特别是近百年来，从太平天国革命到中法战争、到辛亥革命、到党领导下的红军时期的国内革命战争，一直到抗日战争和人民解放战争，僮族和汉族及其他少数民族人民都曾团结起来进行长期的艰苦斗争，出现了许多可歌可泣的英雄豪杰和为人民所爱戴的革命领袖。他们留下了足以教育后代人民的英雄事迹和壮丽的诗篇。

如1958年，我们收集到清朝时期南丹县僮族青年农民邓老五的歌，他是坚决反封建反帝反洋教斗争的勇士，起义失败后被捉，判死刑。当他被绑赴刑场时，母亲在旁呼天顿地，哭得很惨，而邓老五却慷慨就义地唱着：

十七十八好威风，睡在平地像条龙，

因为人民刀下死，人头落地当吹风。

这首歌表现了革命烈士的非常豪迈的英雄气概和为人民而死的光荣感，也表现了对死、对敌人的蔑视。

近代的新民主主义的革命斗争，在党的领导下，英雄人物辈出，1958年各报刊曾发表过若干反映这方面的作品；《红水河》杂志，还设立了《星星之火》和《老战士忆红七军》等专栏，共发表了18篇。这些作品全面或侧面的反映了各个革命时期的斗争面貌，表现了英雄人物的高度的革命热情和豪迈行为，对今天的人民进行社会主义建设，起了鼓舞和教育作用。其中特别值得提及的有谢扶民同志的长诗《右江——红七军的故乡》，这首诗虽然不很完美，但它较全面地描绘了右江两岸各族人民，在党领导下极艰苦、英勇的革命斗争和高度的社会主义的建设热情。

此类作品，还有《回忆韦拔群》及各地的许多党政负责同志的创作。

这方面的作品，表现了人物多在艰苦、惊险的环境中抱着崇高的革命理想，干出许许多多的可歌可泣的英雄事迹，他们的榜样和革命斗志，永远鼓舞着我们前进。

第六，由于群众创作运动的开展；老干部拿起笔来写作；作家的深入生活、下放劳动，解决了生活和写作的矛盾；大专学校学生的贯彻教育与生产劳动相结合，在创作和理论批评上显示了他们的新生力量。于是，我们的文学队伍大了，各级文艺团体逐渐建立起来了，作品一天天多了。从各地报刊上发表的许多作品来看，其中有一个显著的特点：描写人民群众，描写工农业"大跃进"的现代题材多了，它从各方面来表现"大跃进"中的新人新事和时代面貌。

其次，通过各地的文艺团体，辅导了群众创作，培养了工农兵作者，壮大了文艺队伍。仅《红水河》编辑部去年十月份的统计，诗歌的工人作者50名，农民作者200名，士兵作者10名，占诗歌作者72%；小说，散文的工人作者42名，农民5名，军官士兵40名，占小说散文作者总教37%，其中有4位工农作者，已进入作家的行列。

总之，1958年文学创作工作成绩是相当大的，它基本上反映了"大跃进"的时代面貌和人民的精神状态，对人民群众进行共产主义教育，起了积极的作用，同时对生产起了促进作用。它为社会主义文学建立了广大的基础和开辟了广阔的道路。这成绩的取得，主要归功于党的领导，同时也由于各级政府文化部门及文联的正确地贯彻了党的文艺方针，由于群众的力量和文学作者及刊物编辑部全体同志的努力，以及部队同志和老干部及其他方面同志的努力。

但是，去年文学创作与我们伟大时代的工农业"大跃进"还不大相称，不愧于时代的优秀作品还很少，甚至可以说还没有。我们的作品数量多，质量低——作品的思想性、艺术性还不够高，或者说还存在若干缺点。这些缺点虽然是前进中的缺点，但如果不大力克服，不努力提高，就满足不了群众的要求，赶不上形势的发展。所以，文学创作上存在的问题，应该很好研究。

二、关于文学创作上的一些问题

社会主义建设的"大跃进"，人民群众思想觉悟的提高，要求作家创作出不愧于时代的更多更优秀的作品来。我们去年的文学创作，一般的都以反映工农业生产"大跃进"为主，作者都是想反映"大跃进"中人们的英雄气概，歌颂新的英雄人物为社会主义而进行忘我地艰苦劳动的高贵品质，主题大多数是好的。作者所描绘的新人新事，的的确确是应该大书特书的。但是，由于发展很快，许多问题来不及详细研究，存在若干缺点。

第一，文艺为政治、为生产服务的问题，有些同志理解不够全面。在要求群众创作时，不从可能、自愿、需要出发，计划过大。有一个乡布置群众一个晚上完成一万多首的民歌创作任务，群众虽然尽了九牛二虎之力，一夜之内完成了这个任务，但却找不出几首思想性艺术性较高的民歌来。有些地区为了文艺献礼，对创作提出过高的要求。有一个县今年规划创作二万幅达到全区水平和2000幅达到全国水平的美术作品。某某市要求今年创作出6000首在全区流行的歌曲；要业余作者在今年内完成60部长篇小说的创作任务。这些地区的创作劲头很大，愿望也是好的，可是未从具体情况出发，未考虑文艺创作的特点和规律，制订如此庞大的规划，不但浮夸，很难实现，而且会形成过分紧张，甚至妨碍生产。我们知道，文学艺术是上层建筑，为基础服务。它是"整个革命事业的齿轮和螺丝钉"，它和政治、生产的关系是处于从属的地位，文学创作必须是配合生产而不是去妨碍生产。这一个问题，值得大家注意。

今后，对群众的创作，要从需要、可能和自愿出发，要普及和提高相结合，不盲目去追求群众创作的数量，文艺团体和文学组织领导工作者，包括作家在内，应该去发现群众创作中的积极分子，帮助、培养他们成长起来。这样做，群众创作的成绩和热情，才会巩固和提高。

文艺为政治、为生产服务的另一种片面观点，认为只有现代题材才有教育意义，历史题材似乎不会被人重视，从最近各地的来稿中看，描写历史题材的作品也少很多了。当然，丰富多彩的现实生活，是特别需要作者去反映的，我们也主张作者多写现代题材，或者去努力熟悉现代题材，但并不主张作者抛弃他所熟悉的历史题材。同时，我们自治区不仅现实生活是丰富多彩的，而且在历史上也有极其光荣的一页，诸如太平天国革命、中法战争、右江红七军的革命斗争以及人民解放斗争等等，这些都值得熟悉这方面生活的作者大写特写的。因为广大的读者不仅爱读《普通劳动者》《新结识的伙伴》及《三年早知道》等反映现实生活的优秀短篇，他们也同样爱读《红旗谱》《青春之歌》及《苦菜花》等描写历史题材的优秀长篇。因此，题材愈宽广，作品愈多样化，我们的文艺花朵就愈开得鲜艳，文艺事业就愈发展繁荣。反之，如果作者所描写的题材愈狭隘，就不能更好地从各个方面来反映我们丰富多彩的生活，作品就不能满足群众日益增强的文化生活要求。

文艺为政治、为生产服务，有直接服务和间接服务之分。比如当一个重大政治运动（或生产运动）到来时，布置一些作者写些短小精悍的诗歌传单；或组织作者就地取材，利用群众喜闻乐见的形式及时编些短剧和活报剧之类；或者请画家画些宣传画；或者请音乐家编些歌曲，来进行宣传鼓动工作，这是直接服务。这是完全必要的。我们任何时候都主张这样做。但也有间接服务，那就是作者对某个时期的生活斗争，进行了充分的体验，进行了较长期的艺术构思，用更高的艺术概括来表现一个时代的社会生活，创作出优秀的作品，如许多描写历史题材的诗歌、小说、戏剧等，群众读过或看过后，受到了教育，鼓舞了群众的生产情绪，这也算是为生产服务了。这两种做法我们都赞成，但不赞成只要前者忽视后者，也不主张只要后者抛弃前者。

艺术为政治服务要用什么题材、形式……对于这个问题，应当有充分的更大的自由，只要不违反六条标准，其他都是自由的。我们党的"百花齐放，百家争鸣"的方针，就是要用多种形式、多种题材的文艺创作去为政治服务；而用多种形式、多种题材的文艺创作去为政治服务，就是给艺术为政治服务打开广阔的道路。文艺为政治服务路子愈宽广，服务力量愈大，好的作品就容易产生。我们知道，不同的作家，专长和修养不同，艺术风格与爱好不同，因此，只要作品符合六条标准，题材、形式和风格，应该是多种多样，百花齐放。其次，群众的需要是多种多样的，这也是艺术需要多样性的原因。我们在文艺创作上，必须很好地贯彻党的"百花齐放，百家争鸣"的方针。

第二，在创作表现方法上，有相当多的小说、散文稿子，有一个通病：写的人物不够典型，思想挖掘不深，性格不突出，形象不鲜明；故事平淡，不动人，显不出在"大跃进"中英雄人物的豪迈气魄和精神面貌。我们所看到的这类作品，一般的多是描写生产过程，见事不见人；或者是真人真事的材料毫无剪裁地摆得很多，人物的性格、风貌、爱好、精神状态都看不清，不能达到文学作品的要求：通过人物的性格和形象来表现主题思想，达到教育人民的目的。

在电影和戏剧剧本创作中，也有这种情况，如写炼钢炼铁的题材，往往是工农兵商同道一段白，讲一通煤钢的重要性，然后就是开会、炼钢、实验、不吃饭、不睡觉……一系列的生产过程都写上了，主题虽好，但却全面而无中心，人物没有个性，不能给人以强烈的感染，读者或观众起不到共鸣作用。

我们在文学创作上写真人真事，局限性较大，有自然主义倾向。这样就难以写出一个典型人物来表现时代的精神面貌。也即是说，不能概括地创造一个具有鲜明个性的典型人物来表现伟大时代的工人阶级或农民的共性。有时，由于自然主义倾向，甚至把偶然的非本质的个别现象，写到作品里来，结果对现实生活是一种歪曲。

《红水河》对《中秋节》的讨论，就是针对作品的这种倾向，展开批评。

《中秋节》的问题在哪里？作者曾说：生活中实有其人，他自己曾跟作品中的主人公共同生活两三个月，且几次劝她夫妻和好，都不能达到目的。假如生活中真有这种情况，那也值得研究，作为小说来写，他是不是典型？

我们觉得：作者对"瞎三伯爷"的描写，离开了阶级观点，离开了1958年"大跃进"的时代背景，主人公的思想感情与周围的环境毫无相关。读者看到的"瞎三伯爷"，像是生活在旧社会里没有觉悟的贫民一样，连老婆的虐待也不敢顶撞一句，要是顶撞老婆，老婆不养自己，离了婚，生活无着落，只有死路一条。假如作者写的是那样一个时代的人物，那是无可厚非的。可是《中秋节》是写社会主义建设"大跃进"中的人物，"瞎三伯爷"不能表现这个时代的农民的个性特征。而他与老婆的矛盾，只有到人民公社成立时，恩赐地把他养起来才解决。这就不正确了。

人，是属于一定时代一定阶级的，他的性格和思想感情，受他所处时代的阶级的政治、经济和伦理道德的影响。经过土地改革和合作化后的农民，在党领导之下积极组织起来进行社会主义建设，他会有一定的思想觉悟和干劲投入生产的行列。而他的幸福生活的取得，不是恩赐，而是人民自己努力斗争和生产的结果。《中秋节》离开了社会主义建设"大跃进"的典型环境，把现代人当作旧社会的人物来写，或者是把生活中的不是时代本质特征的个别现象，当作小说的典型来写，这就是这篇作品的主要缺点。

《中秋节》在创作上的错误，在《红水河》开展的批评中，比较一致的意见都认为作者主观意图虽想表现人民公社成立后人们新的精神面貌，但它不能反映出生活的真实本质。这是作者不熟悉人民生活所致。如果真如作者所说的是实有其人，那么，正如高尔基所说："这'事实的文学'，正是自然主义最粗率、最不幸的偏向。"假如是虚构，那就是作者"脱离生活的主观臆造，用自己的错误的思想感情、立场、观点去代替人民群众的思想感情、立场和观点。把自己的思想感情和主观编造的故事，硬加到劳动人民身上。"这就不能不是对现实生活造成歪曲。

类似《中秋节》的具有自然主义倾向的某些作品，把农民中的先进分子，写成只会出力干活，但却傻里傻气的、头脑非常简单的"英雄"人物。

有些作者所写的人物，的确实有其人，且的确是真正的英雄模范，但却不能满足读者对文艺作品的要求，不能使读者产生高尚的情操和轻松愉快的感情。如写爱牛的用嘴巴去吸牛的鼻子，写爱猪的爱得抱着猪在床上睡觉……

这几篇东西所写的人物，的确具有较高的道德品质。但把主人公写成人畜不分，这不但很难令人产生文学上的美感，反而把英雄人物的思想感情庸俗化了。

文学是写人，通过人物性格和形象去显示事物的发展规律。或者是说，文学的给人以教育，最根本的是通过人物的性格描写，用活生生的形象来表现人物的思想感情和性格，以达到提高人民思想觉悟的目的。这在创作上，凡情节与主题、个性有关的，可以具体、细致地描写，但对表现主题和个性关系不大的生活细节，可以删去，不必烦琐地都写到作品里来。烦琐地罗列生活现象，不但不能突出主题和人物性格，而且会冲淡主题和人物性格。好比花，本来是美丽的，但与杂草生长在一起，杂草多，把花掩盖住，花就显得不突出、不鲜艳了。假如把杂草锄掉，花就显得突出和更美丽了。

为什么我们在创作上会出现上述的缺点呢？那是由于我们的作者对生活的观察、体验、认识不深，受水平所限，不能创造典型的人物形象。

文学创作，主要反映劳动生活，反映革命斗争，把生活中的真理体现于形象——体现于典型人物性格的描写中。它不仅仅是现实的反映，不是一味描写现存的事物，还必须联想希望的可能的事物，必须把带有本质的现象典型化。抽取较突出或虽细小但却最普遍而有本质特征的事物，创造大而典型的形象，才能把我们的作品提高一步。

那么，要创造典型，应该具备什么条件呢？高尔基在《我的文学修养》一书中写道："创造典型人物的肖像，要有高度发达的观察力，发现类似和相异的能力，才有可能；要充分的学习才能做得到的。没有正确知识的地方，去用推测，十个推测，会产生九个错误。"这就是说，作家必须有丰富的生活积累，要正确、深刻地观察生活，要有丰富的正确的知识，才能在现实生活的基础上用概括和想象的方法来创造典型。因此，我们要创作出概括时代的优秀作品来，就必须学习马列主义、学习历史、学习技巧，创造性地学习古今中外优秀作家和民间文学的作品，要按毛主席所指示的"必须长期无条件地全心全意地到工农兵群众中去，到火热的斗争中去"，然后才有可能创造出典型人物来。

当然，我们提倡用概括方法创造典型人物，并不排斥写真人真事。因为当作家对生活还不大熟悉，或者是当群众还没有掌握用概括方法创造典型人物的时候，为了及时反映生活，直接地为政治、为生产、为中心工作服务，写真人真事还是需要的。特别是群众的创作，除民间故事、歌谣外，大多数是根据真人真事写的，这是无可厚非的，更不应该责难。一般地说，群众和初学写作者，从真人真事写起，到概括、集中、想象，创造典型，需要一个过程。群众写真人真事写多了、熟了，有了一定写作水平，不满足，就会要求提高，会要求创造典型。

为了创造更典型的人物，不提倡写真人真事，但，并不等于禁止写真人真事。因为在我们的时代，真人真事是典型的也有不少。如方志敏的《可爱的中国》，是真人真事，千百万人爱读；波列夫依的《真正的人》，是真人真事，也是典型；《刘胡兰》《钢铁是怎样炼成的》等，也是根据真人真事写的，他们也是典型。所以，当某些作者写真人真事的时候，关键在于所选择的真人真事是否够典型和如何写真人真事的问题。

第三，在文学创作实践中，对革命现实主义和革命浪漫主义相结合的创作方法，有不正确的表现。我们翻开去年的许多作品。特别是诗歌创作，有不少是把革命浪漫主义误解为空想浮夸的东西。诗歌稿件中，我们常常碰到脱离现实生活的描写，如仙女下凡参加公社、嫦娥嫁到人间、孙悟空参加炼钢等，千篇一律，不能给读者任何精神振奋。这种诗歌没有生活实感，没有优美的诗歌的忆境，内容非常空洞贫乏，随便举首为例：

石炮一声震天响，

震动玉帝海龙王，

天上神仙下凡看，

个个惊得发了慌。

这首歌看起来，气魄很大，如果说它有革命浪漫主义精神，倒不如说它有些空洞浮夸，因为它没有什么新鲜的东西，而是现实生活基础不深和没有生活形象的幻想。

在戏剧创作中，有人把革命浪漫主义神秘化，也有人把它简单化。大家看见"人鬼同台"的戏各地都演过。比如有一个剧本写玉皇大帝要向共产党学习，天上也搞整风运动；有的剧本把织女写成保守分子，把诸葛亮写成小丑，这不仅降低了革命浪漫主义，也损害了传统。去年人民公社刚成立不久，某报刊登了一个剧本，剧中写天上三位仙女看到人间成立了人民公社，于是偷偷地下到人民公社参观集体食堂、幼儿园、托儿所、敬老院、集体牛栏猪栏等地方后，感到人间比天上好，于是不愿上天了，参加了人民公社。这样的戏看起来，似乎很有趣，但思想性并不高，教育意义也不见得大。这和革命浪漫主义毫无共同之处。

在小说、散文方向，也有类似情况，如有篇稿子，描写孙悟空学僮文，学得很好，可是僮族青年却不愿学僮文，连猢猴都不如。这个故事的发生，有名有姓，有具体时间和地点。看来，作者是想通过孙悟空学僮文的故事来告诫僮族青年应该好好学僮文，但却不伦不类，神话与现实格格不入，而且变成歪曲生活的反现实主义的作品了。

文学创作上的这种倾向，除了作者对革命现实主义和革命浪漫主义相结合的创作方法有所误解外，还由于作者对当前斗争生活感受、认识较浅，或者说没有深入生活所致。

大家知道，从没有一个历史时代像我们今天这样伟大；也从没有一个社会像我们今天英雄辈出。英雄们在社会主义建设中，不怕困难，敢说、敢想、敢干地做出了许多惊动世界和前所未有的奇迹的现实生活本身，充满了革命的浪漫主义色彩。革命的现实主义和革命的浪漫主义相结合的创作方法，就是要求我们把现实生活中人民或英雄人物的革命实践和革命理想相结合地描绘出来，绝不是把人和今天的现实分开而抽象去幻想未来。"革命的浪漫主义要表现人民中间的那种前进的精神状态，表现那种令人崇敬的新人新事，这样的人物思想是代表着未来的。"

我们的现实生活非常丰富多彩，英雄万千，材料取之不尽，写之不完，我们不能老是写神仙再世。要写，也不能老一个调子，应该有自己独特的艺术表现手法和风格，要像杜甫样"语不惊人死不休"。

第四，文艺评论工作赶不上创作的发展，不能更好地促进文学创作的繁荣。一年来，群众创作了无数的新民歌，但民歌创作中的经验和问题却未加以总结，报刊上探讨民歌创作方面的文章还是太少。前些时候，全国各地对革命现实主义和革命浪漫主义相结合的创作方法，开展了热烈的学习讨论，我区报刊上都很少见到这方面的文章。其次，如典型问题，生活的真实和艺术的真实，政治与艺术，表现人民内部矛盾和刻画英雄人物等一系列的理论问题，以及当前文艺创作中的许多具体问题，讨论得更少，甚至几乎看不到这方面的文章。特别是对作品的评介工作做得很不够。

为什么文艺理论文章这样少呢？有些同志认为文艺批评工作不好搞，怕犯错误；有些作家埋头搞创作，不大过问文艺批评；有的同志认为这是专家搞的工作，不是一般人搞得了的，因此，在文艺理论这个领域中表现得缩手缩脚，不敢大胆想大胆写。其次，是我们报刊编辑部的组稿工作赶不上去，没有有计划地有意识地去组织更多的人来写文艺评论。由于上述原因，创作上的自由讨论的空气非常稀薄。文艺花朵所需要的阳光和气候，除了伟大的党给我们以外，搞文艺评论的同志，起的作用是不太令人满意的。

其实，以为写文艺评论会犯错误是没有根据的。群众创作开展后，千百万人搞创作，要搞创作，就必须对现实生活加以评判或赞扬，或者说是要在文学作品中提倡反对什么，歌颂什么。这就是对社会生活的一种批评。搞文艺创作的同志既然能够如此，搞文艺评论的同志又何必顾虑呢。文学作品是直接对现实生活给以评判或赞扬，文艺评论文章则是宣传马列主义文艺理论，坚持党的文艺方针，对文艺作品给以直接的评判或赞扬，帮助读者及作者加深对生活和文艺作品的认识或理解，提高创作水平，鼓舞人民群众更加努力地去进行社会主义建设。

当然，搞文艺评论工作，需要有马克思列宁主义的理论修养，还要有较丰富的知识和艺术修养，但最根本的还是要有工人阶级的立场和熟悉生活。近年来，在文艺评论上，从老干部和工农群众中，陆续涌现出新的文艺评论作者就是最好的例证。所以，文艺评论工作并不神秘或高不可攀。我们必须解放思想，破除迷信，发挥敢说敢想敢干的共产主义风格，加强文艺评论工作，改变目前文艺评论落后于文艺创作的状态。特别是我们的老作家和文艺报刊编辑部的同志，要以身作则和广泛地团结一切可能写文艺评论的同志，积极开展文艺评论工作，并在评论活动中培养一支有一定水平的马克思主义的理论批评队伍。

第五，在我们的某些作者当中，一旦写出几篇东西，就产生骄傲情绪，脱离群众，不安心工作，有脱离革命实践，闭门写作，不过问政治的倾向；有的出版了本把书，得了稿费，便和别人去开饭馆；有的发表了几首短诗，便自封为诗人，是"中国的普式庚"，甚至发展到道德败坏，违法乱纪；有的写了两篇较好的作品，就自命为作家，骄傲狂妄，目空一切，是个碰不得的"天之骄子"，正因为如此，一旦受到批评，就暴跳如雷，甚至企图逃亡。这种情况，虽然为数很少，但的的确确表现了某些文学作者受到资产阶级个人主义思想的严重侵蚀，这种错误思想如果不努力克服，不加以警惕，那对我区文学创作的发展是很不利的。

应该指出：作家其所以能写出较好的作品，个人的才能和努力，固然有一定的作用，但是更重要的应归功于党，归功于人民。没有党的领导，没有人民干出惊天动地的伟大革命事业，作家不可能写出革命的文学作品来。毛主席说："革命的文艺，是人民生活在革命作家头脑中的反映的产物。"所以我们说，没有人民创造历史，没有党领导人民不断推动革命的发展，我们就不可能写出革命的文学作品来。

因此，作家不要骄傲。不要把文学放在一切之上。文艺服从政治，起着帮助人民推动历史前进的作用。但它的位置已肯定了的，它是整个革命事业的螺丝钉。

骄傲，就会落后和自满，看不见新的东西，停步不前，发展的结果，就会掉在时代车轮的后面，成为向隅而泣的可怜虫。作家的生命，也就呜呼哀哉。

鲁迅先生认为：革命文学家，首先要做一个真正的"革命人。……至少是必须和革命共同着生命，或深切地感受着革命的脉搏的"。这些话，值得我们深省。今天，当我们进行社会主义建设的时候，作家应该以普通劳动者姿态与人民一道劳动，不是革命或社会主义建设的旁观者。作家应该搞好他所担任的革命工作，通过革命实践和劳动，改造自己思想，熟悉、观察、分析、研究工农兵，与工农兵打成一片，成为工农自己的人，才是一个真正的工人阶级的作家。那些吊儿郎当，对革命工作爱干不干，不负责任的人，一天只考虑金钱、名誉、地位，就是没有树立革命的人生观，是不好的作家。

我们文学创作工作上的缺点，大概就是这些，但，我们的缺点，和成绩比起来，成绩是主要的，缺点是前进中的缺点，可以克服的。

三、今后工作

在党的领导下，坚决贯彻文艺为政治、为生产、为工农兵服务的方针，努力克服创作上的缺点，创作出更多更优秀的作品来。我们的具体任务和措施是：

第一，组织作家参加劳动锻炼或参加基层工作，在坚持作家长期深入生活的基础上，写出优秀的作品来。我们认为：作家长期深入生活，是发展社会主义文学的根本方针之一。当然，在作家深入生活问题上，要照顾作家的特点和具体情况进行安排。至于深入生活的点面问题，鉴于广西作家目前的实际情况，是生活经验积累不多，我们主张在最近两三年内，作家应该深入一点，应该认真地建立自己的活基地，长期生活下去或与之保持联系，这样才能与工农群众真正结合；然后，可以适当扩大生活面，到处看看，比较比较一下，这对深刻地或全面地认识生活有好处。有部分作者可以结合他的工作，熟悉他所在部门的生活。

作家深入生活，主要是为了与工农群众相结合，熟悉工农生活，锻炼思想。毛主席说，作家必须经过生活的观察、体验、分析、研究，然后才能进入创作过程。所以，作家深入生活，应有长期打算。

作家在劳动或基层工作中，对生活虽然还没很熟悉，但为及时反映生活，为当前政治与生产服务，应该写些短小的文学作品。如果作家要写他已经熟悉的其他题材，当然容许。我区目前尚无专业作家，大家都是业余作家，因此写作时间要设法适当解决。当作家确有把握写较大的作品时，可先把写作计划或提纲送交作协或文联研究，然后转报当地党委批准一定创作假期，至于短小作品，以在生活中写作为宜。

除深入生活外，作家的学习问题很重要，作协和各级文联应该帮助作家在当地创作一定条件，使之经常能听政治报告，参加某些会议，看到一定文件，提高共产主义觉悟。文化和业务学习也应该重视。刘少奇同志在全国作协第二次理事会时指示：作家应该是思想家，应该有各方面的知识，应该学点历史和外国文等。去年毛主席又指出干部要学点哲学、学点科学、学习文学……这方面应该提醒作家注意，一个作家不仅要熟悉生活和人，还要具有理解生活、分析生活的能力和表现能力，要努力提高思想和艺术技巧，因此提倡作家与作者努力读书。同时运用革命的现实主义和革命的浪漫主义相结合的创作方法，写出优秀的作品来。

第二，大力发掘和整理各民族的民间文艺、继承传统，发展新的社会主义的民族文艺。在一定时期内，力求整理出一定数量的优秀的长诗、故事、歌谣和戏剧。在这一工作上，特别注意培养民族文学的翻译人才，并有计划地安排收集各民族的民间文学的代表作品。

第三，贯彻"百花齐放、百家争鸣"的方针，积极开展文艺批评，做好书刊评论，注意思想和艺术分析，采取鼓励、帮助相结合的方针。在开展文艺批评中发展文艺批评队伍，提倡专家批评与群众批评相结合，浇花锄草，批判修正主义，克服教条主义，为提高创作水平，建立马列主义的文艺理论队伍而努力。同时，结合新中国成立十周年文学创作总结，深入探讨革命现实主义和革命浪漫主义相结合的创作方法，探讨典型、刻画英雄人物以及民族风格等问题。

第四，在自愿、可能、需要的原则下，积极开展群众性创作运动，贯彻普及与提高相结合的方针，这工作主要依靠各专区、市、县文联去做，但作协也有责任。我们区一级的刊物、出版社，应把作家的优秀作品推广到群众中去普及，同时又有计划、有重点地辅导群众创作出优秀作品来加以出版、介绍和推广。此外，有重点地组织文艺讲座和创作座谈会，不断提高群众的思想和艺术水平。

在发动群众创作时，必须结合生产，利用民间原有创作活动及形式进行工作，做到群众创作密切为生产服务。建议各县市文联的文学部（或组），就地举行小型的作者作品座谈会，必要时，作协的干部和在各地市县的作家，也应负担这些座谈会的指导任务，以提高群众创作水平。

第五，培养各民族作家及工农兵作家，通过在刊物上经常发表对这方面作家作品的评论文章，以提高他们的思想水平和艺术技巧，使他们不断写出有一定水平的作品来。并且尽可能在一定时机由作协创作委员会和编辑部组织新作家总结创作经验，或举行小型的作者作品座谈会。

凡在专区、县市的作家，应参加当地县市、专区文联的创作活动，或参加该地的文联文学小组，并辅导当地作者成长为作家（有重点培养）。党的三中全会提出建立工人阶级知识分子队伍，其中包括工人阶级的文学队伍。如果我们不注意培养马克思主义新生力量，会犯原则性错误。因此，我们要求每个作家每年或二年甚至更长些时间重点培养一个作家，那么在一定时期内作协会员的数量和质量就会有显著的增长和提高。

在"大跃进"时代里，工农兵作者、老干部、大学生和青年知识分子中一定会涌现出一批优秀的文学人才，问题是在我们如何及时发现和及时帮助、培养。

我们要有更多更好的作品，就要有更多更好的人才，要在斗争中扩军，要在扩军中来练兵。

第六，办好文艺刊物，提高刊物质量，使刊物能正确贯彻党的文艺方针，反映时代的精神面貌，并具有民族特色和地方特点，真正成为"百花齐放、百家争鸣"

的园地。必须进一步团结作家和培养新生力量，特别是积极培养工农兵作者，使他们在工农兵群众中、在生产劳动锻炼中创作出优秀作品来，从而使刊物质量不断提高。因此，刊物编辑要耐心细致地研究群众的来稿，多发表好的群众创作，并加推荐。还要经常就群众创作中的问题，写些指导性的评论文章。

刊物是我们党的文艺事业的重要阵地，我们的作家应把好的作品投到《红水河》来，并经常写评论文章，指导创作。因为作家的作品，在为生产为政治服务方面，有一定作用；在创作优秀的作品上，又能起示范作用，帮助群众创作的提高。

从各方面推动文艺评论工作

刘硕良

"刊物要有议论。"我想这"议论"对文艺刊物来说，首先是指文艺评论。

"大跃进"以来，我们的文艺评论随着群众创作运动的兴起，有了很大的发展。在报刊上，在各种不同形式的会议上，对文艺工作如何贯彻总路线的问题、革命的现实主义和革命的浪漫主义相结合的问题、英雄人物的塑造问题、诗歌创作问题等都进行了初步的探讨。

我们的文艺评论也肯定了一些较为成功的作品，特别是对新涌现出来的群众创作首先是工农创作表示了热情的关怀、鼓励和支持；同时我们的评论也对一些错误的作品如《中秋节》等进行了批评。这些对促进文艺创作的繁荣和帮助读者理解文艺作品都起了积极的作用。

在文艺批评中，我们的文艺理论队伍开始扩大了，除了文艺团体的工作人员

作者简介

刘硕良（1932—），湖南人，1949年任《广西日报》记者，1980年进入广西人民出版社，是漓江出版社创始人之一，1993年创办《出版广角》，2001年创办《人与自然》，主编"获诺贝尔文学作家丛书"，获中国图书奖一等奖、全国优秀外国文学图书奖一等奖等，主编《广西现代文化史》。

作品信息

《红水河》1959年第6期。

外，工人、农民和机关干部、领导干部也开始参加了我们的文艺评论工作，青年教师、青年学生也在批评中显示了他们的朝气蓬勃的力量。

这一切和过去比较，无疑地是前进了一步。

但是，和形势需要比较起来，我们的文艺评论还是落后的，评论文章不仅数量少，而且质量不高，对许多问题的研究不系统、不深入，作者队伍也很小。

主要的问题在哪里？

有人说，"没有创作怎么评论？"这句话有一定的道理，有了创作才有评论的对象，我们的文艺评论不够活跃跟我们的创作还不够繁荣是有直接联系的。但是，承认这一点还不能完全解释目前的文艺评论为什么落后。因为文艺评论虽然一方面受制于创作，但另一方面能促进创作的繁荣：评论担负着宣扬马克思主义文艺理论、宣扬党的文艺方针、总结经验教训、探讨美学问题、指导作家艺术创作、指导读者认识作品的光荣任务。因此我们一方面要大力组织创作，一方面又要大力开展文艺评论，充分发挥评论促进创作的作用，决不能消极等待，决不能把文艺评论的艰巨的复杂的任务降低到仅仅对某一部作品加以评介，这是第一。

第二，我们现在是不是没有作品呢？我想，只要稍睁眼看一看事实都不会说没有作品的。即以新民歌来说，就成千成万，在如何向新民歌学习、新民歌如何提高等方面就有着许多值得研究的课题。广西是一个多民族地区，民族、民间文学的搜集、整理中也有很多问题需要研究。在戏剧方面，如何继承传统、如何塑造人物、如何提高表演技巧等等，几乎还没有进行过深入的系统的探讨；音乐、美术的评论更加落后，一年到头除了举办美术作品展览时报纸上发过篇把一般化的评论外，就没有什么评论文章出现，音乐方面的更少。不错，过去一年多我们作家、艺术家拿出来的东西还不多，可是也不是没有，文学界、戏剧界、音乐界、美术界都有了一些创作，为什么不能对已有的这些创作进行分析研究呢？就以戏剧来说吧，两次全区性的戏剧会演，包罗的范围那样广，不管好坏，可研究的内容总是丰富的，可是我们认真进行了哪些研究工作，在报刊上发表了几篇有分量的文章呢？就算演出水平低吧，低也可以批评嘛，为什么显得那样沉寂呢？

可见，以目前的文艺创作的现状为文艺评论的落后辩护是不能服人的，作这样的辩护只能证明他们无视广西的文艺创作，没有认真去研究广西的文艺创作。

文艺评论的落后并不是由于作品少，那么问题在哪里呢？我觉得在思想上、组织工作上都存在着一些问题，只有解决了这些问题，我们的文艺评论才能广泛深入地开展。

树立钻研艺术和百家争鸣的风气

首先，要解决思想问题，要采取一切措施培植钻研艺术和百家争鸣的风气。现在我们文艺界这种风气是不够浓厚的，有搞文学创作的同志只顾埋头写，对如何进一步提高质量、如何磨炼自己的技巧，则钻研得不够；有些从事戏剧、美术、音乐工作的同志也缺乏应有的钻研，有的演员排剧只听导演"指示"，自己不研究剧本，不研究人物性格和表现手法，下台后也不收集反映，认真总结，平常连必要的文化学习、艺术学习也不坚持，听说有个规模不小的剧团，连看《戏剧报》的人都很少！是文化水平低吗？为什么解放这么多年了，不去好好提高呢？从事创作的人如此，从事评论工作的人也不见得好很多。有的搞评论的却看不起广西的创作，很少读广西的创作，对文艺理论的基本问题也缺乏应有的修养。这样，大家钻研得不够，百家争鸣又如何能争鸣得起来？所谓"百家争鸣"绝不是各家乱鸣，它首先是建立在各人对学术问题的深刻研究的基础上的。因此，要把评论工作搞起来，除了大力组织群众的批评外，首先就得把文艺界的研究空气活跃起来，这样才有可能进行百家争鸣，才有可能产生出像样子的文艺评论。

还要解决一个学术态度问题，必须坚持"百花齐放，百家争鸣"的方针，大家打破顾虑，敢想敢说敢写。现在有些人不敢写文艺评论，以为这是一个得罪人的、容易犯错误的苦差事。有的同志有时闲宁愿写时事政论，批评帝国主义分子（这一方面当然也需要），却不想针对本区情况来写文艺评论，似乎这样"保险"一些。真是这样吗？不见得！我们见过搞评论犯错误的人，也见过搞创作犯错误的人，犯不犯错误和作品的体裁、形式并没有什么必然的联系。如果他的思想不对头，写什么东西都会露出马脚来的。这里的问题首先取决于作者自己的思想观点对不对，对了就用不着怕犯错误，不对，讲错了话，写错了文章，也用不着害怕，因为人非生而知之，哪个保证他完全没有错误？错了改正了就前进了一步，岂不更好？如果怕错而缄默不写，错误得不到暴露又如何改正如何前进呢？所以藏拙不是积极的办法。至于怕得罪人而不愿写评论那就更不对了。文艺评论工作是人民集体事业的一部分，事业需要、群众需要，我们就应该积极参加，敢写敢讲，敢于坚持真理，敢于修正自己的错误，否则，百家争鸣的风气还是形不成的。这是一方面。

另一方面，在领导上、在文艺评论工作的组织上，又要想一切办法造成一种环境使大家能够畅所欲言。这也要从两方面努力，一方面批评作者要做深入研究，具体分析，先看懂作品，先把问题搞清楚，不要轻率地发表意见；要严格地把政治问题和艺术技巧问题区别开来，把政治立场问题和思想方法问题区别开来，把问题的主要性和局部性区别开来，不要乱扣帽子，一棍子打死；要允许别人提出不同意见，虚心倾听各种不同意见，不要自以为是，偏听偏信。另一方面，被批评者也要虚心冷静，要勇于接受正确的批评，勇于坚持自己的正确意见，不能一听批评就思想抗拒，也不能毫无原则地接受。总之，评论工作、研究工作是一种学术工作，必须十分谨慎，必须有科学的实事求是的态度，必须允许自由争论，尤其各人保留不同的意见，允许有一定的时间来考验这些意见和作品是否正确，不能采用行政的、简单化的手段来处理问题。这样才能使大家畅所欲言，使百家争鸣的空气日益活跃，使问题真正弄得更清楚，意见更准确，从而有助于实际问题的解决。可惜，在我们这里，粗暴的简单化的批评还没有绝迹，不虚心对待批评的现象也还存在，这都是妨碍评论工作更好地开展的。

加强评论工作的计划性、系统性

第二，要加强评论工作的计划性、系统性。目前文艺评论的问题很多，不可能什么都抓，应该认真分析各个地区、各个方面的不同情况，根据需要和可能，订出一个研究计划，一个时期着重解决一两个急需解决的问题。对作品的研究不能局限于思想性方面的分析，因为文艺作品不是政治论文，还必须同时进行艺术分析，并且不能满足于名词、概念的搬用，而必须独立地刻苦地进行研究，拿出一些见解来。过去我们的许多影评、剧评、书评谈思想性方面往往流于概念，艺术分析更少，这种情况应该改变。大体说来，在步骤上，应该先评论后研究，先搞一般的评论，从中扩大队伍，培养作者，再进一步做系统的研究工作。

一般的泛泛而谈容易流于空洞。最好以一个典型作品为重点联系到其他作品来反复进行讨论，尽可能吸收评论者、读者、作者三方面参加，各人畅抒己见，然后整理成文章发表，或者在报刊上进行讨论。

中心的环节是做充分的研究，提高评论质量。在我们的评论队伍薄弱的情况下，特别强调一下集体讨论是必要的，因为这样做才能更快地搞出一些质量较高的评论来促进创作，并带动整个评论水平的提高。

逐步培养评论队伍

第三，要逐步建立一支思想水平、艺术水平较高的，又和生活和作家艺术家有密切联系的评论队伍，这样一支队伍怎样建立呢？首先得依靠现有的评论作者做骨干。根据广西目前的情况，现有评论作者很多分布在各文艺团体，他们了解文艺界的情况，又有一定的水平，是有条件写出一些好评论来的，问题是这些同志很忙，写评论有一定的困难。但是，再困难也得"忙人带头！"不管你"忙"得如何厉害，总还得把评论工作包括在你"忙"的范围以内，因为抓文艺工作不抓评论是说不过去的，是不利于创作的繁荣的。我想，只要这同志把评论也看成是自己的不可推卸的责任，看成是和自己的工作相辅相成的东西，写评论的时间还是可以挤出来的。

其次，要努力扩大评论队伍。许多事实已经证明，工人、农民以及在各个实际工作岗位上的同志对生活最了解，他们来评论作品是可以提出许多中肯的，甚至是文艺界难以提出的意见的。还有青年教师、青年学生也是，文艺理论的新生力量。希望各个协会和报刊编辑部通过实际问题的研究更好地更有计划地把这些力量组织起来，团结在自己周围，有计划地展开理论批评工作。看来，只要组织，潜力还是很大的。《红水河》自去年底展开对《中秋节》的讨论以来已经收到了三百多篇来稿，《广西日报》近来刊发一些评论文章后，评论来稿也大大增加，并且许多意见针锋相对，作者分布的面也很广，其中有不少是有一定水平的。问题是我们过去的工作做得还不够，力量没有很好组织起来。从现在起，让我们共同努力，从各方面把文艺理论批评工作推向一个新的阶段吧！

1960年代

力争文艺事业更大繁荣

广西僮族自治区文学艺术界联合主席　郭铭

　　1959年是在1958年"大跃进"的基础上继续"大跃进"的一年。这一年我区文学艺术事业和全国的文学艺术事业一样，在总路线的光辉照耀下，在工农业生产和各项建设工作继续"大跃进"的推动下，获得了辉煌的成就。这是在中国共产党的领导下，马克思列宁主义的胜利，是伟大而光辉的毛泽东思想的胜利，是鼓足干劲，力争上游，多快好省地建设社会主义的总路线的胜利。

　　我区文学艺术事业在党的领导下，在生产"大跃进"的推动下，紧密的配合政治，配合生产，开展了群众性的文艺运动，出现了大普及、大提高的新气象，成为社会主义革命和社会主义建设时期"文化大革命"的重要组成部分，对于教育和鼓舞群众生产的热情，对于促进社会主义建设起了巨大的作用。首先表现在广大人民和干部都积极地参加了文学艺术事业的活动，这一事业和群众的联系日益密切，各种群众性的文学艺术活动和各项文化事业都比1958年更加发展和提高了，已形成了

作者简介

郭铭，曾任第二届广西文联主席。

作品信息

《红水河》1960年第1期。

全民性的文学艺术事业。其次，表现在文学艺术队伍进一步改造、提高和扩大了，在执行劳动锻炼和上山下乡方面是有成效的，因而使文艺工作者在对党和对群众的关系上密切了。正因为这样，加上认真地学习马列主义和加强业务学习，因而思想上和技巧上都有很大的提高，最可喜的是涌现了为数不少的工农作者和一批新生力量，大大地扩大了队伍；自治区一级已建立了文学艺术界联合会和作协、剧协、美协、音协等广西分会，并进一步充实和加强；在专、市和部分县也相继地建立了文联。再其次，表现在文学艺术有了很大的发展，而质量也提高了。比如在文艺创作上，无论是群众、干部的创作和专业作者的创作都是空前繁荣的，数量很大并涌出了许多较优秀的作品。在文学方面，编选了《短篇小说选》《诗选》《广西民歌选》等，出现了反映我区"土改"的长篇小说《美丽的南方》；在民族民间文学方面已编写了《广西僮族文学史初稿》，还搜集整理了广泛流传的僮族民间长诗《布伯》和《甫娅歌》等。在戏剧方面，整理和创编了一些比较优秀的剧目，尤其创编了民间传说的《刘三姐》，受到了广大人民群众的热烈欢迎。这个剧本之所以取得这样的成就，是由于党的领导以及专家和群众相结合的结果。在美术方面，编选了《桂林山水画选》，举行了几个美术展览会，选拔出了不少优秀的作品。在音乐舞蹈方面，出现了一些比较优秀的群众歌曲外，还整理了僮族的《滥水河情歌》，瑶族的《婚礼舞》、彝族的《跳巧》等舞蹈，作为国庆十周年献礼节目在北京上演。显而易见，1959年我区的文学艺术事业比1958年更跃进、更踏实、更健康、更发展、更提高了，出现了一个崭新的局面。这一切，归根结底是由于在文学艺术方面贯彻了党的领导和毛主席文艺思想的结果，是由于文艺工作者政治挂帅，大搞群众文艺运动的结果。

社会主义文学艺术的首要任务，在于以反映当前的现实生活和斗争为主，用社会主义精神和共产主义的理想去教育人民群众，为建设社会主义而服务。两年来我们基本上是遵循着这个方向前进的，而且获得巨大的成就，出现了很多的好作品。但还有少数人对这个问题认识不足，不是那么积极地去写反映现实的作品，而是多写过去，少写现在；多写民主革命，少写社会主义革命建设；多写儿女情，少写英雄气。此外，对直接和间接为政治服务的看法还不够正确，当然我们也欢迎创作间接为政治服务的作品，但问题在于这些少数人竟片面地认为直接为政治服务的作品艺术性就是差，寿命短，因而瞧不起这些作品，拒绝写它；甚至对这作品冷嘲热讽，而且过分地强调文学艺术创作规律，错误地认为文学艺术必然落后于现实，只有等待革命运动某一阶段或某个时期过后才能执笔创作，因而不去积极地反映现实，像小脚女人那样小步慢行。这是十足的右倾思想在文学艺术界的反映。过去的东西可以写，也应该写，但仅仅停留在这一概念上，而不去积极地反映现实生活，实际上就是脱离政治，脱离当前斗争的不良倾向。实践证明：直接为政治服务的优秀作品的产生，关键在于作者能够真正热爱当前的生活，深入生活，并以无产阶级的世界观洞察生活，在这种基础上加上技巧，就能写出直接为政治服务的好作品来。否则，就不可能，甚至连间接为政治服务的作品也写不好。的确，创作长篇是需要一定的时间的，但不等于长篇不能反映现实。为了及时地反映当前的现实生活，更欢迎短小精悍的作品。总之，形式是多种多样的。那种光埋头于写过去，而不想用各种形式去反映现实的少数人，实际上就是企图逃避现实，放弃文艺为社会主义建设服务的光荣职责。

"大跃进"以来，群众创作运动一直蓬勃地向前发展，出现了大量的优秀民歌、绘画、演唱和一定数量的工厂史、公社史、革命回忆录等。这些作品，反映和促进了"大跃进"，反映了人民群众的新的精神面貌，丰富和活跃了人民群众的文化生活。这是具有极深刻历史意义的好现象，表明了劳动人民掌握了文学艺术，并通过它来记录伟大的时代，使文学艺术成为劳动人民自己的事业。只有这样，才可能建设社会主义的文学艺术。可是有一些人不仅无视这种现象，而且对群众创作抱着不正确的态度，过多地指手画脚、评头品足，认为群众作品很粗糙，不屑一顾，甚至仇视群众的作品。这种表现，就是资产阶级贵族老爷式的态度，必须坚决加以反对。他们之所以这样，是由于他们的思想感情与工农群众的思想感情格格不入，故对群众的作品必然冷眼对待。有少数人，对群众的作品虽然热情，却在某些技巧上的缺点作过多的非议，因而对群众创作的估价不正确。这种态度也是不对的，是不利于繁荣、发展和提高群众创作的。群众创作是我们社会主义文艺事业的重要部分，很多优秀作家和作品都是从群众中涌现出来的。因此，对待群众的创作，应抱正确的态度，既要充分的肯定成绩，又要热情相待，积极地具体帮助和辅导，大力地促进群众创作的更大繁荣。

作为人类灵魂工程师的作家、艺术家和文艺工作者，只有具备无产阶级的世界观和高尚的共产主义道德品质，才能够写出具有高度的思想性和艺术性的作品来教育人民群众。因此，文艺工作者必须积极地提高自己的马列主义水平，改造自己的非无产阶级思想。总的看来，我区的文艺工作者经过各项运动的锻炼，思想上有了很大的提高和进步，这是主要的一面。但也有个别人，认为没有政治也可以写出好作品来，认为政治会影响创作，甚至发展到不要党的领导，主张文学艺术没有倾向性、没有党性。这种右倾机会主义，也就是修正主义，在文学艺术界必须坚决反对。还有少数人，对思想改造还不够重视，轻政治重业务的倾向还没有得到很好的纠正，写了一些文章，就自以为了不起，因而狂妄自大，目空一切，要求特殊，追求名利，简直像个"人类灵魂的蛀虫"。上述种种，都是资产阶级个人主义所带来的恶果。像这样的人，是写不出什么好东西来的，就是拉小提琴，即使技巧高明，也表达不出劳动人民的感情来。因此，政治是统帅、是灵魂。没有这个，即使你深入生活，也抓不到生活中的主流和本质，即使写出了作品，也必然会歪曲现实。有些人之所以写不出深刻地反映现实生活的好作品，并不是政治过多了，恰恰相反，正是因为政治太少了。

经过反右倾、鼓干劲的社会主义教育运动之后，必然会在经济上出现一个比去年更大的跃进，随着也将掀起一个更大的文化高潮。因此，我们文艺工作者在思想上必须做好充分准备，在党的领导下，政治挂帅，进一步提高政治思想水平和加强艺术修养，提高创作质量，写出更多更好的、无愧于我们伟大时代的作品来向党的四十周年献礼！

描绘我们时代的英雄人物

李宝靖

在我们今天"大跃进"的时代里，生活瞬息万变，其中最重要的是人的变化。由于贯彻党的社会主义建设总路线，生产"大跃进"，思想大解放，人们新的思想感情、道德观念正代替一切旧的思想感情、道德观念，到处出现了"我为人人，人人为我"的共产主义精神，许多新的人物发挥了冲天干劲和忘我无私的革命精神。这些新的具有共产主义精神的英雄人物，目前已经形成了一股巨大的不可战胜的力量，不断地把历史向前推进。

我们的许多作者，及时地反映这一时代特征，描写了一些感人的形象，是有其重大的现实意义的。比如发表在《红水河》上的《五伯娘与新儿媳》（五八年九月号）、《母子平安》（五九年六月号）、《高原司机》（五八年十二月号）和《一个普通的军人》（五九年六月号）等作品，通过五伯娘、于清兰、高司机和陈曼德等人的形象，

作者简介

李宝靖（1934—2009），广西横县人，1956年毕业于武汉大学中文系，曾任《广西文学》主编、编审，广西作家协会副主席，主要作品有《爱国名将李济深》《一个国际家族的离合悲欢》。

作品信息

《红水河》1960年第2期。

使我们看到了当前劳动人民的精种面貌和崇高的道德品质。他们对待革命事业，对待人，对待生活，对待劳动，对待周围客观事物，是那样热爱，那样忘我无私。

这些作品中，人物体现出来的新的精神面貌和道德品质，看来有下面一些特点：

社会变了，人与人之间的关系也变了，到处洋溢着"我为人人，人人为我"的共产主义精神。在《母子平安》中，姑娘于清兰看到覃四嫂的儿子流落在火车上，尽管她们并不相识，她也未曾做过妈妈，抱孩子也是外行。然而她却毅然地把照顾孩子的光荣任务接受下来；孩子把她的新棉衣弄脏了，她还是笑嘻嘻的；孩子睡着了，她宁可自己受冷，即时脱下大衣盖在孩子身上……看来小说写的只不过是日常生活中的一件小事，但它却充分地揭示出我们这个时代的人的不平凡的思想品质和精神面貌。从火车上许多旅客对小孩的关心、争着照顾小孩的群众场面，以及车站站长、党支书、飞机场场长和政委对小孩的关心，都闪烁着"我为人人，人人为我"的共产主义的思想光芒。这一切说明了，在我们社会里，不是个别的，而是所有在党和毛主席英明领导下的中国人民的共同特征。

在《高原司机》中的司机老高同志，也是一个具有共产主义精神的人。当汽车行驶在冰天雪地的高原上，缺乏饮水的时候，他毫不犹豫地把自己暖水瓶里仅有的一点水，拿去分给旅客们，而自己忍受着干渴。自己嘴唇干裂了，他就用谈论酸杨梅的办法来止渴。这种关心别人胜过自己，为了别人舍弃个人利益的高尚品德，是令人感动的。

热爱人民，关心别人，真正做到"老吾老以及人之老，幼吾幼以及人之幼"，这正是我们新社会里特有的新的道德品质，这在资本主义社会是绝不可能出现的。

在新的社会里，劳动是光荣和豪迈的事业，有人已开始把劳动看作生活的第一需要。这在《五伯娘和新儿媳》和《高原司机》中，已充分地表现了出来。五伯娘是一个可亲可敬的老太婆，爽朗，直率，精明干练，深知旧社会的痛苦，因此对新社会满怀热爱，并且极力维护它。她不因为家中的喜事而忘记社里的生产，一心想着"甘蔗"；见到别人捶得泥粒飞溅，就挺身而出，提出批评，并"要把着手教"。

这样的婆婆，已经不是旧时的婆婆，她像年轻人一样充满了活力，这正是新农村涌现出来的新的人。大明和玉召在结婚吉日还去参加劳动，体现了他们对劳动的热爱，也体现了他们把个人和集体的关系放在恰当的地位。

《高原司机》中也写出了司机老高不倦的工作精神。他虽然锯掉了一条腿，心里却念念不忘工作。他以工作为愉快，以工作为幸福，他不需要特殊照顾，不愿"躺着到共产主义"，他用不同的方式做他所能做的工作。这就是共产主义者对待工作和劳动的态度。

一个革命干部，无论职任多高，都以一个普通劳动者出现在群众中间，热心地关心群众的生活。《一个普通的军人》中的陈曼德就是表现了这种高贵的品质。他是军官，却义务做列车服务员；看到汽车坏了，不顾油垢弄脏衣服，自动去帮助修理；看到孩子病了，他也自愿照顾。他没有什么故作高深，自视特殊，高踞于群众之上的地方，他完全放下架子，以一个普通的劳动者姿态热情地为群众服务。这也正是我们新社会的干部对待群众，对待劳动的新的态度。陈曼德是军官，又是俱乐部合唱团的指挥，但他对演员的职业也感兴趣，对每一样工作他都充满了幻想。只有对生活充满热爱，对未来充满着理想的人才会有这种感情。

当然，上面谈到的这些作品，人物形象还不是很完整无缺的，在艺术上也有不足之处，但因为这些英雄人物具有时代的特色，所以读了才使人感动，得到鼓舞，产生一种向上的精神力量，受到了读者的欢迎。

我们的文学应该保持这种良好的倾向，把创造我们时代的理想人物，当作自己特殊的重大的任务。因为我们的文艺，是人民的文艺，是社会主义的文艺。塑造完美的具有共产主义觉悟的英雄形象，并且通过鲜明生动的形象，抒发我们的时代的热情，表现劳动人民的愿望和理想，是我们对文学的最基本的要求。

新时代的英雄人物是代表我们这个不可战胜的社会力量的本质，是我们这个社会新生力量的代表者。我们应该把这些新人新事放在文学艺术中最突出的地位。一个从事文学的革命作家，应该顽强地把无产阶级的先进思想、先进人物表现出来，让他们成为当代文学作品中压倒一切的主人翁。从人民要求这一点来讲，我们必须去反映生活中这些新的人、新的精神面貌，用这些具有共产主义精神和道德品质的鲜明形象去教育广大群众。如果我们的文学艺术，不多方面去表现他们，那么就不可能体现我们这个时代的特征，就不可能完成以社会主义和共产主义精神教育广大人民的崇高任务。毛主席说："革命的文艺，应当根据实际生活创造出各种各样的人物来，帮助群众推动历史的前进。"革命文艺的基本内容，就是要着重描写我们社会中新的英雄人物。

可是，有些人对这方面的认识是不足的。他们不喜欢描写劳动人民，认为现实生活中英雄模范人物不是普遍的，风花雪月才是普遍的；他们写工农兵又总是喜欢写他们的消极方面，而不是写他们的主要的积极方面，并且常常把新社会中劳动人民，写成过去时代受压迫受剥削的弱小的形象。有些人说，生活中理想的英雄人物不多，找不到典型人物。这是完全不符合事实的。在我们今天这个"大跃进"的时代里，英雄辈出，每时每刻都出现许多值得歌颂的人物。这些具有共产主义精神的新人新事，就是我们创作的最好材料。我们只要看看新近召开的群英会上英雄的业迹，就会发现这些英雄们，或者是坚持高速度，全面完成国家计划的人；或者是敢想敢说敢干，具有共产主义风格的人；或者是千方百计，克服困难的人……所有这些，不正是反映着我们今天社会主义时代典型特征的人物吗？怎能说在生活中找不到一个典型人物呢！

我想有些人所以看不到这些，主要是他们的思想还没有得到很好的改造，分辨不清什么是新事物，什么是旧事物，什么是新生的萌芽的东西，什么是没落的腐朽的东西。也由于他们不是站在无产阶级立场，对表现新人新事的意义认识不足，没有有意识地去加以反映。因此，根本的问题是彻底改变资产阶级立场和世界观的问题。

我们必须努力改造思想，学习马列主义，树立无产阶级的世界观，因为马列主义是工人阶级革命和建设的科学，是认识生活的锁匙，是判明是非的标准。只有掌握共产主义的思想武器，并以这个武器来观察一切阶级，一切人，分析一切事物，辨别什么是新事物，什么是旧事物，才能提高到共产主义的高度原则来进行创作。

要写出我们时代的英雄人物，还必须深入生活，和群众一起劳动斗争，使自己的思想感情与广大人民息息相关。同时，在生活中还要时刻关心新人新事的成长，只有了解熟悉他们，热爱他们，才能把他们活生生地表现出来。

我们的时代是创造奇迹的时代，是英雄辈出的时代，只要我们提高思想，深入生活，加强艺术修养，一定会写出无愧于我们时代的作品来的。

百花齐放中的桂戏

欧阳予倩

　　据桂戏的老艺人说，从他们每年祖师诞辰挂出来的祖先单里可以看出，桂戏是明万历九年安徽的江湖班带到桂林去的。当时过去的艺人很少，带去的戏有三五十出。在戏班里流传着一句话："好个庆芳班，连人带狗一十三。"还有一句话："七紧，八松，九快活。"意思是说七个人就感觉困难，有八个人就松一点，有九个人就快活了。这和湖南浏阳县的湘戏班子"九头网巾打天下"，是一样的。据说明朝封在桂林的王，会带去些歌童舞女，演唱的以昆曲为主，但他们给民间的影响绝不能与江湖班比。桂戏的底子是徽班戏，以后又与祁阳戏结合成了现在的形式，无论从声腔、戏目和表演方面讲，都是可信的。但因语言和民间风俗习惯的差别，经过长时期的酝酿，遂具有独特的风格。

　　桂戏有三百年以上的历史积累，曾经出过很多名角，也有很多成功戏。所有的

作者简介

　　欧阳予倩（1889—1962），湖南浏阳人，中国话剧创始人之一，有"南欧北梅"之誉，主要作品有《潘金莲》《桃花扇》《梁红玉》《忠王李秀成》等，抗战时期在桂林任广西省立艺术馆馆长，为第一届西南戏剧展览会筹委会主任，1949年以后任全国文联副主席，筹建并担任中央戏剧学院院长。

作品信息

《广西文艺》1962年第10期。

戏目和汉戏、湘戏的戏目相同，只有极少的几出不同。因时代转变，观众嗜好的不同，所谓好戏有的就不演了。现在所存的戏，据不甚精确的统计，连台本戏有三套：目连戏、观音戏、岳传，这种戏都是要接连好几天才能演完。零出的戏有将近三百出，其中经常上演的戏约一百出。那些连台整本的戏是早已经没有人演了。尽管如此，桂戏这份财产还是可宝贵的。

这次会演当中，只演出了两出桂戏——《拾玉镯》和《抢伞》，都得到相当的好评。其中《拾玉镯》一剧，有的同志提出了评判的意见，认为："这个戏经过整理后，把庸俗的地方洗刷干净了，表现出男女的行动是出于相爱，而不似书本所表现的，是出于封建社会中男方对女方的挑逗玩弄。这个戏这样整理还算不错。至于在演技方面，细腻动人，每一动作都能结合生活、情绪，很自然地表现出来，并根据人物心理而随时变化，演员运用纯熟的技巧掌握人物性格是很成功的。"这个戏为什么能演得好？因为像孙玉姣那种样子的家庭——家里养着几只鹅出卖，自己再做点针线活——在各省的小城市里是相当多的，那一种家庭里的女孩子的心理和生活，还有媒婆那样的人物形象，为演员所掌握了，施以艺术加工，恰到好处地演出来就变成好戏。

至于《抢伞》，在昆腔戏里叫作《踏伞》，川戏也叫《踏伞》，湘戏叫《抢伞》，是唱高腔的。桂戏唱"弋板"（即四平调，但唱腔和京戏不同）。这个戏原出元曲《拜月亭》，传奇本叫作《幽闺记》。川戏、湘戏、桂戏的《抢伞》，都是根据昆腔本子来的，但各有不同的发展，加了许多很有风趣的表演，同时也承受了《幽闺记》原作里一些不好的东西。一男一女当兵荒马乱的时候，在一个没有人的树林子里头不期而遇，彼此之间逐步发生了感情，这是相当自然的。从《拜月亭》整个的故事看，没有必要把蒋士隆写成轻薄，也没有必要把王瑞兰写成放浪的。可是在《幽闺记》里把蒋士隆写成是讨便宜，因此就有哄骗她说，她母亲来了，借以观看她容貌的举动。原词："旷野间，见独自一个佳人，生得千娇百媚，况又无夫无婿，眼见得落便宜。"王瑞兰也只怀着"情知不是伴，事集且相随"那样的念头。在桂戏里演出来变成蒋士隆乘人之危，词句有的就不通，动作有好些表现了色情和低级趣味。这一次上演曾经把剧本初步加以修正，根据修正的剧本匆匆忙忙排了一下就上演。上演的那天还不很成熟，大体虽然还过得去，戏味并没有出来，应当根据这次上演的经验，把剧本再加一番修改，动作和表情还要加工排练，那还会更好一些。我以为这个戏不应当以调笑为主，应当做成有诗意、有风趣和富于人情味的、有歌有舞的短剧。

以上两个戏不足以看出桂戏的全貌，但是单只这两个小戏，修改的功夫费得也并不算少。修改旧剧本并不比新编剧本容易多少，去掉了其中不健康的部分，必须把健康的东西给保留下来，并补充新的东西。补充新的东西不等于贴膏药，必须如整形外科一样，要能使原作更好一些而不受损害，还要看不出修改和痕迹。抗战时期我在桂林做过一些改进桂戏的工作，排过八九出新编的戏，修改过两三个剧本，当时我总想多挑些新剧本去代替原有的旧节目，现在我才知道应当两方面同时并进。照目前情况看来，桂戏一方面要整理旧有的节目，同时迫切地要求排演新的剧本。在这里自然会提出一个问题：桂戏是不是能够反映现代的生活，主要是工农兵的生活？我以为尽管有困难，但不是不可能。

这样一个剧种要反映现在的新生活，并不是换套服装就行的，首先必须具备一定的条件——演员的阶级觉悟、文化修养、生活体验，虽不能要求过高，但必须具备一定的条件。至于桂戏的格律（是和湘戏、汉戏、京戏大体相同的），是不是能够打破，曲调是不是够用，还是比较次要的问题。如果我们马上要求他们反映现代生活，或是他们自己这样要求他们自己，都觉得太急，必定会欲速不达，还会增加许多不必要的麻烦。因此我以为可以选择有人民性和有进步性的历史题材或是民间传说，写成剧本让他们排演，进一步就可以排演如《白毛女》之类的戏。按这样的步骤去做，是比较可行的。桂戏的曲调种类并不少，只要善于运用，有音乐修养的同志能投身其间，加以改进，还是有前途的。表演技术方面比较容易发展，只就在这次所表演的两三个戏中，也可以得到证明。

我对桂戏颇寄厚望，但是现在桂戏却面临以下几个问题：（一）桂戏尽管连台整本的戏和单出的戏都不少，可是经常演唱的，翻来覆去总不过几十出。只靠那些短戏去打滚，是很难长久支持的。所以必须排演新的节目（京戏、汉戏、湘戏都是一样的），改旧戏、排新戏都必须在强有力的领导之下进行，不然就会趋于自流：旧的节目既不能维持生活，新的节目又排不出或排不好，不能适应群众的要求，那就困难。（二）以前桂戏的演员和乐师对于业务不够尊重，因此工作态度也不够严肃，没有勤修苦练、精益求精的精神，有时甚或散漫疲沓。现在当然好得多。但必须彻底肃清以往的作风，加紧尽一切努力发展业务。（三）同时要把团结工作做好，发挥集体的力量。（四）现在桂戏的好角色多半已过中年，而青年演员出色的很少，尤其音乐方面缺乏新人，再不积极培养，就会接不上脚。（五）桂戏的活动地区主要是桂林、柳州和平乐，而这几个地区都有其他剧种去活动；况且久被禁止的"调子"（即广西花鼓戏）已渐抬头，桂戏如果不努力奋发，赶上时代，就无法和新的、进步的剧种竞赛，更无从扩大活动范围。以上所举，都是当前亟待解决的问题。桂戏的同志们也都感到问题的严重性，这次会演，他们到了北京，观摩了很多戏，学习了许多东西，扩大了他们的眼界，得到了很大的鼓舞，增加了信心，因此要求改进的心就格外迫切。

在毛主席"百花齐放、推陈出新"的指示和号召之下，任何一个剧团，任何一个戏曲工作者决没有自甘落后的，都希望努力向前发展，桂戏自不例外。我想应当注意以下几点：

一、要加强政治、文化和业务的学习。一个剧团应当不断地提高演员、乐师和其他工作人员的质量，使他们的政治水平和艺术水平逐渐上升，所以必须学习政治，也必须精通业务，发展业务。必须从多方面汲取养料，经常不断增加新的血液，排去旧的渣滓。自己缺少什么就应当学习什么以资补充；要和各兄弟剧团交流经验，学习别人的长处，丰富自己，自己也可以帮助别人。

业务学习主要是求技术的精进，但要充分运用技术，创造舞台形象，人物形象，就是说，通过艺术的创造为人民服务，那就必须掌握思想武器。所以学习业务必须学习政治，同时也不可忽略文化学习，三者缺一不可。

二、大力整理传统剧目，并创作新的剧本。桂戏有不少好的传统剧目，但其中也不免有糟粕部分和精华部分掺杂着，必须加以整理。有的把唱词科白修改一下就行，有的就不免要费更大的事，整理剧目是一个艰巨的工作，应当加以重视，大力进行。

仅仅整理旧有剧目是不够的，必须不断创作新的剧本，没有新的作品，不足以应付群众日新月异的需要。

三、应当培养新的演员，老角色不论他怎么好，必须接脚有人。如果现在一时还不能办训练班，不妨以带徒弟的方式逐渐培养演员和乐师。以每年招十名见习演员、五名见习乐工计算，三年毕业，就有三十个演员，十五个乐工。（见习演员不宜招收太小的孩子，应当招收变过声音的孩子。）从第四年起，每年可以毕业一班。我想一个公营剧团这点还不难做到；就是私营公助的剧团也应当注意这点，或者几个剧团合起来办。

四、音乐问题。实事求是地说，第一步必须整顿乐师的作风。以前桂戏的"场面"一向的习惯是工作态度不够严肃，往往一面弄着乐器，嘴里衔着香烟，眼睛望着旁边的人开玩笑，错了毫不感觉难过，马马虎虎混日子，更谈不上学习和研究。现在当然进步得多，但是学习的热情据说还是不够，对新的东西不感兴趣。我们必须认定音乐是歌剧的生命，乐师必须纠正以往的作风，和演员们一同改造思想，提高工作热情，接受新的东西，发展传统的优点，提高演奏的技术，充分配合剧情。第二步就希望桂戏所定的调门，可以稍微定低一点，唱腔有时低转，有时翻高，音域宽一些，表现力也就会更丰富些。

五、我们反对明星制，但必须爱护优秀的演员，要帮助他们进步，不可以平均主义对待，因为戏必定有主角，以集中的形象表现思想，我们就必须培养并奖励政治水平艺术水平比较高的优秀演员。

六、导演问题。目前各剧种都要排些新戏，有些剧本，桂戏可以尽量利用。但是排新戏必须有导演，目前全国各处的剧团，需要很多的导演，而导演不够。要排戏不能等待，只好自力更生，不妨试行集体导演，执行导演为排一出戏可以到别的剧团去进行学习，或搜集材料以供参考。此外还可以邀请比较有成就的导演帮着排一两个戏，作为短期的合作。经过两三年后，自己剧团里就会产生比较胜任的导演。只要虚心肯学，困难是可以解决的。

要做好以上几桩事，首先要彻底认清戏曲是教育人民的工具，是革命的武器，我们必须站在无产阶级的立场，全心全意为人民服务。其次我们必须紧密团结内部，要克服个人主义思想，尊重集体的利益。还有就是戏剧必须从群众中汲取养料，戏剧脱离了群众就会丧失它的生命。戏是有发展的，而且有很大的发展前途，只要能够抛却旧的思想和习惯，接受新的事物，老老实实虚心勤学，向兄弟团体学习，尤其是向群众学习，努力在群众中深深地扎下根去，使这一个歌剧艺术成为劳动人民喜闻乐见的、不可或缺的东西。

漫评一九六二年我区的短篇小说

潘红原

一九六二年我区的短篇小说，无论在数量和质量上，都有了很大的提高。创作队伍在不断地成长与壮大，创作题材也正在逐步地扩大范围，在所发表的三十余篇作品中，有反映农村现实生活和生产斗争的，如《三通鼓》《亚笔木根》《生产队长张耿》《岩伯》等；有反映工业建设和工人生活的，如《电姑娘》《僮家姑嫂》等；有反映工农联盟，支援农业的，如《二楞》等；有反映兄弟民族生活的，如《老同》《歌圩归来》等；有反映旧社会知识分子道路和新型知识分子生活的，如《故人》《一封拾到的信》《珠兰》《旅途》等；有揭露旧社会罪恶的，如《我和母亲》等；有反映革命斗争的，如《椰风蕉雨》《奇特的人》等；有描写党的领导干部，讴颂新人物的，如《长青的松树》等；还有反映儿童生活的，如《小金花》等。虽然题材还不够广泛，但比之过去较为多样化了。所有这些，都标志着一年来我区短篇小说创作的繁荣。

作品信息

《广西文艺》1963年第3期。

一

文学作品的任务，是通过活生生的艺术形象反映出时代精神，激励读者的斗争意志。而创造典型的艺术形象，则是作者努力的目标。一年来我区发表的优秀短篇小说虽然不算很多，但也出现了一些引人注目的人物形象。例如，陆地同志的《故人》中的旧知识分子黎尊民，秦兆阳同志的《一封拾到的信》中的女列车员，李英敏同志《椰风蕉雨》中的交通员黄英等，这些人物形象在艺术上都达到了一定的水平，给读者以比较新颖、深刻的印象。

《故人》中所塑造的黎尊民，是一个相当完整、丰满的旧知识分子形象。作者把他安排在错综复杂的纠葛和尖锐的阶级矛盾、民族矛盾冲突中，并运用互相对照、互相映衬的艺术表现手法，以革命者陈强的先进思想性格和他所走的革命道路交织起来，作为对比，鲜明有力地勾勒出黎尊民的形象。

黎尊民出身于富裕家庭，安逸闲适的生活造就了容易安于现状的性格。但是，鉴于他处在民族濒于垂危而革命风潮骤然高涨的年代里，受到先进思想的影响，凭着青年人的一股热血，激发了善良和正义感，同情无辜被开除的同学而倾向于进步方面。后来，他又热心帮助陈强串演一出混过检查员关口的"戏"，护送陈强走上革命的征途。然而，所有这些都只不过是出于一副善良的同情心，仅此而已，他始终没有能够真正地觉醒，看到时代前进的方向和光明远大的中国革命前途。在他看来，陈强所进行的革命斗争"也许是科学的、现实的真理，可惜，眼前只是一片渺茫的希望"。于是，他便醉心于个人的幸福追求，"虔诚地侍奉着爱情"，把李冰如奉为"上帝"，以致沉溺在"爱情至上"的陷坑里，不能自拔。这就是他的人生哲学思想："爱情不马虎，其他无所谓。"这样，黎尊民给自己选择了一条错误的人生道路。随着太平洋战争的爆发，黎家破产，爱情波折，美帝国主义分子和国民党特务的迫害等等一系列打击接踵而来。他们那温馨舒适的生活被破坏，李冰如受辱投河，黎尊民被投入"惨苦的魔窟"。结果是，他所陶醉的"天堂"终于变成了云烟。

作者从黎尊民整整二十四年的生活遭遇中，生动地揭示了他的精神面貌和思想特征。这是一个悲剧的性格，个人命运和社会制度的矛盾构成了悲剧的基础，而人物本身那种懦弱和卑怯的思想性格，则是悲剧的来源。作者站在鲜明的立场上，控诉了残酷的旧社会的罪恶，并采取"哀其不幸，怒其不争"的批判态度，彻底剖析了"爱情至上"的资产阶级思想观点的悲剧。它和陈强不顾一切走向革命成了鲜明的对照。这样，黎尊民这个人物形象便具有了更为广泛而深刻的现实意义和动人的艺术魅力。

从形象的意义上说，《故人》中的黎尊民是一个该批判而又发人深省的人物。如果我们把他拿来和《一封拾到的信》中的女列车员比较，那么，女列车员却是一个新社会中值得歌颂的、鲜明生动的崭新人物，她唱出了一支社会主义的赞歌。

《一封拾到的信》虽然也是描述恋爱的故事，但却给人物形象赋予了强烈的新时代色彩。作者以细腻的笔触细致入微地勾画出女列车员的心理活动，着意用感情的浓度和思想的深度塑造一个"诗意的性格"，鲜明地体现着新时代青年的精神特征——朝气蓬勃，热情奋发，对社会主义事业具有积极负责和高度热爱的精神。在那封信里，她的推心置腹的倾诉，对于列车生活和家庭幸福的议论，渗透着诗一般的生活哲理：爱情，在为了共同理想生活而斗争的过程中建立起来；幸福，在无比优越的社会主义制度下从事崇高的革命事业中获得。这里所抒发的感情是真挚动人的，所表露的思想境界也是宽阔的，它强烈地拨动读者的心弦，激发人们对生活作深沉的思索。

女列车员这个形象的特点，是以浓烈的情感色彩感染人，她正是社会主义建设者应该学习的榜样。

我们可以从《一封拾到的信》女列车员的形象中得到前进的鼓舞，同时又可以从《椰风蕉雨》中的革命先驱者黄英的身上汲取到革命的无穷力量。

《椰风蕉雨》把我们引进了革命斗争的年代里，从矛盾斗争的尖端和严峻的革命考验中认识了一个共产主义战士的英雄形象，从而看到伟大的共产党领导中国人民曾经走过的艰苦而光辉的战斗历程。

作者在这篇作品中让女通讯员黄英经历着一次又一次的严重考验和思想锤炼，

始终贯串着从重大的矛盾冲突中来塑造人物的性格：小说写她为队伍开路越过敌人的封锁线，对同志们的热情关怀，表现她是那么严肃认真而又温柔亲切；写她"不只是个勇敢机智的交通员，而且是个忠心耿耿为党为人民的利益而忘我工作的好干部"；也写她从悲惨的境地中站起来的痛苦身世；还写她在沙原的斗争中经历严峻的考验，表现出她的临危不惧、临难不苟的大无畏精神；同时写她为了党的伟大事业而不顾爱情的得失；最后写她献身于革命事业的壮烈牺牲，从中显示出了人物的崇高心灵和思想光辉。这里，作者在塑造黄英的形象时，不但注意描写激烈的斗争和场面，同时也注意了刻画英雄人物崇高的品质和美丽的心灵。因而，黄英这个形象也就活在读者心间。

在我区一九六二年的短篇小说里，还出现了一些反映现实生活，塑造农村新人形象的作品。武剑青同志的《生产队长张耿》，比较集中地描写了一个生产队长坚持因地制宜的故事，热情地表彰了农村的基层干部踏踏实实的工作作风。黄飞卿同志的《三通鼓》通过对亚胜伯倔强好胜的性格刻画，反映了落后队发愤图强争先进的主题思想。《亚笔木根》描述东头三公西头三公两个饱经世故的老人对待生活两种迥然不同的态度，表现了老一代农民在新生活面前容易出现的两种不同思想，以及在事实面前得到教育和提高。这两个人物在作品中形成了鲜明的对比：东头三公当了生产队里的参谋，无时无刻不关心队里的生产；西头三公对队里的事则一概不过问，只是满足于眼前"丁财"并进的日子，直到夏收预分看见大队公布的分配账目，才大吃一惊，认识到自己应该怎样对待今天的生活，也明白了两个队的生产为什么不一样的原因。这三篇作品，虽然写得不很深刻，但由于作者满怀热情歌颂了农村中好人好事，因此也能受到读者的欢迎。

除此之外，李宝靖同志的《长青的松树》，塑造了一位亲切感人的地委书记肖志民的形象。小说通过他深入细致的工作作风，平易近人的生活作风和高明的领导才能，描绘出他的朴素亲切、精明干练的性格特征，并从他在革命年代出生入死的斗争故事中，写出他的崇高风格，在一定程度上反映了党的领导者的斗争精神和高尚情操；旭明同志的《珠兰》描写了一对年轻的姐妹林珠和林兰如何在朝鲜激烈的战场上飞快地成长起来，尤其刻画了妹妹林兰天真无邪、活泼顽皮、纯洁热情和勇敢顽强的思想性格；黄飞卿同志的《小金花》创造了一位可喜可爱的学龄前儿童形象；刘文勇同志的《旅途》写出了老一辈知识分子李教授在思想改造进程中的内心世界，塑造了一个具有教育意义的旧知识分子形象，等等。这些人物形象都通过不同的艺术表现手法塑造出来，在一定程度上也能给读者留下了比较鲜明的印象。

二

我区短篇小说创作水平的提高，不但表现在人物形象的创造方面，同时也表现在艺术构思，表现手法，以及情节的安排，细节、语言的运用等方面。

《故人》在艺术表现上的特点是结构紧凑、布局严谨和情节生动。小说开头颇为别致，写"我"重返旧地而巧遇故人，一下子就引出了主人公，把黎尊民那副狼狈不堪、落魄潦倒的样相勾画出来。这便造成一个悬念，紧紧扣住读者。紧接着，通过"我"的回忆，把黎尊民身世和为人生动形象地铺述出来，从他的一张字条到意外的举动，那"走方步的影子"便给人留下了深刻的印象。由此立即转到"我"和他的交往，带出了黎尊民和李冰如的恋爱，自然而然地铺展开来，为以后的情节发展埋下伏线。小说到这里，便紧紧抓住"我"和黎尊民两人迥然不同的道路所交织的情节线索发展下去，写出了一出惨痛悲剧命运。最后一段反戈一击，以鲜明有力的对照冲化了整篇的沉重色调，更深刻地突出了陈强正确的革命方向和新社会的光明前途这一主题思想。全篇小说的艺术构思缜密周到，前后呼应而延宕跌宕，具有摄人心灵的强烈艺术魅力。

《一封拾到的信》的艺术构思别开生面，十分精巧。作者就在一封信里展开了工作与爱情，事业与个人打算的矛盾冲突。从这信的失而复得，又两次来到"我"的手中，巧妙地编织了动人的故事情节，把一些平凡的事情描绘得引人入胜，字里行间闪耀着饱满的政治热情和崇高的思想光辉。读着读着，作品那强烈的新鲜感和优美的文采一下子就把人引进了诗一般的新境界。我们聆听着娓娓的言谈和亲切的肺腑之音，有如和亲友促膝谈心，整个心灵都被吸引住了。那句回响在耳边的话："亲爱的朋友，请你想一想，想一想，回答我……"仿佛使人眼前豁然闪亮，精神为之一振，猛然憬悟深省。

在人物形象的刻画上，作者运用对照映衬的手法，一方面描写医生的良好品德和存在某方面的思想局限，另一方面又刻画了女列车员高尚的思想品质和纯洁的革命情操。并且根据不同的思想性格，采取两种不同的表现手法：以人物行动的细节勾画医生，以细致的心理描写展示女列车员的精神面貌，互相辉映，互相烘托，产生了一种强烈的艺术效果。

《椰风蕉雨》则以朴素、扎实的艺术表现手法，由远而近、由淡而浓的铺开情节，叙述故事，完成了对人物的塑造。作者在这篇作品里，采用第一人称的手法，这就更给人增加了真实、亲切的感觉。随着故事情节的开展，我们似乎跟着"我"的足迹，来到了这个"椰风蕉雨"的战斗环境，和主人公一道，经历了一次又一次的战斗考验。作者在描述这个故事的时候，并没有借助夸张的手法，也没有借助华丽的辞藻，然而由于作者对自己的主人公倾注了满腔激情，处处流露出阶级的爱，因此，读完之后，留给人们的印象却是相当鲜明和深刻的。

宋郡老同志的《老同》是一篇富有吸引力的作品，尽管在人物造型上有前后不够统一的缺陷，但故事情节是十分引人入胜的。从主人公长脚六出现的头一刻，读者便被紧紧抓住了。它是怎样一个人？马驮里装的是什么？……我们不能不怀着迫不及待的心情一口气追索下去，并且随着故事情节的开展而激动着。作者巧妙地运用倒叙和插叙的手法，通过长脚六和晚姑的关系，以及跟老张的谈话，把故事步步向前推进，而在揭示矛盾冲突的同时，也展示出人物的精神面貌。之后，兰阿文凄然一声惊雷似的在长脚六面前出现，更把矛盾冲突推向了顶峰。后来，长脚六带着沉重的心情进山去了，忽然背后又响起了兰阿文声震深谷的"老同"的呼喊……从整篇作品的情节来看，真是由弛而张，由浅而深，环环紧扣，前后呼应，波澜起伏，开展自如。

作者在构思的时候，还紧紧抓住了瑶族人民的传统习俗——喜结"老同"，作为矛盾的冲突，情节的开展去安排线索。在刻画人物性格的时候，也根据喜结"老同"这种民族共有的东西，把它有机地融和进去，突出地表现瑶族人民质朴耿直、爱憎分明的性格特征。作品一开头，小红马的出现，山间小圩镇和小客栈的描写，店主人跟客人的谈话，作品中间两个民间传说的穿插，作品结尾山区景色的变化……所有这些环境的描写，气氛的渲染，无处不涂上一层鲜明的民族地区色彩。

黄飞卿同志的《小金花》，运用富有特色的语言和饶有情趣的细节描写人物，散发出较为浓郁的生活气息，产生一种朴素传神、自然真实的艺术美。比如，作者通过小金花爱兔着了迷，甚而至于竟然在兔屋边睡着了；喜欢听讲兔的故事，爱看人家画兔；听说白兔因为贪玩不肯早睡熬红眼睛而自动催奶奶和她早些睡觉，"怕同小兔一样熬红眼睛呢"；等等；把小金花那种天真纯洁的性格刻画得活灵活现，神态若生。同时，随着情节的发展，小金花从酷爱小兔到渴望亲自参加拔草的劳动，把作品的主题思想更进一步深化了，落笔那么从容自如，盎然生趣，这就突现出小金花这个可喜可爱的儿童形象。

徐君慧同志的《歌圩归来》，以清新细腻的笔触揭开了僮族歌圩的序幕，让读者看到了僮族人民传统的民间习俗。尽管在人物的心理状态表现方面，还不能充分地表现僮族人民的精神面貌，但就作品努力表现僮族生活特色所进行的艺术探索来说，也是值得我们欢迎的。

如上所述，近年来我区的短篇小说创作在艺术技巧上是逐步提高的，我们的作者正向思想性和艺术性高度统一的方向辛勤地努力着。

三

成绩是主要的，但也还存在一些问题。

首先，在反映农村现实生活方面，像《生产队长张耿》《三通鼓》和《亚笔木根》等作品，虽然已经做了一定的努力，但是，反映当前的火热斗争的作品毕竟还比较少，适合农民需要的作品也是不多的。而主题挖掘得比较深刻，人物刻画得比较成功，有一定质量的就更少。有些反映农村人民公社的作品，只是一般化地写些新农村的生活现象，有意无意地忽视了描写农村社会主义建设中的矛盾和困难，没有深入地探索和表现出克服这些矛盾和困难斗争中新人的性格力量和思想光辉。这正好说明，在某些作者中或多或少地削弱了同群众生活的联系，对于人民在变革现实的斗争中所表现出来的英雄气概缺乏应有的认识。因此，如何遵循党和毛主席的教导，努力深入生活，同群众一起，投身到火热的斗争中去，仍然是我们今后必须解决的根本问题。也只有这样，我们才能在自己的作品中，真实地、热情地表现出人民群众如何在党的领导下，跟一切困难、一切敌人作坚决的斗争，表现我区各族人民发扬艰苦奋斗、勤俭建国的光荣传统和自力更生、奋发图强的战斗精神，从而给予群众强有力的鼓舞和支援。

当然，我们提倡多写反映当前的火热斗争，描绘农村热火朝天的现实生活，充分发挥自己的力量支援农业的同时，还要进一步强调题材多样化。对于题材范围的扩大，满足广大群众多方向的需要，这一年来虽有了一些进展，但还有着空白的地方，即使是农村题材，也还没有做到从各方面加以深入反映，未免显得有些单调而不够丰富多彩。可见，我们只有认真贯彻"百花齐放，百家争鸣"的方针，短篇小说创作才能获得更大的繁荣。

其次，在民族特色方面，能够从题材的选取、故事情节的安排、人物的刻画、环境的描写，去反映某个民族的生活、风习，表现他们的心理状态，描写该地区的景色风光，在我区一年来发表的短篇小说里，像《歌圩归来》和《老同》这样颇具民族特色的作品，还是不可多见的。

我区是一个多民族地区，居住着两千万勤劳勇敢的各族人民。各个兄弟民族，都有着各自不同的历史，有着各自不同的文化传统，有着各自不同的生活方式、心理状态、口头语言、风俗习惯、地方风貌，等等。解放后，由于党和毛主席伟大的民族政策光辉照耀，由于我国社会主义革命和社会主义建设事业的不断发展，各个民族都发生了极其深刻而又不同的变化。作为阶级斗争的工具和武器，作为民族历史和民族生活忠实记录的文艺，在新的形势面前，不可能不予以反映。因此，今后如何在我们的短篇小说创作里，努力探索和表现各民族，特别是僮族的民族特色，做到"内容是无产阶级的，形式是民族的"（斯大林语），仍然是我们一个极其艰巨的任务。

综上所述，一九六二年是我区短篇小说创作比较丰收的一年。在这一年里，由于我们进一步贯彻了党的"百花齐放，百家争鸣"的方针，无论是数量还是质量方面，都比过去有了很大的提高，这是一件可喜的事情，是我区广大作者积极地、热情地参加我国社会主义革命和社会主义建设的一个具体表现。可是，在我们肯定已经取得成绩的同时，我们还应当看到，我们的工作和时代的要求、群众的需要比较起来，还有一定的距离，特别是在创作中还存在着一些问题，有待我们尽一切力量去克服。因此，在当前大好形势的鼓舞之下，我们必须刻苦努力，奋起直追，为迎接我国的社会主义建设进入一个伟大的新高潮时期而奋勇前进！

僮族人民生活的真实反映

——谈几篇具有民族特色的小说

陆　里

　　近年来，我区的小说创作，有了进一步的活跃，产生了一些具有民族特色的作品，涌现出一些很有写作前途的新人；而过去已致力于小说创作的同志，在近年间也有了大步的跨进，有了新的提高和新的突破，其中以僮族人民现实生活为题材的，有长篇小说《美丽的南方》，短篇小说《水坝》（1962年《民族团结》十月号）、《老游击队员》、《板雅坡上》（以上二篇见作协广西分会编的《短篇小说选》）等。这些小说创作，内容丰富多彩，艺术创造上各有不同，是我区小说创作的题材、样式、风格"百花齐放"景象的一个具体反映。这些小说发表之后，受到读者的普遍欢迎，《美丽的南方》还在读者中引起了热烈的讨论。说明这些小说引起了读者浓厚的兴趣，有着强烈的反响，也是读者十分重视和关怀有关反映僮族人民生活的小说的一

作者简介

陆里（1930—），广西田林人，壮族，曾任广西人民出版社文艺编辑室主任、编审，广西民间文艺家协会副主席。

作品信息

《广西文艺》1963年第3期。

个很好的佐证。其所以能够这样，是因为这些小说在思想内容、人物性格、语言、人情习俗、地域风光等方面，具有不同程度的民族特色的缘故。

一

文学上的民族特色，是一个民族长期形成的，并有为自己喜欢的一系列的独特性。这些独特性是通过作品中的民族的内容和民族的形式，有机地统一而表现出来的。其中民族内容起决定作用。有人把民族特色只看成形式问题或者过分强调了形式，都是不够恰当的，这些小说的一个突出的内容，就是反映解放前后两个不同的时代里，僮族人民的不同境遇，以及反映出解放后在党的领导和教育下，他们的觉悟、转变和新一代的成长。同时，它们在反映这一内容时，是通过对社会的真实、深入的描绘，并生动地刻画了一些人物形象和他们不同的性格特征来表现的。特别可喜的是，这些小说在表现这一内容时，都各有其独到之点，各有其吸引人、感染人、教育人之处。

《美丽的南方》是我区解放后的第一部长篇小说，也是反映僮族人民生活和斗争的比较巨大的第一部作品；它以细腻的笔触和曲折的情节发展，不仅真实地反映了僮族地区土地改革这一极为深刻、复杂的历史事件，而且通过这一惊心动魄的阶级斗争，揭示了僮族人民生活命运的实质和特征。

小说的主人公韦廷忠是一个富有典型性的形象，他的解放前后的不同境遇，以及他的觉悟和成长过程，有着极为深刻的社会意义和现实意义。他的家庭原先是自给自足的中农，但在罪恶的阶级社会里，地主覃俊三嫁祸陷害，弄到家破人亡，于是这个中农子弟，自己年轻时追求美好幸福的生活破灭了，一下子沦为覃俊三的奴隶，受尽残酷的压迫和剥削。更加不幸的是，在解放初期，地主阶级还狡猾地采取各种方式转入隐蔽的状态，一面和帝国主义、蒋介石匪帮残余取得联系，继续恫吓和迫害农民；一面采取各种办法，伪装"开明"，企图拉拢收买农民，破坏斗争。所以，当土改队刚来的时候，韦廷忠还抬不起头来，最后他的老婆不得不又被覃俊三阴谋杀害。但是，时代变了，韦廷忠在惨痛的事实面前，点燃了他内心蕴藏的烈火，站立起来了，同时在党的培养、教育下，这个被人们称为"闷葫芦"的奴隶，以自己的积极行动投身到反封建斗争的前列，成了"农村中建起社会主义大厦的支柱"。所有这一切，不仅说明了土地改革的艰巨、复杂，"严重的问题在于教育农民"，同时，这个人的遭遇和他的觉悟成长过程，概括地体现了解放前僮族贫苦农民的悲惨痛苦的命运和解放后僮族贫苦农民的新生和幸福。

如果说《美丽的南方》是从尖锐、复杂的阶级斗争中，描绘年长一辈的转变、成长，那么《水坝》和《板雅坡上》则是在劳动生产斗争中，描绘新的一代的思想觉悟和道德品质的成长。

《水坝》中的六婶，是一个"刘三姐"式的劳动妇女，对这一人物形象，作者采取了第一人称的方式，运用了纵深的联系描绘和概括性的叙述介绍的手法加以刻画的；既有横断面的整体照顾，又有纵深面的重点突出，读来历历在目，亲切感人。同时，作者以"我"为向导，以水坝着眼，通过六婶的言行举止，反映了僮族妇女在解放前后的不同境遇，并且通过她的对坏人坏事进行斗争，维护集体利益，反映了僮族妇女政治上的成长，以及精神境界、思想觉悟的提高。

她原是人们在背后说的"灶里的蟋蟀"（嘲笑新媳妇年小、貌丑而又多嘴），由于土司老爷横蛮地修了一条水坝，说是要镇压刘三姐变成的铜鼓山，这样，干涸了的溪流，以及由此而加重了的挑水、舂米家务劳动，压得她喘不过气来。是"大跃进"和大办钢铁的功劳。她和全村妇女把这条有害的水坝变为有利，修起了水碾和水枧，摆脱了沉重的挑水，舂米负担，积极投入劳动生产，同时她爽朗直率，疾恶如仇，为维护集体利益，维护保证供应水利的堤坝，进行了坚决的斗争；她的劳动斗争，提高了她的地位，因而她的过去不敢在厅堂大笑，不敢在长辈面前大步走路的神态没有了，完全是一派新妇女的姿态。从这个人物身上，我们可以看到，这是在社会主义建设中新成长的僮族妇女形象的生动的概括，是僮族妇女解放、自由和幸福的标志。

从《板雅坡上》，我们还可以看到，由于年青一代新的社会主义劳动态度和新的道德品质的成长，在对待爱情和劳动，处理个人和集体的关系时，以劳动和集体利益为第一的崇高行为。作者在这一小说中，以劳动为基础，以爱情为线索，通过人物的内心活动和斗争，比较细致地刻画了牙田这一青年的形象。小说一开始，作者首先把他放到歌圩盛会上，着意从他的山歌对唱中，对兰花的神态中，表现了他的单纯、憨直和朴实的性格。接着，作者又以层层点染和相互交织的笔法，由他的看见副社长黄光将兰花的头巾抢去这一细节（僮族青年男子表示爱情的一种方式）开展故事，铺述情节，不仅描绘他的种种苦恼心情（"心乱得像一团絮麻"，看见黄光和兰花在屋里谈话，"掉头便向外走"；为粮食分红的事，黄光和兰花批评他，认为他们一唱一和，自己倒霉，等等），同时还描绘了他的矛盾斗争（为了修建水库，忍痛和兰花去找黄光商量，为了试验碎裂岩石，耐心和黄光蹲在一起工作，等等）。最后，通过黄光的几则日记，真相大白，误会消失，牙田和兰花约会在欢乐的幸福中，完成了牙田这一人物形象的塑造。虽然，这一人物形象还不够丰满、扎实，但还是比较鲜明地体现了僮族人民新的一代，在党的关怀和抚育下，新的社会主义劳动态度和新的道德品质的成长。

以上所谈到的，反映两个时代中僮族人民不同的生活和斗争，以及他们的觉悟成长，是这些小说反映僮族人民现实生活的突出的内容。这样的内容是由僮族人民的现实生活所决定的，是僮族人民新的现实的具体反映。正因为这些小说比较深刻地反映了僮族人民的生活和斗争，并生动地刻画了一些正面人物形象和他们不同的性格特征，所以也就透露出僮族人民的历史特点和民族特色。同时，这些正面人物不仅保持了僮族人民在长期以来所富有的忠厚朴实、勤劳勇敢的性格，而且在新的历史和社会条件下，也在逐步地发展和变化着。

《美丽的南方》的韦廷忠，是一个横遭压抑的僮族贫苦农民的形象，从他身上，我们可以看出这一类僮族人民的性格特征。他勤劳淳朴，忍辱负重，而内心也蕴藏着反抗的烈火，但在觉醒之前，他身上最突出的思想是宿命论和"怕老虎打不死，倒反受害"。这两者都是僮族人民当时所处的特殊的生活环境和社会条件所决定的。解放前，僮族人民长期处于封建地主阶级的残酷统治之下，灾难、痛苦十分沉重。

尽管这里曾经受到大革命风暴的影响，孕育过革命的种子，但是黑暗的统治势力太强大，封建地主阶级所散布的宿命论观念对劳苦人民的思想影响，也比较深沉，所以年长日久，受压迫的人民群众形成了一种太多的忍受命运摆布的习性，暂时淹没了他们正义反抗的性格。同时这里解放较晚，地主阶级有可能狡猾地采取各种方式转入隐蔽状态，继续恫吓和迫害农民，作垂死挣扎。因此体现在韦廷忠身上的，他虽也迫切要求摆脱地主阶级的压迫，然而又不敢相信能够从根本上打垮并消灭地主阶级，所以反复思虑、前顾后盼、欲进又止，觉悟成长显得出奇的曲折、缓慢，也显示出他的性格的曲折和复杂。但是，在生活的实践中，在他老婆又被阴谋杀害的惨痛事实面前，他慢慢地觉醒过来了，最后终于走上了反抗的革命的道路。他有如一只引子很长的爆竹一样，不是一点就响起来，必须点到它的中心才能爆出火花。这是韦廷忠的性格特点，但从他身上也可以看出僮族人民勤劳朴实、忠厚善良的性格特色。

《老游击队员》中的阿木老爹，又有别于韦廷忠的性格特征。他诙谐幽默、倔强耿直、勇敢机智、疾恶如仇。在解放战争时期，他当过游击队员，曾扮成"江湖老"去侦察敌兵的情况。由于他的灵敏机智，混过了敌兵的戒严、搜查，出色地完成了侦查任务。解放后，他又忠心耿耿地协助边防战士完成了消灭匪特的任务。从这一人物身上，不仅体现了僮族人民和边防战士之间的团结协作、亲密无间，还体现了僮族人民对祖国的无限忠诚。如果说韦廷忠是一个横遭压抑的、具有"闷葫芦"式的性格，那么阿木老爹却是敢于反抗邪恶、心地善良、富有韧性和乐观精神的性格，这就使僮族人民富有忠厚朴实、勤劳勇敢的性格，更发出了新的光辉。

当然，社会发展了，人民所处的环境条件不同了，人物的性格也在变化着。《水坝》和《板雅坡上》活跃的人物，他们的命运同社会主义革命和社会主义建设步调结合起来了，这就使得他们的性格比之过去的一些人物更富有生机。比如六婶爽朗直率、疾恶如仇，在坏人坏事面前毫不示弱，充满了胜利信心，并喊出"你要动一动，拼命也顶住"的话。只有在共产党领导下的劳动妇女才能说出这样的话；牙田憨直、朴实、勤劳，能以社会主义的正确态度对待爱情和劳动，不计较个人得失，这也是只有在我们这个新的时代才可能出现的。但是，这些作品，由于它们比较真实地表现了僮族人民的现实生活和他们的心理状态，塑造了具有民族特点的性格。因此它们的内容也就闪现出自己民族的特色来。

二

语言是文学的建筑材料，每个民族文学都是用自己民族的语言创造出来的，民族形式无疑是用语言固定下来的，只有用自己民族的语言来写作才能成为自己民族的作家，唯有群众的语言才能创造出群众所欢迎的民族形式。同时，语言是民族间互相区别的重要标志，民族特有的生活色彩和心理素质，也首先是表现在民族的语言上。周扬同志说："语言是文艺作品的第一个因素，也是民族形式第一个标志。"很好地运用民族语言创作的文学作品，是比较容易传达出民族特有的生活色彩和心理素质的。这些反映僮族人民现实生活的作品，由于有的吸收了僮族人民的许多生活用语，运用了他们的表情达意的方式，这就使作品更增加了真实感，更富于民族地域和生活的色彩，给人以清新的别具一格的印象。《美丽的南方》中就有不少这样生动的语言，例如：

"你怎么啦？跟这个天似的，又不晴又不雨的？"

"那，怎么也合不来呢？是火不够劲烧不着湿木头吧？"

"也不易呵！老人说的'冬过就年，讲过就钱'，这几天也还发愁呢！"

"一点点烟有什么关系嘛。人说，受得住烟气才养得鸡鸭呢！"

"好人有什么用，'人直人穷，木直木穿空'，这世界好人就要吃亏。"

"你不能到处去找吗？真是叫猫去取火，见了火就忘了回了。"

"风水八字固然要紧，有好风水八字，要是叫灾星进了门，事业会克扣掉的。"

"可不是怎的，这一下子兴起自由来，正是'瞌睡碰上枕头'，正合适了。"

"'跳槽的马'不怕，抓住了疆口，它就乖乖地任你摆布了。"

“他，同米粉一个样，软的立不起来，银英这号女子不会要他的。”

“谁想，也是白想，再怎么自由也好，蒸发糕没有煤（霉），总是发不起来。”

“我是对谁也不能轻信，吃甘蔗吃到一节剥一节，走一步看一步。”

“当然啰，地主老财好比这地边的大树，能把它拔掉了好是好，免得它遮了阴，害了庄稼，只是，树根扎的太深啦，一时拔不倒。”

“你去吧，请社队长想个法儿吧，我们的人，脑筋是跟半年不下雨的地一样的，你拿锄头刨也刨不开。”

“我看他，就是赵三伯讲的：白耳朵的公鸡，阉不变。”

“我们有句俗话：‘翻风不怕冷，单怕日头猛。’这两天热得好闷人，准会要下大雨了。”

“不，不要。这玩意旁人是帮不了的。我们土话说：‘低头就是茅草，霎眼就成情人。’什么话嘴巴不好说的，眼睛都能说得出来。”

“你替他们担心，真是‘雨过送蓑衣’，用不上。他们成天在水里玩，野鸭还赛不过他们呐。”

“什么样的虫子总是要蛀什么样的菜根的，豺狼要吃肉，果子狸要吃水果，变不了。”

这些语言，比喻丰富，形象鲜明，有的不仅表现了人物当时的心理状态和个性特征，有的还传达出了人物生活环境的特点。虽然与此类似的比喻或成语，在汉语中并下少见，在各个民族的文学中，也有程度不同的加以运用，但是由于增添了与僮族人民的生活密切相连的内容，又用来表现他们的生活，就非常生动、鲜明，而不落俗套。

在《板雅坡上》和《水坝》中，对民族语言的运用，某些地方也是有特色的。比如歌圩中的山歌对唱；用来比喻人物和心理状态的事物：“灶里的蟋蟀”“挑水舂米，不去不去，挨打受气，不去不去”“清明拜柗脚，意在食”等，在僮族人民生活中是司空见惯的。它们对状物言情，都能给人们可以触摸的形态感。

还想提到的一点是，在描写僮族人民生活和斗争的小说创作中，有的以富于民族特色的语言传达出民族的精神面貌见长；有的在语言的运用上虽略逊色，但能精雕细刻地描绘人物的性格和民族的精神特质，也是值得赞赏的。但是如果能够兼而有之，既有富于民族特色的语言，又能生动细腻地刻画民族的不同人物的性格，多方面地表现人民的精神面貌，这就更能够得到广大读者（包括本民族读者）的喜爱。

三

人情习俗、地域风光在反映民族生活和斗争的作品中，也是不可忽视的一个方面。它不仅能够加强描写的真实感，使作品所展示的人物性格、生活环境更加逼真、更可触摸，使人有如身临其境，留下极深刻的印象，而且它还会赋予作品以特别的艺术吸引力，给作品带来独特的艺术风格，为艺术的园地增添异彩。一个民族、一个地方往往都有不同于别个民族、别个地方的最迷人的人情习俗和地理风光，很好地表现这些不同，就能使作品蕴有别具一格的风韵，散发浓郁的乡土气味，使本民族读者感到异常的亲切，别个民族读者更会觉得特别新鲜。比如梁斌同志就说过："地方色彩浓厚就会透露民族气魄，为了加强地方色彩，我曾特别注意一个民族的民俗。我认为风俗是最能透露广大人民的历史生活的。"又如周立波的《山乡巨变》、老舍的《茶馆》、李季的《王贵与李香香》，使我们看到湖南、北京、陕北各地不同的风貌，被大家认为带有亲切的乡土气息，就因为在作品中熟练自如地表现了当地的风土、人情、习俗和生活。

在反映僮族人民现在生活和斗争的小说创作中，《美丽的南方》以清新抒情的笔触，描绘了僮族地区的习俗情景，有如一幅幅的风俗画、风景画，令人感到十分亲切和向往。作者在这一作品中，有意随着时间的推移，从残冬、春节、初春、春浓、春深、春暮到初夏，不仅点染了高大的榕树、挺拔的木棉、苍翠的橄榄林，新绿的甘蔗田和星星点点的菜园瓜架等，还描绘了岭尾村的月夜、长岭村的朝霞、麻子畲的黄昏，以及那熙熙攘攘的赶圩归来，那繁富而浓郁的年节气氛、肃穆而明丽的寒食景色和那富有新时代风俗人情的"庆祝胜利大会"等，的确真实而生动地显出了南方风物的丰富和美丽的面貌。而所有这一切，作者是交织融汇会在那么一些动人心弦的故事——韦廷忠的身世和命运，他的觉悟和成长等，反映着僮族人民社会生活的发展变化之中的。在里面，不仅仿佛使人进入了僮族人民的村墟和院落，感受到了他们的痛苦和欢乐，陶醉在他们淳朴、优美的风土人情之中，而且当"土改"胜利完成，奴隶们翻身作了土地的主人以后，也会感觉到，美丽的南方更加美丽。

对风土人情的描绘，《水坝》和《板雅坡上》的作者也是比较注意的。

《水坝》注入了作者亲切的乡土之情和深沉的阶级感情，描述了富有民族色彩的刘三姐变成铜鼓山的古老传说，新媳妇上轿哭嫁的哭嫁歌，光啷光啷的春米声，摇晃的挑水的姿势，以及六婶像刘三姐变成的铜鼓山一样，守护着堤坝，是那样的自然、严谨和前后呼应。而《板雅坡上》，作者也选择了富有民族特色的画面，比如歌圩的盛况，同族男青年表示爱情的"抢头巾"，秋收时的击敲铜鼓、讴歌作乐等，来开展故事和刻画人物，使我们不但从作品中看到了人物的精神面貌，也看到了浓厚的僮族人民的人情习俗。

以上作品，对人情习俗，地域风光的描绘叙述，为作品带来了浓厚优美的地方色彩，注入了别具一格的风韵，供我们学习和借鉴的地方是不少的。尤其《美丽的南方》，有的把风景和风俗交织融汇，进行了富有南方情味的描绘，有的从不同的人物眼中去看景物，表现了人物的性格，也突出了地方风物的某些特征，更是情景交融，饱和着诗情画意。比如作品开头描写的冷风雨雾的残冬，那"温温的茸毛""银色的网罩""轻纱似的烟雾"，这是多么逼真、精微！而在这凄迷的背景里，我们又听到"看牛轮""笃笃的梆声"，"竹丛里发出轧轧的声音"，"鸭子呷呷"的叫声；看到一个拾牛粪的人"折下路边的树枝子往牛粪上先插个标"，一群农民在鱼塘的围堤下烤火谈天；同时也感觉到农民们为渡过年节和覃家老爷还没打倒的郁闷心情。又如王代宗特别欣赏木棉挺拔高傲的特点，把个人英雄主义之情寄托在它的身上，而自我陶醉；丁牧对这里的冬天情意淡薄，失掉兴趣，作了自我感叹的联想：“我们失去了一个冬天！”；杜为人和傅全昭特别珍重南国红豆的象征意义等等。可惜，有些篇章或片段的景物描写，还不能和政治斗争生活融合起来，或者和渲染气氛、烘托情节、表达人物的感情活动等结合起来；有的着墨过多，有的甚至处于游离状态，不能不感到有些不足之处。

近年来这些反映僮族人民现实生活的小说的发表，以及它们的受到读者的欢迎，是小说创作重视反映僮族人民生活的一种具体表现，也是我区小说创作“百花齐放”和不断提高质量的一个方面的反映。虽然这些小说在艺术处理上仍然还有某些不足之处，除上面所提到的以外，如《美丽的南方》的后半部，结束过于仓促，在结构上就不如前半部严整，人物、情节也不如前半部动人，艺术处理也比较粗糙，因此，整个作品前后不甚统一，缺乏艺术作品应有的浑然一体、一气呵成的完整感觉。《水坝》中，六婶这一人物所以这样先进的历史原因和思想基础，即她的成长线索描写得比较简略，作为对先进人物更高的概括和典型化来说，是不够的，因而也就减弱了作品的艺术力量。《板雅坡上》，牙田和兰花的精神面貌和他们相互间的内心感情，仍然描绘得不够细致、真实和深刻，消失误会也描写得过于简略，这就不能不减弱了小说情节的感人程度。所以这都是颇令人感到遗憾的。像这样一些缺点，相信我们的小说作者在今后的创作中，是会逐渐克服的。愿我们的小说作者进一步努力，创造出更多更好的反映僮族人民现实生活的小说来。

加强文艺评论的几个问题

上官桂枝

一

　　创作和批评是社会主义文艺的两翼，它们是相辅相成的。没有创作，评论就成了无的放矢的空谈；没有评论，文艺的发展和繁荣将失去正确的方向。文艺评论的任务是：贯彻和保卫党的文艺路线和方针政策，帮助文艺工作者总结创作经验，提高创作质量，帮助读者正确选择和欣赏文艺作品，以及进一步发展无产阶级的文艺理论等等。而其中最重要的是，以马克思列宁主义、毛泽东思想作指导，贯彻党的文艺路线和方针政策，繁荣社会主义文艺。毛泽东同志在《在延安文艺座谈会上的讲话》中指出，文艺批评是"文艺界的主要的斗争方法之一"。周扬同志也说："……我们必须在广泛的文艺界统一战线中进行必要的思想斗争。必须经常指出在文艺上

作者简介

　　上官桂枝（1925—），原名谢敏，广西桂林人，1948年毕业于国立桂林师范学院，曾任《广西文学》副主编、中国作协广西分会第二届副主席，专著主要有《文艺理论简编》《文艺随笔》，获首届广西文艺创作铜鼓奖。

作品信息

　　《广西文艺》1963年第10期。

什么是我们所要提倡的，什么是我们所要反对的。批评必须是毛泽东文艺思想之具体应用，必须集中地表现广大工农群众及其干部的意见，必须经过批评来推动文艺工作者相互间的自我批评，必须通过批评来提高作品的思想性和艺术性。批评是实现对文艺工作的思想领导的重要方法。"① 这些指示说明，文艺评论不是什么点缀品，不是什么可有可无的东西，而是在文艺领域内进行思想斗争、思想解放的一种重要方法。特别是在当前国内外阶级斗争的形势更为复杂、尖锐的时候，为了坚决反对帝国主义、各国反动派和现代修正主义，我们应当很好地掌握和运用这一斗争武器。

马克思列宁主义的文艺评论是思想斗争的武器，是具有强大战斗力的武器。其所以具有强大的战斗力，就在于它敢于接触时代的主要问题，敢于用正确的阶级观点和科学的阶级分析方法来评价作者的思想倾向和创作倾向，敢于对帝国主义、各国反动派、现代修正主义和它们在文艺领域内的影响进行斗争，敢于对形形色色的资产阶级思想进行斗争，坚决为促进我国社会主义文学艺术的繁荣和发展而努力。这是我国文艺评论的优良传统，也是每一个评论工作者长期的、艰巨的斗争任务。

我区的文艺评论，两年来在批判不健康的创作倾向，批判各种资产阶级文艺观点，热情地鼓励文艺创作，培养文艺的新生力量等方面，做出了一定的贡献，曾经出现了一些好的文艺评论，争鸣空气比较活跃，成绩是主要的。但是，正如中国文联三届二次扩大会议在肯定文艺工作的成绩的同时，所指出的一些缺点："文学艺术对现实斗争的反映不够有力，有些作品内容单薄；有些文艺工作者近年来同广大劳动人民的联系有所削弱；文化艺术战线上出现了某资产阶级的有害影响和其他不健康的现象。"② 这些情况在我区也有不同程度的存在，而我们的评论没有及时地指出来，进行必要的批评和斗争。这就是我区文艺评论不够的地方。具体来说，表现在以下几个方面：

一、提倡什么，允许什么，反对什么在部分评论工作者中不够明确。革命的文艺评论，应当热情鼓励和帮助文艺工作中新生的、进步的、革命的事物，反对过时的、落后的、腐朽的事物，坚持我国社会主义文学艺术的道路。每个评论工作者必须立场坚定，旗帜鲜明，明确自己的斗争任务。可是有同志对提倡、允许、反对之间的界限和关系搞不清楚，因而出现了一些反常现象。比如有人以《结翰墨缘》为题，大肆歌颂报刊上发表的《绿珠唱和诗》。说什么"许多读者都喜欢看，我也喜欢看。一方面因为绿珠是广西人，她的事迹又比较感动人，诸老的诗也写得好；另方面，因为唱和诗这一形式很久以来不经常见到，故一看到发表十多首，使人顿有新鲜之感，像是我区诗坛上出了一桩小小的盛事"。又说"……十一位长者的唱和诗，使我由唱和想到元白，由元白想到友谊，想到我们文艺工作同志间结翰墨缘的好处"。另外，有人说:《绿珠唱和诗》这种形式就很好，吸引了很多作者和读者。"旧诗该不该提倡，毛主席在给诗人臧克家同志的信③中早已说清楚，用不着多说。至于歌颂绿珠这样一个女人，为绿珠翻案有什么根据呢？难道绿珠真像《绿珠唱和诗》中个别作者所颂扬的"烈女"吗？其实她只不过是封建社会里大官僚地主的小老婆而已。绿珠之死，只不过是对主人的殉情。《结翰墨缘》的作者却认为绿珠的事迹"比较感动人"，甚至是诗坛上的"盛事"。这是什么样的思想感情，真不能不令人大吃一惊！这不正是把封建性的东西当作民主性的东西来赞扬，把不应该提倡的东西加以提倡吗？

二、互相捧场的庸俗作风。在旧社会，尔虞我诈，"文人相轻"的思想作风的存在是很自然的事，今天的革命文艺工作者应该坚决抛掉旧东西而代之以新的风尚。如果反过来走到另一极端——"文人相捧"，也是不对的。有人以《关于构思》为题，写公开信给某作者，说是:"每读你的小说，总觉得情节是那样引人，人物是那样生动……回头看看自己的作品却是那样的平板苍白，那样的淡然寡味。"某作者也以《也谈构思》为题回信说:"你的《××大爹》，我读过两遍。作为读者，我向你保证：它一点也不'平板苍白'，'淡然寡味'，××大爹的形象有引人入胜的生动性和无可置疑的真实性，是你所创造的较为成功的艺术形象之一。"好一个"保证"！这样的信人们读后能不产生"互相捧场"的感觉？有个作者两三年来很少发表作品，有人以《灯下随谈》为题，说什么"你已经有了一定的生活，虽然目前暂时还没把它写成作品，但我相信它是不会辜负你的"。文艺评论的任务之一，是繁荣和发展我国社会主义的文艺事业，因此，它应当善于帮助作者发现作品的优点，指出作品的缺点，它本身应当具有高度的原则性和严肃性。如果企图通过文艺评论互相抬高，甚至作品还没有诞生就大肆吹嘘，就势必使文艺评论庸俗化，降低和丧失了文艺评论的战斗作用。

三、支持新生力量不够。"长江后浪推前浪"，新生力量总是要涌现出来的，这是事物发展的过程，也是事物发展的规律。文艺评论应当善于掌握规律，通过评论，促进新生力量的成长。因此，对新生力量不能评头论足，应当有一个正确的估价。但是，对于《耘天》这样的作品，有人说："从画面上给我的观感是，技巧没有过关，离精辟简练的现实主义的艺术手法还很远，它只是作者在摸索中的一种尚未成熟的产品，顶多可以说是一个良好开端罢了。"有人对《旅途》这样的作品，说它简直不像一篇小说。作为文艺新军的新作者，应当谦虚谨慎，努力学习；至于写评论的同志，对新作品则应当实事求是，热情帮助，对新生力量指责多，要求高，帮助少是不公允的。对新作者要求技术过关，精辟简练的手法这不是很不实际吗？事实上，一篇作品要达到十全十美的境地，即使是老作家也是不能不费一番功夫的。文艺评论决不能以找出新人作品的缺点为满足，新人作品往往是不够成熟的，评论者应该从发展的眼光帮助作者，既不能无原则的盲目表扬，拔苗助长，也不能批评的一无是处，体无完肤。评论者要善于从新人作品中找出值得鼓励的地方，帮助作者提高思想水平和艺术水平，使作品逐步完善。所谓值得鼓励的地方，实际上是肯定作者在生活中观察到的，并通过作品反映出来的新的思想和艺术形象。这是新作者最需要的善意的、具体的帮助。

四、仍然存在一些粗暴、简单化的批评。粗暴、简单化的批评，就是指那种不从生活出发，而是从概念出发，对作品不是作实事求是的具体分析，而是妄加主观论断的一种批评。两年来，这种粗暴、简单化的批评已不多见，但亦未完全绝迹。比如，有人认为《瑶山人家》这篇散文，歪曲了瑶山地区现实生活的本质，丑化了公社干部，丑化了革命群众，宣扬了封建迷信思想和阴暗情绪，给人们以怀疑和不满现实的恶劣影响。最后归纳成一条：作者的立场是"站在同人民相反的立场上"。

这一连串的大帽子，不能不令人联想起郭开同志对《青春之歌》的粗暴批评。这篇散文有没有缺点呢？有的，那就是在叙述摩公们的跳神等活动多了一些，甚至有些客观的描写。但是，绝不能构成什么"歪曲""丑化"，绝不能随便提高到作者"站在人民相反的立场上"。毛主席教导我们说："科学的东西，随便什么时候都是不怕人家批评的，因为科学是真理，绝不怕人家驳。"又说："凡真理都不装样子吓人，它只是老老实实地说下去和做下去。"④这正好说明了批评和被批评的两个方面。从文艺批评的角度来说，任何一个评论者要依靠真理服人，不能以大帽子压人，谁认为自己掌握的是真理，就完全没有必要采取说理以外的手段来吓唬人。否则，往往会因为粗暴、简单化，使真正的学术争鸣不能正常进行。

上面提到的是我区文艺评论中存在的个别现象，有的已经改正，有的正在改进。我之所以将这些问题提出来，目的在于通过这些问题检查我们的文艺评论是否完全符合马克思列宁主义、毛泽东思想的精神，是否完全符合时代和人民群众的要求，通过对这些问题进行初步的分析研究，取得一些比较正确的认识和初步的经验教训，从而提高文艺评论的水平，改进我们的文艺评论，进一步加强文艺评论的战斗性。

二

如何进一步提高我区文艺评论的水平，加强文艺评论的战斗呢？我认为至少有这样几个问题是值得注意的。

第一，必须加强创作思想、创作倾向的评论。就数量来说，我区报刊上的评论是不少的，但是，我们的评论对一个时期总的创作思想、创作倾向研究少，对某一个作者的创作思想、创作倾向研究更少。这样就很难发现问题，甚至问题出来以后，也会熟视无睹。《绿珠唱和诗》在报刊上发表以后，继之编印成册公开发售，继之大搞绿珠剧本，都没有引起评论工作者的注意。又比如在前些时间内，在创作中出现了大量的抒发个人感情的诗，有的写道："……我是想探一探，爱情是否锈蚀你的心房……"有的甚至以诗赞赏某人的眼睛"迷人",某人的"辫子"漂亮。有的还企图努力学习做一个好的爱情诗人。诸如此类等等,也未引起评论工作者的注意。当然,健康的爱情诗是可以写的,比如"生命诚可贵,爱情价更高,若为自由故,两者将可抛",在旧社会曾经传颂一时。真正的诗是阶级感情的倾诉,正如郭沫若同志谈到叶挺的《囚歌》时说的:"燃烧着无限的愤激,但也辐射着明彻的光辉,这才是真正的诗。假使有青年朋友要学写诗的话,我希望他就从这样的诗里学。"⑤诗应当是革命的号角,战斗的号角。这道理本来是非常普通的。当缠绵悱恻的诗比较大量地出现后,不但未引起警惕,有同志还认为这就是"百花齐放"。这除了说明政治敏感不足、政策水平低之外,在方法上也是有缺点的,没有辩证地看待数量和质量的关系。毛泽东同志教导我们说:"无论什么事物的运动都采取两种状态,相对地静止的状态和显著地变动的状态。两种状态的运动都是由事物内部包含的两个矛盾着的因素互相斗争所引起的。当着事物的运动在第一种状态的时候,它只有数量的变化,没有性质的变化,所以显出好似静止的面貌。当着事物的运动在第二种状态的时候,它已由第一种状态中的数量的变化达到了某一个最高点,引起了统一物的分解,发生了性质的变化,所以显出显著地变化的面貌。"⑥由此可见,在社会主义文艺花园内,某作品在一定数量内对群众是无害的、允许的,但大量出现以后,就会喧宾夺主,这样就会由无害的东西变成有害的东西,由允许的东西而变成必须加以反对的东西了。所以评论工作者要密切注意作品发展的一般倾向,密切注意某作者的作品发展的一般倾向,这样才有可能发现和注意作品从量变到质变的变化。也就有可能在问题刚露头的时候发现出来。

文艺是现实斗争生活的反映,研究创作思想、创作倾向便不能离开现实斗争生活。当前的斗争形势如何呢?党的八届十中全会指出:在无产阶级专政的整个历史时期内,从资本主义过渡到共产主义的整个历史时期内,都存在无产阶级同资产阶级之间的阶级斗争,都存在社会主义同资本主义两条道路的斗争。国内情况如此,国际情况也如此。阶级斗争是尖锐、复杂、长期存在的。这是铁一般的事实。毛泽东同志教导我们:"对于矛盾的各种不平衡情况的研究,对于主要的矛盾和非主要的矛盾，主要的矛盾方面和非主要的矛盾方面的研究，成为革命政党正确地决定其政治上和军事上的战略战术方针的重要方法之一，是一切共产党人都应当注意的。"⑦阶级斗争是各种矛盾中最主要的矛盾，文艺评论工作者同样要善于抓住主要矛盾进行工作。一篇文艺作品，能否做到既深刻又广阔地反映社会主义的斗争生活，就要看作者是否反映了当前最主要的、最本质的矛盾，反映了我们的时代的最尖锐、最复杂的阶级斗争，并指出斗争的前景。文艺评论工作者应当通过对这类作品的具体分析，加强群众的阶级斗争教育，鼓舞和激发群众的革命斗志。这是评论工作者的重要任务。然而，我们过去的某些评论，没有紧密联系当前的斗争，不善于分辨出矛盾的主要方面和次要方面，因而抓不住文艺创作主导方面的问题，战斗力不够强。这不能不是评论工作中的一个弱点。当然，反映阶级斗争是重要的，但对于那些能够扩大人民的知识领域，增长人民的生活智慧，满足人民正当的艺术欣赏要求，丰富和提高人民的审美能力，帮助人民改变缺乏文化的文艺活动，也是需要的。评论工作也应当予以注意。

还应当说明，文艺创作要积极反映阶级斗争，塑造出阶级斗争中敢于斗争、敢于胜利的英雄形象，但是，不能因为要求作者缩小为只是配合某一工作或政策的宣传，正如周扬同志说的："我们不应当把为政治服务狭隘地解释为要求作家去宣传党和国家当前的每个具体的、个别的和只有暂时的局部的意义的政策，更不应当要求作家按照政策的条文写作。"⑧

第二，正确对待文艺评论。文艺评论是党在文艺领域内进行思想领导的重要方法，是文艺事业中不可缺少的组成部分。两翼的比喻，就十分生动而深刻地说明了创作和评论之间的关系。但是，在部分评论工作者中，对于文艺评论的性质和作用并不是人人都了解的，有的还相当模糊，这就不能不影响了文艺评论的开展，影响进一步加强文艺评论的战斗性。这些思想和认识，归纳起来有以下几点。

有人将文艺评论看作是扯是非，怕得罪人，不愿惹祸上身，因而对评论抱消极态度，甚至洗手不干。这种看法是不正确的。革命的文艺评论是战斗，是无产阶级对资产阶级思想作战的强大武器。许多著名的马克思主义者都是这样做的。比如列宁、法国的拉法格等，几乎都是为了革命的需要，思想斗争的需要而撰写评论的。列宁的《党的组织和党的文学》，不仅奠定了无产阶级文艺基本观点、方向、路线上的理论基础，而且是对文艺领域中形形色色资产阶级思想致命的总攻击。他们为评论工作者作出了榜样。我们要向列宁和拉法格学习，学习他们将评论与阶级斗争联系起来看，看作是自己所进行的革命思想斗争的组成部分。那种将评论工作看作是扯是非，怕得罪人，不愿惹祸上身的看法，缺乏阶级斗争的观点和阶级分析的方法，是从个人主义出发看待问题的结果。每一个评论工作者都应当积极地拿起武器，进行战斗。

有人说写一篇评论，要花好多时间研究资料，看书，改来改去，搞得心灰意冷，还不一定能用。这种看法是不够全面的，写一篇评论需要修改，搞创作同样也要修改。从一篇文艺作品诞生的过程来看，不经过修改几乎是绝无仅有的事，甚至改后也不一定能发表。大凡在文艺上有成就的人，都有这样的体验。夏衍同志说："写一篇作品不要斤斤计较个人得失，重要的是练功夫，不是写出来非发表不可。我十九岁开始投稿，十投九不中。但我还是写。"⑨ 修改文章并不一定是一件坏事，作品得不到发表的机会也不一定是一件坏事，只要下决心学习，总是可以逐步提高的。这是事物从发生、发展到成熟的过程，也是一条真理。

有人说创作有点生活就可以写，评论要下功夫，与其花时间去搞理论，还不如马上写出几篇作品来。评论工作是需要下功夫、打基础的，需要多读马克思列宁主义经典著作和毛泽东著作，需要各种知识。但是，创作同样要有深厚的基础，这个基础就是要深入自己描写的对象。任何一个作者需要长期地深入生活，和群众在一块，一离开了原来的生活，就不能继续了解随着社会关系的变化和客观现实的推移在群众中所引起的反映，又会产生不熟悉的问题。所以，只有长期深入生活，从思想感情上和群众打成一片，不熟悉的东西才能变成熟悉的东西，才能深刻地反映斗争生活，写出有血有肉的作品来。可见，搞创作也是要下功夫的。当然，这绝不是说有点生活不能写，能写，甚至有时还可能写出一两篇好的东西来，然而，许多事实证明，这终非长远之计，这正如在浮沙上建高楼，也许开始还可以，最后必定全面崩溃。

有人说搞评论容易犯错误，搞创作不容易犯错误。这里根本的问题是立场的问题，是彻底革命的问题。这一前提不解决，无论搞什么都可能会犯错误。在反右派运动中，某些搞创作的人成了右派分子，不正是因为他们写出了有毒的"作品"来吗？再说，所谓犯错误，也要加以具体分析，是原则性的还是一般的，是一贯的还是偶然的，错误的影响大还是小，等等。一个人一生不犯错误，几乎是不可能的。为了贯彻"百花齐放，百家争鸣"的方针，为了实现毛主席的"真理愈辩愈明"的指示，评论工作者要树立敢于批评，敢于争鸣的风气。在开展评论工作中不犯错误的同志固然很好，即使犯了一些错误，只要能正视错误，改正错误，也完全是可以允许的。

评论工作开展得好不好，固然有许多因素，但评论工作者如何对待评论工作，却是一个十分重要的问题。上面说到几种思想无疑是会妨碍评论工作的开展的。评论工作者只有积极解决自己的思想问题，丢掉资产阶级个人主义包袱，才能轻装前进，参加思想战线上兴无灭资的战斗。

第三，加强对农村青年阅读和欣赏的指导。我区农村地区广大，人口众多，发展也不平衡。群众中仍然存在不少旧思想残余，旧社会遗留下来的习惯势力。如何用社会主义、集体主义思想占领农村阵地。在思想战线上是一个亟待解决的问题。其中，如何教育农村青年做好红色接班人，坚持社会主义道路，又成为问题的关键之一。因此，文艺如何为农村服务，特别是为农村青年服务，占领农村文化阵地问题，每一个文艺工作者都应当好好考虑。

人们常说："好作品就是力量。"作品的力量是怎样发生的呢？它是通过读者或观众以后才发生的。没有读者或观众的作品就没有力量，反之，读者或观众愈多则作品的力量愈大。向农村推荐优秀作品是文艺评论工作者经常性的艰巨任务。电影《李双双》通过双双同丈夫孙喜旺之间的关系的发展变化，反映了我国农村的新面貌，反映了集体主义思想在农村的胜利，反映了人民公社的伟大成功。这个片子在全国各地受到广大农民的欢迎。但是，事情也不尽如此，某县有两个电影队放映

《李双双》，一个队由于认真宣传介绍内容，帮助群众做好欣赏工作，群众很爱看；另一个队没有做好这些工作，某些群众认为"两公婆吵架，没甚好看！"这一事例说明，如何通过评论（包括影评、座谈会、口头介绍等），加强对农村群众、读者的阅读和欣赏指导，是一件十分重要的事情。事实上，许多读者和观众阅读文艺作品，往往是根据报刊上的文艺评论去选择的。

加强对农村的阅读和欣赏指导，可以从以下几方面入手。一、推荐当代、现代优秀作品。当代、现代优秀作品，特别是那些反映阶级斗争生活以革命历史为题材的作品，例如家史、村史、公社史、工厂史，一般来说更具有直接的教育作用，评论工作者应当经常向广大农村推荐。当然，可以推荐我区的优秀品，也可以推荐全国各地的优秀作品。推荐的办法很多，可以写"内容摘要""作品简介""作品主人公介绍"等等。二、做好电影、戏剧评论工作。电影、戏剧在农村中是较为普遍的文化活动，好的电影、戏剧或坏的电影、戏剧，其影响都是很大的。电影、戏剧评论工作可以从三方面进行：对目前正在上演的电影和戏剧要做好评介工作；对全国和本区即将上映的电影或新剧本，要定期介绍；对已经上演过的坏戏要加以批判。这一个工作是比较复杂的，报刊、黑板报、油印小报以至剧团的海报都要互相配合，协同作战。三、对我国和外国的古典作品的批评。中外古典作品以及旧社会武侠、迷信、色情等文艺作品在农村中藏书量是不少的，目前在具有革命内容或社会主义内容的优秀作品不能大量满足农村需要的时候，这些东西在农村仍有不少的读者。因此，根据历史唯物主义的精神，对这些旧文艺作品作适当的分析批判是完全必要的，特别是对反动的文艺作品要加以批判，以防止封建思想、资产阶级思想对农村青年的毒害。批判的方式可以多种多样，比如可以对历史上某一个时期的作品进行分析批判；可以对同一类型的作品进行分析批判；也可以对某一作品中的主人公进行分析批判。四、撰写知识性的评论。如通过怎样读小说、怎样读诗歌、怎样看戏等评论，帮助农村读者、观众获得基本的文艺知识和文艺理论，培养正确的阅读、欣赏方法，巩固他们的阅读、欣赏的兴趣，也是很重要的。

为了真正做好对农村的阅读和欣赏的指导工作，文艺评论工作者必须经常深入农村，做调查研究。调查研究的方法很多，但最好的办法是经常到刊物在农村建立的阅读点、剧团在农村建立的演出点去了解情况，可以及时地得到第一手的反映材料。由于这些反映直接来自农民群众，并通过评论回到农民群众中去，这样，评论工作者在进行评论工作的时候，不仅理论与实际可以联系得更为紧密，而且对作者、读者、观众的帮助也会更为实际。

第四，加强作者和评论工作者之间的团结。我区评论工作者和作者之间，基本上是团结的。但是也还存在某些互相戒备、互不服气、怨气未消的情况，还没有达到亲密无间的程度。今后要加强相互间的团结，只有这样，才能使文艺更好地为工农兵、为社会主义建设、为世界人民革命斗争服务。

我们所说的团结当然不是没有批评斗争的，而是按毛主席的团结—批评—团结的公式来做的。就是说，在团结的基础上，通过批评或斗争，在新的基础上达到新的团结。所谓批评或斗争，实际上是善意的帮助。我们应当承认，在旧社会中也有某些作家与评论家之间的关系是比较好的。比如屠格涅夫和别林斯基就是一例。屠格涅夫在别林斯基的论文的影响下，改变了对旧的浪漫主义作家别涅季克托夫的崇拜态度。他把别林斯基的《给果戈里的一封信》当作一种"宗教"来看待，他用《父与子》来纪念别林斯基。甚至屠格涅夫在巴黎逝世前，还嘱咐把他的遗体葬在彼得堡沃尔科夫墓地别林斯基的坟墓旁边。在今天新社会，评论工作者和作者之间的目标是一致的，并且是崭新的同志式的关系，阶级弟兄的关系，应当而且完全有可能团结得更好。许多老作家为我们作出了良好的榜样。比如艾芜同志的《谈刘真的短篇小说》，就充满了热情的鼓励和具体的帮助，他在文中谈到运用题材、塑造人物以及语言等，不仅根据自己多年来的创作实践和对生活的感受，恰如其分加以论证，而且由于对作者的身世、经历和个性的深刻了解，有意识地将这些和作品中的人物联系起来，使人看后倍加信服。特别是他对作者说："坚持下去，好好写作，不辜负党的培养，人民的盼望。"[⑩]这种对作家语重心长的深切关怀，读后是不能不令人感动的。至于对待批评的态度，高缨同志曾说过："就我自己来说，从讨论中是获得很大教益的。我常常感到，创作是多么需要评论的正确引导和帮助，我们对于评论家是怀着多么亲切的感情呵！如果说创作是花，评论则是春雨。我抱着小学生的态度，虚心地，冷静地倾听各位同志的意见。"⑪ 这种虚心的态度，多么值得我们学习。对于那些由于一篇评论中有少数不确切、不妥当的地方，因而耿耿于怀、久久不忘的作者，又是多么值得深思！

总之，作者和评论工作者之间要建立互相尊重、互相学习、共同探讨、密切合作的关系。这样才有利于团结，有利于加强文艺评论的战斗性。我们的评论当然不是一团和气，而是有原则的，这个原则就是对于作者的作品，必须像《文艺报》社论所指出的那样："应当采取热情的鼓励，科学的分析和严格的要求相结合的态度；对于有错误倾向的作品，应当采取严肃的，说理的批评态度，同时允许自由争论。"⑫

三

加强文艺评论的战斗性，除了注意解决上述问题以外，一方面要认真建立文艺评论队伍（包括专业和业余评论工作者），另一方面就是加强评论工作者的学习，改进工作方法，逐步提高文艺评论的质量。评论工作者要学习马克思列宁主义和毛泽东著作，学习党的文艺方针政策。作品是斗争生活的反映，要评价作品的倾向性、真实性，必须站在无产阶级立场，注意运用阶级观点和阶级分析的方法才能看出问题。过去，有些评论者自己立场模糊，要么是无法发现问题，要么是发现问题以后不能辨别是非，甚至使自己写的评论走上歧途。这就要求评论工作者认真学习马克思列宁主义、毛泽东著作，学习党的文艺方针政策，逐步锻炼坚定的无产阶级立场、敏锐的政治嗅觉和判断能力。只有将自己锻炼成一个彻底革命的战士，然后才有可能成为一个称职的评论工作者。

文艺评论工作者还要有丰富的社会知识、文艺知识等。一个评论工作者要读的书是多方面的，马克思列宁主义经典著作、毛泽东著作固然要好好学习，其他如中国哲学史、世界哲学史、中国历史、世界历史、现代工人运动史、现代民族革命史、各派美学、马克思列宁主义美学、中国文学史、世界文学史、中外古今文学名著等，也要好好学习。俄国文学研究家沈捷柏尼亚曾经说过，如果要问，批评家在分析作品时有什么不必知道，这问题就难于回答，因为没一种知识在文学上会碰不到的。这些话说明，没有丰富的知识，评论者对作品就难于提出精辟、独创的见解来。

所谓学习，还不能只是读读书本，还应到生活中去学习。社会生活是文艺的源泉，一切文艺作品都是生活的反映，作为评论工作者不能满足于书本知识，同样要熟悉生活。不能认为只有作者才需要深入生活，评论者可以不深入生活。不深入生活，就不能凭借在生活中感受到的浓郁气息来鉴别作品反映生活的真实程度及正确性。

评论工作的工作方法要注意改进。加强评论的战斗性，完全由评论者来完成是不实际的，必须做到作者、评论工作者和读者三结合，也就是说在评论工作中贯彻执行群众路线。作者参加评论是很重要的一方面，茅盾同志的评论就写得很好，因为他有深厚的生活基础，丰富的创作经验，文章写来头头是道。群众性的评论也很重要，座谈会上群众的发言往往很有分量，直率、中肯，有时有一语破的之妙。评论工作者如果善于将这两方面与自己结合起来，文章必然会写得准确、生动而又有说服力，因而也就加强了文艺评论的战斗性。

| 注释 |

① 周扬：《新的人民的文艺》，《中华全国文学艺术工作者代表大会纪念文集》。

②《人民日报》1963年5月22日。

③ 毛泽东：《关于诗的一封信》，《毛主席诗词解释》，第5页。

④ 毛泽东：《反对党八股》，《毛泽东选集》，第856页。

⑤《革命烈士诗抄》增订本，第305页。

⑥ 毛泽东：《矛盾论》，《毛泽东选集》，第799页。

⑦ 毛泽东：《矛盾论》，《毛泽东选集》，第793页。

⑧ 周扬：《文艺战线上一场大辩论》。

⑨ 夏衍：《报告文学的几个要求》，《新闻业务》1963年5—6期。

⑩ 高缨：《关于达吉和她的父亲的创作过程》，《文艺报》1962年第7期。

⑪《文学评论》1962年第5期。

⑫《文艺报》1963年第6期社论。

可贵的开端，丰硕的收获

——简评《广西文艺》七、八月号上的六个现代戏剧本

刘硕良

　　全区现代戏观摩演出，在我区戏剧史上揭开了新的一页，标志着我区戏剧革命进入了一个新的阶段。

　　就在一年多以前，我区戏剧舞台上，革命的现代戏还为数很少，去年下半年以来，现代戏大大增加了，但我区自己创作的剧目仍寥寥无几。这种状况自今年二月区党委号召进行戏剧革命，大力创编反映我区社会主义革命和社会主义建设的剧目以后，才开始发生根本性的变化。据不完全统计，几个月来，全区各地写出的剧本有二百余个，进入排练的有四十多个。这次参加全区现代戏观摩演出大会的有包括桂剧、话剧、歌剧、粤剧、彩调、邕剧、京剧、采茶、评剧、壮剧等十个剧种在内的二十多个剧团，演出了三十三个剧目。这些剧目虽然由于水平有限，加以创作时间比较仓促，还存在着不同程度的缺点或问题，有待进一步加工修改，但总的来说，都是好戏，都从不同的角度反映了我区沸腾的现实生活，歌颂了阶级斗争、生产斗争和科学实验三大革命运动中的新人新事，宣扬了社会主义、共产主义思想，

作品信息

《广西文艺》1964年第7—8期。

鞭挞了资本主义、封建主义思想和旧习惯势力。题材是新颖的，主题是有积极意义的。其中有一些剧本，思想性和艺术性都比较强，获得了大家的称赞。而演出方面，导演、演员、音乐、舞台美术工作人员等，都在各自的岗位上，为表现新的革命的内容进行了艰苦的劳动创造，取得了可喜的成绩。从舞台上我们不仅看到了崭新的斗争生活，而且看到了各剧种和演员们的面貌开始发生具有历史意义的变化。可以毫不夸张地说，这次观摩演出大会是我区戏剧创作的一次丰收，是戏剧艺术进行社会主义改造的第一个胜利。通过这次大会，不但检阅了成绩，而且提高了认识，鼓舞了信心，为今后提高和普及现代戏打下了初步的基础，为全面开展文艺革命创造了良好的开端。事实再一次雄辩地证明了：党提出的进行文艺革命的号召是多么英明，而这个号召一旦贯彻到实际工作中去又能产生多么巨大的威力！

参加观摩演出的剧目很多。同其他同志一样，我也从这些剧目中受到了深刻的教育，学到了不少东西。这里想就《广西文艺》这一期发表的六个剧本——桂剧《开步走》、歌剧《红围裙》、彩调《小糊涂遇险记》、话剧《成功以后》、采茶戏《妈妈，你错了！》、歌剧《新风赞》，谈一谈自己的学习心得。希望剧作者和读者同志们批评指正。

（一）

区桂剧团演出的《开步走》是大会最后一个节目。但对我们的现代戏创作和戏剧革命来说，却正如这个戏的名字一样，还处在"开步走"的阶段。对桂剧演现代戏以及区桂剧团来说也是这样。尽管如此，我们不能不欢呼，"开步走"的第一步是走对了，走好了！我们的桂剧艺术通过《开步走》的上演，创造了新的起点，获得了新的生命。

《开步走》是以知识青年参加农业生产为题材的。知识青年参加农业生产，建设社会主义新农村，这是具有伟大意义的革命行动。随着社会主义经济建设和文化建设事业不断前进，下乡知识青年将越来越多，他们的作用将越来越鲜明地显露出来。我们的戏剧艺术应当很好地表现他们。但是要和过去反映这一类题材的剧目不大同小异，就得有剧作家自己的感受和独特的创造。从《开步走》，我们看到的已不是知识青年要不要下乡的问题，而是下去以后如何走上正确的道路，发挥应有的作用的问题，剧作者经过深入的研究，给表现这一类题材开辟了新的途径，揭示了生活真理。

剧本创造了一个正面的先进知识青年的形象——韦秋香。这个贫农出身的姑娘，体现着翻身农民子弟的特点：勤劳、朴素、热情、听党的话，坚决走社会主义道路。她在学校是个好学生，高中毕业后抱着"一颗红心，两种准备"来安排自己的前途。当听到家乡的生产队迫切需要知识青年参加农业生产，就毅然决然地回去农村。在农村她一心一意进行劳动锻炼，把自己的青春献给壮丽的社会主义事业。但是剧作者并没有把她的经历写成一帆风顺，也没有把她写得一开始就十分成熟。作为一个没有经过严格锻炼的青年知识分子，她有时自尊心太强，好胜心切，经不起批评，而且辨别能力较差，阶级斗争观念不强。剧本恰如其分地描写了她的这些弱点和缺点，以及她如何在实践中进行自我改造，从而走向成熟，走向更高的阶段——从积极参加劳动到政治上的进步和提高。韦秋香所走的道路是广大回乡知识青年正在经历的道路。通过这一典型形象，将鼓舞数以万计的知识青年不仅要积极地到农村中去，而且要正视自己的弱点和缺点，在阶级斗争、生产斗争和科学实验三大革命运动中严格要求，认真锻炼。光有决心到农村去还是不够的。

和韦秋香比起来，剧本中描写的另一个知识青年覃学正所走的却是另一条道路——资本主义自发势力的道路。中农家庭出身的舅舅、母亲的言行固然对他走上弯路有不可忽视的影响，但更重要的是他自己存在着严重的缺点。他到农村基本是随大流去的，在第一场戏中就可以看出他对回乡生产缺乏足够的认识和充分的思想准备。到农村以后，当上了生产队保管员，在舅舅的引诱和妈妈的纵容下，滋长了资产阶级个人主义思想，追求那种"有得吃，有得穿，知识分子配夫妻"的庸俗生活，忘记了建设社会主义新农村的伟大理想，贪图享受，害怕艰苦，很少参加集体生产劳动，不关心集体事业，以至和舅舅赶圩做生意。尽管他也有党支委蒙金秀的帮助和提醒，他自己内心也有过矛盾和斗争，但由于缺乏自我革命的勇气，经不起物质引诱，跟舅舅一步一步滑下去了，直到最后才在大家的挽救下回到正确的道路上来。覃学正这个形象是具有现实教育意义的。它告诉人们：社会主义社会还存在着阶级斗争，必须时刻警惕资产阶级思想和资本主义自发势力的包围和侵蚀；必须认识资产阶级个人主义是万恶之源，以极大的勇气和决心去克服它，不然，旧思想旧势力就很容易乘虚而入。覃学正的教训也告诉人们：青年人不应当离开革命事业去追求个人的理想、幸福，而应当把实现社会主义、共产主义的伟大革命事业作为自己最大的理想和幸福。覃学正的教训还告诉我们："懒"往往是"馋""占""贪"的根源。一个人不参加集体生产劳动，思想就会慢慢变质，就会脱离群众，走上多吃多占，挪用公款以致贪污腐化的道路。这不仅对回乡知识青年是一个现实的教育，而且对干部特别是农村的基层干部都会有所启发的。

韦秋香和覃学正为什么会走上不同的道路呢？剧作者提到阶级斗争的高度来提示了问题的实质。剧本塑造了一位农村先进妇女、党的基层干部的生动形象——蒙金秀。她出身贫苦，经受了农村历次政治运动的锻炼，政治上比较成熟。在生活中她没有半点私心，敢说敢做，一切为了社会主义利益，为了大多数人的利益。从这一点出发，她反对学正妈妈把自己的儿子看作个人的私物，也不同意生产队长廖庆宜对青年人只顾使用、忽视教育，而采取了党所要求的对待青年的正确态度。首先，她是把青年当作社会主义接班人来培养的，因此她对青年人要求十分严格。"开步走，要走正，不正就向错路行；开步走，要走稳，脚稳不怕路不平。"她反复地教导秋香、学正，要把路看准，把目标、方向弄对头，坚持走社会主义道路。而看准了方向、选正了道路以后，就要"迈开大步地走，也要小心地走"，因为"在大路上也还有上岭下坡，还有左拐右弯啊！"为了让青年人走好第一步，给日后成为坚强的革命接班人打下基础，她不同意秋香一回乡就当干部。要她老老实实过好劳动关，经受实际斗争的锻炼。对秋香在劳动中存在着的缺点，她毫不留情地进行了批评，对学正赶圩多、出工少，她也不顾大婶的不满，爽直地提醒他这样下去"终归不是好事情"。蒙金秀就是这样善于从日常生活中观察青年，善于把一些人们容易忽略的所谓"小问题"，提高到原则上来分析，引导青年认识"小病常是大病根"的道理，教育他们自觉地投身到生产斗争和阶级斗争的烈火里进行锻炼。她认为姑息、迁就不是真正地疼儿女而是害了儿女。所以，她总是坚决站在无产阶级的立场上，以强烈的阶级感情，以对社会主义事业高度负责的精神来关怀青年，关怀他们政治上的进步，这和大婶那种"关心"青年是根本不同的，也是伟大得不知多少倍的。正由于金秀的教导，秋香才得以克服弱点，健康成长，而覃学正才能避免陷入更深的泥潭之中。金秀这一先进形象出现在戏剧舞台上，体现了党引导知识青年前进的正确方向，给做长辈的、做家长的以及农村党员和基层干部树立了学习的榜样。

如果说蒙金秀从正面教育了我们，那么大婶和廖有发对青年人采取的态度则从反面启发了我们，引起我们深深的警惕。你看，大婶只晓得一味溺爱自己的女子，只晓得用"米粉荷包蛋来疼"，不仅不能以社会主义思想教育青年，而且把自己的自私自利思想带给了下一代。这不恰恰是害了他们吗？这种旧的思想观点和教育方法不改变，怎么能培养出革命的接班人呢？再看看廖有发这个农村资本主义自发势力的代表。他抓住覃学正的弱点，那样千方百计地引诱他，利用他，把他拉上资本主义道路，又是多么令人触目惊心啊！

由此可见，在青年人的成长以及培养什么样的青年的问题上，是存在着复杂而尖锐的两条道路的斗争的，这也是阶级斗争反映到人民内部的一个十分重要的方面。我们绝不能等闲视之！

剧本的思想内容是通过人物体现出来的。《开步走》不仅大力塑造了金秀、秋香、学正这几个性格鲜明的主要人物，对次要人物的描绘也比较注意，力图在规定情境里发挥他们应有的作用。比如水福和三爹这两个人物，就着墨不多而又栩栩如生，独具特色。水福是个憨厚的老实人，每当他感情激动就结结巴巴说不清楚。一方面，他不做坏事，也看不惯别人不老实，另一方面却又斗争性不强，带有处于中间状态的老一代农民的某些特点。但经过实际斗争的锻炼，也正在逐渐进步起来。三爹比之水福，性格迥然不同。他立场坚定，爱憎分明，机智而富于风趣，幽默而不油滑。在戏里他说话不多，但都说在要害之处，并且大有不言则已，一语中的的本领。作者从生活中提炼出这样一个人物，借鉴传统手法，写到剧本里去，反映了农村的先进舆论，也收到了点题、议论以及贯穿故事、调节气氛的效果。

人物的塑造离不开引人的情节，而情节归根到底又是人物性格所产生出来的行动，如果离开人物性格片面地追求情节，就容易歪曲了人物。一般来说，《开步走》里情节的安排，服从了人物塑造、主题思想的需要，作者着重于写人，写人的思想，写人与人之间的思想矛盾和性格冲突。比如第三场，写到秋香插秧时最后插的一小块不合规格，如果这不是一种错误思想的反映，事情并不大，但作者却通过这一简单的情节，揭示了人物的内心活动，暴露了她思想里的不正确的认识，接着又围绕着这件事，把金秀、大婶的不同态度、不同观点反映出来，展开了她们之间，以及她们和秋香之间的性格冲突。加以廖有发从中挑拨，矛盾就逐渐尖锐化了。到第四场，矛盾推向了高潮。这期间也没有更多的事件，而主要是进一步展开了金秀和大婶对青年人的不同态度的对立，使两人的性格充分显示出来，特别是使金秀在对待具体矛盾的认识上放出了思想光辉，秋香从中受到了教育，消除了误解，提高了觉悟。这是全剧中最为精彩的一场好戏：情节单纯而又思想性强，并且抒情味道很浓。作者不是在那里进行生硬的说教，而是让观众跟随人物进入矛盾之中，激起思想感情的变化。

《开步走》在促进人物性格的冲突上，许多富于动作性的语言起了很大的作用。如像第五场、第六场中，学正在秋香、金秀面前所说的话并不多，但自然而然地流露出他有满怀心事却又不敢坦白，内心矛盾却无法控制的心情。他们三人之间的对话各有所本，充分反映了特定情境下的人物内心活动，推动了剧情的发展，促进了矛盾的激化。

《开步走》另一个优点是剧本创作注意适应戏曲的特点。仅以语言来说，唱词的安排就比较讲究音节、音韵，并且变化比较多；有一些对白也比较简练，为音乐设计和演员表演充分发挥戏曲的长处，提供了方便条件。

总的来说，《开步走》思想内容深刻，艺术上也颇为动人。特别是前半部更好。

到了下半部就逊色一些，有些地方感染力不足，有些地方人物形象和前半场贯穿不够紧密，相信经过进一步加工，这个剧目将趋于完美，以至成为优秀的保留剧目。

（二）

观摩演出大会反映工厂生活的戏不多，独幕话剧《成功以后》是其中比较好的一个。它取材较新，提出的问题也相当重要。作者写了工厂的技术革新，但没有纠缠在技术问题上，而是以技术革新作背景，着重反映工人的思想，提出如何培养工人阶级接班人的问题。这个问题提得及时，并且具有重大的政治意义。

剧本刻画了一对老工人——黄刚和刘树的形象，通过他们之间在对待青年工人黄建的态度上的矛盾冲突，揭示了主题思想。年轻工人黄建积极向老师傅刘树学习技术，努力进行技术革新，取得了可喜的成绩，但他思想上却逐渐产生了骄傲情绪，瞧不起师傅，认为自己可以"独立"了，师傅的话听不进去，以致选梗机的创造，在最后关头出了毛病。更严重的是他由骄傲自满发展到追求个人荣誉，把别人在关键问题上对自己的暗中帮助隐瞒下来，贪人之功以为己功。黄建的这些缺点错误固然要首先归因于他自己忽视思想改造，比如他父亲黄刚平日批评他的缺点，他就觉得要求过苛，但作为教训来汲取，和他师傅刘树带徒弟的指导思想也是有直接关联的。

刘树作为一个老工人，他爱厂如家，六十多岁了还不肯退休，一心一意"望徒成器"，要把所有的本领教给黄建；当黄建拒绝他的帮助时，他还暗中帮助他解决了技术上的关键问题。可是他没有懂得"望徒成器"应当使徒弟成为什么样的"器"，因而在教育徒弟时就忽视了政治挂帅，而只是传授技术。对黄建一味地鼓励，却看不到他思想上的缺点，有些缺点即使看到了，也不能提高到原则上来认识，认为这仅仅是出于年轻人好胜心切，自尊心强，"没有什么"，采取了原谅、姑息、大事化小的态度。黄刚批评他，他还不以为然。由于刘树的缺点，客观上助长了黄建的错误思想的发展。到头来，黄建不仅不能真正学好技术，而且迈出了可怕的一步。

黄建的爸爸——黄刚也是一个老工人。他同刘树一样热爱青年，但却比刘树站得高，看得远。他认为带徒弟不只要传技术，更重要的是把工人阶级的革命传统、优秀品质，传授给年轻人，因此强调思想工作第一，反对单纯技术观点。他从外面出差回来，一进厂就敏锐地发现黄建的思想气味不对头，终于寻根究底，摸清了情况，对儿子进行了严厉的批评，并且帮助刘树认识了缺点，两个老朋友之间有了共同的语言，就能够"谈到一块"了。

剧本塑造的这三个人物都是来自生活，有典型意义的。特别可喜的是写出了黄刚这样较为鲜明、有力的先进工人的形象。剧作者通过这个人物，以及他和刘树的对比，启发我们认识到教育青年、培养接班人，是生活中迫切需要解决的问题，也是一个关系到我们的社会主义江山永不变色的具有深远意义的根本问题。在这个问题上，必须坚持无产阶级的立场观点，从革命事业的利益出发，密切注意青年的思想情况，加强对年青的政治思想教育，在保证政治挂帅的前提下来培养他们。不然，即使他们学到了文化技术知识也不可能很好地为人民服务，甚至会走到为自己为少数人谋利益的道路上去。这样的接班人绝不是工人阶级的革命的接班人，甚至会败坏我们的江山，背叛工人阶级的神圣事业。他们的文化技术知识越多，对人民对革命的危害也就越大。试看黄建的错误，剧本所写的尽管还没有发展到十分严重的地步，而且在黄刚的教育下，很快就认识了。可是我们不妨设想一下，如果老一辈继续像刘树那样对他放任迁就，他会变成一个什么人呢？他将来当了修配班长、工厂厂长又会做出些什么事来呢？这是不能不令人震惊，不能不令人忧虑的！可惜，剧作者对这样一个重大的主题思想还发掘得不够深透，问题是初步提出来了，但没有进一步展开，进一步深化。

黄建这个人物对青年人如何当好革命接班人，也可以从反面起到教育和警惕的作用，对引导青年认识什么是革命青年应有的理想和志气，以及如何对待荣誉，如何对待长辈的教导，如何对待自己的缺点，等等，都是有帮助的。如果剧作者能够从主题出发，对黄建在这些问题上的错误思想作更有力的分析批判，黄刚的形象就会更高大，给观众的教育、印象，也就会更深刻些。

《成功以后》是一个比较好的独幕话剧剧本。但按高标准要求，在艺术上还显得平了一些，较多地停留于故事的叙述和交代，还需要把戏剧的高潮发展得更充分一些。当然，两位初学编剧的青年作者能够在较短的时间内写出现在的本子，是付出了艰苦的劳动的，是难能可贵的。但形势对我们的剧作者提出的要求很高，我们不能满足于已有的成就。希望剧作者百尺竿头，更进一步，把剧本的主题思想改得更加鲜明、更加深刻，使它的艺术力量更强烈、更加有感染力。

（三）

彩调《小糊涂遇险记》出现在会演大会的舞台上，引起了人们普遍的注意，这不仅因为它题材新颖，而且因为它从一个方面提出了重大的社会问题：如何教育我们的孩子，使他们成为坚强的革命接班人，把伟大的共产主义事业进行到底。这是关系到我们社会未来、民族未来、国家未来的具有战略意义的大事，也是同我们每一个人以及我们子孙万代的命运休戚相关的大事。

如何教育孩子，党和毛主席早就规定了正确的教育方针，就是使孩子的德育、智育、体育得到全面的发展，成为有社会主义觉悟的有文化的劳动者。但是，这个方针的贯彻执行，只靠学校是不行的，必须社会上的各个方面特别是孩子的家庭主动配合，共同努力，才有可能按照党的方针培植我们少年儿童。看了《小糊涂遇险记》中胡小图的遭遇，我们就会知道：今天的社会给孩子们的健康成长创造了从来没有过的优越环境，他们有党的关怀，有共产主义思想的哺育，有新的社会风气的熏陶，但是也不要忘记，还有像王得利那样满脑子资产阶级思想、代表着旧习惯势力的人在影响着我们的孩子。在儿童教育的领域里，同样存在着无产阶级同资产阶级之间的阶级斗争，而资产阶级思想对孩子的腐蚀又往往是在日常生活中悄悄地进行着，不容易引起大家的注意，等到我们一旦发觉就可能已经造成严重的后果了！《小糊涂遇险记》正是这样尖锐地提出了问题，给我们敲起了警钟，提醒我们要用阶级和阶级斗争的观点看待孩子的教育问题，决不能拿工作忙、时间少等作理由，把管教孩子的大事看轻了。

《小糊涂遇险记》还告诉我们"近朱者赤，近墨者黑"，孩子的成长是和我们自己——每一个家长和成年人的精神状态、言论行动分不开的。我们不能像胡小图的妈妈那样，放弃对孩子的管教，让王得利一类人来插手，也不能像她那样，只注意孩子吃好、穿好，不注意对孩子的思想教育，更不能把自己的旧思想带给孩子。比如胡母同意王得利采取的所谓物质"奖励"办法，实质上就是从小给孩子灌输唯利是图的资产阶级思想，和学校所进行的教育是根本对立的。相反，我们看看另一个孩子陈小英所处的家庭环境，就比胡小图要强得多，她爷爷给了她良好的影响，她的思想情况就大不一样。可见，教育者必先受教育，要教好孩子，不能不牵连到家长的思想改造。做家长的必须不断提高革命觉悟，具有鲜明的阶级观点，才有可能对孩子进行革命教育和阶级教育。认识这一点，对家长是一个有力的鞭策。

《小糊涂遇险记》所揭示的思想内容说明了作者是有政治敏感的。在艺术上，这个戏也有较强的感染力。戏里的几个主要人物刻画得比较鲜明、生动。对王得利，作者注意从一些日常生活小事中揭露他灵魂深处的丑恶和黑暗，并且通过他自己种种可笑的行动和难堪的遭遇来讽刺他、批判他。老工人陈爷爷和解放军上校的形象也有一定的特色。从他们以及几个孩子的身上可以看到我们社会中一股强大的起主导作用的正面力量，基本体现了今天社会的典型环境，并且鼓动社会上各有关方面都来关心对儿童的教育，把它作为切身的共同的事业。尤其值得称道的是，戏里塑造了三个可爱的儿童形象。胡小图天真、质朴、缺乏辨别能力，容易受坏的影响，也容易接受正面的启发诱导，作者写他从糊涂到认识自己的缺点，走向进步，比较自然，也显得真实可信。陈小英，作为一个正面的儿童形象也是引人注意的。所以，这个戏虽然是着重对成年人提出孩子的校外教育问题，但由于戏的内容和孩子的形象的塑造，儿童看了也能受到生动的教育。

作为戏剧，特别是把孩子包括在观众之内的戏剧，要能抓住观众，就必须有戏。《小糊涂遇险记》在戏的组织方面，显示了作者的才华，表现了较高的技巧。故事发生在一个普通的星期天里，通过烟斗和怀表在几个人物手中的转移，带动剧情的发展，把人物之间的关系串了起来，有悬念，有呼应，有起伏，紧紧地扣住观众的心弦，看来玲珑别致，颇具匠心。为了适应内容的需要，作者使戏的风格带有喜剧色彩，内容严肃，而又轻松活泼，让大小观众更多地从笑声中领会作者的意图，同时也便于发挥彩调的长处。

为了把这个戏改得更好，王得利这个人物形象还值得进一步斟酌研究。现在他的有些行为显得过界，形式上也外露了一些，尽管有剧场效果，但未必切合典型环境中的人物性格，也未必有助于主题思想的表达。另外，问题的解决和所提出的问题扣得还不够紧，前面提出的对孩子的物质刺激问题，在后面似应解决得透彻一些。

（四）

歌剧《红围裙》在干部问题上从一个侧面反映了两条道路的斗争。这是一出独幕剧，但作者并不因其小就放松对它的思想内容的要求，而是力图在较小的篇幅中反映深刻的思想。

戏里的女主角——红桃，在民主革命时期和社会主义革命初期是一个积极分子，在社会主义革命深入后却"退坡"了。她接受了走资本主义道路的富裕中农大表嫂的思想影响，热衷于个人的发家致富，对集体事业、社会主义事业越来越淡漠。认为当干部"吃亏"，没更多的时间搞家庭副业。群众选她当妇女代表，她不参加开会，常派女儿去当"代表"。后来得到她丈夫大广的帮助，才重新走上了社会主义的康庄大道。红桃这个人物在现实生活中是有代表生的。社会主义革命是人类历史上从来没过的伟大的革命，不仅要求在政治上、经济上打倒剥削阶级，而且必须清除个人主义思想，要求人们和一切旧思想、旧习惯彻底决裂。也就是说，人们在这个革命中，不仅要革敌人的命，而且要进行自我革命。因此，社会主义革命比以往任何革命都要广泛得多，深刻得多。如何过好这一关，如何在社会主义道路上不断前进，坚持到底，这对每一个革命者来说，都是一个严重的考验。即使过去积极参加过民主革命，甚至在社会主义革命初期也表现不错的人，如果缺乏社会主义革命的充分的思想准备，缺乏高度自觉的革命精神，资产阶级个人主义思想未能克服，随着社会主义革命的日益深入，也会像红桃那样中途停顿、退缩，再不回头就可能走到革命的对立面。由于作者通过现象，抓住了红桃的思想本质，从生活出发，进行了集中、概括，人物形象是比较典型的，具有普遍意义的。人们从这个形象可以得到有益的启示，特别是农村党员和基层干部可以从中汲取经验教训，防止和克服个人主义思想，坚决抵制小生产者的资本主义自发势力的影响。

红桃属于中间人物这一类型。塑造这一类型的人物，分寸比较难掌握。不写他的缺点、问题嘛，没有戏剧冲突；写嘛，又容易过火，人物转变也较难处理。《红围裙》却设计得比较好。剧作者基本上把握住了红桃在特定环境中的性格特征。从红桃身上，我们看到她作为一个翻身贫农，一个劳动者，一个有过光荣斗争历史的基层干部，本质的一面是好的，同时又存在着缺点。她对党和毛主席没有忘情，一听说开会传达党中央的毛主席的指示就毫不踌躇地准备去参加，但在个人主义思想的支配下，在富裕中农的资本主义思想影响下，眼光更多的是看到自己眼前的利益，缺乏革命的理想和前进的勇气。然而她又毕竟不同富裕中农去搞投机倒把，主要是想劳动致富。她自己不想当干部，也不愿爱人当干部，但又害怕地主回来掌权。对这些构成人物内心矛盾的两个方面，作者掌握得恰如其分，写来颇有分寸，既揭示了红桃的缺点和错误思想，又没有离开人物性格，任意加以夸大。所以，人物的转变才有内在的依据，才有可信的基础。

作为红桃的对立面——她的爱人大广，剧本也写得比较好。这个人物是经过三级干部会的教育，提高了认识之后，对红桃进行一系列的工作的。他对红桃所做的说服教育，不是就事论事，言不及义，而是抓住问题的本质，击中对方错误思想的要害。红桃口口声声说当干部"吃亏"，大广却一眼见穿她的思想实质是个人主义作祟，并不是真正吃了什么亏，所以在指出今天的生活有了改善之后，着重从政治上用无产阶级的革命思想去武装红桃，批判她的个人主义，启发她回忆在旧社会所受的苦难，在以往的革命斗争中的光荣历史，从而帮助对方发展积极因素，克服消极影响。大广对红桃的教育，最可贵的是展开了严肃的思想斗争，又很讲究方式方法，注意到从特定的人物性格和人物关系出发。他不是板起面孔，向红桃灌一通空洞的道理，而是采用"绣花针"式的工作方法，有正面的说理，也有侧面的启发和反面的激励。有批评，也有鼓励，还有具体的支持。体现了思想斗争的原则性和灵活性。促使红桃自己树立对立面，展开激烈的内心斗争，达到最后胜利。这是符合处理人民内部矛盾的精神和事物的发展变化，内因起主导作用的规律的。

《红围裙》提出了一个有重大社会意义的主题，但事件并不复杂，只是围绕着红桃去不去参加贫下中农大会这个单纯的事件来组织戏剧冲突，故事发生的时间也不过一个多钟头，和舞台演出的时间差不多。为什么它能够表现出深刻的思想内容而又比较生动、能够抓住观众呢？我想，主要是作者写出了有个性的人物，主题思想挖掘得较为深入。剧作者不是为编故事而编故事，而是为了刻画人物来编故事，把故事情节作为人物性格发展的历史。在设计人物和安排情节时，从小戏的特点出发，避免了人物过多、事件庞杂的弊病，只写了四个人，一件事。这四个人各有性格，各有作用，可要可不要的人物都精简掉了。这一件事——去不去开会——的选择，也颇为典型，而又不离奇古怪。作者抓住了这件人们常见的事件，像打井一样，深深地挖下去，展示了不同人物的精神世界。这比起那些事件堆砌，人物满台却又看不到思想矛盾、性格冲突的戏来说，是高明得多的。

由于作者努力在一个精心选择出来的小平面上向下挖掘，同时又要写得比较丰富（单纯不等于单调），剧作者十分重视细节的运用。像红围裙、黑围裙这两件道具的设计，就富有深刻的含意，并且在结构上起到了贯穿、呼应的作用；大广为凤莲编山歌，表现了人物的思想水平和开朗、幽默的个性，也促进了红桃的思想斗争，而且富于地方特色。这些细节都用得恰当，用得自然，起到几重作用。

《红围裙》的结构也比较严谨。故事的发展，人物内心的变化，显得有层次，有波澜。唱词、对白吸收了群众语言，而又经过作者加工提炼，提高了思想性。

从以上简略的分析，可以看出：《红围裙》的编剧，无论在剧本主题思想的深化和艺术形式的表达上，都是绞了脑汁，下了苦功，并有了收获的。但是不是没有缺陷了呢？当然不能这样说。现在的本子，言教多，行动少，因而全剧还嫌不够活。如果作者能再做些努力，进一步突破特定事件的限制，加强人物的行动，想来效果会更好一些的。

（五）

桂南采茶戏《妈妈，你错了！》和歌剧《新风赞》，是这次观摩演出中歌颂农村新人新事的两出小戏。

在三面红旗的光辉照耀下，农村的面貌正在经历着深刻的变革，不仅生产飞跃发展，而且人们的精神面貌发生了巨大的变化，共产主义道德力量一天天成长壮大，有力地冲击着一切旧的思想、习惯和道德观念。这是一场兴无灭资、移风易俗的伟大斗争，也是一场长期而艰苦的斗争。因为人的思想意识的改变，比起政治、经济制度的改变要来得缓慢，而对存在于人民内部的旧的思想意识问题，又只能采取说服教育，团结——批评——团结的公式去解决。这就增加了思想斗争的艰苦性和复杂性。我们的戏剧工作者应当通过舞台形象的创造，促进兴无灭资、移风易俗的斗争。《妈妈，你错了！》和《新风赞》在这方面做出了努力。剧本热情地歌颂了蔷薇、丽华、大刚、水华、大光维护集体、舍己为人的社会主义思想和共产主义风格，他们起初被一些人认为是"傻子"，但最后终于感化了别人，成为人们学习的榜样，显示了改造社会、改造人们精神世界的强大力量。另一方面，剧本也生动地描绘了大妈、老代这些有着自私自利、本位主义思想的人物，在社会主义思想影响下，在先进人物的感召下，改造旧思想，树立新思想的过程。舞台上这两类人物，特别是先进人物的形象、一代新人的形象，生动地反映了现实生活，并给人以前进、向上的力量。

随着社会主义思想革命的深化，崭新的人与人之间的关系逐渐建立起来。在封建家庭里，儿女谁敢批评家长？而现在，像《妈妈，你错了！》中大妈那样的人物，她的错误行为就不能不受到子女乃至未婚媳妇的批判，并且在真理面前，向子女认错了！又比如，旧时代的大旱年头，人们为争水打得头破血流，而现在呢？我们从《新风赞》里看到：在人民公社化后的农村，两个民族的生产队急人之急，互相帮助，把困难留给自己，把方便让给别人，阶级压迫所带来的民族隔阂、损人利己被新的民族关系和人与人之间的关系代替了！

《妈妈，你错了！》和《新风赞》，不仅表现了当前农村中的新人新事和新的风尚、新的思想力量，生活气息比较浓厚，具有鼓舞和教育作用，而且在艺术上也有一定的特色。两出戏都注意选材，注意从新的角度，截取一个生活片段来反映现实，这些片段犹如一片浪花、一滴水珠，从中可以看到我们社会生活的一个侧面，体现出我们时代的精神。同时剧本的表现形式也比较活泼，比较短小，适合下乡演出。这两出戏尽管还有不足之处，比如反映生活、体现主题还不够深刻，情节和语言还不够精巧，但和那些内容空虚，靠掺很多水分或者制造没有真实基础的矛盾冲突拉成的大型作品相比较，无疑是强多了！不论从及时反映生活来说，从下乡上山为农民服务来说，从锻炼提高戏剧工作者的创作能力来说，我们都应当大力提倡创作更多更好的小戏！

从上面就六个剧本所作的简要的分析，可以看出：创作革命的现代戏，关键在于戏剧工作者过好思想关、生活关、技巧关。作品质量的高低总是由作者的思想水平、生活基础和技巧能力决定的。而过好"三关"，中心的环节又是深入生活，到火热的斗争中去，和工农兵群众相结合。深入生活不仅是为了获得创作的源泉，更重要的是戏剧工作者改变立场，改造思想，实现革命化的必由之道。戏剧工作者思想水平的提高和艺术技巧的锻炼都不能离开深入生活。这里所谈的六个剧本的创作就是有力的证明。《开步走》和《红围裙》的作者都参加过社会主义教育运动，剧本的题材、主题都是在生活中选取和酝酿出来的。其他几个剧本的创作也是来自各不同的斗争生活。如果没有生活基础，现有成绩的取得是不能想象的。再从这些剧本存在的不足之处来看，归根到底，也首先是由于生活体验还不够深，对生活的理解还不够透。比如，有的剧本里，正面人物不如中间人物甚至反面人物那样个性鲜明，除了剧作者过去对创造正面人物形象是社会主义戏剧艺术的主要任务缺乏明确认识外，根本问题就是剧作者对正面人物不大熟悉、不大理解。有些戏剧语言不够生动、有力，缺乏人物个性，也是剧作者对群众语言不大熟悉的结果。

据说上面说的六个剧本都正在修改，这当然是必要的。为了进一步提高剧本质量，我希望戏剧工作者更认真更踏实更长期地深入生活，努力提高思想水平，不断磨炼艺术技巧，对繁荣革命的现代戏做出更大的贡献！

1970年代

繁荣文艺创作，为新时期总任务服务

——庆祝广西壮族自治区成立廿周年

本刊评论员

当一九七八年快要过去，新的一年——一九七九年即将来临的时候，我们满怀胜利的喜悦，迎来了广西壮族自治区成立二十周年。我区广大专业以及业余文艺工作者和全区各族人民喜气洋洋地歌唱英明领袖华主席抓纲治国战略决策的光辉成果，歌唱新长征路上的民族佳节，歌唱党的民族政策的伟大胜利。

二十年来，我区社会主义革命和社会主义建设，发生了天翻地覆的巨变，政治、经济、文化等各条战线在毛主席革命路线指引下，取得了辉煌的成就。广西，成为祖国南疆的钢铁长城。政治上安定，经济上蓬勃发展，形势一片大好。

我们的文学艺术战线和其他战线一样，也发生了显著的变化，毛主席的革命文艺路线在南国壮乡结出了丰硕的果实。首先，从我区文艺队伍来看，解放前基础是比较薄弱的，解放后，在党的关怀培育下，在各个民族中都先后涌现出本民族的作家、诗人、歌手和画家等。文艺队伍从无到有，从小到大，专业队伍经过各个革命时期和历次政治运动的锻炼不断发展、壮大。业余创作队伍，遍布城乡，十分活

作品信息

《广西文艺》1978年第9期。

跃。二十年来，这支由老中青组成、包括专业和业余的文艺队伍，通过自己的作品和艺术表演手段，努力为工农兵服务，为社会主义服务，取得了可喜的成绩，做出了一定的贡献。其次，从作品来看，二十年来，我区广大文艺工作者，遵循文艺为工农兵服务的方向，以满腔热情，积极投入三大革命斗争生活，以正确的世界观为指导，运用革命现实主义和革命浪漫主义相结合的创作方法，结合历次革命运动和民族斗争生活的特点，创作了一批革命的政治内容和尽可能完美的艺术形式相统一的好的和比较好的作品。如小说有《美丽的南方》《山村复仇记》《云飞嶂》；诗歌有《百鸟衣》《大苗山交响曲》《歌唱我的民族》；戏剧、电影有《刘三姐》《红河赤卫队》《朝阳》《瑶山春》《金田起义》；歌曲有《壮族人民歌唱毛主席》《壮人永跟毛泽东》《青山里流出一条红水河》；舞蹈有《春插》《拉木歌》；美术作品有《百色起义》《西山战斗》等等。这些作品在全国、全区都产生不同程度的影响，受到了工农群众的读者和观众们的欢迎。

二十年来，我区的文艺工作，毛主席革命路线是占主导地位的，成绩是主要的。但由于刘少奇，特别是林彪、"四人帮"的修正主义路线的干扰破坏，也出现过一些缺点和错误。

在"文化大革命"中，林彪、"四人帮"为了篡夺党和国家的最高领导权，炮制所谓"文艺黑线专政"论，公然否定了毛主席的革命文艺路线，把文艺界搞得百花凋零、万马齐喑。我们广西的文艺工作者也不可避免地深受其害，至今仍心有余悸、心有余毒。为了繁荣社会主义文艺创作，就要深入批判"文艺黑线专政"论，砸烂种种精神枷锁，批判假左真右的反革命修正主义文艺路线，肃清流毒影响。

当前，我们社会主义革命和建设进入了一个新的发展时期。华主席、党中央为新时期规定了总任务，制定了发展国民经济十年规划和二十三年设想，要把我国建设成为社会主义现代化强国。现在已经不是能不能在二十世纪末把我国建设成为社会主义的现代化强国的问题，而是要以比原来的设想更快的速度来实现宏伟目标。建设现代化的社会主义强国，这是一场根本改变我国经济和技术落后面貌，进一步巩固无产阶级专政的伟大革命。这场革命，规模之巨大，变动之激烈，任务之繁重，意义之深远，都不亚于我们党过去领导的任何革命。这是历史赋予全国人民的伟大使命。因此，我们必须响应华主席"思想再解放一点，胆子再大一点，办法再多一点，步子再快一点"的号召，全力以赴，出色地做好各项工作（包括文艺工作）。

文艺要很好地为新时期总任务服务，就要把文艺创作搞上去，写出更多更好的作品来。由于"四人帮"的干扰破坏，造成电影不够，歌太少，小说也不多，没有文化生活。这种状况必须迅速改变。我们的文艺创作要迅速搞上去，要努力塑造在三大革命运动斗争第一线和向四个现代化进军中涌现出来的无产阶级英雄人物。写出这样的作品，就能更好地鼓舞和激励人们在新长征中信心百倍地夺取胜利，从而更好地发挥文艺"团结人民、教育人民、打击敌人、消灭敌人"的战斗作用。要把创作搞上去，就要坚持毛主席制定和倡导的"百花齐放，百家争鸣""推陈出新"的方针，在六条政治标准的前提下，提倡题材、体裁、形式、风格多样化。今后，我们一定要坚持现代革命题材为主，大力提倡题材多样化，放手让作家写自己熟悉的东西，在题材选择和表现形式上给作家以创作的广阔天地。我们要提倡努力塑造工农兵英雄形象，特别要写好歌颂毛主席、周总理等老一辈无产阶级革命家光辉业绩的作品，但不要束缚作家刻画科技、教育、卫生等战线上知识分子形象和其他各式各样人物包括反面人物。总之，要不断解放思想，才能在创作上达到百花齐放境地，使作品具有浓厚的生活气息和民族特点，既不偏离政治方向又不公式化、概念化。

广西是多民族地区，民族民间文学遗产十分丰富，要加强挖掘、搜集、整理。要重视地方戏曲的发展。

文艺要很好地为新时期总任务服务，就要正确开展马列主义的文艺批评。我们要完整地准确地理解和运用毛泽东文艺思想，坚持实践是检验真理的唯一标准，一切从实际出发，实事求是地开展文艺批评。坚决反对林彪、"四人帮"那种歪曲毛泽东思想体系，断章取义，捕风捉影，专横武断，"为帮所用"的文艺批评。

我们要通过文艺批评"浇花除草"。评论一篇作品时，要按六条政治标准，看其主要倾向，也要注意研究作者的环境、经历和其他著作，然后作出切合实际的评价。要分清政治问题、世界观问题和学术问题的界限，切忌混为一谈。要提倡和鼓励自由争论，要允许批评，也允许反批评，允许作者保留自己的意见。要正确区分和处理两类不同性质的矛盾，不要随意把作品打成毒草。即使对毒草的批判，"也应当是充分说理的，有分析的，有说服力的，不应当是粗暴的，官僚主义的，或者是形而上学的，教条主义的"。不搞"禁令"、不设"禁区"。要珍惜目前文艺战线一片生机的局面，决不能泼冷水，要努力开展正常的、健康的文艺批评。

文艺要很好地为新时期总任务服务，就要切实做到"创作要上去，作家要下去"。生活是创作的源泉，作家必须深入生活，熟悉生活，熟悉人物，然后才有可能进入创作，这是文艺创作的基本原则。文艺工作者深入生活可以根据不同的情况，采取不同的方式，有的"走马看花"，有的"下马看花"，时间长短也可以视不同对象而定，不要"一刀切"。总之，作家、艺术家一定要保持和工农群众的血肉联系，走与工农相结合的道路。只有这样，创作植根于肥沃的生活土地上，才可能开放出瑰丽多姿的花朵来。

文艺要很好地为新时期总任务服务，就要不断加强文艺队伍的建设。为了完成文艺为新时期总任务服务的艰巨任务，没有一支宏大的又红又专的文艺队伍是不行的。当前，要迅速落实党的干部政策，把老一辈专业和业余的文艺工作者的积极性调动起来，要把培养年青一代的文艺新军作为一项战略任务。文艺界的老同志，除了自己继续努力从事文艺工作外，还要满腔热情地关心、扶植青年一代的成长。新老文艺工作者要互相学习，互相帮助，取长补短，共同提高。由于林彪、"四人帮"的干扰破坏，我们文艺队伍青黄不接的问题是严重的。我们要采取切实有效的措施，加强文艺队伍的建设，接好老一辈无产阶级文艺工作者的班，不断扩大文艺队伍。

"世上无难事，只要肯登攀。"为了完成新时期的总任务，尽快地把我国建设成为一个伟大的繁荣昌盛的社会主义现代化强国，我们一定要在新的长征中，大干快上，发奋图强，夺取更大的胜利。让我们和全区各族人民一道，高举毛主席的伟大旗帜，在新长征道路上，阔步前进吧！

1980年代

解放思想，为繁荣文艺而奋斗

——全国第四次文代会广西代表活动散记

樊笑云

出席中国文学艺术工作者第四次代表大会的广西代表团，以陆地同志为团长，郭铭、林道行、尹羲同志为副团长一行代表共四十八人（其中一人请假），于去年十月底齐集北京，参加了这次会议。第四次文代会是党和人民取得了粉碎林彪、"四人帮"的伟大胜利以后，全国文艺工作者的一次盛大会师。

广西代表团中有久经风雨的"左联"时期的作家，抗日战争时期即投身革命文艺事业的老将，也有全国解放前后成长起来的中年文艺工作者以及最近几年间初露锋芒、朝气蓬勃的艺苑新秀，包括壮、汉、苗、瑶、侗五个民族的代表。广西代表

作者简介

樊笑云（1928—2011），本名樊篱，原籍河北河间，毕业于中原大学新闻系。1926年在开封的《中国时报》发表处女作散文《张自忠之死》，1949年任新华社中原分社记者，后任《长江日报》记者，1953年调中南局宣传部工作，1954年调广西省委宣传部工作，1957年被错划为右派，下放到隆林县劳动，1978年调回广西文联，1979年后曾任广西作协副秘书长、广西区党委宣传部调研员、广西艺术学院党委副书记。与人合著《思想杂谈》和《西出阳关》。

作品信息

《广西文艺》1980年第1期。

团的同志们，带着粉碎"四人帮"迎来了社会主义文艺春天的喜悦，带着向全国各地文艺工作者虚心学习的愿望参加大会，收获是丰硕的。

整个会议期间，代表们深切感受到了党中央对文艺事业的重视和对文艺工作者的亲切关怀。党和国家的领导人接见了全体代表，邓小平同志代表党中央和国务院向大会致了《祝辞》。代表们在学习讨论中一致认为《祝辞》是新的历史时期繁荣社会主义文艺的纲领性文献，它总结了新中国成立三十年来文艺战线的基本经验，提出了新时期文艺工作的方向，阐述了党的文艺方针、政策，肯定了"我们的文艺队伍是好的"，"在我们党和人民战胜林彪、'四人帮'的斗争中，文艺工作者做出了令人钦佩的、不可磨灭的贡献"。党对文艺工作者给予了这样高的评价，使大家激动不已，决心在今后拿出更多更好的艺术成果，向祖国和人民汇报，以不辜负党的殷切期望。

在讨论学习中，陆地同志回顾了文艺界二十多年来的历史经验和教训，列举了从一九五六年党提出"双百"方针，到周总理、陈毅同志关于艺术民主的谈话，文艺八条的制定，都没有能使"双百"方针得到认真贯彻，他感慨地说：问题仍然在于是否真正贯彻"二百"方针。他相信这次大会以后，在党的三中全会精神指导下，小平同志的《祝辞》的鼓舞下，"二百"方针一定能够得到认真贯彻，文艺百花齐放的春天必将到来。自然，今后也仍将遇到矛盾，也还会有斗争，不可能一帆风顺，但总的趋势是不可逆转的。

讨论中，大家谈论最多的是关于解放思想，肃消极左流毒和党如何领导文艺的问题。代表们深感到，如果能按照小平同志《祝辞》提出的原则办，文艺事业就一定能够繁荣。但是目前贯彻这个精神，看来障碍还很多。这就是为什么当小平同志在《祝辞》讲到"文艺这种复杂的精神劳动，非常需要文艺家发挥个人的创造精神。写什么和怎样写，只能由文艺家在艺术实践中去探索和逐步求得解决。在这方面，不要横加干涉"时，到会代表长时间热烈鼓掌的原因。"横加干涉"的情形实在是太多了。代表们归纳了几种表现：一是"对号入座"。你写了一位房产局长利用职权搞走后门，当地的房产局长就说你是攻击他本人。反面人物总得有个行业，有个职务，于是总有一批与此相应的人大为不满；于是抵制、禁演、吵闹纷至沓来。这怎么得了？某县文艺队排了个戏，蔬菜售货员出身的县革委副主任以为是写她的，这个戏虽然宣传部长文化局长都以为可演，结果也还是不准上演，并且威胁得作者暂时"请假"到外地"避难"。这样，就只好去写无姓名、无职业，连性别也没有的人物才行。第二是"我们这里没有的不能写"。作品中写了"四人帮"的骨干捣乱，有的领导说：我们这里是抵制"四人帮"的，不准发表。你写了"双突"干部，即使在外地的刊物上发表，也要追查作者历史。把艺术典型当作新闻报道，按照"四人帮"的影射帮规来审查，《电话选"官"记》的作者遇到麻烦，便是一例。第三，叫作长官意志瞎指挥。某县文艺队演出《刘三姐》，一位领导叫加上农业学大寨的内容，以便配合农田基本建设的开展。一个剧团排演话剧，其中有国民党司令太太举办舞会的场面，看彩排的某一领导说："我们不提倡跳舞，把这段删掉。"凡此种种，不一而足。党必须领导文艺，但是要根据文学艺术的特点和发展规律来领导，不是去"横加干涉"。现在，文艺是非的标准已经明确了是"对实现四个现代化是有利还是有害，应当成为衡量一切工作的最根本的是非标准"。必须禁止那种以领导者个人的好恶定是非，谁有权谁就有理的歪门邪道，真正实行"三不"主义，开展文艺评论，以利于解放思想，繁荣文艺。

会议期间，不少代表观摩了甘肃省歌舞团演出的舞剧《丝路花雨》。我区的代表感触良多。这个舞剧的舞蹈造型取源于敦煌壁画，有鲜明的地方和民族色彩。正是它浓郁的地方和民族色彩，使人耳目一新，受到了国内外的注意，据说目前已经有二十几个国家邀请该剧团出访。回想去年我区也搞了一个大型歌舞，动用的财力人力都比《丝路花雨》多得多，但只是热闹了一阵子就完了。其中有些教训很值得深思。我们这里民族很多，民间文艺丰富，应该大力抢救挖掘、整理，这是迫不容缓的问题，应该有组织有领导地进行。

在会议期间的学习讨论中，代表们在大会思想解放的精神鼓舞下，也提到了一些问题和困难。因为从中央《祝辞》和周扬同志的报告中受到很大鼓舞，很多文艺是非，党的方针，政策进一步明确了，对于今后解决困难，克服缺点有了更大的信心。代表团中五十岁以下的要算"青年"，许多是六十岁高龄以上人，有的同志已经老态龙钟。但绝大多数代表在整个会议期间都精神饱满，认真思考今后如何做出新贡献的问题。广西艺术学院的阳太阳、黄独峰、陆华柏、李志曙四位教授，联名提了关于今后如何办好艺术院校的建议，受到有关方面的重视。他们本人也都表示从明年起要带研究生，尽力多为国家培养人才。著名桂剧演员尹羲同志六十岁了，她表示一定要不计个人恩怨，力争多做贡献，她打算用有生之年再培养两期（一期六年）桂剧演员，并开始请人协助整理她几十年来的舞台经验。

　　总起来看，参加了这次大会，使代表们思想进一步解放了，信心和干劲都有很大增强。正如胡耀邦同志在茶话会上所说："我们伟大祖国的一个全面的、持续的文艺繁荣的新时期就一定会到来。一个人人都能够大显身手、大有作为的年代到来了！让我们同心同德的努力奋斗吧！胜利一定属于我们。"

解放思想，加强团结，繁荣社会主义文艺

——在广西壮族自治区第三次文代会上的报告

陆　地

我们自治区文学艺术工作者第三次代表大会是在举国上下，同心同德，为实现四个现代化的形势下召开的。与会代表包括各民族和各方面的老作家、老艺术家和年轻的文艺工作者。这将是一次促进我们广西社会主义文学艺术事业繁荣兴盛的大会，希望同志们发扬民主精神，和衷共济，团结一心，把这次会开好。我们的大会是在全国第四次文代大会之后召开的，我们要在这次的会上共同学习全国文代大会精神，贯彻执行其决议，按照章程选举第三届全区文联委员会和各协会的理事会，建立新的领导班子。

我们说的第三次代表大会是这样算起的——一九五○年六月召开全省文艺工作者代表会议，成立省文联筹备委员会，主要任务是：一、登记、吸收文艺工作者作为个人会员；二、创办机关杂志《广西文艺》；三、号召、组织文艺工作者参加清

作者简介

陆地（1918—　），广西扶绥人，壮族，1938年到延安，在鲁迅艺术文学院文学系学习，主要作品有《叶红》《钱》《故人》《美丽的南方》《瀑布》等，广西第三届文联主席。

作品信息

《广西文艺》1980年第3期。

匪反霸、土地改革等革命运动和文艺界的整风，一直延长到一九五四年五月才召开全省文艺工作者第一次代表大会，选出全省文艺工作者联合会第一届委员会，宣布正式成立省文联。此后，由于文艺工作者的队伍逐步成长壮大，专业的独立活动日见频繁，组织机构随之要求相应改进。到一九五九年四月，召开全区第二次文代大会，会议决定：由原来区文联的文学、戏剧、美术和音乐等工作部门，分别改组成立作家协会广西分会、戏剧家协会广西分会、美术家协会广西分会和音乐家协会广西分会等专业团体。各协会分会，以团体会员资格加入文联的统一组织，原先以个人作为会员的全省文艺工作者联合会的名称，改为以团体作为会员的自治区文学艺术界联合会；会议选出新的委员会，但为了衔接上届称作第二届，各协会分会同时分别正式成立，并选出领导机构。

这次代表大会，就是第三次。

回顾三十年的历史，我们经历了社会主义革命和建设各个不同阶段的斗争，我们的革命文艺事业大大发展了，我们的队伍更加壮大了，文艺工作者在政治思想、在创作水平上都得到很大的锻炼和提高，在创作劳动方面取得了不少的成就。这是我们首先要肯定的。

回顾三十年的历程

三年来，经过拨乱反正，清除林彪、"四人帮"流毒，解放思想，贯彻"双百"方针，扭转了由于林彪、"四人帮"所造成的严重混乱局面，出现了新气象，取得了一定的成果。

党的三中全会提出了解放思想、开动脑筋、实事求是、团结一致向前看的方针，强调落实党的各项政策，平反冤案、假案、错案。去年四月，区党委组织部、宣传部、区文化局和区文联筹备组联合召开全区文艺界落实党的知识分子政策座谈会，加快了全区文艺界落实政策工作的步伐。同年五月，在区文联全体委员扩大会议上，赵茂勋同志代表区党委宣布了区文联及各协分会正式恢复工作活动；宣布过去对《刘三姐》等八个作品的批判是错误的，撤销区党委和区革委过去发出的关于批判《刘三姐》等作品的决定，对这些作品公开给予平反。

一九七八年三月，区党委批准成立区文联恢复活动筹备小组时，给我们的任务有三条：一、对原有组织状况进行调查了解；二、发展新会员；三、结合开展业务活动。在这期间，我们分别召开了一系列的座谈会、调查会、讨论会，抓了文艺创作、文艺评论；组织部分作家到北海油田、防城新港、大化水电站和革命老根据地进行了参观访问。一九七八年还举办了全区短篇小说评奖和自治区成立二十周年美术作品评选活动。其后，我们组织文学、音乐、美术工作者参加中国文联组织的作家、艺术家访问团到前线体验生活，访问战斗英雄和民兵模范人物，先后写出一批报告文学、诗歌、美术、歌曲等作品。我们还调整了《广西文艺》《广西美术》两个刊物的编辑人员；把《广西文艺》由双月刊改为月刊，《广西美术》由季刊改为双月刊。在发展新会员方面，各协会都分别吸收了一批新会员。"文化大革命"前，各协分会会员是五百九十一人，现在已达到一千六百四十五人。

三年来，我区文学作者陆续写出一批受到群众欢迎的好作品。其中，短篇小说有《彩云归》《豆子事件》《捕蛇者的后代》《桂花飘香的时候》《杜鹃啼血》以及《一〇一天》等六篇获得一九七八年优秀短篇小说奖的作品；长篇小说有《云飞嶂》等；诗歌有组诗《刻在板仓山上》等，诗集有《山欢水笑》；民间文学方面有长诗《蛇郎》及《布伯的故事》等；这期间电影创作显得特别活跃，先后在各地发表或拍摄的电影剧本共有十几部，包括《拔哥的故事》《甜蜜的事业》《乳燕飞》等；戏剧创作有桂剧《闯王司法》《儿女亲事》《太平军》，壮剧《梅峰岭》，话剧《我为什么死了》，歌剧《竹笛》等；在美术创作方面，为庆祝自治区成立二十周年和新中国成立三十周年等画展中的作品，水平都有新的提高，有些参加了全国画展；阿西（毛难族）和张高山两个儿童的画作，获得国际儿童绘画的金质奖章；音乐创作，有歌曲《瑶家怀念毛主席》《壮族人民热爱周总理》《泪海》等；摄影方面，桂林山水影展在北京等地展出受到群众的欢迎；音乐、舞蹈、戏剧的演出艺术技巧方面，也以新的水平出现在观众面前；区杂技团出访非洲七个国家的演出，得到好评；整理改编民族民间文学作品和编写各个少数民族文学概况的工作，也正在积极组织力量进行。总之，各种文艺创作都取得新的成就。广西日报《花山》文艺副刊和各地、市、县定期的或不定期的文艺刊物对培养团结业余作者，满足文艺爱好者的要求，发挥了一定的作用。如南宁市的《邕江》、玉林地区的《金田》等都办得很有生气。

三年来，文艺工作虽然取得了一定的成果，但也还存在着某些问题，主要是思想还不够解放，心有余悸还没有完全消除。反映在创作上，刻画新人的形象还不那么突出鲜明，在揭露反动、落后的事物方面也还不够深，发挥文艺评论以推动和指导创作的作用也不够有力；在文艺思想方面，不同的意见未能充分展开争论，民主空气还不那么活跃；从领导方面来说，还未能真正按艺术规律办事，在一定程度上影响作品的产生和作者的成长，对繁荣社会主义文艺事业是不利的。

对我区解放后十七年的文艺工作，区党委在去年五月召开的区文联全体委员扩大会议上，已给予肯定的评价。文联、各协会在毛泽东文艺思想的指引下，团结和组织作家、艺术家以及广大文艺工作者，做了不少工作，成绩是主要的。广大文艺工作者努力学习马列主义毛泽东思想，积极参加党的各项中心工作，深入生活，改造思想，创作了各种文艺作品。其中，反映革命历史题材方面的有话剧《红河赤卫队》；反映清匪反霸斗争的有长篇小说《山村复仇记》；反映土地改革运动的有长篇小说《美丽的南方》；反映社会主义革命和社会主义建设的生活斗争的有影片《苗家儿女》，话剧《朝阳》，歌曲《壮人永跟毛泽东》《好个日头好个天》和不少美术作品；对民族民间文艺也做了大量的发掘整理、研究工作。在民族民间文艺的基础上，创编了闻名中外的歌舞剧《刘三姐》和较有影响的长诗《百鸟衣》以及叙事长诗《大苗山交响曲》等等。在戏曲改革方面也做过大量的工作，出现了一些较好的剧目，如桂剧《拾玉镯》《西厢记》，粤剧《还珠记》，邕剧《杨八姐搬兵》，壮剧《宝葫芦》，舞蹈《瑶族婚礼舞》《拉木歌》等。这些具有地方色彩和民族特点的作品，以生动的艺术形象和绚丽的画面，描绘了我区各族人民灿烂多姿的生活，对陶冶人民的革命情操，鼓舞人民在三大革命实践中的斗志，团结和教育人民，打击和消灭敌人，起到了良好的作用。

解放初期，我们广西的文学艺术工作基础是比较薄弱的。文联和各协会，在区党委直接领导下，做了大量的工作，文学艺术事业得到蓬勃发展，形成了一支包括各个文艺部门的，专业和业余的，老、中、青结合的，多民族的革命文艺队伍。广大文艺工作者和文艺干部，在毛泽东文艺思想的哺育下，为社会主义文艺事业辛勤劳动，做出了积极的贡献。

回顾过去，有成功的经验，也有值得改进的缺点和错误：

如解放初期，我们发动、组织文艺工作者投入清匪反霸、土地改革等革命运动，在深入工农兵斗争生活中锻炼、培养、组织队伍，促进创作，这是不容否认的，是遵循毛泽东文艺路线前进的主流。但当时也出现过某些不正常的现象。如一九五三年进行的文艺整风，本来是为了改进领导工作，提高创作思想的，但在批评某些作品时，产生了脱离具体作品的思想内容和艺术形式的分析，而牵强附会地对作者政治历史问题进行追究，这就不免放松了对创作思想问题的探讨，使创作的积极性受到挫伤。

一九五七年的反右斗争，又错误地批判了一些正确或基本正确的文艺观点及好的和比较好的作品，伤害了一批文艺工作者，使"百花齐放，百家争鸣"方针带来的生气勃勃的景象，受到了很大的打击。一九五八年在全国掀起的浮夸风、共产风也涉及文艺界，说大话、说空话被认为是浪漫主义，"左"的倾向进一步抬头。一九六〇年，全国文联配合反右倾的政治运动，在创作思想上提出批判文艺作品的"不良倾向"。我们也不加分析，盲目地贯彻"左"的做法，照搬照套，也找出本地区若干所谓"不良倾向"的作品来批。在批判会上不是实事求是地从思想内容和艺术形式上去分析其正误优劣，以提高认识、端正态度、改进工作，而是采取简单粗暴的打棍子办法。这虽然有别于一九五七年的反右斗争，没有给作者什么组织处理，但也不免使作者受了委屈，在创作思想上造成了混乱。在一九六二年五月的一次文艺工作座谈会上，组织上曾做过纠正，对作者表示道歉。但是，没有在报刊发表文章消除错误影响，是有缺点的。

继续贯彻"双百"方针

实践证明："百花齐放，百家争鸣"的方针，是繁荣我国社会主义文化事业的根本方针。贯彻这个方针，首先要解放思想，坚持实践是检验真理的唯一标准，坚持群众路线，通过"放"和"争"来发展社会主义的文艺事业。

当前，文艺工作为了赶上四个现代化的步伐，为满足广大人民群众的文化生活需要服务，就得遵循党的三中全会制定的方针、路线，本着邓小平同志代表党中央和国务院对全国第四次文代会的《祝辞》的精神，要继续贯彻"百花齐放，百家争鸣"的方针，拨乱反正，从理论上深入地肃清林彪、"四人帮"炮制的所谓《部队文艺工作座谈会纪要》的流毒。为了解放思想，繁荣创作，对下面三个方面的问题需要提高认识。这里谈点不成熟的意见，供大家讨论。

其一，文艺与政治的关系。从文艺发展史上看，每个时代、每个阶级都要求文学艺术符合于本阶级的利益和道德标准。无产阶级文艺，应该具有鲜明的倾向性。文艺家在认识和反映生活的时候，应该努力以马克思主义的世界观作指导。在当前这个历史时期内，文艺就要为实现四个现代化做出应有的积极的贡献。

然而，文艺毕竟是一种特殊观念形态，有它自己的规律。正如列宁在强调文艺的党性原则的同时，所明确指出的，在文学事业方面"绝对必须保证有个人创造性和个人爱好的广阔天地，有思想和幻想，形式和内容的广阔天地"。周恩来同志也讲过："文艺为政治服务，要通过形象，通过形象思维才能把思想表现出来。"政治思想只能寓于艺术形象之中。把文艺理解为政策图解、标语口号，显然只能导致文艺走入歧途——粗制滥造出公式化、概念化的东西。毛泽东同志《在延安文艺座谈会上的讲话》中就说过："缺乏艺术性的艺术品，无论政治上怎样进步，也是没有力量的。因此，我们既反对政治观点错误的艺术品，也反对只有正确的政治观点而没有艺术力量的所谓'标语口号式'的倾向。"接着还说："马克思主义只能包括而不能代替文艺创作中的现实主义。"可见，不应简单地片面地理解"文艺从属于政治"的问题。我们无论如何也不应忘记林彪、"四人帮"把文艺等同于政治，否认文艺的特殊规律，把文艺创作的广阔天地局限在一种模式里面所造成的文艺园地一片荒芜的惨痛教训。

当然，有些文艺形式如曲艺、漫画、报告文学、活报剧等，可以而且能够迅速反映当前生活斗争内容的，也不应一概否认配合政治宣传的作用。

培养社会主义的新人，提高人民的精神境界，促进社会进一步的完善和发展，满足人民日益增长的文化生活的需要，这是社会主义文艺的目的，也是它的政治任务。这就要求我们从各方面反映当代伟大历史性转变中人民的生活和斗争，塑造出站在时代前列的人物形象，反映新长征的壮丽图景。同时也应当反映老一辈无产阶级革命家和无数先烈的英雄业绩，用革命传统教育人民，激励人们进行新的长征。文学创作主要写人的命运。既写英雄人物，也可以写其他各种各样人物，包括中间状态的，落后的和反动的人物。在题材方面，不管是当代的、历史的，都不拘；不应设置禁区，选择什么题材，应该是作者自己的事情。

现实生活是丰富多彩的，人民群众的文化生活需要也是各种各样的。我们的文艺应当考虑如何去满足群众这样那样的正当而健康的要求。凡是一切有助于鼓舞人民前进，培养人们的共产主义情操和带给人们健康的艺术享受的作品，都应该受到应有的重视和鼓励，它们都是直接或间接为社会主义服务的。创作题材如此，表现手法和形式也是如此，不应加以限制和规定，以免束缚作者的手脚。

其二，文艺与生活的关系。文艺与生活的关系，是文艺理论和文艺创作中的一个基本问题，本来在马克思主义经典著作中，早已解决了的。社会生活是文艺的唯一源泉，文艺创作必须真实地再现生活，然而，反映出来的生活却可以而且应当比普通的实际生活更高、更强烈、更有集中性、更典型、更理想，因此就更带普遍性。多年以来，"四人帮"在这个问题上却散布了许多谬论。

邓小平同志讲道："人民需要艺术，艺术更需要人民"；"人民是文艺工作者的母亲"。这是明白不过的道理。可是，"四人帮"炮制的《纪要》却把文艺必须反映生活的真实这样一个基本常识，诬蔑为"黑八论"之一，胡说"文艺不应从生活出发，而应当从路线出发"，并据此掀起了"阴谋文艺"的黑潮，炮制了《反击》，

《欢腾的小凉河》和《盛大的节日》等，把一批革命老干部写成"死不改悔的走资派"，右倾翻案风的"典型"。这批所谓"样板"作品，无异于哈哈镜反映出来的图像，是对社会主义革命英雄事业的歪曲和嘲弄，理所当然地终于被扫进了历史的垃圾堆。

"四人帮"被粉碎以后，突破了题材禁区，不少作者敢于面对现实，将自己所熟悉的、切身体会的生活真实，通过艺术加工、概括、提炼，创作了许多有血有肉的艺术形象和生动感人的生活故事，这些长自生活土壤的花朵，无疑感染着读者。然而，也有这么一些人见猎心喜，仿造的货色逐渐涌上文坛。这种只是停留于或满足于追求题材方面的突破，而忽视生活的真实体会，忽视艺术上和思想上的提高的现象，如不引起注意、克服，必将使文艺创作陷于新八股——雷同化、公式化的泥坑。

文艺和生活的关系也存在着辩证的统一问题。"作为观念形态的文艺作品，都是一定的社会生活在人类头脑中的反映的产物。"但是，文艺作品不等于生活现象简单地复制。生活的真实不等于艺术的真实。前者之变成后者，当中必须经过选择、加工、提炼的过程。它所反映的生活未必"是曾有的实事，但必须是会有的实情"（鲁迅）。电影《列宁在一九一八》、话剧《陈毅出山》和《西安事变》，即令演员演得惟妙惟肖，使人信以为真，然而，要是拿来跟真人真事核对，事情肯定并非完全一致。因为它是文艺创作，少不了虚构和夸张，只有虚构和夸张才能使文艺作品典型化和更富于形象性。当然，在这一点那一点的细节上，可能是从真人真事的实在生活的片段中汲取来的。不过，从整个故事前前后后的情节来看，则未必实有其事。虚构和夸张，只要合情合理，是允许而必须的。文艺作品并非传记，一个作者刻画某个地方和某个单位的负责人的官僚主义形象，未必就是丑化作者所在地区或单位的领导人；其中反映某个地方存在着某些值得批评的不良现象，也不能说就是歪曲、攻击了该地区或单位的具体情况。文艺作品到底不是新闻通讯，虽然使人觉得似曾相识而信以为真，然而，那是从各方面的现实生活中概括虚构而成的典型。蜜糖是从多种花汁吸来酿成的，但是它已不是这一种或那一种花汁的原型了。

如果指责作者在某个作品里影射、诽谤，攻击了这个那个具体的人和事，而竟至于兴师问罪，那实在是一种误解。作者写作品，总是要宣扬什么批判什么，总是要爱憎分明的，却绝非专指哪一位具体的真人。因为文艺作品中的人物形象的刻画，往往是"嘴在浙江，脸在北京，衣服在山西，……"（鲁迅）是凑合起来的。

生活与艺术两者的关系怎样求得统一？这里，还得需要强调作者要写自己熟悉的、体会到的生活。高尔基曾经讲过："一切作品都是作家的自传。"这是经验之谈，值得记取。当然，这里说的"自传"是广义而言，在实际生活中未必是作者亲身直接的经历，但在情感上和见闻上必须有间接的体会和理解。在过去的相当长的年代里，由于单纯强调写工农兵，以致引起许多人对问题认识和理解的片面性，使作者不敢写自己熟悉的生活，因为他所熟悉的人也许是搞科学的，也许是医生，也许是学生和教师，也许是演员、作家，……总之，都不是工农兵，所以不敢动笔。有的人虽然勉为其难地去编造了一些自己既生疏又缺乏兴趣的人物和故事。作者自己既不感兴趣的东西，同样是不可能感染读者的。代人哭丧和无病呻吟一样都不会令人动心。

当前，我们的生活正在进入一个新的历史时期。邓小平同志说过：对实现四个现代化是有利还是有害，是衡量一切工作的最根本的是非标准。大力反映我们伟大时代的生活，激励人民同心同德，为实现四个现代化而斗争，这是我们社会主义文艺创作的历史使命。我们提倡文艺创作大力地去表现实现四个现代化的斗争。新的生活，新的思想，新的精神都需要我们去进行深入的探索。战线广阔，生活丰富，作家完全可以从不同的侧面，不同的角度，去表现既丰富又广阔的生活斗争。每个时代都有那个时代值得歌颂的新事物，同时也不免会有必须鞭挞的丑恶现象。社会主义的文艺家必须清醒地注视现实生活中各种矛盾的产生和发展，善于发现新生事物，也勇于揭露阻碍我们前进的东西，这就要有恩格斯所说的"艺术家的勇气"。勇于实践，勇于探索；敢于提出新问题，敢于试图去解决新问题。

其三，批评与创作的关系。批评对创作来说，主要应该是促进、爱护、扶植和助长其发展的，对不完善的作品，指出其毛病缺点，也仍然是为了提起注意，引以为戒。至于那些反动的——宣传封建迷信、鼓吹资本主义、腐朽堕落的东西，是对人们精神生活的腐蚀剂，需要严肃批判，不能含糊。但是，不管是对待好的作品还是对待有缺点的作品，都应本着实事求是的精神加以评论，以理服人，切忌主观臆断，强词夺理。

文艺作品是社会现实生活的镜子，它必然要评价生活的。生活中的真善美是和假恶丑并存于对立的统一之中的，有光明面就有阴暗面。文艺要忠实于生活，在作品中完全避开假恶丑，必然导致作品的片面性，成为一种粉饰、掩盖的门面的假象，那是无助于推动社会前进的。文艺评论中那种牵强附会、断章取义，甚至动辄诬人于"恶毒攻击""丑化社会主义"之词，再不要使用了。评论作品，对于歌颂和暴露，应该研究的是作品的内容是否符合于生活的实际；作者的爱憎是否与祖国建设"四化"的利害相一致。我们并不主张作家艺术家将生活中的丑恶不加选择地上书、入画；这种有闻必录，或者购树不见林的创作自由思想，与列宁主张的"保证有个人创造性和个人爱好的广阔天地，有思想和幻想、形式和内容的广阔天地"，是两回事。

批评一件作品，应该从其全篇的思想倾向和全文的社会效果来作全面的衡量。要看其歌颂什么，批判什么。评论一位作家，必须看其全人，看其创作的全部，看他一贯的创作思想倾向，照顾到他创作的全过程及其作品产生的时代背景。不应因文废人，也不应因人废文。陶渊明写过"采菊东篱下，悠然见南山"，也写过"刑天舞干戚，猛志固常在"。对此，鲁迅曾经有过深刻的见解。

文艺批评应区别于法律的判决和组织的结论，前者是属于学术讨论范畴；是非问题允许在辩论中求得澄清。有批评也应允许反批评，要贯彻民主精神。批评不等于禁令，对写作提出的号召，不应看作行政上的规定，更不应看作法律。

创作和评论，本来是对立的统一，创作没有评论作指导，它的提高和发展将迷失前进的方向，缺乏促进扶植的动力。但是如果创作的生机都被批评的棍子扼杀了，批评也就没了工作的对象。

批评还有对读者和观众负有社会责任的一面。它应当帮助读者或观众正确地对待文艺作品，提高人们的欣赏水平，教导人们认识作品的社会意义，使文艺作品真正发挥作用。

文艺创作是一种细致而复杂的创造性劳动，是一种探索性的追求，允许犯错误。通过对错误的批评，使作者得到提高而改正。不能因为一个作品写坏了，从此便剥夺了作者写作的权利。科学家搞创造发明可以失败多次，为什么文艺家的作品就不许可有缺点和错误呢？

要搞好文艺评论，促进文艺创作，必须认真实行"三不"主义，不抓辫子，不扣帽子，不打棍子。评论作品，要分析其思想倾向的正误，同时，必须讲究其艺术技巧的高低。离开作品的具体形象去空谈政治思想内容，也不是实事求是的科学态度，对繁荣创作和发展文艺评论都不利。文艺评论工作者要善于发现新问题，敢于支持新生事物，做好社会主义文艺的园丁。

努力为"四化"做出贡献

为了繁荣文艺创作，更好地为实现四个现代化服务，有几件事情，是我们必须认真抓好的。

第一，建立和健全相应的组织。在党委领导下，联系和组织本地区文艺工作者，组织创作活动，研究文艺理论，开展文艺批评，繁荣社会主义文艺。我们建议，各地区可根据实际情况的条件和要求，设立专门机构，比如县文联可与县文化馆合在一起，一套人马，两个牌子，指定一两名干部分管文联工作。

第二，积极培养队伍。老一辈的文学艺术家长期从事文学艺术的创作、评论、翻译、教学、表导演和组织领导等工作，积累了丰富的经验，是我们党在文艺方面的宝贵财富。我们要尊重这些老同志，珍惜他们长期实践的成果和经验。希望这些老同志发挥"老骥伏枥"的精神，对青年文艺工作者发挥传帮带的作用，为繁荣党的文艺事业做出更多贡献。

扶植新生力量培养接班人的工作，是一项紧迫的战略任务。虽然二十几年来，涌现了一批青年文艺骨干，但从总的方面来看，数量还是太少了，而且大多数在思想上，艺术上还不够成熟，还需要培养和提高。为此，专业文艺团体，都要把培养文学艺术的年青一代，作为经常性的重要工作来做。在培养创作队伍方面，文联各协会要对专业和业余的文艺工作者进行适当的安排，采取各种措施，为文艺工作者进行创作、研究、学习和深入生活提供必要的条件。比如设立创作基金，举办定期的业余作者的创作讲习会，组织观摩和交流，举力优秀作品或艺术表演的评奖活动，以及办好刊物等等。

第三，努力学习，加强基本功锻炼和艺术修养。文艺作品能不能搞上去的另一个重要条件，取决于文艺工作者本身的努力。因而要求：

（一）作为文艺工作者必须学好理论，掌握马列主义、毛泽东思想的基本原则。毛泽东思想过去是现在也仍然是我们的指导方针。但是，也不应盲目地奉行"四人帮"所制造的现代迷信；不做教条主义的崇拜者。应该遵循实践是检验真理的唯一标准，重新学习和研究毛泽东同志有关文艺问题的论著，考察、探索和解决当前文艺实践中所出现的新情况和新问题，做到完整地、准确地理解和运用毛泽东思想的科学体系。

（二）鼓励文艺工作者特别是年轻一辈的作者深入到当前社会主义现代化建设的火热生活中去，与新时代的广大群众相结合。在结合的过程中改造世界观，吸取生活和艺术的营养，开阔眼界，熟悉生活，积累创作素材，把创作基础打得牢一些。

（三）钻研业务，学习本领。文艺创作是形象思维的精神的产物，除了要有正确的主题外，还要在艺术上感染人、吸引人。只有吸引人、感染人才能教育人。为此，必须提高思想水平和文化艺术素养。这里，除了文艺工作者应该掌握辩证唯物主义和历史唯物主义这一思想武器和深入了解多方面的生活以外，还有一个提高表现能力，提高写作技巧的问题。由于历史原因，我们的中、青年作者，大多生长在动乱的时代，没有机会在文化素养上打下坚实的基础。因此，有一个补课的任务，要在继承和借鉴两个方面补课，要在学习中国和世界的历史和文学遗产方面补课，也要学习国际政治、经济和现代科学的知识。在文艺界，我们必须提倡好学深思、勤学苦练的风气。

（四）艺术贵在创新。文艺工作者要敢于标新立异，敢于突破旧的或别人的框框，"喊出一种新声"，说出群众想说而没有说出来的心里话。我们新时代的生活那么丰富，生活中矛盾和斗争那么复杂、曲折，文艺表现手法和艺术形式那么多种多样；希望大家在创新上多下功夫，突破水平，做出贡献。

第四，搞好团结，调动积极因素。十年"文化大革命"，造成文艺界分裂的现象是严重的。这一派与那一派的隔阂，作家艺术家和批评家之间的矛盾，领导者与群众之间的分歧，个人与个人之间的恩怨等不正常的现象，如果没有正确的态度，必然会影响到团结力量的发挥，不利于我们事业的进展。当前，巩固和发展安定团结的政治局面，是全党、全国各族人民的共同愿望，是实现四个现代化的需要。安定以团结为前提，团结是安定的基础，安定与团结是密切联系在一起的。在保证党的统一领导下，进一步团结起来，充分发挥一切积极因素。每一个文艺工作者都要识大体，顾大局，坚决排除一切不利于安定团结的因素，带头做维护安定团结的促进派！

同志们，我们坚决在党的十一届三中全会和五届二次人大会议精神鼓舞下，在全国第四次文代大会的精神指引下，在区党委的直接领导下，团结起来，在各自的岗位上辛勤劳动，做出更大的成绩，迎来社会主义文艺的春天！

壮族文学的民族特色浅谈

石　榕

在伟大祖国绚丽多彩的社会主义文学园地中，汉族文学这朵大红花鲜艳夺目，芳香四溢，是不待言的。内蒙古、新疆、西藏的少数民族文学，云南等省的各兄弟民族文学，也都特色显著，别具一格，竞放异彩，引人注目。壮族是国内人口最多的少数民族，它的民间文学宝藏，堪称丰富；解放后新的创作，成绩也颇为可观。但是，壮族文学有什么样的民族特色？这个问题似乎像谜一样引起人们的关注和兴趣，但多年来却未得到明确的解决。在广西，不论是搞文学创作的，还是搞文学理论研究的，每每论及此事，都感到"头痛"，虽然都不说没有特色，但到底有什么特色，却没有多少人（包括本文作者）能说出个所以然来。有的同志甚至说："没有特色就是特色，没有特点就是特点。"其言虽谬，却也反映了个中难处。

要认识壮族文学的民族特色，确乎难度甚大。

作者简介

石榕（1933—），本名甘棠惠，广西宁明县人。1956年毕业于武汉大学中文系，分配到中国作家协会，任《文艺报》编辑。1973年回广西工作，先后任《广西文学》编辑，广西文联理论研究室副主任，《南方文坛》副主编、副编审。发表诗歌、小说、散文、报告文学、评论等100多万字，主编《初中文言文注释析译》《桂系演义纵横谈》等书。

作品信息

《广西文学》1981年11期。

根据马克思主义关于民族、民族文化（民族文学在内）的论断来看，广西的壮族文学（包括民间遗产和新创作），肯定具有与其他民族不相同的某些特色的。因为壮族不仅比较集中地生活在共同的地域，有着共同的生活条件、共同的心理状态、社会风习，更重要的具有独立的民族语言，这是不能抹杀和忽视的客观事实。在这基础上产生的文学，肯定是具有自己的某些特色的。但是，壮族文学的民族特色，又为什么至今还没有总结出、探讨出个头绪来呢？据我个人浅见，造成这一情况，主要由于下面一些原因；或者说，与下面原因有极其密切的关系。

一、在伟大的中华民族的历史发展上，汉族始终是居于政治、经济、文化发展的中心，汉族发展最早、水平最高、遗产也最丰富。在漫长的历史发展中，许多少数民族和汉族老大哥在政治、经济、文化各方面都有过或浅或深、或少或多、或局部或全面的交流；交流得特别多、特别密、特别深的，就形成了"同化"现象，这种"同化"现象，也叫"汉化"。壮族是"汉化"最突出的少数民族之一，"汉化"提高了壮族的整个文化水平，却同时使壮族的文化、文学减弱了自己的民族特色，这是历史形成的特有现象。

二、壮族虽然有自己独特的、自成体系的、有别于其他民族的语言（壮话），但自古以来，却没有自己的民族文字；解放后搞的"壮文"，和壮族的经济生活、历史发展、民族性格、社会风习，特别是和壮话没有多少实质性的内在联系。由于以前没有民族文字，所以就不能形成具有自己民族特色的书面文学。壮族人民自古以来所创作的文学（主体是民间故事、歌谣）主要是流传在人民的口头上，其中一部分虽然以汉族方块字作为符号记音存义，但是很难充分表达和保留壮族民间文学的民族特色。至于壮族古代和近代一些文人作品，不仅用的是汉字写作，而且更多的像汉族作家写的诗文，其壮族特色虽然有，但是不多。

三、解放后，广西地区的文学创作者和民间文学整理者，有相当大一部分是非壮族、非广西籍的外省同志。这些同志的劳作和业绩是值得肯定和感谢的。他们的创作和整理出来的壮族民间文学，自有其可贵的思想和艺术价值，这是事情的一个方面；另一方面，由于他们不懂或少懂壮族语言（至少不是精通和得其神韵），对壮族地区的生活、壮人的民族性格、社会风习等方面的理解和感受也不够，他们创作和整理出来的作品，也就难以避免地缺乏壮族的民族特色了。

四、即使是土生土长的壮族作者和民间文学整理者，也有很大一部分同志所受的文学教育，主要是汉族的和外国的，他们的艺术爱好也不全在壮族民间文学遗产上，对壮族的特色，也很少作过刻意的追求，对自己民族的历史发展、经济生活、社会风习和文化传统，也缺乏精湛的研究，因而他们的创作及整理作品，也就难免有"汉化"甚至"欧化"的痕迹，真正的壮族特色，不强烈也不显著。

总之，形成壮族文学的民族特色不显著的原因是多方面的，是复杂的，而且原因不止上述几方面。在这里简略地分析这些原因，不是要否定壮族文学的民族特色的存在和已有成就，而是为了进一步探讨和致使这些民族特色，使作家们更好地反映壮族人民的生活，使其作品更具有民族风格和民族气派，更为群众所喜闻乐见。只此而已，岂有它哉。

文学作品的民族特色，包含着内容和形式两个方面，但它首先是个内容问题。也就是说，一个作品是否具有民族特色，主要是看它是否真实和真正地反映了民族地区的社会生活、民族性格和社会风貌，是否塑造了具有民族特征的人物形象，创造了具有民族色彩的典型环境。探讨壮族文学的民族特色时，恐怕也要首先从这方面去考虑。文学是社会生活在作家头脑中反映的产物，作家是人类灵魂的工程师，人物形象的雕刻家；文学创作主要通过语言手段来塑造人的灵魂，雕刻人的形象。要反映壮族地区的生活，从深入生活到进行创作的整个过程中，作家必须花大力气去研究壮人的历史发展、民族性格、生活习惯、风土人情、心理状态和语言特点，从中发现、发掘和抓到具体的独有的表征，并真实地表现出来，这样，作品才可能具有民族特色。在这方面，壮族作家陆地和诗人韦其麟做了很大的努力并取得了显著的成果。在《美丽的南方》这部长篇小说中，陆地同志在主人公韦廷忠身上，着力挖掘了壮族劳动人民的性格特征——质朴勤恳、热爱劳动、坚韧不拔和带有"山区味"的倔强个性，通过人物命运的展示，作家使我们看到了壮族的历史发展、苦难历程和觉醒经过，看到了壮族社会的经济生活、社会风习和壮人的心理状态；在韦廷忠身上，读者不仅看到了旧社会劳动人民所受的三座大山压迫的痕迹，也看到了对少数民族歧视的影响；不仅看到了韦廷忠和《创业史》中的梁三老汉、《红旗谱》中的朱老忠、《暴风骤雨》中的赵玉林的性格差别，也看到了不同的民族特点。这是作家努力追求民族特色的表现和收获。韦其麟同志的著名诗篇《百鸟衣》，不仅题材来源于壮族民间传说因而天然地具有某些民族色彩，同时在人物性格的塑造、情节的展示、社会风习和山光水色的描写，无不具有壮族地区的特色。

民族特色的另一方面的表现，是在艺术形式上；而从形式上看，文学的第一要素是语言。语言的特色也是构成民族特色的重要方面。在这里，不仅对于壮族作家的创作，是个难题，对于壮族民间文学的整理，也同样是个难题。难题出在壮语和汉语（及其表征符号——汉字）上；又不仅在语音、词组上有很大区别，在句子结构、句法和表达方式上也迥然各异。而文学在表现生活、塑造典型、揭示矛盾、表达思想感情和状写景物方面，语言是极其微妙的手段，最讲究意会神传，要形似更要神似。壮语和汉语客观存在的重大差别，就给文学创作和民间文学的整理带来许多困难。因为壮语不论在创作中还是在整理工作中，都必须依靠汉字来表述或翻译，这一过程就要丧失壮族语言的许多固有特色和韵味。现在我们看到的是这样一种状况：即使是最权威、最有成就和最有代表性的壮族作家和诗人，他们的创作和整理出来的民间作品，也还不是具有充分的壮族语言的特色，一般都是在汉族文学语言的基础上吸收壮族或广西地区部分语言（包括壮族人民的口语）加工提炼而成的一种文学语言，它具有壮族的某些特色，但基本上还是属于汉族文学语言的范畴。这样说，未必就是歪曲了这些优秀的、有特色的作品的面貌，也不见得就贬低了它们在形式的民族化方面所达到的高度。因为这是客观存在的事实。陆地同志的长篇小说，韦其麟同志的《百鸟衣》，黄勇刹同志的诗作以及著名的彩调剧《刘三姐》的情况基本上都是这样。由于壮族没有独立的文字，在历史发展中壮族人民在文学上的创造常常湮没在岁月流逝之中，只有一部分保留在人民口头上，因而造成壮族文学有特色的传统并不很丰厚。因此，要使壮族文学健康地成长和长足地发展，必须大量吸收国内外其他民族（特别是汉族）的文学养料，来丰富自己，发展自己，使壮族文学并立于国内其他重要的民族文学之林而无愧色。陆地同志革命经历曲折、丰富，文学造诣弥深，他的长篇小说创作（短篇亦然）自然反映了他的人生阅历和文学修养，不会也没有局限于狭隘意义的壮族特色，而是目光远大、胸襟开阔、爱好广泛地吸收中外古今的文学经验和技巧，与自己谙熟于心的壮族生活、壮族语言相化合，熔于一炉，以之来反映壮族地区的生活和斗争，艺术上形成了独具的特色和风格。陆地同志所探索的方向，是壮族新文学发展的有意义的，健康的方向。

在考察壮族文学创作的发展过程时，我们看到了这样一个有趣的事实：许多壮族作家和诗人在自己的创作中极为注意吸收壮族民歌进入作品。彩调剧《刘三姐》的作者们又大胆又巧妙地在流传于人民中的关于刘三姐的民歌及传说基础上，用民歌体为特色的诗剧的形式塑造了刘三姐这一永具魅力的艺术形象，使作品具有清新、风趣、独特的风格和强烈的民族色彩。《百鸟衣》的题材也来源于民间故事，在创作中也吸收了壮族民歌的有益养料。陆地同志在他的两部长篇小说《美丽的南方》和《瀑布》中，也特别注意吸收民歌这一因素，巧妙地运用于作品的情节发展、性格刻画和场景展示之中，使作品增加了艺术光彩。在《美丽的南方》这部长篇小说的第九章，作家专门写了马仔和银英这对青年男女的民歌对唱，作为表现人物之间的关系和揭示他们的内心世界（情爱）的艺术手段；在《瀑布》的第一部《长夜》中，作家描写女主人公凤仙在对一位男性表示爱情时，也用了通过民歌对唱揭示内心秘密的方式；后来还有专门的篇章（《三月三》）集中描写壮族传统歌圩的风貌，使作品大大增强了民族特色和地方色彩，壮族民歌的宝藏是十分丰富的，是取之不尽用之不竭的艺术源泉之一。壮族歌圩又堪称壮族地区社会风习、群众文化水平的一个缩影或侧影，是保留壮族特色最多最突出的一种社会现象，真实地把它表现出来，自然能使作品具有更为浓重的民族特色。

在我们探讨壮族文学的民族特色时，恐怕还要注意这样一种情况，即民族性格。民族特色不是一成不变的，随着社会生活的发展，特别是随着社会制度的演变，随着民族地区经济结构、生产方式的发展变化，社会风习、民族性格、民族心理素质也会有所发展和变异。例如，壮族山区，解放前是人畜共居于一屋（人住楼上，牛羊猪圈在楼下），人们吃睡在臭气熏天的畜圈之上（仅隔一层楼板），这是习以为常的，且几乎家家如此。那时，外人到壮族山区，如果对此加以议论，就会引起山区壮人的反感甚至仇视，以为是伤了他们的民族自尊心；解放后，随着生产的发展和党的宣传教育，卫生观念大大增强了，早已经形成了人畜分开居住，屋外另设厕所的新环境新风尚。类似这类影响到民族性格、民族观念、心理素质变化的事例，是多不胜举的。所以作家夏衍同志说："在今后的二十二年中，手脑并用的劳动英雄，他们改造社会，改造自然的雄心壮志，他们的广阔的视野，他们的激情、思维、想象力、语汇、表达方式，不但会不同于'五四'时代的英雄人物，而且也会不同于五十、六十年代的英雄人物。"这种由于社会制度、社会结构和文化生活的变化而引起的民族性格、民族心理素质和民族风习的变化，是社会发展的客观规律，是不以人的意志为转移的。文学工作者只能观察它、理解它并真实地表现它；既不能视而不见，也不弄得手足无措。因为在社会变革和历史发展中，虽然民族性和民族特色的东西受影响，起变化，但又并非荡然无存，连根拔掉。对于一个民族来说，在历史发展中，不论其变革多么剧烈、多么深刻，但其生产方式、社会风习和民族性格及千百年来形成的传统，总有一些基本的东西是不那么容易改变的，总还有一定的继承性，总还能看到其历史发展的来龙去脉和蛛丝马迹，因为各族人民在长期的岁月中，在生活实践和社会关系中形成的各自独特（或独具）的东西，不会被历史波澜一下子冲刷得干净；一定会一代一代传下去，继续保持着自己有别于其他民族的某些特色。作家只要长期地深入民族地区生活，认真地刻苦地细致地观察、分析民族地区生活的种种状况，同时探究它的历史根源和考察它的演变过程，那么，还是可能抓住变化中的民族特色，从而得心应手地表现出来的。壮族地区由于"汉化"程度比较高，民族特色相对减弱，因而创作中要生动、充分地表现其民族特色，是有困难的。但是，正如毛泽东同志所说："世上无难事，只要肯登攀。"有志于深刻地反映壮族地区斗争生活的同志，只要在深入生活上做出努力，付出劳动，在作品的民族特色上，总会有所收获的。

广西近年文学创作的回顾与展望

石榕　彭洋

　　最近在北京胜利闭幕的中国作家协会第四次会员代表大会，像一阵强劲的春风，吹暖了全国文学工作者的心。中国要振兴，中国的文学也要振兴，我们广西也应是如此。当然，总的看，广西的经济文化都比较落后；就文学创作来说，更是如此。但是，党的十二届三中全会又吹响了新的进军号，全国规模的城市经济改革的序幕拉开了，文学创作反映当前火热斗争的方面更加广阔了，我们的文学创作难道不应该跟卜这个形势吗？

一

　　和全国各省、市、自治区一样，我们广西的社会主义文学运动经历了曲折的历

作者简介

　　彭洋（1953—），广东顺德人，曾任广西文联文艺理论研究室主任、广西文艺理论家协会常务副主席，《南方文坛》杂志社社长，主要有《视野与选择》等文艺评论著作。

作品信息

《学术论坛》1985年第8期。

程。五十年代至六十年代中期的兴起，十年浩劫的倒退和衰落，党的十一届三中全会以来的恢复、发展、繁荣，构成了广西文学发展的总的脉络。从头一个阶段（前十七年）看，广西的文学运动虽处于比较稚嫩的时期，但"发育"良好，有蒸蒸日上的势头。除已建立起一支较为可观的作者队伍外，在短篇小说、诗歌、散文、报告文学等方面成绩不小，出现了《美丽的南方》（陆地）这样的以广西少数民族地区民主革命斗争为背景的独具特色的长篇小说，以及根据壮族民间传说创作的长诗《百鸟衣》（韦其麟）；《刘三姐》也是这个时期从文学走上舞台的。"文革"十年，帮派文学充斥文坛，而广大的文学作者在动乱中则磨炼了思想，积累了生活，蕴蓄着情感，为以后的创作做了多方面准备。党的十一届三中全会后，广西的文学创作进入了一个新时期。广大专业作家和业余作者冲破了"四人帮""左"的思想禁锢，大大解放了文艺的生产力，促进了文学创作的繁荣。

长篇小说的创作历来在文坛中占据着重要的地位。这几年广西长篇小说创作的成就使人振奋和高兴，是新中国成立以来出现的第一个高峰。虽然数量还不是很多，但在反映社会生活的广度和深度上，在人物形象的多样性和典型性以及艺术上的民族化等方面，都取得了引人注目的成就。抢先问世的是徐君慧的《澎湃的赤水河》。作品以流畅的文笔，曲折引人的情节和有特色的人物形象，表明我区长篇小说创作取得新的成绩，受到文学界的好评。陆地的《瀑布》第一部《长夜》的出版，更为引人注意，它展示的是一幅色彩斑斓的中国革命的历史画卷，突出地表现了那动荡年代中西南三省（滇、黔、川）及广西的历史面貌，展现了我国知识分子追求真理，寻求救国救民道路的曲折历程。武剑青的《云飞嶂》和《失去权力的将军》的出版，使我区的长篇小说创作呈现出多色彩、多风格的新局面。这两部作品分别反映了解放初期广西地区战果辉煌的剿匪斗争和解放战争时期我党卓有成效的统战工作。它们吸收我国古典小说的艺术手法，以传奇的引人入胜的情节吸引广大读者。几乎同时出版的《烽火弥漫处》（欧诚）和《新绿林传》（里汗），从不同侧面反映了桂西桂东各族人民在抗日战争时期和解放战争时期的斗争生活。这几部长篇小说的出现，显示了我区长篇小说的特点：作家致力反映广西各族人民的斗争生活，特别是抗日战争和解放战争的革命斗争。这主要是由于这些作家都在中年以上，多半都经受了抗日战争和解放战争的考验，有坚实的生活基础和深刻的感受。而这，正是革命现实主义文学作品产生的重要条件。苏理立等三人合作的《第一个总统》虽然以片断的形式问世，也引起了国内广大读者的注目。

粉碎"四人帮"以后，短篇小说在一定程度上发挥了"轻骑兵"的作用，带着思想解放的亮色和新的生活气息来到荒芜了一段时间的广西文坛。《电话选"官"记》等作品揭露了"四人帮"极左路线的流毒，描绘了人民群众和"四人帮"的斗争。同一时期出现的类似作品大都有较强烈的时代精神和浓厚的生活气息。李栋、王云高合作的《彩云归》，以新颖的题材和较为成熟的艺术在1978年全国短篇小说评奖中获奖，为我区文学创作争得了荣誉。1980年以后，我区的短篇小说作者对反映少数民族生活投注了更大的热情和付出了较多的劳动，使短篇小说在民族化的探索中取得了可喜的成果。比较活跃的中青年作者有聂震宁、蓝怀昌、蓝汉东、黄钲、莫义明等，创作成就较大的有于峪、孙步康、李栋、王云高等。此外，老作家陆地、李英敏以及李竑、黄飞卿、朱旭明等焕发了创作青春，各以有分量的新作提高了我区短篇小说创作的质量。近几年陆续结集问世的短篇小说集有《故人》(陆地)、《妻子来自乡间》(李竑)、《莲塘夜雨》(黄飞卿)、《椰林蕉雨》(李英敏)、《离离乡间草》(于峪)、《珠兰》(朱旭明)、《江和岭》(黄钲)、《二灵子的心事》(赵清学) 等。

中篇小说创作的崛起，是我区文学创作上的大事，短短的几年出现了一百多部。虽然总的看质量还不很高，但也有两部作品在全国性的评奖中榜上有名:《槟榔盒》(杨军、农穆) 获得全国少数民族文学创作奖，《男儿女儿踏着硝烟》(雷铎) 获得部队大型刊物《昆仑》的刊物奖。这些中篇小说，题材比较广泛:反映历史事件和革命斗争的有《将军泪》《赤水河微波》《山城烽火》等;反映当前现实生活和社会变革的有《生意人》《女贞》《马蹄声声》《妻子》等;反映少数民族历史斗争和现实生活的有《冰棕榈》《歌王别传》《瓦氏夫人》《苗岭春华》等，反映边防斗争中，有《男儿女儿踏着硝烟》《槟榔盒》《边境密林处》等。此外、恋爱、婚姻、武林、科幻、反特、侦破等题材，也有所涉及。

在回顾近年来我区小说创作的成绩和状况时，不能不看到这样一个事实，即两年来特别是去年夏天以来，通俗小说像潮水一般冲击着广西文坛，对此目前评论界虽还有争论，但其来势的迅猛和读者的众多，却是不能忽视的。其实通俗小说的创作，在粉碎"四人帮"后即已开始了，《隔壁官司》《罪恶的黄金通道》《谅山来的"九头狸"》等，就是较突出的作品。近年来通俗小说之所以有广大市场，主要是在内容上突破了一些禁区，武林、探案和名人秘闻等题材被大量写进小说，以离奇曲折的故事情节吸引了广大读者。

近几年的诗歌创作数量不少，质量却比较一般。不少诗人作了辛勤的耕耘，成绩还是不够理想，某些有成就的诗人因此热情减退甚至"改行"。如壮族诗人黄勇刹集中精力探索民歌理论和写长篇小说，柯炽集中精力写歌剧。当然，坚持以诗的形式反映当前斗争生活，歌颂社会主义新人新事新风貌的，也还大有人在。韦其麟近几年发表了几部叙事长诗，其中《凤凰歌》一九八一年获得少数民族文学创作奖，壮族老诗人莎红身患重病，仍热情洋溢地为社会主义歌唱，近几年共写出了六本诗集，《山乡园丁组歌》获全国少数民族文学创作奖。诗人张化声的《呵，我久别的支部》(《广西文学》获奖作品)，以独特的感受和流畅的富有诗意的语言受到读者的好评。以写歌词见长的壮族诗人古笛，其诗集《山笛》颇有民族特点。壮族诗人农冠品创作上受欢迎的是诗集《泉韵》里的抒情短诗。壮族老诗人黄青的《早晨，我回望红河》，把炽热的进取精神和深刻的历史、现实的思考融为一体，是现实主义的力作。令人高兴的是，在党的十一届三中全会精神的鼓舞下，不少青年作者带着热情洋溢的诗作走进广西诗坛，他们当中有李甜芬、黄钟警、向群等。

这几年，散文、报告文学创作的成果是丰硕的。突出的是题材扩大了，色彩丰富了，艺术魅力增强了。创作比较活跃、成绩比较显著的作者有凌渡、蓝阳春、李葆青、何培嵩、柴立扬等。他们有的艰苦跋涉，足迹遍布广西名山大川、风景胜地、历史遗迹，有的注重少数民族风情及民族地区的变化，有的热情讴歌新时代的英雄人物和"四化"业绩。《法卡山一日》是一部有深刻教育意义的作品，起了鼓舞边关人民斗志的作用。

二

我区文学创作存在什么问题？应该如何看待和解决这些问题？这是目前我区广大读者和作者所关心的问题。我们仅就管见所及，提出几个问题来研讨。

一、一些作家缺乏强烈的时代精神。近几年来，我区反映"四化"建设现实生活的作品，不但数量少，而且质量也较差。如果说，这方面的作品，短篇小说、报告文学多少还有一点的话，长篇小说、中篇小说、诗歌、散文就极少。已经出版的长篇小说除《流星》外，都是革命历史题材，而《流星》所写，主要的也是五六十年代的生活。中篇小说的情况较长篇小说好一些，但以现实生活为题材的作品，其社会作用和影响并不大。诗歌本是能够最敏锐地反映现实斗争的形式，但近年在这方面的建树也不大。这主要是由于作家、诗人们热情不高，对生活缺乏敏感所致。目前，一场具有深刻历史意义的伟大变革正从农村到城市全面展开，其来势之猛是可以感触到的。怎样才能更真实、更深刻地反映新的社会生活，这是摆在我们面前的历史使命。目前广西已经有了一支人数不少的文学创作队伍，一些作者从艺术实力上说也达到了全国水平，但却没有出现具有全国影响的作品。要改变这种现状，我们认为，必须解决这样几个问题：

首先，要加强作者队伍的培养和建设。新中国成立以来，广西对文学队伍的培养和建设还是重视的，也取得了一定的成绩。提出要加强这方面的工作，是因为社会生活已发生了新的变化，作者必须加强思想武装，才能正确地认识和有效地表现新生活，由于过去队伍的建设有"急功近利"的毛病，作者的视野比较狭窄，生活积累也不够扎实、丰厚。当前，必须多方面创造条件，使作者们注意知识的更新和生活的更新。据了解，广西文学作者知识老化的情况相当普遍，有的还用五十年代六十年代的眼光来看待今天的生活，谈艺术性又只限于《三国演义》《水浒传》《红楼梦》，鲁迅、茅盾的作品，外加几部外国古典名著；谈文学理论则仅限于"二为"方向等。搞文学创作除了知识因素外，还有一个生活因素。生活知识不丰富不扎实是直接影响作品内容的丰富和艺术的光彩的。有抱负有理想的作家是不会满足原有的生活积累的，因为生活积累也存在着老化的问题。因此，作家们总是千方百计地投身到现实生活中去，以扩大生活视野，充实生活积累。当然，我们并不要求今天的作者都去否定和抛弃过去积累下来的知识和生活体验。但是，面对着我国对外开放的形势和社会变革，我们作者应该尽可能多地去接触中外文学的宝贵遗产，有分析地吸收当今中外文学的新成果，广泛地去接触思想界和政治经济领域中的新观点、新思潮，大面积地去接触社会变革的新生活、新人物。

重视对青年作者创作活动的研究和指导，鼓舞和引导他们向艺术创造的新的深度和广度进军，鼓励多种风格的发展，这是我区文学队伍建设的又一重要方面。多年来，我们文学界存在着某种程度的"论资排辈"现象。这是一种恶习，不应让其存在下去。因为要"论资排辈"，就只重视对老作家作品的评论及对其创作道路的研究（当然这种重视和研究也是必要的），而对于中青年作家，特别是对二十来岁的"初出茅庐"的"小字辈"就不那么重视了。结果，就是目前这种状况：对老作家作品的评价，言过其实；对青年作者作品的评论，来得既迟又不是很中肯，没有充分肯定他们稚嫩的创作中包含着未来的发展趋势。

另外，多年来，我们比较重视了作品的乡土气息、民族特色，而对"乡土气息"和"民族特色"的理解，又不够全面。这样一来，在我区的文学创作上，就出现了这样的现象：在创作上大家都去追求少数民族的衣着、俚语、奇风异俗，而忽视了对民族的精神、气质、民族的斗争生活等这些本质的东西的追求和挖掘，也忽视了鼓励发展多种艺术风格，这就难于使文学创作在民族化方面来一个百花齐放。更重要的是，由于偏重了民族生活表面特征和"乡土气息"的追求而忽视了对时代精神的把握，造成了文学作品思想平庸和感染力不强。这些，都需要在今后加以克服的。

如果从世界文学发展上来考察，我们不难从第二次世界大战后出现的一些作家身上，得出这样的结论：作家队伍的学历有一种飞快地向上发展的趋势，目前支撑文坛的中青年作家，几乎都经过大学文科的训练。这些作家虽然生活功底不很深厚，但文化修养、生活知识（特别是科学知识）和信息观念都比老一代作家强，这就构成了他们创作上的优势。广西是不是也有这个趋势呢？回答应该是肯定的。有成就的青年作者不但有较高的文化修养，而且有较强的信息观念，这就加强了对现实生活，特别是对新生事物的敏感，开拓了创作题材。而某些只热衷于追求"乡土气息"的作者，往往作茧自缚，丧失了这种优势。

二、忽视文学理论的研究，文学评论不活跃，是广西文学创作发展不快的又一因素。

长期以来，我区文学界存在着一种偏见，认为文学创作比文学评论重要，因而有本事的人都是先搞创作。事实上，搞创作的，只要连续发表了两三篇作品，就可成名，冠以什么"家"；而搞理论的，就算发表了许多文章也无人重视。正因为这样，我区的文学评论一直是不景气的，文学界缺乏学术气氛。这也是我区文学落后于先进省区的症结所在。由于文学评论工作薄弱，对当前创作缺乏研究，因而不能对创作提供建设性的意见。作者们本身也不大重视对我国古典优秀文学传统的研究，更缺乏对外国文学经典作品的研究。不少作家常常囿于一个狭小的天地里。这种忽视文学理论研究的状况不改变，创作势必难于有所突破。当前特别需要加强对街头小报上的通俗文学作品的研究和评论，特别要研究其大量出现的社会根源（经济结构、政治气氛和读者群的需求）、发展方向及提高途径等，以促进通俗文学的健康发展。

三

当前，广西的社会生活正在发生巨大的变化，这将给广西的文学运动带来强力的冲击和深远的影响，创作队伍、评论队伍、编辑队伍以及文学机构也将随之发生一系列的变化。可以预料，这些变化的结果，将使我区文学事业进一步繁荣和发展。根据目前的势头，我们估计广西文学创作未来几年中将会出现下列几种新情况：

一、革命现实主义文学将有更大的发展，继续是文学创作的主流。现实生活题材将是作家关注的主要方面，深刻地反映经济改革及现实中新的社会关系的作品将是主流作品。同时，由于我们的时代是英雄辈出的时代，锐意改革、叱咤风云的人物将大量涌现。这一形势要求作家们走出知识分子的书斋和写作室，投身于改革浪潮之中，探索人们心灵的变化，把握时代跳动的脉搏，因而作品的现实性更强，也更感人。

二、浪漫主义精神在文学创作中将得到深刻的表现。十年"文革"中，文坛上出现大量的违反生活真实的"假大空"作品，作品中的人物虽不乏"豪言壮语"，却没有浪漫主义精神；粉碎"四人帮"后出现的所谓"伤痕"文学作品，虽然在揭露社会矛盾方面充满着现实主义力量，但由于致力于暴露生活阴暗面，夹杂着作者的感伤和失望情绪，也就不可能具有革命浪漫主义精神。只有今天，当"四化"建设热潮席卷全国的时候，生活中先进人物、英模人物身上的革命精神，感染和推动作者以革命浪漫主义手法来表现社会生活，其结果，即使不出现更多的以革命浪漫主义手法为主要特征的作品，也将出现浪漫主义因素更多或浪漫主义色彩更重的作品。可以预期，毛泽东同志倡导的革命现实主义和革命浪漫主义相结合的作品，将在我区文苑中更多地出现。

三、通俗文学的兴起将是不可抗拒的潮流，并将在广西文坛上占据突出位置。目前街头小报上刊登的虽不全是通俗文学，但通俗文学占着突出的位置，有着巨大的明显的社会影响，则是毋庸置疑的事实。过去，在极左路线的支配下，通俗文学不是被摧残，就是被斥为格调不高、手法陈旧而受到歧视。随着党的政策的落实，拨乱反正的深入开展，通俗文学得到了恢复和发展。平心而论，通俗文学的本质仅仅是艺术表现形式的通俗，内容的粗俗和不健康不是其固有的特征。因此，一提通俗文学就认为是粗俗不堪，甚至把它和黄色小说、下流文学等同起来，这显然是不公允的。当然，目前街头小报上的某些"通俗"作品，流于庸俗，不堪入目，则是需要批评和纠正的。只要加强对通俗文学作品的研究、评论和引导，通俗文学将会在总结经验教训、克服存在问题的基础上，获得进一步繁荣和发展。

四、时代精神强烈的作品将不断涌现。目前我区文学创作一个薄弱环节，就是时代精神太弱，这是我区几年来好几种文学样式在全国评奖中榜上无名的症结所在。中国作家协会书记处书记、著名的蒙古族作家玛拉沁夫同志在去年《三月三》编辑部召开的创作会议上意味深长地说："我读广西作者的作品，在感到民族特色浓郁的同时，还感到时代精神的不足。"这是一针见血的批评，值得我们全区文学工作者深思。我们相信，随着马列主义、毛泽东思想和党的方针政策越来越发挥改造客观世界的积极作用，越来越为广大文学工作者所掌握和运用，随着作家们对当前火热的经济改革生活的深入体验，我区将会出现大批具有强烈时代精神的鼓舞人心的作品。

百越境界

——花山文化与我们的创作

梅帅元　杨克

　　花山，一个千古之谜。原始，抽象，宏大，梦也似的神秘而空幻。它昭示了独特的审美氛围，形成了一个奇异的"百越世界"，一个真实而又虚幻的整体。

　　花山出现在广西，有其独特的地域环境及文化历史背景。

　　当我们把目光投向荒莽险峻的大山，云遮雾掩的村寨，当我们沿着历史的遗

作者简介

梅帅元（1957—），广东台山人，毕业于武汉大学。曾任广西壮剧团团长、广西政协委员常委，现任广西戏剧家协会副主席、中国旅游演艺联盟主席，为享受国务院政府特殊津贴的广西优秀专家。著有小说《红水河》、戏剧《羽人梦》等。出版作品有中短篇小说集《流浪的情感》、剧作集《广西戏剧家丛书·羽人集》及《广西当代作家丛书·梅帅元卷》。曾获得全国少数民族戏剧创作金奖、广西文艺创作铜鼓奖、文华剧作奖、中国曹禺戏剧文学奖、中宣部精神文明建设"五个一工程"奖等。杨克（1957—），生于广西南丹大厂矿区，在《人民文学》《诗刊》《新华文摘》《十月》《中国作家》《世界文学》《上海文学》《花城》《当代》《中华文学选刊》等发表了大量诗歌、评论、散文及小说。诗文收入《中国新文学大系（1976—2000）》《中国新诗百年大典》等350种选本，在人民文学出版社和台湾华品文创出版股份有限公司等出版《杨克的诗》《有关与无关》《我说出了风的形状》等11部中文诗集、4部散文随笔集和1本文集。

作品信息

《广西文学》1985年第3期。

迹，追踪巡山狩猎、刀耕火种的民族的过去，我们发现，生活在广西的十二个兄弟民族，有着比较共同的，与中原文化有所差异的文化渊源。千百年来，处于一种闭锁的地域和原始生产力状况下的人们，现实生活是极其艰苦的，这就需要幻想来安慰，于是产生了五彩缤纷的神话传说。"在古老古老的年代，天地分成三界：天上叫上界，地上面叫中界，地下面叫下界；三界都有人居住。……（大伙）互相帮助，都很和睦。鸟兽会讲话，草木也会讲话，不会飞会走。人们煮饭烧水的时候，只要到门口叫一声，柴草就会飞到灶门前来……"（壮族民间传说《布洛陀》）想象的瑰丽完美了现实，使人们得以天真地生活下去。

表现百越民族的审美理想的丰富多彩的神话传说以及师公文化、道公文化等，构成了百越民族真实生活整体中的不可缺少的部分（而汉民族由于文明更早，程度较高，科学的发展使其神话只成为神话了）。诚然，我们今天的广西文学反映的是社会主义时代广西各民族人民的生活。但今天是昨天的进步，是人类历史发展到更高阶段的扬弃。离开百越民族文化传统以及由此产生的审美意识与心理结构（即把虚幻境界与真实生活作为一个整体来理解），来反映广西各少数民族的历史和现实生活是难以想象的。理解这一前提，对我们探索形成新的自成一种风格的文学现象有着重要意义。战国时一宋国商人拿帽子到越国贩卖，发现越人断发文身，无所用。而我们从中原文化中拾来帽子，一成不变地戴在越人头上久矣。纵观今天广西文学作品的写法，与《诗经》为代表的黄河流域文化较为写实的风格更为接近，而基本上完全舍弃了与屈原所代表的长江流域的楚文化及更为离奇怪诞的百越文化传统的联系。我们的缺陷正是在于，只是过于如实地描绘形而下的实际生活，而缺少通过表现形而上的精神世界，来展示这一民族的历史和现实。

哲学把主体与客体作为一对矛盾研究，而文学则可以将二者糅为一体。文学作用于情绪，在某些时候有反理性的倾向。但这种倾向对于生活对于自然科学高度发展朝代的人的心灵有着科学所不能代替的作用。心灵并不全需要真实，它更需要安慰，需要在现实一时所不能达到的更完美的理想境界中沉浸。

西方现代主义在这上面大做文章，把主观感强调到膨胀的程度：抽象，象征，表现，魔幻……主体压倒了客体，渗透了客体。客体在心灵的需求中变形了。单从这个意义上看，它与原始文化一脉相通。与其说现代主义是创新，不如说是更高意义上的仿古。

回过头来，我们会发现，广西所处的地域，有着与文学创新观念很和谐的原始文化土壤，这是我们的优势。如何发挥这优势，已成为摆在我们面前的大问题。

我们目前流行的写法，仅力图在描写内容上有某种特色。这固然是需要的，但是是很不够的。我们曾奉献给文学宴席的，是一盘带有泥土味的红薯、南瓜、茄子。在大鱼大肉中，这无疑是新鲜的。但吃过之后总觉得这味道是过于本色了，只能作为配菜，不能成为领席的佳肴。优势成了劣势。刘姥姥在大观园里吃茄子时道："别哄我了。茄子跑出这个味道来了？我们也不用种粮食，只种茄子了。"待那凤姐儿告诉她做法后，她道："我的佛祖，倒得多少只鸡配他，怪道这个味儿！"

我们觉得，现在已是该做一盘大观园的茄子的时候了！

怎么个做法呢？关键不在于你写出了一个看得见的直观世界，而是要创造一个感觉到的世界。就是说，在你的作品里，打破了现实与幻想的界线，抹掉了传说与现实的分野，让时空交叉，将我们民族的昨天、今天与明天融为一个浑然的整体。这个世界是上下驰骋的，它更为广阔更为瑰丽。它是用现代人的美学观念继承和发扬百越文化传统的结果，如同回到人类纯真的童年，使被自然科学的真变得枯燥无味的事物重新披上幻觉色彩。归根结底，所谓"意"，是也。"意"之于书画琴棋、气功、中医学等是一脉相通的。我们想，哪怕是失败的尝试，也比原地踏步强。你如果是赞同这个想法的厨师，请你也来做一盘这样的茄子，让我们尝尝，让我们说好。

追寻与创造

——读追求"百越境界"的几篇小说新作

黄伦生

　　百越民族有着自己光辉灿烂的文化历史。当我区的一些青年作者重新打开这部历史的画卷，审视民族走过的艰难历程的时候，他们被一个古老而陌生的世界所吸引，受到了某种启迪，感觉到了一种魅力，一种召唤，觉得有责任去追寻，去创造；追寻那属于百越民族自己的东西，创造出能使这古老文化放射出新光彩的天地。于是，他们郑重地提出：应在作品中创造出具有百越文化传统色彩的"百越境界"来。经过初步的努力，他们终于给读者奉献出追求和尝试的第一批成果——《黑水河》《纤魂》《在有白鹤的地方》。这些成果虽然为数不多，有的也还粗糙，但我们毕竟看到了一种真诚的冲动和严肃的精神。

　　创造"百越境界"的追求和尝试，是长久以来作家们对文学作品民族化的探索的继续，但从作品的实际看，这些青年作者更为注意把握民族文化传统的整体性。

作者简介

黄伦生（1955—），广西钦州人，壮族，广西师范大学中文系文艺学硕士，中山大学博士，教授，曾在广西民族学院中文系任教，在广西社科院文学所任副研究员，曾任广东农工商职业技术学院院长。

作品信息

《广西文学》1985年第7期。

"百越境界"的提出，正是这一整体把握的集中体现。所谓境界，当然不是某一单纯的情或景、人或物，而应该是一个杂多而统一的复合体。当我们把眼光仅盯在某个羽人的形象、某句巫师的唱词或者某一首民歌巧妙的比喻上时，除了它本身的某种含义以外，我们也许再感觉不到别的东西。正因为这样，在一些借用百越民歌中的某种手法或描写百越民族某种风情的作品中，我们仍觉缺少点什么。但是，当我们把那奇异的羽人形象、古朴的铜鼓纹饰、神秘的花山崖壁画以及其他百越民族中特有的传统文化和风物人情联系起来作为一个整体来把握时，就会感觉到一个具有特殊意味的文化背景，一个融汇有百越民族审美心理的较为统一的氛围，一幅既是历史又是现实的生活画面。在这些反映"百越境界"的作品中我们不难发现，作者们正试图把所描写的具体内容放到百越民族传统文化的整体背景中去，以表现百越民族审美心理为出发点，使每一个作品的描写都创造出与这总的背景和心理相切近的氛围。因而读者在欣赏这些描写时，就不仅仅是理解到某种风物人情本身，更重要的是由这一点折射出来的较为广阔而深远的民族文化心理背景。如果说反映"百越境界"的作品与一般只注重运用某种民族的文学手法、描述某种民族风情的作品有什么不同的话，我想正在于此。

作者们正以自己感情的笔触，追溯着百越民族种种心理的印迹！

可是，文学创作总是给自己出难题的。当青年作者们把眼光投向历史，追寻着那遥远的过去时，是否就意味着远离现实，意味着对现实的逃避呢？那么，吟诵现实，憧憬未来吧，又如何做到不抛弃这民族光辉而久远的历史呢？在反映"百越境界"的作品中，我们欣喜地看到，作者们都没有对现实作静止的吟诵或对历史作忘情的缅怀，相反，他们打破了时间的局限，以人物的心理作媒介，把历史和现实嫁接在一起了。他们站在新生活的高度，用新的观念来把握着自己的人物，通过人物现实的行动和心理的反射，着力为读者展示出一幅幅融古今于一体的生活画面，使读者从一个新生活的场景或一个奇异的传说中看到民族的昨天、今天和明天，看到民族新旧意识的交替和叠影。他们或者吟诵民族新生活中的种种美德，使读者看到新的美是已成为历史的丑的消亡和美的流芳；他们或者鞭挞现实中的种种丑行，使读者看到民族中曾存在的美的毁灭和丑的延续。他们正试图以这种悲剧和喜剧相统一的效果，引起读者对民族的整个历史进程作出反应：或缅怀，或赞叹，或怜惜，或警醒……

显然，青年作者们没有忘记学习和吸取百越文化中的形式和手法，但这种学习和吸取不是简单的模仿和借用，也许他们已意识到任何简单的模仿和借用都只能是得其形而失其神。当苗族老歌手唱出古老的"铸日造月"歌，让养友去量地方"向东量了六尺，向西量了六尺"，"向东量了三天，向西量了三天"，在这中央铸造太阳和月亮并把它们挂在天上时（《苗族史诗》），我们确实看到了一种对称和均衡的美学形式，一种奇特的想象。我们会赞叹苗族先人对这种美学规律的理性把握，但我们能根据这种抽象化了的理解再让养友的后代在同样的形式中铸造别的什么吗？任何理性化了的规律，抽象化了的形式，在这古老民族的审美对象中都不是单纯的存在，它是包含着这个民族丰富的审美意识的，这里面有对太阳和月亮的崇拜，也有对这种形式本身的神秘感，总之，是一个有复杂观念的简单整体。它本身就是一个境界，任何抽象的理解和简单的模仿都只能是对这境界的极大破坏。一些试图借用某种民族文化的形式和手法的作品，之所以只得其形而不得其神，其原因正在于此。反映"百越境界"的作品，它们所追求的正是：在整体地把握百越文化的广阔背景的同时，整体地学习和运用百越民族中的每一种文学形式和表现手法，也就是在运用这些富有意味的形式、手法的同时，也传达出融汇于其中的百越民族的种种复杂心理，力求做到形神兼备。它们让读者得到的将不仅是对一种美学形式的认识，而且是对一种审美意识的理解，同时还得到审美上的享受。

追求"百越境界"的作者们，初步形成了自己把握生活的观念，并找到了某种表现生活的独特蹊径，在创作上也获得了一些可喜的收成。但作为追求和尝试，无疑也存在着某些令人不甚满意甚至是令人迷惑的地方。一些作品给人的感觉仍是对百越风物传说的简单缀合和传统手法的简单袭用，而一些作品过多地注意暗示象征造成了过于浓重的神秘和虚幻感，某些描写使人感到与百越民族的现实生活有差距。因此，应当说，如何增强作品的现实感和时代感，是我们在探求百越境界时所不容忽视的重要课题。至于这些刚刚起步的创作的成就如何，当然有待于读者的评判和作者的进一步探讨。

"百越境界"与现代意识

——也来思考"花山文化"与我们的创作

蒋述卓

花山文化，百越民族审美意识的结晶。作为百越民族文化的继承者，认真思考本民族的文化传统及其特点，力图从本民族的文化——心理结构出发，用一种本民族特有的方式去把握世界，创造一种本民族才有的艺术氛围和艺术境界，这对于发扬光大百越民族文化传统、开创广西文学创作新局面是一种十分有益的探索。从这种意义上看，梅帅元、杨克的探索文章《百越境界——花山文化与我们的创作》（《广西文学》1985年第3期）有其开拓之功是无疑的。

但是，在读过一些追求"百越境界"的作品后（大多是小说），我感觉到在这些

作者简介

蒋述卓（1955—），广西灌阳县人。广西师范大学文学学士、文艺学硕士，华东师大中国文学批评史博士。暨南大学中文系教授，文艺学专业博士生导师，广东省文艺批评家协会主席。主要著作有《佛经传译与中古文学思潮》《佛教与中国文艺美学》《山水美与宗教》《宗教艺术论》《传媒时代的文学存在方式》《诗词小札》等。

作品信息

《广西文学》1985年12期。

作品所创造的"氛围"和"境界"中缺乏了一种重要的东西，一种在当代文学创作中不可缺少的东西，那就是现代意识。

我所谓的现代意识，不是指文学创作中的某些具有现代气息的创作手法，而是指具有现代气息的社会意识，它包括现代社会的政治观、伦理道德观、自然观、人生价值观等等。文学创作要体现出时代的特色，获得新时代读者的青睐，如果仅仅具有某些现代创作手法是无法达到的，重要的在于体现出浓厚的现代意识。比如说王蒙的作品，并不仅仅是因为他将国外的"意识流"手法引进来并融汇在他的作品中就获得了成功的。他的《风筝》《蝴蝶》《布礼》《春之声》等作品，哪一部不代表着一个时代的思考，体现出整个民族在艰难迈步之前或之中的种种反思呢？又比如孔捷生的《大林莽》、邓刚的《迷人的海》、王凤麟的《野狼出没的山谷》、阿城的《棋王》，也不仅仅是因为采取了整体的象征手法而得到人们称赞的，它们对人与自然关系的思考，对生命及人生价值的思考，无不浸透了强烈的现代意识。也正是这种现代意识，使作品能产生强大的艺术魅力。而追求"百越境界"的一些作品，恰恰在体现现代意识方面是非常薄弱的。比如《黑水河》《纤魂》《在有白鹤的地方》《沼泽地里的蛇》《岩葬》《塔摩》（上述作品分别见《广西文学》第7、8、9期）等，在一定程度上是基本按照"百越境界"所要求的标准去做的，即"打破了现实与幻想的界线，抹掉了传说与现实的分野，让时空交叉，将我们民族的昨天、今天和明天融为一个浑然的整体"（以上话引自《百越境界》一文），但它们给我的总印象是除了在创作手法上给人以"新"的感觉以外，在整个艺术境界上，即"意"上却没有取得一个"新"的面貌。《纤魂》《沼泽地里的蛇》创造了一种神奇与迷幻的"氛围""境界"，但在这种"氛围"和"境界"中，使人感觉不到时代新意识的躁动，好像作者只是在陈述一个《聊斋志异》般的陈年故事而已。即使是像《黑水河》《岩葬》《塔摩》，试图在真实与虚幻、现实与历史的结合中探索一下现代的道德伦理观、人生价值观以及文明与愚昧的冲突等，但终因流于一般化而缺乏深刻性。

依我看来，我们寻找到"花山文化"，并把它作为百越民族的文化典范，并不仅仅是为了模仿。如果我们只从"主体压倒了客体"上，从"打破了现实与幻想的界线，抹掉了传说与现实的分野"上着眼，注意我们目前的创作手法与花山原始文化创作手法的相通，那么，所创造的"形而上"的"精神境界"无非只是给事物披上一层"幻觉色彩"而已，而"用现代人的美学观念继承和发扬百越文化传统"（以上引号内的话均引自《百越境界》一文）就会流于空泛，因而就难免会被人看作是"魔幻现实主义"。实际上，任何寻根，任何模仿与复古，都是要带上该时代的"现代意识"的。欧洲文艺复兴时期的文学以古希腊罗马文学为典范，但人文主义者却是打着复兴古希腊罗马文学的旗号，积极宣传他们该时代的"现代意识"——人文主义理想。复兴古希腊罗马文化并不是他们真正的目的。因此，我们的寻找民族文化之根，并不仅仅是找到原始文化与现代审美方式、艺术创作手法的相通便罢了，更重要的是要在原始文化中找到与现代意识相吻合的观念（或称"理念""精神"），比如原始文化中关于自然的观念、人的观念，关于人与自然的关系的观念等等，并且站在现代社会的视角点上，将鲜明深刻的现代意识与其融汇，铸成作品的"境界""氛围"，才能使我们的作品在内容与形式上趋于完美，达到像黑格尔所说的"生气灌注"的至境。

也正是从这一点出发，我认为我们提倡的"百越境界"，追求的不是所谓"空灵"和"虚幻"，或者是荒诞而神奇，相反，却是要在寻根的基础上思考现代意识的深刻内容，以一个艺术家的艺术敏感性去捕捉现代意识，从而加强作品的现代意识感，这才有可能走出一条振兴之道。

当然，梅、杨二同志的文章是充满现代感的，他们正是从现代社会的审美意识、审美观念出发，想在文学观念上有所突破，而提出要继承比楚文化"更为离奇怪诞的百越文化传统"这一寻根口号的。我以为，这种"文化寻根"把传统寻到"百越文化"上，对于在中国流行了几千年的儒家文化传统是一个挑战。以伦理道德观为核心的儒家思想传统，历来讲的是"中庸之道"，强调的是臣从君、子从父的绝对有序化，它尽力强调社会的同一性，而扼杀个人的独特性。与此相适应而形成的儒家文化传统，也因此而强调"中和之美"，强调"和谐"，强调"雅""正""诚""实"，而很少去探索人与自然的关系，探索人的个性的发挥以及人的价值的实现等等。这从孔子删《诗》，屈（原）、陶（渊明）、李（白）不为后人看重，以及中国古代戏剧多"大团圆"结局就可见一斑。这种文学意识观，对当代文学的理论及创作有着很深的影响，致使许多方面还未跳出儒家文化传统的框框（当然儒家文化传统并非全是消极，相反，其中不乏许多积极精神，能产生好的影响）。但是，以巫官文化为基础的楚文化和百越民族文化，与儒家文化传统相比较，在创作的根本原则上却是差异很大的。前者更多的是在一种不谐和的环境中创造氛围和境界，在真实与虚幻融汇一体的把握中探索人与自然、部落与部落、人与人、人与社会之间的关系，作家的主体意识及其个性往往能得到充分发挥。正是从这方面看，"文化寻根"所寻找到的"传统"恰恰是一种"反传统"（即反儒家文化传统的传统）。"文化寻根"之寻，其意并不在寻，寻只是他们打的一种旗帜，而在这旗帜背后却是一种"反传统"。因为中国的习惯不喜欢"反"字，"反"总意味着坏，意味着数典忘祖，于是一些想突破旧传统的有识之士就打出"寻根"这一冠冕堂皇的旗帜，实际上他们是要借"文化寻根"开辟一条通往现代艺术的道路。这就是"文化寻根"的实质所在，也是它的意义和价值所在。

关于"百越境界"，广西文学界已经讨论起来了，而且有了一些探索性作品问世，其中也不乏像杨克的组诗《走向花山》（《广西文学》1985年第1期）和《红河的图腾》（《青年文学》1985年第8期）那样的把现代意识与深刻历史内容相融合的优秀之作，这是极好的起点。有这样的起点，还怕广西文学创作飞不起来吗？

"百越境界"作品与时代精神

李昌沪

自《黑水河》《沼泽地里的蛇》《塔摩》等"百越境界"作品出现后,"百越境界"的讨论更为引人关注。一种较为集中的批评意见认为,这些作品"一头扎进历史的怀抱",缺乏时代精神(雷猛发《"百越境界"说的可取和不足》,《广西日报》1985年11月12日)。这里我想谈谈自己的看法。

首先,我们须弄清"百越境界"作品的独特性。

"百越境界"作品是写意文学。它通过描绘民族风俗画的方式透视历史文化和民族心理结构以及古民族由远古到今天的推移过程,使人对民族的历史、现实、未来有较真实、较准确的感知。为此,作品里淡化了今天的时代背景,强化了古民族的氛围。

"百越境界"作品较多运用的是表现和象征的艺术方法,与直接描绘现实生活的现实主义的方法有较大的区别。由此而来的是,"百越境界"作品里出现的审美

作者简介

李昌沪(1948—),浙江青田人,桂林中学高级教师,桂林市作家协会理事,桂林市诗词协会理事。

作品信息

《广西文学》1986年第2期。

对象，常常是某种变形物和夸张体，作品的时代精神往往以这种夸张和变形的艺术形象加以再现。

在具体的创作手法上，"百越境界"作品较多运用过去用得较少的幻觉艺术手法。这里不仅有幻视，还有幻听、幻嗅、幻触等，把幻觉与现实感觉勾连交叉叠映，将神话传说、巫术妖咒等带有较多神秘虚幻意味的古民族的文化因素翻新巧用，力求造成一种意象纷繁，景象恢宏，更接近于百越人对生活的感知方式的一种艺术境界。

由此来看待"百越境界"作品，显然，它是不被接受于持传统鉴赏习惯和审美情趣者的。由此产生的结果是："百越境界"作品与具有传统鉴赏习惯和审美情趣的读者及评论者拉开了距离，由于这种距离的存在，"百越境界"作品便变得模糊不清起来。

"百越境界"作品究竟有无时代精神？看来还得剖析具体作品。

暂不说《黑水河》的"羽毛味""羽人唱""赤蛇舞"这些幻嗅幻听幻视的生理错觉中的艺术意味，仅就内容而论也是以细腻的笔法写主人公满妹美好的带有历史烙印的灵魂悸动——嗫嗫嚅嚅步入现代文明生活的思想演变过程的。原先，她守着婆婆，守着民族传统旧习，孤婆寡妇心安理得。婆婆不让她进城卖鱼她说婆婆好，婆婆说她要嫁人她连想都没想。一经接近现代生活，她不安分了，"她老想那个小盒子"，想"穿一件火红色的裙子，坐在大红伞下"喝咖啡。为此，她对已死的丈夫大声喊："我们的孩子不要了。"她要摆脱束缚，冲破旧习，"七月七我们要到城里去"，"不要这孩子"，"去做老板娘"。她从希望到城里卖鱼到向往、追求新生活，并非少年在吸引，而是新生活的召唤。这是社会趋势，历史必然，人类的进步。正是满妹这个弱女子的形象，反射了新时代的思想光彩，说明了旧的顽固和必然灭亡，说明了社会向现代化行进和变革的艰难。

如果说满妹对新生活的追求还是出于本能的向往，虽有代表性却是虚弱的，是很容易被扼杀的，而《塔摩》中的雄虎则表现了本能的抵触，不仅有心灵中肉搏式的沉思，还有坚毅和奋起，以及古民族对命运的抗争精神，闪耀着色彩浓郁的内在美。儿子大学毕业带回一个仇族人做妻子，他陷入了本族意识的深渊。"族粹"——勇士的光荣感促使他自觉地披荆斩棘，到英雄墓地寻找答案，一路上的不平静，祖辈的教导，前人的厮杀在幻觉幻视幻听中连连涌出。作品在他感情起伏、上下求索的深切感受中，将远古传说与现实祈望交织展现。人物感情节奏中跳动的历史内容，昭示了今天的历史进程。"他带回了另一个关于塔摩的故事。"显而易见，这是今天的民族团结大于历史旧传统的狭隘和本位的象征。

雄虎是经过心灵搏斗新旧痛苦后觉醒的形象，他儿子达诺却是时代精神的代表。"我们不对愚昧负责！"父亲心中的荣誉被他视为愚昧，说父亲"死于自己心中的历史！"反映和表现了新观念与旧意识的决裂。"这不是汉化，是文明。文明不屈于哪个民族，哪个国家，它属于人类。"这心灵的呼唤，绝非仅仅为了唤醒妻子，而是代表了一个民族和人民的意志。

作家面对一个千变万化的感性世界，面对他和他周围的人的复杂的思想感情，要艺术地表现出来，这就需要思考，尤其需要体验，才能使作品具有深刻感人的艺术力量，所以，作品是饱含作者思想和对社会生活的审美评价的。李逊的小说《沼泽地里的蛇》正是这样的作品。

揭批"文化大革命"罪恶的作品可谓多矣，而像《蛇》这样的作品却很少。《蛇》角度不仅新，简直是奇。它以直面百越民族的生活而曲折反映"文革"的凶残，表现了时代对历史的折射和历史留给时代的陈迹。主人公大眼鼓被伤害了心灵，人性受到摧残，以致发生了变态。他通蛇语知蛇情，蛇在他的思维中被幻视为"血淋淋的皮带"，"铜扣闪着恐怖的光亮"。妈妈被打死的惨状留给他刻骨铭心的恐惧感。孩子的天真善良又使他能辨真假善恶。他宁愿与蛇为伍说明"文革"比蛇还毒。

其他一些作品，也通过种种角度，在百越民族风俗画的描绘中显示出时代精神。例如《纤魂》揭示了百越民族风俗中虐待妇女的恶习和现代思想对旧势力的冲击，歌颂了妇女的善良和宽厚的美德。《岩葬》通过主人公的死反映民族习惯势力对现代文明的强烈抵制，说明古民族严重的封闭性与今天时代格格不入，应扩大新型教育。而诗作《走向花山》《红河的图腾》等作品中的时代感更是那么充盈、清晰、强烈可感。《红河的图腾》塑造的不是单一的而是民族群体的形象，民族融入了中华民族。"我"从红水河走向了长江黄河，走向了世界，"图腾"是全民族的图腾，是向现代化进军。组诗气魄宏大，气壮山河，是交响曲，是亢进歌。

"百越"作品没有离开人们思想、情感、心理、道德伦理和新旧观念等方面在百越地域百越社会中引起的种种波澜和矛盾纠葛，艺术地展现出当今社会变革，在受到新潮流冲击时泥沙俱下、新旧杂呈的人事演变。作品几乎都演绎了新战胜旧，先进战胜落后，文明战胜愚昧这样一个历史趋势，这难道不是今天的时代精神吗？

时代谱写历史。现实是历史的延伸，是流动着的变化的历史。潜入历史再回到现实，以现实观严视历史，以历史剖析现实，这也应当是一种时代精神。"百越"作品表现了这种精神。以上分析说明它们或直接或间接地表现了人们的或意志，或愿望，或要求，或利益，并都是把现实与历史相联系地艺术反映，使作品具有一定层次（与多层次相对）的美学情趣和艺术价值。在这里，时代感与历史感是互相交织在一起的。

全面审视"百越境界"的理论和实践（作品），会发现其意义并非在于回到古老文化的怀抱，也并没有渲染恋旧情绪和地方主义，而是用当代意识去认识长期积淀下的民族文化。古族文化思想在作品中的重现，正反映和标志着文学剖析民族性直至国民性的深入，而且为张扬今天的人性和现代化文明开出了新路。这恐怕也是一种时代精神吧！

社会是多元化多层次的，历史亦然，时代精神亦然。作家是多元化多层次的，作品亦然，审美体验和审美情趣亦然，读者审美评价亦然。因此，以单调的一元化的思维方式来指责"百越"作品缺乏时代精神恐怕不能说是准确的和全面的。

应该说，"百越境界"是一块新天地，也同样是多元化多层次的，是一个相当宽阔的创作范畴，表现对象是百越民族及其生活，而其共同的审美趋向在于人的心灵深处。正如王蒙所说：一些新作反映的"不是按生活自己的结构，而是按生活在人们心灵中的投影。经过人的心灵的反复的消化，反复的咀嚼，经过记忆、沉淀、怀念、遗忘又重新回忆，经过这么一套心理过程之后的生活"（《在探索的道路上》）。

为繁荣我区少数民族文学创作再展宏图

——在广西第二届少数民族文学评奖授奖大会上的讲话（摘要）

武剑青

同志们：

我区第二届（1981至1984年）少数民族文学评奖，经过两个多月的具体工作，今天已经揭晓。我代表本届评选委员会向获奖的作者们致以热烈的祝贺，向关心这次活动的领导以及热情支持这次活动的专家、编辑和广大读者表示衷心的感谢！

这次评奖活动由区民委、中国作协广西分会和广西民间文学研究会联合发起，并由陆地等十四位同志组成了评选委员会。在各地市和区直有关单位推荐的基础上，经过筛选并经评委全体会议反复斟酌，最后评定出优秀作品九十四篇，其中：中篇小说四部，短篇小说二十篇，报告文学和散文十二篇，长诗二部，短诗十七

作者简介

武剑青（1931—），原名武志云，广西武宣县东岭村人。1949年6月至1958年在部队工作，1949年加入中国共产党，历任连指导员、营教员、玉林军区作战参谋、广西军区司令部参谋等职。1958年3月任《红水河》（后改《广西文艺》）小说组组长。1961年10月在柳江县拉堡公社任党委宣传委员，1962年任柳江县文教局局长，次年又任《广西文艺》小说组组长，1972年任《广西文艺》编辑。第四届广西文联主席。1952年开始写作，主要作品有长篇小说《云飞嶂》《失去权力的将军》《九曲杜鹃魂》等。

作品信息

《广西文学》1986年第2期。

首，文艺评论十八篇，民间文学二十一篇。另外八篇，是获得全国少数民族文学奖
的优秀作品，我们都给予荣誉奖。这样授奖作品共一百零二篇。本届九十四篇优秀
作品，虽然没有得到全国奖，但都是我区四年来少数民族文学创作和研究的积极成
果，是值得特别肯定的。可以说，这次评奖活动和今天的大会，是我区四年来民族
文学创作和研究的一次检阅，同时也是近年来我区民族文学形势的一次估量。

通过这次评奖可以证明，这短短四年间，我区民族文学创作有了显著的发展，
民族文学的研究更是有了大步的前进。这次获奖作品，几乎包括了民族文学的每个
品种，而且好几个品种既有汉文作品，又有壮文作品。上一届的评奖，虽然范围包
括新中国成立之后三十年，但许多项目却不得不留下空白。中篇小说一项，那时能
够参加评选的作品寥寥无几，而这次评选，推荐上来的中篇就有十几部之多，获奖
的就有五部。理论专著一项，上一届参加评选的只有几本，而这次单是获奖的就有
五本，短篇小说、诗歌和散文几项，创作数量大增。民间文学方面的获奖作品也不
像上一届那样以单篇的居多，而是以有一定分量的集子或大型作品为主。这些，都
是前所未有的好形势。

从数量上看如此，从思想内容和艺术质量上来说，这次获奖作品也比过去的水
平有了提高。创作方面的作品，不但民族色彩更鲜艳更浓厚了，而且绝大多数富有
一定的时代精神和生活气息，和我们沸腾的现实生活一起前进。从中篇小说《相思
红》，短篇小说《八角姻缘》《巷里梅香》《上梁大吉》《晨光，拉开了帷幕》，散文
《卜万斤》《仙鹤腾飞》等作品中，我们读到了"四化"建设和农村与城市经济体制
改革的浪潮在我们广西激荡的波澜；而中篇小说《冰棕榈》《边境密林里》，短篇小
说《姆姥韦黄氏》《第三双布鞋》，组诗《写在国境线上》等作品，则让我们听到了
地处我国南大门的广西各族人民的心声，它们从不同的角度讴歌了爱国主义和革命
英雄主义精神，并通过众多人物和生活情景的描写，引带读者犹如亲临边疆军民战
斗的炽热生活的情境之中，百闻化为一见地感受到了中华民族儿女千百年来所秉承
的民族魂、爱国心、卫国志。而我们理论研究的作品，也恰恰侧重于分析和揭示那
些写出时代新意的作家和作品如何反映我们这个伟大变革时代的历史进程，以及在

这个进程中人们的精神状态和道德观念，从中探讨社会主义民族文学的创作规律，探讨民族民间文学的源流关系。可见，我们的理论工作是坚持马克思列宁主义的理论原则和科学态度的。上述各方面成绩，无疑是值得肯定和予以表彰的，今天的授奖大会主要的目的正在于此。

但是我们应该看到，同我们的伟大时代、同我区各条战线的壮丽生活相比较，同兄弟民族省区所取得的成绩相比较，我们的创作与研究，差距还不小，而且从我们自身的创作思想和文学理论来看，也还存在着一些必须认真研究的问题。比如，能够紧贴时代，从而使得人们感受到各族人民意气风发地变革生活的精神面貌的成功作品，还是十分有限；前段时间，某些人有意无意地混淆了通俗文学和庸俗文学的界限，打着通俗文学的旗号，不顾一切地发表了一些迎合某些读者低级趣味的、庸俗的、乌七八糟的东西，以达到单纯的经济效益。这对保护青少年的健康成长、对社会主义精神文明的建设，显然带来了危害。我们要坚决按照邓小平同志讲的那样去做："思想文化教育卫生部门，都要以社会效益为一切活动的唯一准则。""思想文化界要多出好的精神产品，要坚决制止坏产品的生产、进口和流传。"积极投身到"四化"和改革的洪流中去，写出无愧于我们伟大时代的作品来，为建设社会主义精神文明贡献出我们的才智和力量。

还要指出的是：近年来在探索文学创作民族化方面，某些人片面追求写一种原始的、落后的、愚昧的、远古的、别人看不懂的东西；还有的人认为，因为有"模糊数学"的存在，所以主张用一种模糊的观念来指导我们的文学创作，让我们文学创作的内容倒退到蛮荒时代去；等等。这些看法，我认为值得商榷。

我们只需稍作研究就可懂得，即便是远古时代的神话，对于那个时代来说，也并不是一种模糊观念的产物，它们恰恰是那个时代人类的空间观念和时间观念的真实反映，是那时人们对于物质世界和精神世界的一种极高认识，但是，这种认识对于我们今天这个时代来说，已经变得非常低下了。我们今天对宏观世界和微观世界的认识，已经高出于远古时代千万倍，那么，作为社会主义文学时代的文学家，为什么不是在自己的著作中追求我们这个时代的最高认识呢？为什么不以马克思主义的文学理论和最强有力的思想武器去指导我们的创作和研究，反而去截取那些已经变得十分低下的蛮荒时代的观念来指导自己的实践呢？文学创作与研究，其根本的意义就在于增进人们对自身本质的了解，而不再是要给人以这种或那种迟钝的模糊的刺激。我们这个人类世界，只能交给感觉敏锐、思想清晰的人们去改造。仅仅有"模糊数学"观念的人是胜任不了这个改造任务的。

值得高兴的是，我们这次获奖的作品没有受到上述主张的影响，这是应该肯定的。比如韦其麟同志的长诗《寻找太阳的母亲》，虽然取材于壮族神话传说，但是纵观全诗，它绝不是一种蛮荒的、原始的、落后的、愚昧的内心世界，而是跃动着令人壮怀激烈的改造旧世界、创造新生活的脉搏，是一个民族勇于牺牲、前仆后继的进取精神和高尚情怀。这样的作品，以及上面我们提到过的诸多作品，对于我们社会主义精神文明建设和民族文学的发展，才是有益的。这才是我们责任感之所在。

同志们，这次活动只是我区少数民族文学评奖的第二次，还将会有第三次、第四次、第五次……希望全区各族文学工作者再接再厉，为建设精神文明做出新的贡献，为繁荣我区的社会主义文学再展宏图！

走向花山，走向远方

——评诗丛《含羞草》

陈　实

1985年秋天，对广西诗坛来说，是一个金色之秋。广西民族出版社编辑的诗丛《含羞草》汇集了本区十二位青年诗人的诗集，展示了广西诗歌的又一个丰收成果。

曾经有一段时间，广西的诗坛寂然无声。

难道这生长着木棉花和山歌的广袤大地只能唱些轻盈盈的广西情歌？难道歌仙刘三姐只能在鱼峰山上成为后人膜拜的冰冷石像？难道这喀斯特风貌的石隙泥缝中长不出繁茂的诗歌之树？

《含羞草》作了响亮的回答。在这片凝重的红土地上，它顽强地、坦率地破土而出，用年轻的声音，勇敢、朝气蓬勃地向中国诗坛宣布：

作者简介

陈实（1948—），生于湖南永州。1982年毕业于广西民族学院中文系，1986年调入广东省社科院。长期从事海外华文文学研究和当代文学批评，曾任世界华文文学学会理事、广州市文艺批评家协会副主席等。著有《台湾爱情诗赏析》《新加坡作家作品论》等。

作品信息

《广西文学》1986年第6期。

在我身旁

成长着绿色的一群

（杨克《我愿》）

近几年，小说和诗歌创作出现两个引人注目的现象。一个是文学群体的出现，诸如北京群，湖南群，雪野派，新边塞派，等等；这些群体中的每个人，创作手法或许不同，成就有高有低，但作为一个整体，却大致有一个共同的美学追求。将这些群体置于放大镜下，它们显出这样或那样的不足，但从宏观的范围来看，新的文学群体的不断涌现，必将由量达到新的质。另一个现象是，新时期文学经过复苏和反思之后，呈现出新的转捩、蜕变和纵横选择的强烈意向，文学的潮汐在保持传统和更新观念两座伟岸之间激烈地来回碰撞，逐渐形成了以追寻民族精神和历史文化，重铸和发展民族性格为基点的主流。这预示着中国的文学必将扬弃中外文学的种种传统，以更高意义上的更新，走向远方，走向世界。

《含羞草》在这两点上，留下了历史和时代的鲜明痕迹。

为此，我很佩服广西民族出版社编辑们的眼光，他们不仅为活跃广西诗坛做了具体的努力，而且为广西诗歌发展史拍下了一组具有阶段性意义的历史镜头。

诗集中那些最优秀的诗歌，预示了广西诗歌创作的新方向，而那些不太成熟的作品，又使我们能够总结经验和教训，懂得该避免什么和反对什么，从而选择创作上新的突破口。

为此，我们先逐一分析一下十二位诗人的诗作，是很必要的。

假如我们把《写在弹坑上》和《藤的恋歌》、《下岗后，他摘回一支山花》和《姑娘的回信》、《祖国交给我的》和《我，属于故乡》等诗一组一组地排列在一起，就会发现，李甜芬和梁柯林的诗有惊人的相似。他们的诗是在边疆和苗寨孕育的。一个以女性的温柔，把多彩的边疆悄悄融进爱的诗句，一个以山的豪迈和坚毅，诉说了对亲爱故乡雀跃的渴念。他们的每一首诗，声调都很清朗，主旋律是"对祖国的深情"和对故乡山水"深深的眷念"。但这些诗给予读者的，只是表面情绪的感动和激赏，诗人的激情和含泪吟哦，不能在读者心灵深处激起巨大的震颤，这是一个遗憾，但他们的诗如山中的溪泉，清冽香甜、新鲜活泼，也别有一番情趣。

他望着窗外那颗最亮的星，

想象着自己奖章应该那般亮。

星星好像理解他的心思呢，

轻轻飘落在他绿色的衣襟上。

（李甜芬《梦》）

……

那么洁白晶莹，芳香浓郁，

一树笼着轻纱似的幻影，

我踏碎朝露轻轻走近，

去触那一颗颗高擎的真实的心。

……

（梁柯林《北海玉兰》）

诗人思维的过程是：自然的物象信息（星、玉兰）摄入诗人的视觉，使诗人产生某种概念（星像奖章，玉兰像心），激发为诗人的某种情绪（渴望立功的情绪——希望像奖章一样的星"轻轻飘落在他绿色的衣襟上"；追求精神美的情绪——"去触那一颗颗高擎的真实的心"），而这种情绪是通过心的物象（"星"的"飘落"，"玉兰"的"高擎"）来实现的。这里，自然的物象和心的物象，两点一线，呈单向排列，概念成为两点间的媒介。诗人不注重两点之间的内在联系，不注重对内心世界的窥探和解剖，所偏重的，只是耳目感官方面的视觉效果。这样的作品，虽少些力度，但仍不失为另一种角度上的好诗。

另两个相似的诗人是孙步康和刘桂阳：

岁月越千载——牛绳依然在背，

耕耘一代代——木犁依然在手。

你可敬而又可恨的憨直，

你值得赞美又值得诅咒的淳厚

牛呀牛，你的脚重重踏在我胸脯上，

我羞愧，我颤抖，万把钢刀剜心口！

（孙步康《牛啊，牛》）

爱周总理那样的爷爷

爱遇罗克那样的哥哥

同时，我恨

恨新松不高千尺万仞

恨恶竹未斩万杆千棵

……

党啊，我爱你

所以，我才说

（刘桂阳《爱之歌》）

他们的诗奔腾着青春的激情，爱党，爱祖国，爱人民，爱社会主义；恨贫穷，恨落后，恨愚昧，恨腐败。就思想的含量来说，他们的诗比李甜芬、梁柯林的诗要凝重、深刻；李甜芬、梁柯林是由自然的物象到心的物象，而孙步康和刘桂阳则将思想变成物化的思想，即在客观自然中寻找自己思想的对应物，然后把自己的思想和观念融入对应物上。

这四位诗人的诗有共同的特点：主题单纯，表现直接，韵律整齐，情感丰富。

从《写给回音壁及今天的人们》读到《海的变奏曲》，我们会产生这样一个印象：孙如容，这位很有思想深度的女诗人，在艺术上却有着艰难的跋涉。她的诗洋溢着对社会和人生的深刻思考，洋溢着深沉的忧患意识，在过去的岁月里，当人们还迷狂于盲目中的时候，她便清醒地提出："警惕啊，人们！ / 不要用创造窒息创造， / 不要用智慧熄灭智慧。"我们不能不佩服她的勇气和眼光。但这仍然是"呐喊"诗，不是抒情诗。因为诗中充满了告诫和劝善的意味。在《海的变奏曲》中，诗人的思考变成了诗的思考：

心早已交给风、灯塔和潮汐

在骚动不宁的大海上

我们用真诚和坦然

迎送过无数次分别和相遇（三）

这里，情与景相融了，意与象相通了，触发为庄严和谐的艺术抒情。

何德新，这个"山里的孩子"，他心中，始终保持着对"母亲"的童心的思念，正如他自己在《母亲》中诉说的那样：

家乡那支古老的

你为我哼过无数次的摇篮曲

依然像柔和的风，常常

在梦中轻轻抚摸着我。

他的诗，没有李甜芬诗中那种清丽的芬香和五彩缤纷，没有李甜芬那种细腻的观察。但他对自己每一件观察到的事和物，却有着独特的感受，洋溢着温馨的柔情：

一个黄昏

一个琥珀色的黄昏

倒映在他手中的碗里

（《黄昏，在山野》）

这种独特的感受和温情，使他的诗有了不同于民歌体的诗歌体式。也就是说，他在追求材料、意象、观念、声音等方面的内在次序时，也注意了诗体结构、句法模式等外在造型。只是他的艺术追求更多的是表现在外形上，他的灵感更多的是沉浸在生活的记忆里，使他的诗显得羞怯而腼腆，缺乏力度。

李逊的诗，陈雨帆评论得十分精彩："它们是油画般的视觉美，是音乐般的听觉美，是雕塑建筑般的触觉美，是舞蹈般的旋律美，甚至是花卉艺术品、烹饪艺术品般的嗅觉美和味觉美，是这些美的交叉，替换，重叠，是这些美织成的网。它们大大超越了单一的赋或比或兴的范围，大大超越了单纯的表象描写的范围。"我特别喜欢他的《彩色的风》《黑土地印象》《太阳之歌》《海之狂想曲》《红水河 红水河》。在这些诗中，每一首都是连续的或放射的多种意向的组合，依仗着艺术的直觉。以《黑土地印象》为例，每一个诗节都是一幅画面，这画面，既是自然的直观景象，又是心灵的逆光摄影。诗人把世界分割成有生命的个体，读者把这些个体组合成世界的整体形象；诗人在每个镜头中都表现出自己的情感，读者在这富有情感的镜头中发现了世界真实的再现。可以说，李逊是个很有才气的年轻诗人，挺有诗人的气质。遗憾的是，他只是在诗歌的殿堂门口打了一转，坐下拍了张照片，便拍拍泥尘走了。

总的来说，这三位诗人在艺术上有了较独特的追求，较注意诗歌的本质、诗的职责和表现功能，使诗歌更有现代的气息。但他们的诗歌在表现中，合目的伦理感觉始终高于合规律的认识感觉，诗歌的叙事成分很浓（即便是李逊那些意象很强的诗如《黑土地印象》中，依然是以时间顺序为描述线索）。这样，他们的诗为了衔接和过渡，不得不添进许多带有水分的句子，影响了诗歌的精悍凝练，影响了诗的个性风格特点。

诗歌是诗人们对宇宙、世界、社会、人生执着思索的结晶，它应该深入诗人自己的感官，并将它扩大，以最适宜的方式引起人们心灵的骚动，"使人类在客观现实中寻回自己"（黑格尔语）。这一点，中外诗歌一无例外，也正是在这个意义上，我们可以说，杨克、黄堃、张丽萍、林白薇、黄琼柳的诗是比较有个性的诗。

从感情来说，我不喜欢琼柳的诗。她的诗像牛甘果一样苦涩难嚼，处处都有对西方现代派诗歌技巧的生吞活剥。而在理智上，我们不能不承认，琼柳的诗有着"合理的内核"，她把诗带入了真正抒情的领域。她"不愿用太阳"装扮父亲的形象，又恨自己的"不完整"；她憎恶月亮"朦胧的欺骗性"，又渴望五色鸟"留下一个影"。她的诗有"甜甜的泪苦苦的笑酸酸的气辣辣的醒"，"生命的交响在撕裂的肉体中和声"。她的诗，不喋喋说教，不自艾自怜，不放纵感觉，却到处充溢着对立、不和谐，交织着巨大的矛盾。而这些，又是用象征、隐喻和叙述的跳跃省略来呈现的。说她缺乏艺术的良知，不如说她未找到合理的模式，来集中她游移不定的感情和想象。

我也不喜欢白薇的爱情诗。在这些诗中"我"和"你"成了"关进小屋"的一对纯洁的天使，除了抽象的"赤橙黄绿"和"青蓝紫靛"，除了"多情而敏感"的自我介绍，我们感受不到自然和谐的青春的激动。爱情中那难分难解的温存、那没完没了的思念、那甜蜜的诱惑和向往，全被那个性极强的"我"吓得溜到一边去了。一句话，"我"被打扮得太强，"你"便变成了羞羞答答毫无主见的男孩。白薇为了个性牺牲了诗。但她的那些"三月"诗（《三月，三月》《夜歌》《敞篷车上的姑娘》以及相类的《蜀道上》）写得多么好呵，古老的民族风情，鲜明的现代意识，水乳交融地合在一起，"年轻得像三月一样"，暖暖地晒在我们的睫毛上。这些诗不是历史的素描，不是传说的衍变，没有故事的幻影，没有哲学的宏论，没有政见的抒发，但又无处不包含这些内容。白薇用心和我们对话，以她与众不同的体察，为我们撩开了一代人的精神世界。

诗歌与小说创作有某些共通的地方，小说要求写出人物的复杂性格，诗歌则要求表现复杂的内心情感。张丽萍的诗始终交织着两种情绪：母性的温柔和女性的忧郁；观察的深邃和倾吐的安详。她笔下那些南方的女人们——"山村还在梦里"，

便"轻手轻脚"起来"点燃开始流汗的匆忙"的石榴妈，将"樱桃般的奶头揣在 /
裹得像布娃娃的孩子口里面"的年轻的妻子，"郑重地举起了她的手"唤住汽车的
"农家妇女"，等等，当我们在她们勤劳、善良、坚贞、纯朴的形象中获得高度美
感的同时，也为她们那"默默无闻"的、"日子总在肩头下奔流"的、"疲惫"的生
活感到淡淡的悲哀。甚至在那"柔美恬静的""白天鹅"般的"瑶妹"身上，也流着
岁月的"苦涩"。张丽萍以女性特有的敏感和同情，去发现并挖掘日常生活中最细
小、最平凡的事物，使你不得不扔掉理智的推敲去相信生活的真实。她的温柔反复
缠绵，她的忧郁欲露不露。她往往一开始把这些感情压缩、凝聚在诗行中，让它在
诗歌结尾、情感处于饱和状态的瞬间爆发出来，产生令人激动的力量。并且，她通
常是用非功利的静观态度来观察和表现生活，使她的诗有一种空灵的效果间离。这
样，张丽萍便使传统的诗歌体式产生出一种透明感，闪现着人道主义的柔光。

　　无疑，在《含羞草》中，杨克和黄堃的诗是最有个性的，层次也较丰富。这两
位近年出现的青年诗人，他们的某些诗作，无疑已挤进全国较优秀的诗歌行列。

　　《白色无名鸟》是黄堃《远方》集中最优秀的短诗之一，来源于中国古代神话
《精卫填海》。诗中第一节写白色无名鸟死的壮丽，第二节肯定了它行动的"圣洁"，
第三节追求了它行动的动机，第四节赞美它精神的崇高，最后，歌颂了白色无名鸟
生与死的意义。《精卫填海》表现了远古人民对自然的恐惧和征服自然的强烈愿望，
黄堃的这首诗则超越了古代神话的意义。我们可以把它解释为民族坚贞不屈的精神
对自然社会神秘力量的抗争，也可以把它理解为自由的精神对目的的追求，还可以
阐发为行动对现实的反叛，人与世界不协调的斗争。这样，诗歌便拓深了认识和理
解的领域，扩充了情感的层次。

　　《图腾》是杨克最喜爱的诗歌之一，也是他最优秀的诗歌之一。诗的前一部分
是对民族历史的回顾，后一部分是对现实的刻写和对未来的预示，最后凝结为对民
族精神、文化的整体认识。这里，艺术的直觉、感性的意象、理智情绪的运转、传
统精神的张力冲突交融为巨大的心理动力，让我们超越时间和空间，去重新审视一
个民族的过去、现在和未来。

以这两首诗为例子，我们可以看出，杨克和黄堃的诗代表了广西近年诗歌创作的两极。黄堃是背靠民族文化，力图走向远方，走向"全人类"；杨克是面向民族文化，欣然走向"花山"，走向灿烂的民族文化传统。黄堃用摄影机在直觉里拍出动态的世界；杨克用望远镜在传统精神中鸟瞰世界。黄堃追求意境的柔美；杨克追求着氛围的激越。黄堃的诗缺乏杨克诗中那浓重的历史感，而杨克的诗缺乏黄堃诗中那语言和音韵的魅力。

回过头来看看，十二位年轻诗人的成功与不足，为广西诗歌创作提供了哪些有益的启示呢？我认为有以下几点：

（一）传统的延续。优秀的诗歌必须尊重传统，又势必改变和调整现存的艺术关系，比例和价值，改变和调整现存的艺术秩序，使之对上是继承者，对下是被继承者。不过，我们这里说的传统，不是笼统地指中华民族文化传统，而是具体地指广西和古百越民族的文化传统。这一传统是受到以洞庭湖和荆襄平原为结点的夏楚文化辐射的，是受到以屈原为代表的南方文化影响的。它不像中原文化那样雄浑博大精深，以理性为框架，而是以感性生命力为基点，表现出神秘奇特、虚幻空灵、清逸飘秀、宛转缠绵、色彩斑斓等特点。广西诗歌保持这一传统，便保持了创作的优势。

（二）历史的透视。从洪荒神话时代的部落之争，到中古蛮族的南迁和岭南的开发，到近现代广西各族人民的反抗和斗争，广西浓缩了中华民族的历史。由于广西地处边疆，多变的气候、激烈的斗争、落后的生产，构成了广西各民族独特的经济形态、社会关系、生活方式和价值坐标。只有深刻了解这些历史形态并把它融注到诗作之中，才能增加诗歌的景深和纵横感，显示出广西诗歌的独特个性。

（三）文化的整体意识。包括广西的地貌风光，各民族的民情风俗、精神传统、宗教信仰、审美情感等民族心理素质和民族文化构成。只有整体地把握民族的文化意识，向民族心理文化内层不断伸展和超越，而不仅仅是方言俚语、衣服首饰的外在表现，才能使民族化的诗歌具有笼罩性的威力。

（四）观念和形式的更新。所谓观念更新指宇宙观、世界观、价值观、知识结构以及文学自身观念（诸如表现功能、创作方法、审美理想、批评模式等）的更新。必须反对自我满足的保守性，提倡对传统观念的重新审视，使诗歌面向现代化、面向世界、面向未来。当然，在这个过程中也必须反对对外来文化的盲目崇拜，反对拾人牙慧，至于形式的更新，则必须克服过去诗歌创作中那种重内容轻形式的倾向，应该把形式看成是内容的延伸，应该让形式与时代的内容同步。事实上，中国传统诗歌从四言、五言、七言发展为词、曲和现当代自由诗，体式都是随时代而变的。没有新的诗体，就保证不了具有时代气息的内容，如果我们总是运用二行一节四行一节六行一节的豆腐块格式，便永远跳不出传统的藩篱。

《含羞草》的十二位年轻诗人在蓝色文学潮流的冲击下，在"南风"吹得令人迷醉的时候，坚持正确的文学方向，坚持顽强的艺术探索，为广西诗歌的繁荣做出了有益的贡献，这应该载入广西的诗史。我们衷心祝愿他们以更顽强的努力、更执着的追求，写出更多的好作品来，使广西的诗歌走向花山，走向远方，走向民族第一流的水平。

要获得富于现代感的结构

——关于广西民族文学发展的思考

陈雨帆

站在花山脚下，仰视垂空的高崖壁画，我总有一种天地为之变色的感觉，随即，便获得一种"暖得曲身成直身"的体验。走在红水河岸上，呼吸着河面来风，我犹如呼吸着山海会聚的气息，随即，便体验到一种"河流入断山"的情势。

有否一种文学，也能给我们以这样的感受呢？我常常这样想望着。

当前，一个巨大的经济改革和社会义化改革的浪潮正冲击着我国大地，也冲击着广西大地，这将迫使这片土地上的各个民族，打破自己旧有的痼疾，确立起自己民族的新的特征。要确立一个民族的特征，重要的方式之一便是形成并鲜明地表现出它的民族意识。而最能发挥这方面功用的形式之一，便是民族文学。

作者简介

陈雨帆（1940—），壮族，广西靖西人。1961年毕业于广西师范大学中文系。曾任广西《三月三》杂志常务副主编、副编审。1962年开始发表作品。1988年加入中国作家协会。著有长篇小说《血地·血族》、小说集《国门虎兵》、长诗《山鹰的琴》等，有专著《壮族歌会》等。

作品信息

《广西文学》1986年第9期。

民族文学是相对于世界文学而言的。中国民族文学就是指通过汉语和其他兄弟民族语言的语言艺术来折射并表现中华民族民族意识的文学。广西民族文学就是其中的一个组成部分。

不言而喻，我想望的就是我们的民族文学，我们的广西民族文学。

广西是个多民族聚居的区域，广西民族文学需要表现多个民族的民族意识，在确立这些民族的特征上发挥作用，因此，它理应是丰富多彩的，也理应在我国民族文学的整体中占有自己一个突出的地位。遗憾的是，多年来广西民族文学的发展状况，却在好些方面给人以一种落后于全国文学形势的沉重感、迟暮感。面对这种状况，我们广西的文学工作者不能不向自己提出这样一个问题：广西民族文学如何崛起？如何振兴？

这是个很大且很复杂的问题，一个人是无力解答的。这篇短文所记下的只能是我对这个问题的思考而已。

一个民族或者地域的文学要崛起，最重要的标志就是不止一两个地拿出跻身全国文学前列的"拳头"作品，以至拿出能够汇入世界文学的杰作。广西民族文学要有这样的崛起确实不容易！因为，文学创作乃是一种根基于自由创造精神的极富想象力的艺术活动，而我们广西民族文化并没有十分丰富的传统（也许过去有过，但因没有得到文字记载而丧失了），这将大大妨碍我们能够很快地进入创作的"自由王国"。

不错，我们有过长诗《百鸟衣》、歌舞剧本《刘三姐》那样的成果，它们既汇入了世界文学的总体，又达到了相当高度的民族化，当年，曾表现出一种广西民族文学要崛起的势头，给广西文学界带来了喜悦。但是多年以后我们不能不发现，伴随这种喜悦而来的，却是更多的苦闷和彷徨：我们一直未能产生出在文学功力和影响度上超越它们的民族化的新作！要崛起的势头也消失了。

拿来一个民间故事作框架，潜心落力，便可创作出《百鸟衣》式的隽品；搜集一民间歌谣做素材，借助一个戏剧情节串起，便可创作出《刘三姐》式的力作，这就是许多文学作者当初从《百鸟衣》和《刘三姐》的鉴赏中曾经归纳得到的"创作要领"。于是，一本又一本民间故事、歌谣集成了我们文学作者的案头必备书，一个又一个"刘三姐歌台"被我们的文学编辑们视为头等的文学园地在各家报刊上办了起来。似乎通过此类途径就会有源源不断的杰作诞生，就会有成批的民族文学大手笔被培养成材。殊不知，这个"要领"所表现的观念恰恰是与这些力作的创作经验相扭悖的。《百鸟衣》或者《刘三姐》的作者，都曾经历过一个以全新的眼光去看待壮族古代文化传统并对所攫取的民间文学素材加以重新组构的过程，因此，最后在作品中表现出来的乃是现代的民族意识而远非只是古代壮族的民族意识，这才是这些力作能被世界文学所接纳的根本条件。而上述"要领"的发现者恰恰看不到重新组构这重要的一环，反之，却在文学观念上更加加固了将民族文学视为在自我封闭的环境里自生自灭的自足体这样一种陈旧的眼光。结果，就造成了这样的状况：多年来以上述"要领"作指导确也写出了一篇又一篇仿效《百鸟衣》的长诗，一个又一个仿效《刘三姐》的山歌剧，但是除了也有那么一个民间故事作情节或者也有那么几首民歌在里面唱一唱之外，它们并没有表现出各自民族的人们心灵里的诗，以及他们的深切情感、他们的美感信念，尤其是，在这些众多的作品中很少很少能看到作为民族诗人、作家，有如《百鸟衣》《刘三姐》的作者那样的识见、胸襟、气度、才情和格调。因此，新诗、新剧本多则多矣，但回头看去，却令人举目之间，不禁心底苍凉。至于那些曾经深得"要领"的作者，他们也越来越不知如何向前继续迈步才好。这也就成了我们的苦闷和彷徨。这个事实，是我们不能不正视的。

然而，我们也须看到，那样一个民族文学崛起的势头不几时就退了下去，这跟势头代表作未能起到典范的作用毕竟有关！一个勇敢的男主人公、一个美丽善良而聪明的女主人公和威胁女主人公的恶势力之间的斗争，不正是《百鸟衣》《刘三姐》所共有的结构吗？这是有目共睹的。这样的结构，显然因为很不适合于用来表现现代生活和现代意识而越来越失去了它们的范模作用。这也不能不是事实。

其实，《百鸟衣》的作者、诗人韦其麟早就意识到了这一点。多年来，他的新作虽然还常常取材于民间传说故事，但他并不固守《百鸟衣》的经验。那些传说故事在进入他的新诗作的过程中，不但全然地被打破并重新组构起来，而且具有了跟民间口头文学迥然不同的语言结构。他关注的始终是：能否借助这个故事更好地深入到历史的民族的心理层次中去，从而在写出自己的"心灵战栗"之作，更好地抒发我们这个时代的自己民族的感情和意志，以达到铸造新的民族灵魂的目的。他新近出版的长诗《寻找太阳的母亲》，被公认为在民族文学坐标上跟《百鸟衣》有着不相上下的位置的成功之作，就因为它虽然取材于壮族的神话性质的古老传说，但跃动着的却是令人壮怀激烈的"改造民族的灵魂"的脉搏，它抒写了非常高洁的民族情怀，赞颂了富于识见和勇于进取的民族精神，这恰恰是身处现在这个改革时代的民族十分需要具备的民族意识。因此，尽管它在否定和抨击由于长期的封建统治所造成的愚昧、落后、自私和贪婪这方面不及《百鸟衣》直接、强烈，但在挖掘民族"脊梁"，呼唤民族新人这方面，却也具有了它自己的美学因素和价值。

正是由于意识到《百鸟衣》《刘三姐》那样一类作品的局限，而有相当一部分广西的民族作家，决意要另辟蹊径。他们并不借重于民间文学和民俗形式来架构自己的作品，而是以自己的生活感受为立体来发挥自己的创意和想象，在作品中直接表现当代世界潮流冲击下的现实社会的生活，他们的目光始终关注着我们这个国家、这个民族、这个区域里对我们这个时代具有重大意义的问题。但他们的作品写的还是"改造民族的灵魂"这个现代中国文学的总主题，因而也站到了广西民族文学的前列。长篇小说《瀑布》（陆地）、电影文学剧本《春晖》（周民震），就是这方面的成功之作。

那么，这两种途径、两类作品孰优孰劣？这个问题曾被认为是关系今后发展广西民族文学创作以谁为范模的大问题而引起讨论以至争论。遗憾的是，这个问题的讨论一直未能产生实际的意义，因为，新一类作品也并未能使广西民族文学勃发新的崛起的势头。我们看到的事实是：这两类创作途径和作品的并存，只能被视为我区民族文学的多样性的体现。倘若硬定要在它们中间评优劣，只会导致两方面的危险。一方面，我们有可能在强调要以民族的尺度来衡量我们的文学的时候，误认为只有《百鸟衣》《刘三姐》式的作品才是真正的民族文学，而重犯那种将民族文学视为自我封闭的自生自灭的自足体的观念错误。另一方面，我们有可能在外来文学的反叛传统的气候影响下，把自己民族的传统文化一股脑儿都看成是旧的、"土"的东西，甚至把《百鸟衣》《刘三姐》那样让古代民族文学形象重放异彩的作品也说成是"守旧"文学，是"土歌"的拼凑与变种，这就犯了民族虚无主义的错误。

为此，要对上述两类作品评说的话，我们首先只能说：对于我们广西而言，无论是像《百鸟衣》《刘三姐》那样的作品还是像《瀑布》《春晖》那样的作品，至今都还是太少太少了，而能超越它们的更高档次的突破性作品则一直还没有出现！

广西民族文学突破的方向何在？

最近三两年，我们广西涌现的一批青年文学工作者，他们在慨叹以往的成功之作太少的同时，却也对这些作品的成功坐标值做了考察，并以此来寻求自己的范模。其考察的结果之一，就是"百越境界"创作设想的提出。

这个设想首先出现在两位汉族青年作者的一篇文章里。但我从一开始接触他的论题，就把它和广西民族文学的论题联系起来思考。我一直赞同这样的看法，要论述广西民族文学却把广西汉族作家作品排除在外，孤立地来谈论少数民族的文学，是不可能的，也是不科学的。广西民族文学理所当然地也要包括广西汉族作家的创作思想与实践在内，包括诸如长篇小说《云飞嶂》（武剑青）、电影文学剧本《法庭内外》（陈敦德）这样成功之作以及众多的在广西这片多民族文化土壤上生长的汉族作家作品在内。

"百越境界"设想，其主要出发点之一就是要振兴广西民族文学，就是要寻求产生更高档次的突破性作品的路径。单是这个设想的提出，就是有积极意义的。

这个设想无疑是青年作家们对我区的文学进行历史反思的结果。他们对中、老年作家过去的作品，既承认了它们的某些方面的范模作用，但也正视了它们的非同小可的缺陷。这个缺陷就是：过去中、老年作家的作品，在文学结构上多半显得层次单一，艺术导向往往直奔一个主题、一个结局而一眼就看穿了底。即便是《瀑布》《春晖》这样的新的成功之作,它们的内容虽然是现代的,但其中的革命风云似乎就只是政治风云和伦理的去旧布新,其中的教育改革的命题也似乎还是个以道德教育与政策问题为中心的命题。它们同样还未获得富于现代感的文学结构而使它们的范模作用受到了局限。正是基于这样的识见,我们的青年作家们形成了"百越境界"那样一个设想。显然,这完全是在多层次的现代意识影响下进行考察和思索的结果,它所代表的意向不外就是在承认以往成功作品的某种范模意义的同时,却认为必须超越这些范模再向前进,这怎么能说没有积极意义呢?

但是,实践这个设想的某些青年作者的作品,确实有过这样或那样的偏差。他们在运用民俗内容来丰富作品层次之时,未能对作为一个民族生存机制之一的民俗形式进行历史的一体性的研究,以致在这些作品中所反映的民俗现象往往比较破碎,而且陋俗和良好风俗鱼目混珠,作者对陋俗中所反映的人的愚昧、麻木、动物一样低下的本能等,却未能予以否定和抨击,有时还用了欣赏的笔调。这跟"改造民族的灵魂"这个民族文学的总主题是相抵触的,跟"百越境界"设想所代表的创新意向也是相抵触的。

但是事实证明,更多的青年作家们是注意在实践中防止和克服这类偏差的。他们中间所产生的许多体现上述创新意向的作品(包括并不公开赞成"百越境界"提法但创作意向犹同的作者作品),已经取得某种可喜的成绩,给广西文学的地面带来了新鲜的气息。例如最近一年间发表的组诗《白太阳》(黄堃)、《红河的图腾》(杨克)、《山之阿水之湄》(林白薇)、《南方的根》(黄堃),短篇小说《被遗忘的南方》(李逊)、《长乐》(聂震宁)等,就是这样的事实。这事实表明:哪怕"百越境界"的提法因为缺乏科学的界说而不能成立,但它所表达的创造的意向却是值得认同的。进而就它所涉及的文学创作的问题进行探讨,对振兴民族文学、地域文学将是有益的。

崛起难,然而,难,并不是注定地不可能。广西传统文化环境虽然处于较次的等级,基础并不丰厚,但花山——红水河所形成的新的文化环境表明,广西的文化环境并不是固定不变的，而是可变的，并在变革中有新的开拓。况且，它一直具有多民族的"原始文化土壤的优势"，这恰恰是文学创新最可宝贵的条件之一。因此，只要我们拿定这个优势，"取精用宏"，我们就"能"！

要实现这个愿望，我们的话题又须回到结构的问题上。我认为，就我们的创作状况来看，广西民族文学要崛起，我们最当紧的就是要获得既有我们广西特点的又富于现代感的文学结构。——这个"结构"，不是旧观念上作为情节的一种属性的结构，而是一种"动态模式"，一种能让我们以有限把握无限也即是"取精用宏"的动态模式。

为什么花山崖壁画能给人们以天地变色的感觉？就因为它一下子便把人们的眼界扩展了几千年，让你在有限的人形壁画中把握到一个民族早有的宏大的智与力。你可看到原始与混沌，那里光便是热，热便是光，你又可看到一个民族的未来，似乎那里，从A型到O型，人们的血在合唱。为什么红水河能让人们有风云际会的体验？就因为大半个世纪以来，尤其是现在，这是个古代文明和现代文明大交流、大撞击的地方，人们在这里，眼界同样会一千倍、一万倍地放开。潜心想想，岂不是有一种"动态模式"在其中？

可以说，现实生活多少已经向我们提供了这样的动态模式，但我们的作品远还没有获得这样的结构。上面列举的《白太阳》等作品，已经雏具这样的结构倾向，但也还是雏具而已。一切尚待我们进一步发挥我们的创造意志。而欲要使我们的创意得到全新的发挥，我们的作家们就须具有一副对自己民族的历史和文化包括神话、民俗、伦理、宗教等，有独到的识见因而能深入到文化心理深层结构中去的眼光。也就是说，首先要扩大和深化作家的文化"视野"。有了这样的主观视野，才谈得起使得我们的作品具有花山、红水河那般激活人心的力量，以及供这种力量进行"原子裂变"的结构。

自然，作家要有这样的视野，就要涉足各种知识领域。但是归根结底，这个视野必须是作家的文学本体的视野，而非教授学者式的学术积累。涉步这个"学"那个"学"，目的只在改变作家的智慧风貌，丰富作家的直觉经验与能力，从而开阔自己的胸襟，激化自己的才情，提高自己的文学想象力和创造意志。作家只有靠了自己的想象和灵性，才能把文学作品中的种种文化背景和因素激活起来，而达到"取精用宏"的目的。或许到了我们较多的作家具有这种素质的时候，广西民族文学就获得真正的结构，而到了"河流入断山"的时候。

团结起来，为振兴我区文艺事业而奋斗

——在广西壮族自治区文学艺术工作者第四次代表大会上的工作报告

武剑青

各位代表、各位同志：

我们这次代表大会，是在全国学习和贯彻《中共中央关于社会主义精神文明建设指导方针的决议》的新形势下召开的。大家济济一堂，回顾过去，共商大计，还要修改章程和选举产生新的领导机构，可说是我区文艺界的一次盛会。通过这次大会，我区广大文艺工作者将进一步团结起来，发挥我们的主动性、积极性、创造性，为振兴广西的文艺事业贡献出自己的聪明才智。

现在，我代表区文联，向大会做六年来的工作报告，请予审议。

一、六年来工作的回顾

自一九八〇年一月我区第三次文代会以来，至今已有六年多。这期间，在党的

作品信息

《广西文学》1987年第1期。

十一届三中全会精神的指引下，在区党委的直接领导下，我区文艺事业同全国各地一样，出现了空前未有的活跃局面，文学艺术的面貌，发生了深刻的变化，在"出作品、出人才"两个方面，都取得了显著的成绩。我们现在已经跨越了"文革"所造成的文艺断层带而进入了大繁荣的百花园，步入了新中国成立以来我区文艺发展的最好时期。

六年多来，我区文艺创作蓬勃开展，果实累累。文艺作品数量之多，质量之高，是过去任何时期都无可比拟的。各种门类的文艺创作，都呈现出一派兴旺的景象。

文学方面：据不完全统计，六年多来，我区出版的个人专著和专集有一百零九本之多，其中长篇小说十部。发表了中篇小说两百多部，短篇小说两千多篇，诗歌三千余首，散文五百多篇，报告文学一百多篇。在异彩纷呈的文学创作中，出现了一批较为优秀的作品。如长篇小说《瀑布》(四卷)、《失去权力的将军》、《第一个总统》(三卷)、《流星》、《合欢花》、《澎湃的赤水河》、《生意人》、《爱的暖流》、《144小时》、《劫波》；中篇小说《槟榔盒》、《江和岭》、《九万牛山》；短篇小说《夜走黄泥岭》、《姆姥韦黄氏》、《八角姻缘》、《伊曛》；报告文学《她的心》、《五指山上飘红云》；散文《蹄花》；长诗《寻找太阳的母亲》；短诗《红水河畔三月三》、《我们女战士的眼睛》；电影文学剧本《法庭内外》、《春晖》等，这些作品在区内外都产生了一定的影响。不少作品在全国评奖中获奖。如在中国作家协会和国家民委联合举办的第一、二届全国少数民族文学评奖中，我区有二十篇（部）作品获奖，其中获一等奖的有长篇小说《瀑布》。在总政、煤炭部、中央电视台等十多个部门各自举办的评奖活动中，我区获奖作品有三十六篇（部），加上省级获奖的共一百五十八篇（部）。

电影创作方面：我区是属于较先进的省区之一。由我区作者创作的《甜蜜的事业》、《法庭内外》，以及由我区电影制片厂拍摄的一些影片，赢得了广大观众的好评，引起国内外电影界的注目。有影片不但在国内，而且在国外评奖中获奖。如《黄土地》获得了一九八四年度摄影金鸡奖和多项国际奖；故事片《流浪汉与天鹅》、《春晖》获全国优秀故事片奖。最近已摄制完成的大型历史战斗故事片《血战台儿庄》受中央领导同志和电影界的赞扬。

民间文学方面：出版理论专著有《壮族文学史》(三卷)、《瑶族文学史》、《广西民间文学散论》、《歌海漫记》、《壮族歌谣概论》，广西人民出版社出版"广西民间文学丛书"系列作品《壮族排歌选》、《瑶族风情歌》、《仫佬族民间故事》等十多种；上海、北京出版专集有《壮族民间故事选》、《侗族民间故事选》、《瑶族民间故事选》、《毛难族民间故事集》、《京族民间故事集》、《瑶族民歌选》、《侗族民歌选》等三十多部。

戏剧方面：初步统计，获我区剧本、演出奖的剧目有八十二个；获全国剧目奖的有壮剧《金花银花》、彩调《喜事》、话剧《宝宝贝贝乖乖》等七个剧目及多部电视剧、广播剧，其中《金花银花》获全国少数民族题材剧本金奖。此外，我们还和全国剧协及区文化厅联合举办了全国性的西南剧展四十周年的纪念活动。

美术方面：在区内举办美术作品展览五十一个，其中全区性展览十八个，展出作品三千一百多件，获全区作品奖三百零四件。参加全国性美展一百八十二件，获全国作品奖十八件。有一百四十九件美术作品，分别到二十多个国家展出，有的还获了奖。

我区书法艺术在继承和发扬传统方面有所突破，创作出大量作品，参加区内外展出，如新疆五省区书法联展等，有的还到国外展出，如参加广西—日本京都、桂林—日本熊本书展，有的作品在国外获了奖。

音乐、舞蹈方面：区内出版歌集十三集，发表歌曲三百多首，内部编印歌集近二十集，编印《多声部民歌研究文选》等四本专著。我区歌曲获全国奖的三十三首，其中《槟榔树下摇网床》获一等奖。在全国少儿歌曲创作比赛中，我区获奖数居全国第二位。有四首少儿歌曲在全国推广，其中《祖国像妈妈一样》，被评为全国"红领巾喜爱的歌"十二首中之一首。音乐演唱、演奏在全国获奖有三十五项，其中声乐十七项，器乐表演十项，包括钢琴、电子琴各三项。一批歌舞节目到美国等八个国家演出。舞蹈出现了《扭》、《灯花》等一批优秀节目，其中获中央部门奖的十六项。《右江民族风情歌舞》、《仿古杂技》、《无伴奏民歌合唱》还到了中南海怀仁堂作专场汇报演出，是广西继五六十年代《拾玉镯》、《刘三姐》等之后再进怀仁堂的作品。

摄影方面：多次举办全区摄影艺术展览，组织作品参加国内外比赛或展出，出现一批优秀作品，获省级以上摄影奖（一至三等奖）的作品达二百四十五件，其中《苗家责任田》获全国十三届影展银牌奖，《母子之间》获全国优秀摄影作品、亚洲大洋洲摄影比赛二等奖，《破门》获全国四届优秀体育摄影一等奖，《秋瀑》获中国旅游摄影一等奖。

杂技、曲艺方面：杂技创作出现了一批新节目，其中《仿唐杂技》受到观众的好评和中央领导同志的赞扬；有八个节目在中南杂技比赛中获奖，一批杂技节目多次到国外演出。

曲艺方面：在区内获奖的有一百零八篇，在全国获奖的有桂林文场《五娘上京》，壮族末伦《画中游》《慈母心》，南音《春暖车厢》，渔鼓《叔叔望着红领巾笑》，文场《情深意切》等二十三项。

值得指出的是，在各种门类丰富多彩的文艺作品中，有不少作品是积极反映改革和"四化"建设的，表现了我区变革时期人们丰富多彩的精神面貌、心理状态及人际间的关系，既有强烈的时代气息，又有浓厚的地方民族特色；在作品的形式和技巧上，也有突破和创新。

六年多来，我区文艺队伍迅速壮大。现在区文联所属各协会由原来的八个增至十一个。一九八〇年一月，各协会会员总共只有一千六百四十五人，截至今年八月底止，已发展到三千九百五十人。其中参加全国各协会的会员五百多人。我区十一个少数民族中至今都或多或少有了本民族的作家、艺术家。在我们这支文艺队伍中，老一辈的作家、艺术家，虽然年逾花甲，但仍然勤奋创作，并且在培养新人上发挥着重要的作用；历尽艰辛的中年作家、艺术家，他们肩负着承前启后的重任，是我们这支队伍的中坚力量；近年来涌现的一大批文艺新人，他们思想敏锐，勇于探索，代表着我们文艺事业的未来。我们相信，依靠老中青作家、艺术家的团结和共同努力，我区文艺事业的繁荣昌盛是指日可待的。

六年多来，我们通过多种多样的方式，培养我区的文艺人才。我区作协分会，这些年来举办了五期创作讲习班，培养重点作者、学员九十一名，我区部分重要文学成果，是学员在班期间写出来的。这个协会还选送了一些作者到全国文学讲习所或大学中文系深造，提高思想素养和艺术素养。此外，他们还举办多种形式的笔会、作品讨论会，交流创作经验，并且组织作家到区外参观访问或在区内深入生活，扩大生活视野和丰富生活积累。最近，他们又采取招聘形式，招收合同制专业创作员，进行有计划的深入生活，力争在三四年内创作一批反映当代生活的较高质量的作品。除作协外，其他各协会也通过各种各样的形式，帮助作家、艺术家不断提高思想水平和艺术水平。应该指出的是，在培养文艺人才方面，我们的文艺刊物发挥了重要的作用。目前，据统计，自治区一级的文艺刊物共七家，地市文艺报刊有十余家，区内报纸文艺副刊有近十家，文艺刊物之多，是以往任何时期所没有的，这些刊物编辑部，在发现人才、培养人才方面所做的工作是大量的、具体的、细致的、卓有成效的。编辑部的工作人员是文艺战线上的无名英雄，我们应当充分估价他们的劳动，对他们表示衷心的感谢！

　　六年多来，围绕着"出作品、出人才"这个中心任务，我们加强了对外文化交流活动。这期间，外国文艺团组到我区访问交流的共五十五起，三百零三人，其中影响较大的一次是今年春天芬兰学者来南宁，由我们和中国民研会联合召开中芬民间文学搜集保管学术研讨会，并到三江县进行联合考查活动，这对开阔我们的眼界和扩大我区民间文学在国外的影响是很有好处的。在接待外来访问的同时，我们也先后派出个人或团体多次到国外进行访问、展览和演出。通过上述活动，对搞活我们的文艺，对增进与各国人民的友谊，对维护世界和平，都有积极的作用。

　　六年多来，我区文艺理论批评工作也取得了可喜的成绩。区文联成立了文艺理论研究室，并创办了《广西文艺评论》这个内部刊物，为理论批评提供了一个阵地。各协分会和各文艺刊物，也很注意开展文艺评论工作。如区作协成立了理论工作委员会，编印了几期《广西文学论丛》，《广西文学》、《广西日报》文艺副刊在组织评论、发表评论文章方面也做出了积极的贡献。由于各有关方面的共同努力，我区文艺理论批评活动日趋活跃。近年来，举办了不少作家创作研讨会、作品讨论会、理论学术讨论会，并且写出了一批又一批的理论批评文章，其中有数十篇文章在区外刊物上发表，有的还出版了理论专集，在国内理论界引起了一定的反响。从理论队伍方面来说，过去是比较薄弱的，而且处于分散的、各自为战的状态，现在这支队伍逐步壮大了，而且在开展共同的评论活动中加强了联系，逐步靠拢和组织起来了。他们的理论素质和理论水平也有了明显的提高。正是由于有了这样一支理论队伍以及他们的辛勤劳动，有力地促进和推动了我区文艺创作的繁荣。

二、繁荣创作的几个问题

六年多来，我区文艺事业，有了可观的成绩，出现了初步的繁荣。但是，我们没有任何理由骄傲自满，故步自封，停滞不前。我们如果不是孤立地就文艺观察文艺，而是按照党的十二届六中全会通过的《中共中央关于社会主义精神文明建设指导方针的决议》的要求，把观察文艺事业的视野稍为扩大一点，即把它作为社会主义伟大事业的一部分，把它放在我国社会主义现代化建设的总体布局中，特别是放在社会主义精神文明建设的总体战略中来进行考察，我们就会感到自身的不足，就会感到我们所肩负的为"提高整个中华民族的思想素质和科学文化素质"服务的责任是非常重大的，就会鞭策我们再接再厉，去争取更大的成绩。为了贯彻十二届六中全会的决议，使我区的文艺工作与当前的伟大改革和建设更合拍、更协调、更有力地发挥作用，我们认为有如下几个问题，需要大家共同探讨，提高认识。

1. 正确处理文艺创作和时代的关系。

文艺是时代生活的反映。深刻认识和了解时代，以高昂的热情和多样的形式和风格，努力反映时代最激动人心的生活内容，体现时代的最先进的思想，也就是人民群众的思想和愿望，这是过去一切优秀的文艺创作的重要经验之一，也是新时期文艺的重要经验之一。可是近年来，文艺界有一种所谓"远离时代"、"淡化时代"、"和时代保持距离"等说法，似乎文艺创作贴近时代、与时代紧密呼应，会妨碍文艺的提高和发展。这种看法是不对的。如果我们的文艺家不尊重历史的经验，自觉或不自觉地与时代相疏远、相隔离，那就只能切断了最雄厚的现实生活基础，对文艺的提高和发展是非常不利的。因此，我们要创造各种条件，使我们的文艺工作者能更好地关心我们的时代，了解我们的时代，反映我们的时代。我们的文艺工作者要自觉地同时代的脉搏、同人民群众的思想感情保持一致，努力表现当代中国人民的精神风貌，表达各族人民现阶段的共同理想。这个共同理想就是建设具有中国特色的社会主义，把我国建设成有高度文明、高度民主的社会主义现代化国家。我们的文艺作品只有表达了全国人民梦寐以求的这个共同理想，才具有强大的生命力。一个具有时代使命感的作家、艺术家，对国家和社会的巨大变革，对民族和人民的命运，决不能置身事外，应该热情地加以关注和反映。然而，就我区文艺工作者的劳动成果来看，还不能说我们每个人都具有了这种时代的觉醒，都认识到了文艺工作在新时代全面改革总格局的重要地位和所担负的责任。因此，紧跟时代前进的步伐，积极主动地了解和掌握改革年代生活的新流向，自觉地表现时代精神和人民的精神面貌，确是值得我们高度重视和解决的问题。

2. 深入改革、"四化"建设第一线，去观察、感受当代生活。

生活是创作的源泉。文艺家要了解我们的时代，反映当代最激动人心的生活内容，表现人民群众的精神面貌，表达各族人民的共同理想，重要的途径是必须深入到改革和"四化"建设的第一线去，通过认真的观察和体验，才有可能捕捉到那些属于自己的独特发现而又具有时代特征的东西，才有可能创造出具有鲜明个性特点的无愧于时代的优秀作品。深入生活，虽是个老问题，但却是有非常现实的意义。因为时代变了，社会生活和人们的心理结构、思想观念、生活方式也随着发生变化；特别是在社会主义商品经济日益发展的今天，人们的思想、道德、价值等观念，也会随着社会经济生活的变化而变化，人们的审美观也随之而变化。只有深入新生活，才能获取时代的血液和激情，深刻揭示时代发展的本质和趋向，使文艺作品具有时代的新意和风采，塑造出新时代的人物形象，成为这一历史时代的丰碑。一个脱离人民生活，闭门造车，囿于"自我"的作者，是不可能创造出具有时代气息和人民喜闻乐见的作品来的。我们希望每一个作家、艺术家，根据各自的情况，采取不同的形式，在深入生活、认识生活、挖掘生活、反映生活方面，做出更大的努力。

3. 既要继承，更要创新。

我区是以壮族为主的、由汉族和十多个少数民族组成的多民族的地区，有着丰富、悠久、独具一格的地方民族文艺的优良传统，应当保持和发扬。同时还要继承古今中外一切优秀的文化遗产，作为借鉴，创造出具有中国特色的社会主义文艺来。

我们既要继承，更要创新。因为艺术贵在创新，只有创新，才能与新时代相适应。当前，随着改革方针和开放政策的实践，文艺界的创新意识非常强烈。这是个好现象，应当给予热情的支持，即使出现某些偏颇，也不应过多指责。但必须进行疏导。例如，有一种意见，把文艺创新和继承传统对立起来，认为"往昔一片空白，一切从零、从我开始"，这种看法是不对的。应该认识到，要创新，必须参照中外古今的优秀文艺传统。只有下功夫刻苦认真学习中外古今的文化遗产，广采博收，才能造就新时期一批具有代表性的大作家、大艺术家，避免很多的天才的萌芽早期流产。还有一种所谓创新，是从西方哲学、西方社会思潮与文艺思潮中搬来的悲观主义、反理性主义、孤独感、颓废情绪、性解放，以及极端的自我中心等，把它们当作现代意识来盲目鼓吹，这也是不妥当的。毫无疑问，对于二十世纪世界文化中的一切重大发展和所取得的丰富经验和学术成就，我们应该采取开放、借鉴与研究的态度，凡是合理的、有益的，我们要加以吸收。但是，决不能不分好坏，生吞活剥。如果不加评析和选择，盲目照搬过来，对我们的社会主义文艺事业也是不利的。我们必须明确，任何文化都有精华和糟粕两个部分。我们要吸取的是外来文化中一切具有进步性的东西，决不能去承袭西方资产阶级的腐朽思想；我们要借鉴的是西方文艺中真善美的东西，决不能去承袭那些唯心主义、神秘主义、反理性主义的东西。对于外国的艺术形式和艺术经验，也要加以融化，要和本民族的特点结合起来，做到既符合社会主义的需要，而又具有中华民族的鲜明特色。我们的文艺创造首先应该得到我国广大人民群众的承认，然后才谈得上世界意义。跟在西方文艺后头亦步亦趋，那是没有出息的，也不会为世界文艺增添异彩。

4. 把坚持创作自由与加强社会责任感结合起来。

胡启立同志代表党中央在中国作协四大的《祝辞》中说："作家有选择题材、主题和艺术表现方法的充分自由，有抒发自己的感情、激情和表达自己的思想的充分自由。"创作自由也明文写上我国的宪法。它鼓励文艺创作进行大胆探索，努力创新，防止以简单的行政命令方式干预创作的做法，使作家、艺术家在自由宽松的心态下进行创作。

坚持创作自由与加强社会责任感，是辩证统一的关系，我们有了高度的社会责任感，在创作中才能获得真正的自由；也只有实现创作自由，我们文艺工作者才能更好地履行社会使命。二者既不能割裂，也不应对立。整个艺术创作的过程，都是创作自由和社会责任感互相起作用的过程，绝对的、无条件的、抽象的创作自由，事实上是不存在的。应该维护社会主义的创作自由，把自由创作与整个民族、国家的利益，同振兴中华、建设社会主义现代化强国的责任结合起来，才能获得最大的自由。

5. 坚持贯彻"双百"方针，积极开展艺术的探讨和研究。

新时期的文艺实践，出现新的情况和新问题，需要我们在马列主义、毛泽东思想指导下去进行探讨和研究，推进文艺事业的向前发展。我们要坚持贯彻"百花齐放、百家争鸣"的方针，提倡不同的学术观点的自由讨论，不同风格、不同形式的自由发展，探讨和研究文艺实践中的情况和问题，以利于我区文艺创作的繁荣。

学术讨论必然引起争鸣，这是正常的现象。争鸣必然带来思想的活跃和创造力的旺盛，同时，一些独特怪异的见解甚至荒谬的东西也会掺和在一起，对此我们要欢迎，要理解，要采取宽容和宽厚的态度，共同探讨，互相促进。当然，我们也应该积极地发出自己的声音，那就是在马克思主义思想指引下，有利于我国现代化建设，有利于物质文明和精神文明建设，创造性的、富有时代特色和民族特色的声音。真正的科学和艺术是不怕争论的。

我区各文学艺术门类，今后都要建立和逐步壮大各自的理论评论队伍，把那些有成绩的理论人才吸引到各自的协会中来，使我区的艺术探讨和研究持续地有成果地开展起来。

6. 加强文艺界的大团结，创造一个宽松、活泼、和谐、融洽的环境。

中央领导同志多次指出：在文艺界要创造一个民主、和谐、融洽、互相信任、互相理解、互相支持、同心同德的气氛，以便调动文艺工作者的积极性、主动性和创造性，增强领导与文艺工作者之间、文艺工作者相互之间、文艺工作者与广大群众之间的团结。我们应该把这些贯彻到实际行动中去，群策群力，同心协力，一心一意去发展我们社会主义文艺事业，以不辜负党和人民对我们的殷切期望。

我们要以"大鼓劲、大团结、大繁荣"及"大活跃、大竞赛、大提高"作为动力，发展我们的文艺事业。新时期的文艺观念在不断更新，难免出现学术上的不同认识、不同见解和审美观念、艺术风格上的差异，这是正常现象，不能因此影响团结。那种唯我独秀、妒贤嫉才，互不服气，谁有了成就就打击谁的不良风气再也不应该存在了。我们应该在社会主义精神文明建设中，以身作则、严己宽人。文艺界宽松、活泼、和谐、融洽的环境需要我们大家去共同创造。文艺队伍的力量来自团结，来自自爱、自尊和自强不息，那种互相内耗的现象，只能抵消我们自己的力量，有百害而无一利，再也不允许存在下去了。

三、今后工作设想

今年是我国国民经济和社会发展第七个五年计划的第一年。党中央对"七五"计划的建议中，交给我们文艺界的任务是："文学、电影、电视、音乐、舞蹈、美术、戏剧、曲艺等文化艺术部门都要努力创造更多更好的作品，丰富人民的精神生活，提高人们的文化素养和精神境界，激励人们献身于振兴中华的伟大事业。"最近，党的十二届六中全会和区党委五届三次全会，又把文学艺术创作提高到了一个重要的位置上，并提出了具体的任务。我们一定要坚决贯彻，竭尽全力去完成。

1. 组织全区文艺工作者认真学习、贯彻《中共中央关于社会主义精神文明建设指导方针的决议》。通过学习这一纲领性文献，大家从战略的高度加深对精神文明建设重要性的认识，明确精神文明建设的基本指导方针和根本任务，以及我们文艺工作者在精神文明建设中担负的光荣艰巨的使命，从而提高我们的责任感，创作出高质量的精神产品奉献给人民群众。为培育"四有"公民和提高整个中华民族的思想道德素质和文化素质，做出我们的积极贡献。

2.进一步端正业务指导思想，以锐意改革、开放和搞活的精神努力开拓文联工作的新局面。文联的中心工作是"出作品、出人才"，因此，我们的主要精力应该放在抓文艺创作上来，要经常研究创作中的问题，组织作者深入生活，学习马列主义、毛泽东思想，进行知识更新，提高作者的文艺素质，从思想上、物质上、时间上，给作者提供创作的条件，以促进更多优秀作品的诞生。当前要注意抓好两方面的工作：一是在坚持四项基本原则的前提下，在继承优秀传统的同时，要热情支持和鼓励艺术上大胆的探索和创新，以适应新时期新形势发展的需要，赶上时代的步伐，共同前进；二是坚持把作品的社会效益放在首位，克服和纠正文艺创作和活动中的一切不良倾向，反对资产阶级自由化。只有这样，我们才能沿着正确的方向，去开拓出一个崭新的局面来。

3.要发现、培养和爱护文艺人才。

我区文艺创作能否有较大的突破，是否产生出在全国有影响的优秀作品，能否有一批高质量的佳作向自治区成立三十周年和新中国成立四十周年献礼，在很大程度上有赖于文艺人才的才智是否得到充分的发挥。因此，要十分重视对人才的发现、培养和爱护的工作。

文艺队伍，基本上可以划分为三个层次：一是尖子人才，二是成长中的有发展前途的中青年作者，三是广大文艺爱好者。文联和各协会的工作重点，应放在第一、二层次上。特别是在培养尖子人才上，要花更大的心血。同时，还要发挥有成就的知名老作家、艺术家在这方面的特殊作用。今年区党委拨了专款由作协招聘专业创作员，进行有计划的深入生活和创作，这是一个发现、培养尖子人才的积极措施。今后，我们还打算通过各种不同的渠道、利用各种不同的方法，把这一工作做得更好些、更活些，使我区的文艺创作尽快地赶上先进省区的行列。

4. 区、地市、县的文联体制要进一步健全和固定下来，并采取一些积极措施，把工作搞得更有活力，更有成效，因此，我们建议：

①区文联的编制和经费应该进一步健全和加强，地、市、县文联的体制也应明确和固定下来，其人员和经费要纳入当地的编制和预算，真正做到如十二届六中全会决议中提出的："国家要从政策上、资金上保证这些事业的发展。"以适应当前文艺创作发展的需要。

②加强各级文联和各协会的工作，把那些年富力强、精通业务而又勇于献身的同志选进领导班子，并保持一定的稳定性，以利工作。

③争取建立全区性的文艺创作基金会，开展各种文艺门类的"振兴广西文艺创作奖"的评奖活动，有特殊贡献者，要给以重奖。

④继续采取招聘或其他形式，建立一支专业的文学创作队伍，进行有计划、有重点的创作。

⑤采取积极措施帮助我区作家、艺术家、评论家的作品和论著出版发行。

⑥积极创造条件，解决艺术展览场地问题。

⑦加强和各协作单位的联系，密切配合，搞好上下联系，横向联系，把学术交流活动认真开展起来。

⑧办好文艺刊物，建立自己的创作队伍，为人民提供更多更好的精神食粮，为本地区作品提供园地和促进本地区作者的成长。

5. 加强文联的服务工作，为文艺工作者提供和创造有利的工作条件。

领导就是服务。这个思想，要在各级文联、协会的领导班子中明确起来。文联、协会是党联系广大文艺工作者的桥梁和纽带，是文艺工作者之"家"。文联、协会的正、副主席及其工作人员，是文艺工作者的服务员，不是他们的"上司"，更不是他们的"老爷"。因此，在加强文联、协会的自身建设中，要牢固地树立为文艺工作者服务的思想，虚心听取他们的意见和要求，维护他们的创造性劳动和合法权益，帮助他们解决创作上、生活上的实际困难，以便让我们共同为繁荣我区的文艺创作和文艺事业，做出新的贡献。

　　同志们，在党的十二届六中全会精神鼓舞下，在区党委的领导下，让我们更加紧密地团结起来，为促进我区文艺事业的进一步繁荣，为我区的社会主义精神文明建设和物质文明建设共同奋斗，去夺取更大的胜利！

在历史的反思中探索出新

——壮族当代文学讨论会部分发言摘编

少数民族作家的使命与选择

中国社科院少数民族文学所科研处主任　关纪新

多民族之间在当代文坛上的竞争和角逐，可以被看作是我国新时期文学日见显著的特点之一。这种竞争和角逐，当然不是坏事，而是好事。古今中外的文学发展，大约都与竞争有关系。正是在我国当代文学的竞技场上，中国少数民族作家创作，出现了亘古未见的向荣态势。原本就具有书面文学创作传统的一些民族，其当代作家，正把自己的文学追求，瞄准国内外的一流水平线；而从未有过自己作家文学的若干少数民族，也在近年间令人兴奋地涌现出了各自出手不凡的第一代作家。

我们的党和国家，我们的社会主义制度，为各民族文学的积极发展提供了必要的客观条件。然而，任何一个民族的文学想要真正挺立于多民族文学之林，想要在文学的多元竞争中代领风骚，都只能依赖本民族作家自己的艰巨努力、自己的辛勤劳动和自己的出色创造。在这里，来自外界的"政策性"照顾是无济于事的。

作品信息

《广西文学》1987年第6期。

多民族的文学竞争又否定"论资排辈"。作家文学传统原不丰厚的、经济地位偏低的、人口数量较少的一些民族，有时也会毫无愧色地走到前头去。近年来的现实已经证明了这一点。例如土家族当代文学群体优势的鲜明展示，藏族小说创作卓有成效的探索出新，鄂温克族新文学的异军突起后来居上……

振兴本民族当代文学的历史使命，责无旁贷地落在了各民族作家的肩上，少数民族的当代作家们，正在为此而焕发起充盈民族自尊精神的进取自觉。

为了使自己民族的文学早日取得大的成功，享誉中华进而走向世界，我们的民族文学创作者们都在苦苦地思索着，他们必须认定自己前行的道路。

在坚持为社会主义服务和为人民服务的大前提之下，少数民族文学创作是应该和可能找得到与汉族文学发展不尽相同而且相互之间也不尽相同的道路的。

含纳和表现彼此相异的民族特质，是各民族文学相互区别的根本标志。在寻找少数民族自己的文学创作道路的时候，当然不能忽略民族特质这一重要的突破口。

文学中的民族特质，绝不仅仅表现为在作品中展览出一些民族服饰、风情等表层文化现象，甚至也不止在于作品要刻画出具有特定民族性格心态的人物形象。民族特质在作品中的体现，既在于作品写了什么，同样重要的是怎样写。

马克思主义的民族理论认为，民族无论大小强弱，都有其特有的优势和长处。我们祖国的灿烂文化，是五十六个兄弟民族在漫长的历史发展进程中共同缔造的。各民族之所以都能够绵延历久，生生不息，有所创造，就是因为他们各自都具有精神和文化的优长，各自都具有一种不灭的民族魂灵。我们的民族作家，应当立足在本民族的文化基地上，贴近和吸取本民族的文化总和，科学地扬弃，批判地继承，从中提炼出本民族的审美眼光，达成自我审美个性的民族化塑造；再以这种民族特有的审美方式，去感受和判定世界，去设计和建构自己的民族文学殿堂。

在我国，汉族的文化及文学传统，与各少数民族的文化及文学传统相比，显然占有极为重要的位置，故而，其每日每时都要影响着少数民族的文化及文学的发展。对于汉族文化及文学的优秀成分，少数民族理所应当学习和吸收，但这并不是说少数民族只能完全按照汉族的文化及文学模式来校正自己的文化和文学。我们无须强求少数民族作家在自己的文学活动中必得接受和使用汉民族的审美天平，而应当鼓励和尊重少数民族作家，以自己的民族的眼光，去看去想去写作。假若园林工人只用松树的形态为标准去修剪杨、槐、柳、桐等一切树木，那么我们身边的树木将会变得何等单调。同样的，我们的评论界如果只用一把汉族文学批评的标定尺子去裁决多民族的文学创作，其结果会好么？回顾一下五十年代、六十年代许多颇富才华的少数民族作家，他们的创作后来大多失落了少数民族文学的本体性格，这里面自有一定的教训可以归结。

为推进本民族当代文学而奋发图强的少数民族作家，应该善于完成自己对本民族文学创作道路的选择。这种选择，既是有利于本民族文学发展的选择，也是有利于社会主义中国的文学百花园进一步繁荣的选择。

壮族传统文化与壮族文学的发展

中国民研会副主席、广西民研会名誉主席　蓝鸿恩（壮族）

下面我想谈一谈壮族传统文化和壮族传统文学的关系。

关于文化的定义虽然众说纷纭，但我个人认为：文化应该是属于某个民族在历史长期中的精神生活、物质生活所取得的成就，从而表现在积淀于内心世界反映出的心理状态。文学主要是表现人们的心理感情，不能不受文化的影响制约。

传统的壮族文学可以分成两个部分，一种是文人文学，一种是民间文学。

从我多年来研究的资料来看，我发现文人文学和民间文学之间没有任何内涵的联系。因此，我认为文人文学和民间文学之间产生了断裂。这种断裂表现在文人文学方面。从内容来看，并没有反映出壮族人民特有的心理素质。在形式上，也没有承传的关系。只要把这些文人文学的作品和汉族文学摆在一起，就很难分出彼此不同的东西。而民间文学和其他民族文学对比，不论从反映的心理素质上、形式上、语言用词上，那是多么的不同。这说明文人文学并没有反映出壮族人民文化所表现出来的特殊的心理状态。这就说明文人那里，早就和壮族文化发生了断裂。

至于在人民群众那里，由于没有文字只凭口口相承下来的民间文学，就发生了变异性。加上时代的发展，这种封闭式的年代受到了冲击，也逐渐和原来传统文化发生断裂。典型的例子就是壮族祖先创造的花山崖壁画，铜鼓艺术，桂西一带出土的大石犁，究竟是什么东西，谁也不晓得，现在只由各种专家在那里研究评论，说明也是一种断裂现象。

这种文化断裂现象，对一个民族来说是非常危险的。过去自足自给的小农社会经济的文化还可以闭关自守，抗击外来文化的影响，还能保存自己的传统文化，而今天的开放性的社会，外来文化不断冲击进来，传统文化便只有被消减的可能。文化消减了，就意味着民族的消失和灭亡。历史上一些少数民族虽曾到中原当皇帝，可他们因为对抗不了先进文化，因此，皇帝倒台了，民族也消亡了，这种例子是不少的。

造成这种文化上断裂的原因，我们可以从壮族的社会历史状况中得出。

总之，传统文化的断裂，这是壮族的现状。因此，要探讨壮族的文学发展问题，就必须从这个现状出发。

下面，我谈出几点不成熟的意见，供大家参考。

一、文学是人学，主要是写人的，每个民族都有自己不同的心理素质。而这心理素质是他们民族传统文化积淀在内心世界的表现。既是壮族文学，就离不开要写壮族人，壮族人的特有的心理素质必然受他们传统文化所制约。因此我希望大家都来研究壮族传统文化。

二、文学的现代化，主要是内容。我们发展的是社会主义文学，其内容必须是社会主义的内容，如果是历史题材的话，也必须用马列主义来指导。我们人民也在进行社会主义建设，可是，他们因陈的负担和包袱不少。起码在接受新的事物上是比较保守的，文学不应该去表现他们的某些进步的喜乐和丢开那些旧的东西而痛苦的心灵吗？如当前要农业发展，要搞好经济，用商品经济来刺激农业生产，可我们的壮族观念是"十商十奸"，要他们去掉这个东西是不容易的。

三、必须扎扎实实地深入生活，深入生活并不只是浮光掠影地去收集一些民族风俗习惯和自然景色，更重要的是研究壮族人民在生活中人与人之间关系所表现出来的心理状态和思想矛盾，进步和落后的激烈斗争，这就是经常说的了解一切人。

四、形式问题当然也要研究，这要向民间文学学习那些很多美妙的形式和表现方法。我曾经向一些同志推荐读一读黄勇刹整理的《嘹歌·唱离乱》，这首长诗的表现形式在当今世界上的文学作品也是少有的。两个人对唱的形式，每节歌可单独存在，分开来读，那是很好的抒情诗。但能连起来来读，却是一首叙事长诗，其内心刻画是相当细致的。

另外，也应该研究壮族民间文学表现方法。譬如梁山伯祝英台、何文秀，本来都是汉族的题材，可壮族民间文学把这些人物全部壮族化了。我们有些同志不是提出壮族汉族差不多了吗，我们读了就可以看到人民是如何把汉族故事壮族化的。

从歌的文学到文学的"歌味"

中国社科院少数民族文学所　郭辉（壮族）

在壮族当代文学长期徘徊、步子迈得不大的情势面前，我们现在应该考虑到底哪一种文化模式更适合壮族文学在今天潮流中的生存和发展。

从壮族传统文化和壮族作家以往取得的成就看，我认为：以传统文化为背景，以歌的文学精神为模式，以创作浓郁的"歌味"文学为追求，更适合壮族文化的主脉流向和群众的审美习惯，从而更能揭示出人的特殊文化心理在社会生活实践中的发展历程。

我们从壮族先民在劳动中的"吭唷吭唷"声开始，到以讲唱为主要形式的壮族"三大史诗"的诞生，再到今天仍蔚然成风的歌圩文学和流传至今的各种民歌体裁，可以看到壮族文学以"歌"为主线的发展流向。同时也说明壮民族天生有着炽热的幻想情绪和能编善唱的文学基因。这种基因一旦被激发，就会爆发出巨大的艺术创造力。换言之，"歌"的世界就是壮民族的精神世界，从而也是人的世界。

所谓"歌的文学"，不是文化艺术门类中有音符、有旋律节拍的歌曲，而是壮族的文化传统和生活气质，是壮族群众独特的对文学艺术的审美欣赏习惯，是大写的人——人的心态，人的苦难，人的灵魂震颤——在文学作品中发出的呻吟和呐喊。壮族的"歌的文学"以民间讲唱形式为开端，发展到今天的各种文学门类（它当然包括了诗歌、小说、散文、电影、戏剧），是人的外部表现形态的复归，它反映出文学创作中对"歌"的观念的更新。

自觉地以"歌"为题材、为内容进行创作，那作品凝聚的丰富的民族文化因素，更能激起读者情感上的共鸣和心灵的沟通，更能深刻地反映出壮族社会的现实人生，实现着作家对民族传统文化的借鉴与超越。这种达到共鸣和沟通的原因不是别的，正是文学作品中的"歌味"，是壮民族独特的文化心理结构和气质。这也正是我们壮族文学创作在整个中国民族文学大潮中的地位和优势。

壮族当代文学的弱点和盲点

《三月三》副主编　陈雨帆（壮族）

我们的老年、中年、青年作家都有自己的艺术追求，并表现出"多样概括"的状态。这些追求又有着一个共同的思想底蕴，这个底蕴就是：追求自己民族的振兴、自己民族文学的振兴。可是，既然我们有着这样的追求，我们却还拿不出较多的优秀作品。是什么阻碍壮族文学走向全国的步伐，阻碍着我们的壮族文学和世界文学的接近呢？我以为，那就是我们的壮族文学、我们的壮族作家群体还存在比较多的弱点和盲点。只要把我们追求的层次和先进的兄弟民族的文学追求的层次进行各种坐标的纵向和横向的比较，就可以清楚地突出我们各种各样的弱点和盲点来。这样的比较将是一个内容庞杂的课题，我这个发言是无力完成的。这里，只能就我个人的见解，说几点也许关系着我们追求层次高低的情况。

其一，为上所述，我们仍有相当多一部分中老年甚至是青年作家，他们的作品的思想内蕴和艺术追求停留在安全系数较大的层次上，即是说，这些同志的追求还只是一种安全的追求。比如，在作品的选材上，这些同志往往喜欢走驾轻就熟的路，自己过去在处理道德问题的题材上有过成功的经验，那现在就专找些调节人际关系的故事情节来写，作家终归大不了做个"劝善"的公证人，皆大欢喜。又如，这些同志的作品在生活内容和人物塑造上，往往只求表面的真实或者有新闻报道的依据。因此，写农村改革往往满足于农民的经济翻身的描写，似乎改革到此已经成功，优哉游哉了；写改革型的知识分子呢，则让他只说一些宏图大略的话，却没有什么样的实际行动，这个改革者的思维方式和人格理想在小说结束时还是处于封闭体中而没有丝毫改变，这种创作上的安全追求，很清楚地勾画出了我们壮族文学的一大弱点。

其二，即使是那些有艺术追求的作家，也往往在创作实践上浅尝辄止。比如说，基于马克思主义美学的理解，他们知道当代文学迫切需要突破再现层，进入表现层，这就需要一层层地剥开人物的心理层次，把笔触深入到人的精神世界这个"内宇宙"中去。但是要做到这一点，只有过去传统的现实主义的表现手法已经远不够用，亟须吸收现实主义以外的合理、有效的方法来丰富自己的表现能力，包括吸收现代主义的各种方法在内。那么，吸收的情况如何呢？象征主义的手法，似乎比较好懂，可以拿来就用，于是从题目的草拟开始就使用象征，于是我们的作品，包括上面列述过的许多成功的作品，用的都是象征性的题目，但是到了内容的拓展，到了人物心理多层次的揭示，就无能为力了，就看不到什么富有张力的象征了。至于象征手法之外，还有哪一些适用于揭示人物心理的手法呢？名称倒是知道不少，什么意识流，什么结构主义、魔幻现实主义、表现主义、新小说派，甚至后现代主义等，但具体起来，却不甚了然，或者压根儿就不懂，想学，想批判地吸收使用，也学不来用不来，就突出了我们壮族作家的盲点。盲，就只好止步或者顺着老路后退，退回到自我尊重甚至求得安全这些追求层次上去。就那样浅尝辄止。

其三，我们好些青年作家只热心追求现代主义艺术表现方法，光注意作品中的时空交错、意象朦胧、氛围浓烈等。倒真像那么回事，可内容呢？写爱情婚姻，则往往鼓吹妇女的从一而终、忠孝贞节，而作者还以为自己表现的是现代意识，写民族的古今生活，则往往热衷于展览愚昧、野蛮的陋俗，没有区分开良好的风俗陋俗，还以为自己提高了文化视野，在实现新的文学时空概念。这类作品，各个编辑部都在来稿中见到不少。它们表明，这些青年作家虽然文艺的现代意识比较浓厚，但社会的现代意识，包括政治、经济、道德等方面的现代意识还很淡薄，甚至不具备，这是我们壮族作家群体的又一大的弱点。由于这个弱点的存在，我们就很难像《瀑布》的作者那样，对那些重大的生活问题、那些历史的和现实的重大的矛盾斗争进行深入的思考，并把思考的整理所得体现在创作上，体现在民族的"脊梁人物"的形象塑造上。这样，我们也许可以写出一些"盆景"式的作品来，而"深山大泽"式的巨著要产生就难了。

其四，我们不少作家明白了在创作上现代意识引导的重要，但同时忽视对马克思主义哲学和美学理论的学习与掌握。我们不懂得，马克思主义乃是现在世界上最具有社会实践力量的一种现代意识，二十世纪以来它在世界范围内不但更加广泛传播，而且全世界都在和它对话，文学领域里的各种哲学主张都在和它对话。要说我们壮族作家群体存在盲点，这恐怕是相当大的盲点之一。我们的一些作家，特别是中青年作家，由于存在这个盲点而又没有读过几篇马克思主义的著作，大大妨碍了自己的创作追求从技巧层进入哲学层，我们这个作家群体的马克思主义美学素养一直停留在较低的水平上。这样，不但使得我们较有才能的一些作家不能更快地成长，而且有少数作者还曾经一度热衷于渲染凶杀、色情、颓废的"通俗文学"（其实是庸俗文学）的写作，而助长了广西报刊杂志上的那股歪风。诚然，比较起来，这方面的壮族作者人数很少，而且能够比较早就从那股潮流上退了出来。但是从这个事实的过程中，也同样看到了我们的某种弱点。

上面说的四种情况与其表现出来的弱点和盲点，就是我们作为我国人口最多的少数民族，又是具有比较悠久文化传统的一个民族却拿不出较多跻身全国文学前列的艺术作品的重要原因。要论全国文学发展不平衡状态的话，我们这种不相称的情形就是这种不平衡状态的一个突出表现。这个事实是我们今天应该敢于正视的，这也是这次壮族当代文学讨论会必要性之所在。

寻根的文学和文学的寻根

中央民族学院副教授　梁庭望（壮族）

我这里所说的寻根的文学和文学的寻根，是对壮族当代文学现状而言的。我以为对于壮族当代文坛的兴衰有着异乎寻常的迫切性。

壮族文学首先要寻找栽花的沃土。

在近年全国文坛的崛起中，人们期望有一个以浓情丽姿为特点，以清新多变见长的岭西文派出现。然而遗憾的是，壮族的文苑依然是"独秀园"，未能达到预想的繁荣。多数作品还不能在高层次上展现壮乡这特殊地域的艺术风格。

这到底是什么原因造成的呢？根本的原因是我们从汉族文苑当中移植过来的现代文学的鲜花——小说、诗歌、散文、戏剧文学、影视文学，还没有深深地插在民族文化的沃土里。

千百年来，壮族祖先在岭西这块土地上，创造了光辉灿烂的物质文化和精神文化，在这诸种形态里，我们可以看到它是一个复合的整体，它在一定的政治、经济的影响下，通过自身的扬弃、克服、批判和继承，不断向前推进，形成一个波涛起伏的文化江流。它的核心可以归纳为六个方面，即含蓄内向的民族性格，开朗上进的乐观精神，自强自主的心理特征，朴实淡雅的艺术风格，谦和礼让的民族传统，重农轻商的经济思想。这六个方面形成了壮族文化核心的质子，非高能的外来轰击不足以引起突变，因此，它们应当是壮族文学艺术之根。从别的文艺园地移来的文艺之苗，不管它是如何的好，但如果不深深地插在上述民族文化的沃土里，它是无法茁壮成长的。我们常说，壮族的文学应当表现壮人的精神、民族性格，显出自己的地方特色和民族特色，而离开这源远流长、层次丰厚的壮族文化传统，是不可能的。当代壮族文学史充分证明，谁寻得民族文化之根，他的作品必有所突破，以一种岭西特有的艺术光泽辐射于国人之前。陆地、韦其麟、黄勇刹、蓝鸿恩、韦一凡、黄钲等壮族作家的创作，便是鲜明的成功之例。

寻找交叉点，这也是壮族文学振兴的必由之路。

我们说民族文化是根，是沃土，并不是只要有它就万事皆备。我们还必须克服寻根派过去强调的空间性（特定地域文化）而相对忽视时间性（现代文化形态）的弱点，寻找传统文化与时代节拍的交叉点。文化作为历史的积淀，在它的氛围里，并非一切都能与时代合拍。因此，只有它和时代感的交叉点，才是当代文学的闪光点。

在壮族地区的千山万崮到处都可以看到新旧意识的互相冲突、撞击。一面是为信息时代科学的发展所震骇，焦躁不安，一面是知识的被冷落、遗弃。一面是寻求现代生产的突破，改革，一面是山崮里的人们十分平静，依然使用千百年来的陈旧的生产方法。一面是开放的呼声，一面是闭关自守的平静。一面是权力支配和人治的滥用，一面是软科学的要求和增长。商品生产的需求与小农经济互相撞击。生态平衡的失调与扶植幼苗共存。一面是七百五十万文盲的存在，一面是反对这些人应当有自己能懂的民族文字。妇女的解放与买卖婚姻并存。科学的发展与神鬼的抬头同在。作为这一切的综合体现，是一个人口号称第二位的民族所在的省区，其工农业产值连年倒数头几名，其贡献与人口极不相称。正负两极的反差，从来没有这样的尖锐。这些撞击之点，应当成为壮族文学家、诗人、戏剧家们捕捉的亮点。他们应当把自己的视野升高到鸟瞰的高度，不再囿于具体的地域和领域，不再沉溺于发绿的死水，而是通过民族新旧意识的内部搏斗，发展与重铸民族的灵魂，让求生存求幸福的意识升华，让哲学和科学的意识渗透，让信仰的意识立于不败之地，让道德的意识净化笔端，最终创造出堪称完美的艺术珍品，奉献于时代的文坛，为建立岭南文派首立一功。

新时期的壮族文学应当引入系统论。

所谓系统，是指由相互作用和相互依赖的若干部分综合而来的，具有特定功能的有机整体，它又是一个更大系统的组成部分。我认为，要振兴壮族文学，我们应当有一个基本的要求，这就是重铸民族的灵魂，振奋民族的精神，跟上时代的信息，在建设社会主义现代化当中做出与壮族人口相称的贡献，使壮族在下一个世纪跃入世界发达民族的行列。根据这个要求来设计一个开放性的系统，它应当包括传统文化的继承和发扬、具有时代感的广泛题材、世界文学技艺的引进和消化、青年作者的培训、刊物的创办和改进、完善的发行体系、文艺效应的反馈（文学评论）七个主要组成部分，这个系统形成一定的方案之后，经反复实践、修改、补充、完善，使之达到最佳水平，付诸实践，定能产生预期的效果。其中的每一部分，又有自己的小的系统。比如作家的队伍要有若干层次，形成梯队。题材系统无论是高层次还是低层次，也无论是工业题材、农业题材、科技题材、文教题材、生活题材，都围绕着历史使命这个核心，这样任何题材都可能是题材系统中有机的组成部分，都会是经纬线上的交叉点，因而都有可能成为一个亮点，一个闪光点，从而给读者留下绕梁三日的韵味。总之，系统论将是我们民族的文学兴旺发达的鼓风帆。

文学要寻根，文学要有时代感，这是一个事物的两个方面，犹如鸟之双翅，失一而不能飞腾，而系统论将是它们得以协调、统一的躯体，果能如此，则壮族文学的繁荣，指日可待。

强化民族意识　振兴壮族文学

广西民族学院中文系副教授　胡树琨（壮族）

壮族当代文学创作的现状与全国先进水平相比较还存在较大差距，原因是多方面的，需要认真研究，在正确思想路线引导下进行综合治理。其中有一点至关重要，那就是在不少作品中缺少一种从壮民族社会现实生活出发的深沉的思考，作品的穿透力不强，底蕴不厚，韵味不足；在为追求民族特色的艺术表现手法上，仅停留于对民族地域风情、服饰打扮的外观描写以及方言土语的运用。

马克思指出："古往今来每个民族都在某些方面优越于其他民族。"（引自《神圣家族》，《马克思恩格斯全集》第2卷第194页）这同样可以用于民族文学的创作，也就是说，我们要发展、振兴壮族当代文学的创作，必须善于发挥自己的民族优势。壮族文学如果从创世史诗《布洛陀》算起，迄今已有几千年的灿烂历史，从她产生以来就具有两大优良传统：一是植根于现实的沃土；二是汲吮民族民间文学的乳汁（大多数本身就是口头流传的民族民间文学）。壮族文学几千年来之所以生生不息，跨朝越代，发展至今，仰仗的就是这两条血肉支柱。然而，仔细探究，这两个传统都有一个共同的异常鲜明的交汇点，即强烈的民族意识。远古时代的《布洛陀》《布伯的故事》《莫一大王》《嘹歌·唱离乱》等，之所以能流传下来，家喻户晓，成为壮族人民精神的寄托、抗争的力量，主要是因为这些作品反映了壮族人民的智慧和意愿，又通俗晓畅，易于接受，具有浓郁的民族色彩。当代创作如《百鸟衣》《刘三姐》等也是以其独特的民族风采轰动文坛，征服广大人民群众的。今天我们要发展、振兴壮族当代文学，也只能走继承壮族文学传统，强化民族意识的道路。所谓民族意识，包括两个方面：一是属于作品思想内容范畴（如反映壮族人民的社会生活、经济结构、伦理道德，所刻画的人物具有壮族的精神风貌、心理状态、性格气质、审美习惯，所描写的自然风光、地域环境、民情习俗应是壮乡特有的）；二是艺术形式、表现手法（主要指从民间文学汲取营养，为广大人民群众所易于接受、喜闻乐见的艺术形式，当然也不排斥对外来形式的学习与借鉴）。而在塑造人物上强化民族意识是我们追求的重点，也是以往我区壮族当代文学创作比较薄弱的环节。我们只有深入生活，扎根现实，积极参加经济体制改革的实践，广泛接触社会人生，才有可能熟悉了解壮族同胞，进而在作品中写出他们的神魄风姿和性格气质。

强化民族意识，体现在艺术形式、表现手法上，不仅要继承借鉴民族民间文学的艺术传统，注重加强作品的故事性，讲究情节的铺排与渲染，为群众所喜闻乐见，语言要通俗易懂，生动形象，雅俗共赏。同时，也要在现实主义的基础上，吸取与借鉴外来的艺术形式，对于有用的东西采取"拿来主义"，哪怕是现代派，也不要视为洪水猛兽，要识别，要择取，要改造，要为我所用。还是鲁迅先生说得透彻："没有拿来的，人不能自成为新人，没有拿来的，文艺不能自成为新文艺。"（引自《拿来主义》，《鲁迅全集》第六卷）要使壮族当代文学在艺术上不断地攀登高峰，决不能放弃"拿来主义"。

历史的突破和文化的局限

广西师院中文系副教授　周鉴铭

置身于新时期文学大潮中的当代壮族文学，写下了自己崭新的篇章。

从总体格局上已完成了历史性的突破和超越。十七年中的民族文学，大多以感恩为主题，大多以模拟典型的生活程序为结构，大多以主题加风情为民族特色的追求，从而，形成了一个模式。新时期壮族文学，突破了这个模式，主题、结构走向多样化，民族特色的追求进入了深层。

一个包括各年龄层次、可分性越来越大的作家群体，已经形成。这群体，包括陆地、韦其麟等奠基的一代，周民震、韦一凡等拓展的一代，还有正在出现创新的一代，组成一支可观的队伍。其同一性渐次减少，差异性逐渐增大，许多人趋向于现实人生的剖析，有人趋向于感情的诗意抒发，有人趋向于故事的编织，也有人趋向于感觉。捕捉，艺术个性、风格露出苗头。

现实主义是新时期壮族文学主潮。老、中年作家，大都高举这一旗帜。他们热切关注现实人生，关心人的命运，透过对各种人际关系（邻里、婚姻、上下属、父子等）的描摹，捕捉时代的信息，展示人物个性。由于文学传统的特异性，由于地理的隔离造成的某种文化的隔离，因而，壮族作者多埋头于用朴质手法，展示自己脚下的土地和人民，这是明智之举；"先锋派"文学，只可望之，不可及之。待根基扎实之后，再展翅奋飞不迟。

在文学的民族特色的追求上，进入了较深层次。

十七年中，往往把民族特色理解为一些表层的、外在的、凝固的东西，因而形成一种点缀和装饰。

新时期壮族文学，已跨越这个浅层，进入了深层。

人们已把民族特色看成为整个社会生活的一个有机组成部分，从把握自己民族生活整体性上来把握民族特色，从把握自己人物性格的历史积淀上来把握其文化素质。这样，展示出的民族特色，就进入了社会生活和人物灵魂的深层。

新时期壮族文学的局限是文化的局限。

总体来看，还未超越对全国最优作品的跟踪，当然已经"广西化"，但路子是别人蹚出来的。独创，仍然是一种奢侈品。我们还缺少足够的艺术胆识，用自己的眼光去看取生活，见别人之未见。这种"认同性"文化现象，包含着深厚的历史内涵。应该大声疾呼艺术上的自立和自强！这庶几是一条突破之路。

我们对外部世界（区外、国外）还较隔膜，有的是由于自卑，有的是由于自尊，大量的则是不解，这些，造成了某一种自封，既不要亦步亦趋，又不要自我封闭，广西作者正面临着这一难题，在观念上要跟上，但在结构手法上却要另辟蹊径！

现代意识：呼唤着新的高度

《学术论坛》文学编辑室主任　雷猛发（壮族）

壮族文学在当代，特别是在新时期十年，获得了前所未有的大发展。它的一个重要标志，是作家有着较为强烈的现代意识，作品表现了相当浓郁的时代精神。老作家陆地的《瀑布》、中年作家韦一凡的《劫波》等，就是这一方面的优秀代表作。对照近几年来我国文学创作存在着一种忽视现实题材、现代意识淡化的不良倾向，壮族当代文学的这一优良品格，是值得称道的。不过，人们在首肯的同时，又常常感到不甚满足，而时代又呼唤着新的高度。壮族当代文学在表现现代意识上的不足之处，我认为主要有如下两点：

一是对不为现代专属而为各个时代共有的非时代意识的表现，未能予以注意或重视。文学是时代的产儿，在创作中对时代意识表现是文学规律之一。然而，世界上的人与事，除了具有时代的特征，还有非时代的特征，例如人与自然之间的斗争、拼搏，人与人之间的友谊、仇恨等，除了有时代的特征外，也含有非时代的特征。而非时代的特征，常常成为文学获得持久艺术魅力和生命的重要因素。新时期壮族文学虽然较为充分地注意了对具有时代特征的意识的表现，但对非时代特征的意识的表现注意不够，因而有一种胶着状态，使人物内心世界不够深广复杂。如《瀑布》对韦步平与言真这对革命情侣的情爱的非时代特征就表现得极少，情感显得不够丰富真切。《劫波》对韦良山与韦良才兄弟的手足情的非时代特征也注意不够，使得韦良山后来的一些行为显得太不近情理。这都影响了作品内容的深厚。

二是吸收和借鉴富于时代气息的外来文艺思潮和各种样式的文艺表现手法不够。新时期壮族文学尽管在表现现代意识方面有着较大的成绩和自己的特点，但除了青年作家能够从思想意识到艺术形式注意吸收、借鉴外来的文艺思潮和艺术手法外，中、老年作家在这方面注意得不够，这就影响到作品内容的丰富和艺术手法的多样。如何把这种吸收、借鉴与原有的本民族思想意识和艺术因素有机地结合起来，这是今后发展壮族文学值得充分重视的课题之一。

正在新兴的壮语当代文学

《三月三》副主编　韦以强（壮族）

广西民族报编辑室副主任　李从式（壮族）

壮族有独特的语言、风俗、习惯和性格。独特的民风就有独特的文学。独特的语言就是独特文学的独特的表现工具。众所周知，远在两千多年前产生的我国古代文学精粹《诗经》和人们熟知的《越人歌》，都留有壮语的痕迹，而且这些汉字壮读已经收进各种版本的汉语词典，如岜、鲅、崇、糇等。到了宋代，用以记录壮语文学独特的文字——壮语土俗字已经很流行了。很多壮族民间文学的优秀作品也是借助古代壮文（土俗字）挖掘、收集、整理的。

但是，由于历代反动统治阶级对少数民族的压迫和歧视，古壮文长期没得到合法地位，因而在历史上，壮语文学始终未能正常地发展。

解放后，拼音壮文创制出来了，并成为我国合法文字。几年来，壮文的推行使用已经取得喜人的成绩。用壮文进行文学创作已经起步，并在健康地发展。初步统计，几年来，已经发表和出版了长诗、中篇小说、报告文学、散文等各类壮语当代文学作品不下三百篇（部）。

壮语当代文学作品一经面世，就为世人所瞩目。继《拔哥山歌》评上全国优秀民间文学奖之后，散文《卜万斤》（作者韦以强、苏长仙，原载《壮文报》）也评上全国少数民族文学创作优秀散文奖和自治区第二届少数民族文学创作荣誉奖；另有五部壮文作品评上广西第二届少数民族文学创作优秀作品奖。

文学刊物《三月三》（壮文版），除发行到国内各省（区）和港澳外，美、意、日、奥、西德及东南亚的一些国家也有发行和函购，并已被选送参加将于今年五月美国公共图书公司举办的书刊展览。

壮文作品刚刚起步就取得如此喜人的成果和各界积极的评价，充分说明用壮文创作具有旺盛的生命力和巨大的潜力。

壮族的语言、风俗、生活习惯、思维方式，这是别的民族的东西所不能替代的。很多土生土长的壮族作家有切身体会，在用汉文创作的初期，由于语言文字障碍、汉语词汇的欠缺、思维的差异，即使费尽九牛二虎之力，写出的作品也是文与愿违，产生着一种心有余而力不足的遗憾。而用壮文来创作，完全可以绕过这个语言"绊脚石"。壮语是一种优美、生动、词汇丰富、韵味色彩浓重、表现能力很强的语言。所以，只有用自己熟悉的语言去写作，才能写出自己的水平来。

文学是人学。壮族文学是壮人学。文学离开了人民、离开了生活、离开了生活的主体——人，就将不复存在。如果我们的壮族作家都能用壮语创作，更贴近生活地表现自己民族，立于世界民族文学之林的壮语文学巨著将能应运而生！

壮族作家的民族自信心和历史责任

北京大学中文系研究生　黄凤显（壮族）

1. 对本民族的挚爱。首先对这个民族的苦难要有一种敏感，要关注那一代又一代在大山艰辛生活的壮人。对这个民族坦率而含蓄、明朗而压抑的性格心理有全面的把握，不仅要亲吻你足下的泥土，还要拥抱你身旁的嶙峋的石头。

2. 无论是对民族的苦难还是欢欣，都不应该持一种欣赏的心理和贵族意识。对苦难的欣赏是一种麻木，而对所谓明山秀水、风土人情的腻味欣赏则是一种盲目和肤浅，壮族作家应多一点粗糙的情感和冷峻的人生态度。

3. 不断更新自己的思维方式。许多壮族作家、评论家善于演绎而不善于归纳，不善于概念的创造、发展，更不善于思辨，这种思维定式还跟作家的语言习惯和表达方式有关。

4. 对壮族文化要有新的审视点。基于"同化未化"的特点，应从壮汉文化的相互渗透相互交接处入手，析出壮族文化的积淀，进而探索壮族人民的思维方式、心理特点、审美特征等民族特质。

5. 壮族作家为壮族的一员，在传统文化遗传因子、生活环境、习性等作用下，常形成了一种观念板结，打破这种状态，要积极地寻找不同的参照系。要对自己司空见惯的生活产生并永远保持一种激动和震颤；要克服自卑感，摆脱小家子气，居于一隅而不囿于一隅。

6. 时代历史的发展要求壮族文学走向全国走向世界。壮族作家必须不断充实、更新自己，实现自我的蜕变，才能完成这个重任，否则，历史终是无情物。因此，现在我们需要的不是廉价的祝愿，而是需要壮族作家有强烈的历史使命感和伟大的献身精神，同心协力，把壮族文学提高发展到与本民族相称的水平。

一个民族的文学觉醒与跨越

——新时期壮族文学概览

王敏之

新时期的壮族文学，较新中国成立后十七年间有了比较全面的发展与进步。如果说，新中国成立后的十七年壮族文学获得的突出成就，表现在搜集整理、开掘壮族民间文化的遗产，揭开了蕴藏在壮族人民口头之中丰富的文学宝库的话，那么，在壮族民间文学哺育下成长起来的民间文学工作者，则在新时期的前十年中展露了才华，而成为壮族文学创作队伍中的骨干力量，随着他们创作成果不断增加，使新时期壮族文学逐步走向以作家文学为主体的兴旺和繁荣的局面，突现出这样－些新的特点：一、在内容上，壮族文学深深地根植于自己民族生活的土壤，反映自己民族的历史与现实、道德与风俗、体现壮族的心理素质和民族精神，从而具有壮族独特的民族色彩；二、在形式上，既保持着自己民族朴素、生动而富有节奏、韵律的

作者简介

王敏之（1935—2008），河北秦皇岛人，毕业于北京大学中文系，1973年由文化部咸宁干校来广西支边，曾任广西文联文艺理论研究室主任、研究员，有专著《桂海文论》《民族文学研究集》《小说品鉴》《学艺集》等。

作品信息

《民族文学研究》1987年第4期。

民族语言特征，又广泛地借鉴吸收了汉族文学的表现形式和手法；三、在文学格局上，力求与中华民族整个文学的发展同步，使壮族文学成为祖国文学的重要组成部分。总之，新时期壮族文学的兴旺和发展不仅表现在展示壮族民族灵魂的广度和深度，是壮族文学史上所少见的，也是使文学贴紧时代，靠向现实生活，展示壮族人民向社会主义四个现代化宏伟目标的民族精神和意志的体现，写下了壮族文学发展史上光辉的一页。

一

在壮族文学史上，曾出现过不少著名的壮族文人作家，而跨越现代步入当代卓有成就的壮族作家陆地、华山和曾留学美国从事党的工作的张报，应该说是壮族第一代革命作家。然而，由于解放前壮族地区经济落后，文化教育事业不发达，土生土长的壮族作家毕竟屈指可数。解放后，壮族人民在政治上、经济上翻了身，这才为壮族文学作者的滋生和成长提供了优厚的环境和土壤。同时，五十年代几次大规模的壮族民间文学的搜集、整理和民间传统戏剧的抢救等活动中，也培养、锻炼了文学作者。尽管十年浩劫中，老一辈壮族作家遭到迫害，新的文学作者受到冲击，但随着党的十一届三中全会政治路线的贯彻实施，很快地使壮族作家队伍得到恢复和扩大。据统计，一九八〇年初广西第三次文代会时，作协广西分会和广西民研会会员中，只有壮族会员157名，到了一九八六年十二月广西第四次文代会时，两个协会会员中壮族会员发展到294名，其中发展为全国两个协会的会员有54名。在这段时间内，经过全国和全区两次少数民族文学创作评奖活动，也如实地检阅了壮族文学创作队伍及其创作面貌，先后获全国文学创作奖、民族文学创作奖和全国性报刊优秀作品奖的达二十余人。

目前，壮族作家队伍，仅以有突出的创作成果并在省级以上报刊发表过十篇以上作品的，已达二百余人，而这支文学创作队伍具有老、中、青塔式的结构，中青年作家占有较大的比重，他们正值创作的盛时阶段。所以说，壮族文学在新时期已逐渐呈现朝气蓬勃百花争妍的格局。濡笔经年的老作家，如陆地、黄青、蓝鸿恩、张报、黄福林、蒙光朝、黄日昌以及近年去世的华山、肖甘牛、莎红等，曾为创建以壮族作家文学为主体的壮族文学起过积极的作用，跨入新时期之后他们的文笔不衰，新作仍不断问世。壮族中年作家是新时期壮族文学创作的中坚，他们的创作不仅文体齐全，作品的数量和质量也有了长足的进步。在小说创作方面，如韦一儿、王云高、黄钲、韦纬组、潘荣才、韦编联、韦明波、梁芳昌、雷跃发、杨柳、涂世馨、陆伟然、陈雨帆、邓锦凤、王天若；在诗歌创作方面，如韦其麟、黄勇刹（已去世）、农冠品、韦文俊、黄河青、古笛、韦显珍、韦志彪、韦照斌；在散文创作方面，如凌渡、蓝阳春、苏长仙、岑献青、农耘、邓永隆、严小丁；报告文学方面，如何培嵩、苏方学；文艺理论与评论方面，如覃伊平、黄绍清、周作秋、杨炳忠、陆里、甘棠惠、雷猛发等等。令人注目的是壮族一代青年作家闯入文坛，为壮族文学的兴旺带来了绿色的希望，他们艺术灵感敏锐，文学创作起点较高，如孙步康、黄堃、陈多、韦元刚、李甜芬、黄琼柳，以及青年评论家郭辉、莫勇继等，都能在几年内将自己的作品打入全国性报刊，或出版作品集而充分显示壮族青年作家的风姿。上述壮族作家队伍的结构表明，这支文学创作队伍是一支年轻的队伍，壮族文学创作也是刚刚进入新的繁荣和发展时期，如果说把新时期前十年的壮族文学，看作是新的起跑线的话，那么，新时期第二个十年以及以后，将是壮族文学突飞猛进的年代。

二

　　壮族文学进入新时期之后，显然呈现出新的起跑趋势，从大量的壮族文学作品来判断，壮族文学已逐渐改变了过去那种以民间文学为主体的格局，走向了反映当代壮族人民的现实生活、表现新的时代和新的人民、使浓郁的壮族民族特色蕴藉在新的社会现实之中的文学创作之路。尽管有些作品，还含有对壮族历史的反思，对壮族文化传统的继承，但他们的文学构思都始终建立在变革现实、"改造民族灵魂"

的坐标上，因而对祖国命运的思考和对自己民族命运的思考自然地融为一体，构成新时期壮族文学的总体特征。

壮族地区素有"歌海"之称，壮族民间文学也多以长短歌流传下来，这是壮族人民永世继承的文化传统。所以，新时期壮族作家文学的成就，也突出地表现在诗歌创作上。仅壮族诗人的长诗和诗集，近年来就出版、发表了《凤凰歌》（韦其麟）、《寻找太阳的母亲》（韦其麟）、《泉韵集》（农冠品）、《我和十三妹》（张报）、《山河声浪》（黄青）、《山欢水笑》（莎红）、《边寨曲》（莎红）、《唱给山乡的歌》（莎红）、《娜佳》（张报）、《勇刹诗集》（黄勇刹）、《金凤凰》（韦文俊）、《西沙的哨兵》（苏方学）、《山笛》（古笛）、《将军回到红河边》（农冠品）、《流云集》（陆伟然）、《长翅膀的歌》（陆伟然）、《远方》（黄堃）、《四叶集》（李甜芬）、《望月》（黄琼柳）等二十部。如果说，壮族老诗人黄青的诗集《山河声浪》是他辗转壮族崇山峻岭从事革命和建设的战斗心声，是他几十年对新生活执着追求的表达的话，那么，中年壮族诗人韦其麟的诗创作，则是在从五十年代因《百鸟衣》而成名时的热爱自己的民族，凸现壮族勤劳勇敢的高尚基础上新的突破，着意寻求民族历史与现实的融合点，把历史、民族、祖国、人民融为浑然的整体去思考包括壮族在内的整个中华民族如何奋进的主题。他的获奖诗作《寻找太阳的母亲》更是一首渗透着强烈现代意识的代代前仆后继为光明而奋斗的战歌。人们难以忘怀的两位壮族诗人莎红与黄勇刹，虽然过早去世，但他们生前留下的壮歌，都是壮族文学的宝贵财富。而青年诗人黄堃、李甜芬的诗歌，则更为爽朗豪放，情真意深，颂出了新时期壮族人民和在壮乡边境可爱的解放军战士建设祖国，保卫祖国的理想、意志和行动。

新时期的壮族小说创作，在陆地的带动和影响下，也得到了空前的繁荣，不仅数量多，佳作也不时出现。几年来，荣获全国级优秀作品奖的就有陆地的《瀑布》、韦一凡的《姆姥韦黄氏》、王云高与人合作的《彩云归》、黄钲的《江和岭》等篇。"文革"前的壮族文学史上，长篇小说只有陆地的《美丽的南方》，而进入新时期后的十年中，就出版了长篇小说《瀑布》（陆地）、《劫波》（韦一凡）、《明星恨》（王云高）等和长篇传记《歌王传》（黄勇刹）。中篇小说也从零起步并有了新的突破，而且壮文中篇小说《卜造字》(韦以强等)也首次问世。短篇小说创作最为活跃，而且它们所反映的几乎全是壮族现实生活，与时代同步，如《晨光》、《推开了帷幕》(王云高)、《上梁大吉》(潘荣才)、《老蓬》(黄钲)、《小镇蝶恋花》(孙步康)、《又是一年三月三》(韦纬组)、《巷里梅香》(黎国璞)、《洁白的金樱花》(韦编联)、《窗恋》(柳央、李荣华)、《凤凰花》(覃稼稼)、《在那遥远的地方》(梁芳昌)、《隔壁官司》(韦一凡)等，都各自从不同角度反映了十一届三中全会以来壮族城乡工农等各条战线的生活变革和前进的信息。这些小说在艺术上的突破，是吸收了汉族文学的艺术经验，摆脱了壮族民间文学素材仅以壮族风俗民情为主的框架，把民族特色蕴渗到人物的民族性格之中，而不是仅仅写在民族习俗的表面。这一点，也正是壮族小说创作取得长足进步的关键所在。至于如何把壮族的人民生活的民族特色写进小说，陆地的小说创作提供了丰富的艺术经验。陆地在创作中，始终坚持了在反映壮族的历史与现实生活时，要充分体现时代精神，塑造壮族的民族英雄形象，写出壮族独特的民族性格和民族精神的各个方面。他的这种现实主义创作道路和执着的艺术追求，被多数中青年作家所接受，而且实践的结果也是成功的。从韦一凡的长篇小说《劫波》、获奖短篇小说《姆姥韦黄氏》等篇来看，也十分清楚地表明。壮族小说民族特色的显露，并非靠借助民俗风情的猎奇，而是写出壮族山区环境的特征，写出人物的民族气质和性格，才能形成壮族小说整体艺术上的特色。

三

新时期壮族文学的成就，还表现在塑造了一系列鲜明的壮族人物形象，勾画出了壮族人物的民族性格特征。从众多的壮族文学作品来看，较多的作品集中在这样三种人物形象，而且塑造得都较为成功。

一是壮族英雄(含革命者)形象。《瀑布》的主人公韦步平是壮族革命者的光辉形象，他具有壮族刚毅正直、光明磊落、见义勇为、奋斗不息的民族特质，在革命大潮中东奔西突积极求索，终于找到了中国共产党，在党的指引下他深入壮族地区领导群众进行革命斗争。韦步平的革命经历，既是半个多世纪中国人民所走过的历史历程的真实概括，也是壮族人民跟着党走向革命之路的真实写照。韦步平作为壮族人民革命先驱者的形象，在壮族文学史上是有着历史性的价值的。

我们还看到，壮族民间文学中的壮族英雄形象进入作家文学作品之后，其形象的光彩更加丰满夺人。这里，仅以韦其麟叙事诗为例，他就塑造了几个壮族人民皆知的英雄形象。《莫弋之死》中然莫弋，是"壮家的好汉"，他在与自然灾害作斗争中，为壮族人民立下了汗马功劳，然而，自然灾害没能损害他的生命，却被那种妒忌、谗言，表面"关心"，背后耍"花招"的"奸人"置于死地。这个红水河边的古老故事，被诗人注入了强烈的时代气息，莫弋的形象也蕴含着社会生活的哲理。诗人笔下的其他壮族英雄形象，如英勇抗击外敌而献身的女英雄班氏女（《俘虏》）、为民解除酷旱之难，冲破高山险阻而获得泉水的青年英雄岩刚（《山泉》）、毕生为人民造福的壮族大汉岑逊（《岑逊的故事》）等，都从不同角度展示了壮族民族性格。

二是壮族妇女形象。壮族作家笔下的妇女形象，不仅数量突出，而且几乎都是亲切可爱而受尊敬的。比如，母亲的形象就在多篇作品中加以塑造。这一文学现象，也反映了壮族妇女在社会和家庭中的地位和作用。韦一凡的《姆姥韦黄氏》、廖润柏的《妈妈和他的衣袖》、韦元刚的中篇小说《腊梅要开腊梅花》、黄钲的《母亲、母亲》、韦其麟的《寻找太阳的母亲》等作品中，都把壮族妇女作为壮族生活中不可轻视的平凡而伟大的形象加以刻画。韦黄氏是一个平凡而伟大的母亲形象，她忍劳负重的一生，经历了不落夫家之苦，盼生子之急；有了儿子又盼外出的丈夫，盼来盼去却盼来了一纸离婚书；儿子结婚后，与儿媳双双参军，又双双在自卫战中英勇献身；孙子是在她身边长大的，为继承父志，她又将孙子交给了部队政委，母亲的希望始终是平凡而崇高的。《腊梅》篇中的"妈妈"，既具有典型的壮族妇女勤劳善良的传统品德，又具有敢于向旧习惯势力挑战，冲击旧封建道德观念的反抗精神。《衣袖》篇则以深挚的感情，通过母亲的形象描述了壮族母亲们"朴实的母爱"。寻找太阳的母亲虽然无名无姓，但她为了民族的光明、幸福，在任何一个人的有生之年都办不到的情况下，她——一个年轻怀孕的母亲却接受了乡亲们的嘱托，毅然跋涉于千山万水中去寻找太阳。她，衰老了，长眠于崇峻山峰之中，可她的儿子却继续了民族的重托，终于找到了"比一切光热都更辉煌、更温暖的太阳"。上述母亲的形象，在作品中是一个人物的形象，然而综合起来看，她们确实是壮族妇女群体的高尚品德凝聚而成。壮族文学作品中的其他妇女形象，如报告文学《水晶》(何培嵩)中居住在边防村寨的普通妇女赵秀清，当她的丈夫在保卫祖国边疆战斗中牺牲后，宁愿招上门也要承担赡养丈夫留下的残疾老人；中篇小说《泥石流》(苏方学)中圣洁而纯真的深山少女，为抢救一个科技勘探受难者，真是尽透了心费尽了力，她如同人类真善美的化身。《瀑布》(陆地)中的黄凤仙，是壮乡土地上的"一朵红山茶"，她不仅容貌漂亮，而且内心世界也很丰美。她与韦步平结为夫妻，对丈夫感情上坚贞不渝，对革命也是视死如归，类似她这种如泉水般清澈的心地，如野马一样奔放的性格，应该说是壮族妇女们真实气质的典型特征。

三是壮族歌手的形象。壮族歌仙刘三姐的文学形象已举国闻名，可类似刘三姐的壮族歌手形象，在壮族文学作品中真不知有多少。黄勇刹等人合著的《歌王传》，以二十八万字的篇幅，用山歌的形式，唱尽了人间不平事，唱尽了人民翻身做主喜，唱尽了男恋女爱美好情，在对歌盘唱中生动地刻画了壮族歌王黄三弟这个典型形象。韦一凡的中篇小说《歌王别传》则也成功地塑造了壮族歌王蒙铜锣在"文革"前后的不同遭遇中的不忘歌唱的形象。一首歌是一颗心，几首歌唱出人的内心世界，壮族自古以来是歌的民族，所以塑造歌手的形象，也必然是壮族文学的特征。

四

壮族是具有悠久的历史和灿烂文化传统的民族，也是能够在继承壮族文化传统基础上开创社会主义新文学的民族，短短的十年中，能够改变了壮族文学以民间文学为主体的格局，能够组成一支老中青并进的创作队伍，能够产生那么多的文学作品和文学论著，这对一个民族来说是划时代的进步，应该引为自豪的。但是，应该看到，壮族文学迈入以作家文学为主体的发展阶段，它还处在起步的青春时期，与成熟期还有着一段距离。壮族文学这种变化迟缓的原因，不言而喻，是因为"文革"前十七年，多数壮族文学工作者把精力集中在民间文学的搜集、整理上了（这是应该的），当他们意识到要转入像陆地同志那样的作家文学创作，就遭到十年浩劫的摧毁，因而进入新时期之后，才使壮族文学工作者走上作家文学创作之路，即便是现在占壮族作家比例最大的有成绩的中年作家，也基本上是进入新时期之后才开始大量地发表作品。这是历史的事实，也是壮族文学发展的实貌。对当代壮族文学的分析研究，也只能从这个实际出发，不能盲目地脱离实际地超前，如果对壮族文学采取脱离实际的判断和预测，不仅不可能对昨天作出科学的评价，也不可能对明天有正确的选择。

那么，当壮族文学步入以作家文学为主体的时期之后，在它的发展中，应着重解决哪些问题呢？这个问题，在广西文学界正在热烈地讨论以至争论。争论，对文学创作来说并不是坏事，而是兴旺的前奏。问题在于：一不要脱离壮族文学发展的基础土壤；二不要为壮族文学的发展划定什么模式。壮族文学向前发展唯一的途径是沿着壮族文学自己的规律走下去，实现自己民族的特点和性格。借鉴、吸收他民族的血液强化自身的体魄是必要的，但是决不能"汉化"，更不能"西化"。

为了壮族文学的进一步发展和繁荣，我认为应加强以下几方面的建设。

第一，要把壮族文学的根牢牢扎在壮族人民生活的土壤之中，既要探寻从"布洛陀"时代以来壮族衍生发展的斗争史，又要探求社会主义时期壮族人民生活的内蕴，特别是社会主义新时期壮族生活中的新变革、新人物、新性格。生活是文学的源泉，壮族社会生活永远是壮族文学得以发展繁荣的母体。近年来全国性的文学作品评奖中，壮族文学作品入选的不是很多，在很大程度上是由于作品反映壮族现实生活的深度不够，壮族人物形象的内心世界也缺乏深细地开掘。不同民族文学作品，都是在其民族特定的土壤中产生的，任何生活土壤都可以耕耘而获得金色的果实。壮族作家应该有信心深入本民族人民的生活，把本民族的人民看作是自己文学创作的母亲，千万不可舍本求末，去追求所谓的现代派那一套，一个民族的文学若离开了本民族的土壤是不会有生命力的。

第二，继续坚持普及与提高的辩证关系。

当代壮族文学创作急需提高，这是肯定的。但从长远来看，也需要普及，提高壮族人民对文学作品的欣赏接受能力，提高广大文学爱好者的写作能力，这是壮族文学得以发展的最雄厚的基础，决不能忽视。壮族文学的提高，也要认准提高的方向，不能为了"新"的突破，或向西方现代派文学求救，或淡化作品社会学含量追求纯情爱的旋律，或远离现实政治向远古幽境进军。这些现象，对一些壮族作家的创作，虽然仅仅是个苗头，但也必须向他们指出：缺乏民族自强感和社会责任感的文学创作是不可取的；妄图远离社会现实、摆脱政治的文学创作的道路也是不通的。一个民族文学作家，首先要提高自己的共产主义思想觉悟，增强政治思想素质和文化素质。提高认识、分析和评价生活的能力，从新时期社会改革中所形成的价值观念、思维方式、审美理想和欣赏趣味中获取新的文学养料和艺术觉醒，才能使文学创作上的单一选择拓展为多种选择的道路。

第三，要建立壮族自己的民族主体意识，增强文学上的民族自强、自尊、自信的观念，在作品中充分展示壮族的民族心理素质和民族性格，运用壮族形象生动鲜明的语言，突现壮族地方特色和生活色彩，把强烈的时代精神与鲜明的民族特色融为一体。壮族文学作品，只有首先得到壮族人民的喜爱，才能被他民族读者所接受。壮族文学（包括长期流传在壮族人民之中的民间文学）的艺术传统是极为丰富的，不能盲目地抛弃，要继承它，发展它，把它作为社会主义新时期壮族文学进一步发展的主要参照系。

第四，大力加强在马克思主义指导下的壮族理论研究和评论工作。一个民族的文学创作，在它的整个进程中，同样始终离不开文艺理论上的指导和总结，离不开文学评论的鉴别和促进。壮族文学的研究和评论取得了显著的成绩，但仍是个薄弱的部位，特别是对壮族作家文学上的研究，还缺乏解决文学创作中出现的实际问题的能力，也缺少整体上的文学论述和作家创作论。假若长期停留在作品评论上，不能取得宏观上的理论高度，对壮族文学的发展作出规律性的探索，不仅研究本身达不到科学化，对作家的文学创作也会无甚收益。

马克思在《〈政治经济学批判〉序言》中指出："物质生活的生产方式制约着整个社会生活、政治生活和精神生活的过程。"在我们社会主义新时期，壮族文学也必然随着壮族人民物质文明建设的前进步伐，有新的突破性跨越。

发展中的壮族当代文学

杨炳忠

　　马克思主义关于文化的学说告诉我们：社会主义在一国取得胜利之后，国内各民族的文化必将出现一个共同繁荣和发展的新阶段。新中国成立后前十七年各民族文化艺术所取得的长足进步，印证了这一正确的学说。作为我国民族文化重要组成部分之一的壮族文学，这一时期在民间文学的挖掘、整理、加工和当代文学的创作方面，都曾取得可喜的成就，长篇小说《美丽的南方》（陆地）、多幕歌舞剧《刘三姐》、长篇叙事诗《百鸟衣》（韦其麟）、电影文学《一幅壮锦》（肖甘牛）都是这一时期问世的好作品。这些作品在我国当代民族文学中取得了被一致认可的地位。

　　进入新时期之后，随着中华民族的振兴，壮族地区的开发，纵横交流合作的加强，经济文化的逐步繁荣，文学工作者越来越意识到自身的历史使命和责任，意识到摆脱壮族当代文学徘徊不前、发展缓慢的现状，开创新局面的紧迫性；于是，一

作者简介

　　杨炳忠（1943—），广西容县人，壮族，曾任广西社科联研究部主任，广西监察厅《监察之声》总编，著有《同青年谈写作》《桂海文谭》等理论专著。

作品信息

　　《社会科学家》1987年第5期。

支富有创作活力、富有开拓进取热情的中青年壮族作家，以新一代建设者的自豪和自信，在壮族当代生活这片广阔的、丰厚肥沃的艺术土壤上奋力耕耘，并以他们作为一支承前启后的主体力量，开始结集起一个初具规模的壮族当代作家群。

虽然壮族当代文学还处在一个起步发展的初级阶段，但在创作实践上也已出现了不少令人欣喜的硕果。如陆地、韦一凡、黄钲、韦纬组、潘荣才等的小说，莎红和黄勇刹（已去世）、古笛、农冠品、韦文俊等的诗歌，凌渡、蓝阳春、苏长仙、岑献青、农耘、邓永隆等的散文，何培嵩、苏方学等的报告文学，堪为引人瞩目。他们的作品，从不同的角度、侧面反映壮族当代生活，取得了如下几方面的成就。

其一是作品具有比较浓厚的壮族生活气息。作家、诗人在作品中表现了壮族特有的坚毅沉实的男性美，并在这种背景下展开比较广阔而深厚的主题。如陆地的长篇小说《瀑布》、韦一凡的长篇小说《劫波》、农冠品的长诗《将军回到红河边》、韦其麟的长诗《莫弋之死》、何培嵩与人合作的报告文学《为了母亲的微笑》等，展现了主人公坚毅正直、自强不息的民族精神风貌，着意刻画了一种天然去雕饰的敦厚淳朴的壮族风情。而许多反映壮族现实生活和习俗的作品，如潘荣才的《上梁大吉》、邓锦风的《春花开在二月里》、韦纬组的《又是一年三月三》、韦编联的《洁白的金樱花》、柳央和李华荣的《窗恋》等，没有仅仅停留在对民族外貌、服饰、风俗和礼仪的描写上，也没有满足于引用民族的口语、谚语和歌谣，而是着重挖掘其独特的民族精神和民族心理，从而展现出一幅幅真实的壮族生活风俗画。

其二是壮族地区特殊的自然环境与抗争进取的精神境界相交融，形成一种明朗而含蓄、浑然而率真的风格，表现一种热情大方、乐观进取、富于生活情趣的壮人气质。在已故壮族诗人莎红和黄勇刹等著编的诗集中，都再现了壮族人民泼辣大方、爽直开朗、喜歌好唱的性格；在韦一凡的《隔壁官司》(中短篇小说集)、《荔枝二度红》等小说和邓永隆的散文中，一种不满足于贫困、落后、愚昧的奋斗精神得到了升华，呈现出处在文化生活的贫乏与内在精神传统积存的浑厚充实的矛盾统一。

其三是表现了淳朴、善良、纤细、柔韧的人性美。壮族是以勤劳淳朴著称的民族，在这片土地上生生息息的人民，不但在困境中表现出一种任劳任怨、坚韧不拔的砥砺精神，而且在与生活、命运的抗争中，表现出一种勇于牺牲的献身精神。这种精神，固然在那些叱咤风云的壮族革命者（如《瀑布》中的韦步平，《劫波》中的韦良山、韦良才、韦满姑）身上得到充分的体现，就是在那些默默无闻、普普通通的人物（如《公团》中的公团、《姆姥韦黄氏》中的韦黄氏、《寻找太阳的母亲》中的母亲、《水晶》中赵秀清等）身上，也闪耀出熠熠的光彩。而从其他更多的作品中，我们看到的是一系列虽然性格各异，但共同具有那种纤细的、未经世故的，甚至是原始的善良的人性美的人物形象。这种人性美正是壮族边地的自然环境在民族心理和民族性格中的一种历史的沉淀。

作为一种"族别文学"，自然是文学的民族个性、民族风格越突出、越鲜明越好，但这种"个性"和"风格"应当附丽于崇高的美学理想，应有具体的时代内容，体现着历史的流向，在整体的文化氛围中表现人与人性，表现具有生命力的民族风情及悠久文化历史中凝结民族心理，才能取得超越时间、空间的永恒意义。否则，这种"个性"和"风格"就只能是生命短暂的"摆设"，而以这种"个性"和"风格"创造的"族别文学"也终将为雄浑、壮阔、博大的民族文学的巨流所消融和湮没。这正是起步、发展中的壮族当代文学面临突破性进展的前夜必须认真研究和解决的重大课题。

可喜的是，壮族文学已经正式形成一个学科，有了自己系统的、科学的研究体系，随着《壮族文学概论》《壮族文学概况》《壮族文学史》等专著的相继问世，对壮族文学的研究正在向纵深和较高级的阶段发展，这反映了壮族人民在发展中要求"保持民族文化特性"、继承民族优良文化传统、繁荣和发展本民族当代文学的强烈愿望，必将有力地推动壮族文学传统的继承与创新。

但我们必须承认，起步发展中的壮族当代文学，毕竟还存在不少弱点和不足，既有整体性的，也有个体性的，我认为主要表现在以下几个方面。

第一，壮族当代文学作为区别于其他民族当代文学的"族别文学"，其总体的特色、风格的标志还不够鲜明。

我国各民族的文学，都有各自不同的民族特点。各民族在长期的历史发展中，由于政治、经济、语言、风俗习惯以及地理环境的不同，于是形成了各自不同的历史、文化传统和社会生活的特点。斯大林说："每一个民族，不论其大小，都有它自己的，只属于它而为其他民族所没有的本质上的特点、特殊性。"（《在宴请芬兰政府代表团的宴会上的演说》）这种特殊性在文学创作中的反映，就是文学的民族特色。这种文学的民族特色是在长期的文学实践中逐渐形成并发展成为区别于其他民族文学的独特标。各民族文学的相互渗透和影响是不可能断裂、隔绝和终止的，这在某种程度上可能淡化以及消融各民族文学各自的"标志"，但是真正的"族别文学"，却可以从自己民族的美学理想、审美心理、习惯和要求出发，通过吸取先进民族文化的养料来丰富、发展自己民族文化的内容、形式，取长补短，在语言色彩、生活题材、人物的民族性格塑造等方面，倔强地表现出相对稳定的、属于自民族文学所特有的色彩和风味。例如，新疆维吾尔族文学给人的印象是雄浑、豪迈，表现出一种开阔豪爽的大漠人的气质，革命英雄主义的气概；西藏藏族文学则显示出一种悲壮、凝重的风格，有一种高原的风味。而当我们读着哈萨克民族文学作品时，会感到一股扑面而来的草原生活气息；朝鲜族文学则另有风味，它所流淌的，是一股柔和、缠绵、内在的温情；等等。

民族文学的特色，是通过一个民族众多的作家创作的众多的文学作品，特别是优秀作品的特点集合而成的。如果光从单篇作品来看，壮族当代作家如陆地、韦其麟、韦一凡等的作品也颇具民族特色，但毕竟是"独木不成林"，由于其他更多的壮族当代作家文学作品中，在语言韵味、地方色彩、生活气息和性格特征等方面，还缺乏一致（或相似）性和深刻性，因而在整体上，作为壮族当代文学的民族特色的标志，就还不够鲜明和突出，还不能给人一个高度概括的具有明确含义的观念。

第二，具有"群体意识"的壮族当代"作家群"尚未最后形成。

广西素有歌海之称，文化土壤丰厚，这是造就文才的有利基因，但广西又是榜上有名的"老、少、边、山、穷"地域，经济的落后挫折了文化生活的活跃，影响了作家创作智能和才情的培养、开发，影响了"同行"之间的交流切磋，在某种程度上堵塞了刺激文思，启发灵感、互相促进的渠道。这大概就是壮族当代文学至今未出现真正有说服力和召唤力的文学流派的原因之一吧。由于未出现为社会所公认的文学流派，因而对内不能以文学流派为纽带联结一批人，推出一批人；对外不能造成一种群体竞争、百花齐放的局面。前一时期，作协广西分会和区内一些地、市的一些作家、诗人，"以文会友"，自愿集结组成"文艺沙龙"，旨在活跃文学生活，交流经验和信息，促进文学创作，动机是积极的，但终因缺乏主心骨和向心力，以致虎头蛇尾，中途夭折。在已有的作家中要想集结、联谊尚且不易，文学新人的崭露头角就更加困难。据统计，广西的壮族作家至今才有一百二十多人，所占壮族人口的比例大约是十万分之一。以这样微弱的比值和其他少数民族的情况相比，其地位是次之而又次之的。壮族当代作家的队伍本来就不够壮大，再加上"群体意识"淡薄，确实很难最后形成一个真正能够领导壮族当代文学新潮流的"作家群"。这种状况如不尽快扭转，对壮族当代文学的繁荣和发展是十分不利的。

第三，壮族当代作家的总体素质不高。

壮族当代作家中除了为数不多的几位作家文学造诣较深以外，相当一部分老、中、青作家、诗人程度不等地存在着素质不高的现象，主要表现在以下两个方面。

·、知识结构层次不高。

作家知识的具体结构，由生活知识和文化知识组成，而文化知识又包括专业知识和辅助知识两个基本层次。

壮族当代老、中年作家阅历比较深广，知识库藏比较丰厚，能够做到"厚积而薄发"，时有好作品问世。但当今世界，新旧交替，新潮澎湃，知识"大爆炸"，旧的"世界模式"和价值观念、思维方法、生活方式等都在发生着广泛而深刻的变化，知识更迭周期趋短，结构极易老化。对于老中年作家来说，确实面临着一个开阔思想和视野，更新、调节、提高知识结构的严峻问题。毋庸讳言，在部分老中年作家身上，那种与八十年代社会发展相联系，能够体现八十年代特色的"现代意识"是不甚明确也不甚强烈的。例如对于高度发达的"科学意识"、自由平等的民主意识、尊重人关心人的"人道主义意识"、变革社会的"改革意识"、具有创造精神的"开拓意识"、不断进取的"竞争意识"、勇于接受外来事物的"开放意识"、重视人自身价值的"主体意识"、不与旧习惯势力妥协的"反叛意识"以及关心广大人民疾苦和国家前途命运的"忧患意识"等，在观念形态上若明若暗，把握不准，因此读他们的作品，总觉得缺乏一种强烈的时代感和凝重的历史感。

壮族当代青年作家中，大部分创作热情很高，富于探索和创新精神，是我区壮族当代作家队伍的新鲜血液。但他们认识生活的广度和深度不够，对新时期急剧变化的生活只满足于表面上的接触，对自己所要描写的人物及事件只局限于外貌上的熟悉，而没有真正洞察人物的内心世界和事件的本质属性；另外，他们的知识面不广，艺术修养较差。他们明知自己的艺术修养较差，却又无意旁通各种艺术门类，广泛吸取各种艺术养料；他们明知自己的知识基础薄弱，却又不肯下苦功夫、笨功夫开拓各种知识领域，只读文学书，不读历史书、美学书，更不读科技、政治理论书，因此不能高屋建瓴地了解整个社会的脉搏和动向，创作上难免陷于直露和浅薄的被动局面。向生活的深层和知识的深层拓进，是这部分青年作家一项紧迫的、带战略性的任务。

二、创造力发展不平衡。

文学创作是一种高度依赖个人创造力的创造性活动。作家一旦丧失创造力，他的创作活动便宣告终止。作家的创造力亦即作家的创造才能，包括创造精神、创造性意识、创造性思维和创造力特性等几个方面。在作家整个创造过程中，创造精神表现为一种探索、进取、追求的激情；创造性意识表现为一种理性的、自觉的创新精神；创造性思维主要指形象思维（包括感受力和想象力），这是作家从事创作的"杠杆"；创造力特性可以理解为一种创造的个性、特质。这些因素，相辅相成地存在于创造力这个统一体中，体现在一个素质高的作家身上，其发展通常是平衡的、协调的；反之，体现在素质不高的作家身上，其发展就会出现某种不平衡、不协调。在壮族当代作家中，相当一部分作家的情况属于后者，而且老、中、青作家都有。这部分作家，创作欲望强烈，热情高涨，他们在取得一定创作成果之后，主观上都希望自己的创作更上一层楼，取得突破性的进展，但是在客观上，在他们具体的创作活动中，创造精神和创造性意识的外在表现却显得那样不统一、不平衡：创作情绪高昂，创新意识不强。他们恪守传统的文学观念，沿袭传统的文学结构方式、结构形态，独尊某种常规的创作方法，而对现代开放的社会生活孕育的新的文学结构方式、结构形态和艺术表现方法不感兴趣，不愿求索。与此相反，少数青年作家、诗人虽然表现出强烈的创新意识，但他们的"创新"又带有很大的盲目的成分，直接把"拉开与现实生活的距离"与"对现实生活的超越"当成艺术目标去追求和倡导，结果很难为广大读者所理解和接受。还有些壮族当代作家，其创造精神和创造性意识都是值得称道的，但由于形象思维的能力有所欠缺，创作中时有"力不从心""后劲不足"之感。至于说到缺乏创造个性、特质的问题，在壮族当代作家中就更为普遍。凡此种种，都是壮族当代作家创造力发展不平衡的表现。

综上所述，起步发展中的壮族当代文学，取得了令人欣喜的硕果，积累了不少成功的经验，但比之先进民族，特别是恢宏、博大的汉民族当代文学，差距还是比较大的。我们没有理由为取得的成绩忘乎所以，更没有理由对存在的弱点和不足掉以轻心，我们所需要的，唯有认真总结经验教训，正视自己的弱点和不足，并以严谨的求实态度，从理论上给予科学的解释，找出规律的东西，果能这样，壮族当代文学的腾飞是大有希望的。

我们满怀信心地期待着。

情趣和智慧

——《广西文学》散文八年

黄伟林

作为一种自由的文体，散文的形式规范就是奔放不羁。对此，中外古今散文家都有相当明确的自觉意识。散文在英国叫随笔（essay），全然随意为之的姿态；中国唐宋八大散文家之一苏东坡对散文的理解既形象生动，又潇洒传神，所谓"如行云流水，初无定质，但常行于所当行，常止于所不可不止。"这里的"无定质"，也就是现在的"无规范"；鲁迅先生的话说得更加平白率直："散文的体裁，其实是大可以随便的，有破绽也不妨。"（《怎么写》）。

看来，无规范就是散文的规范，无形式就是散文的形式。文学是社会生活的反映，是人类情感体验的表现和人生经历的启示，从传统审美习惯来看，诗要求音律的和谐，格式的齐整；小说要求情节的曲折，结构的周严；戏剧则要求悬念、冲突

作者简介

黄伟林（1963—），广西桂林人，壮族，北京师范大学文学学士、文学硕士，武汉大学文学博士，广西师范大学文学院教授、博士生导师，著有《中国当代小说家群论》《人：小说的聚焦——中国新时期三种小说形态中的人》等。

作品信息

《广西文学》1987年第10期。

和高潮的扣人心弦。不如此，不足以吸引读者观众；不如此，就破坏了审美传统的心理定式。唯有散文，怎么写都成，无须音律的迷人，无须情节的诱引，也无须冲突悬念的刺激。那么，散文需要什么——需要真情趣和大智慧。

情趣和智慧并不能包罗散文的一切内容，但它无疑构成了散文这一文学样式最有魅力的特征。当读者不在乎音律的悦耳动听，不在乎情节的惊险传奇，也不在乎悬念冲突的巨大吸引力时，读者需要什么呢？显然，读者需要情趣的陶冶，需要智慧的领悟。于是，散文，索性撇开了音律、情节、悬念冲突等味精调料作诱导中介，直接把作者的真性情、真趣味、真思想、真智慧传达给世人。于是，在这种随意为之，既无定质(形式拘囿)也不怕有破绽的文体中，作者的真性情、真趣味、真思想、真智慧得到了自然贴切的流露。

这就是我的散文观念。其核心是真，建立在真的基础上，作者创作散文是表现自己的情趣和智慧，读者欣赏散文则是对这些情趣和智慧产生共鸣，获得陶冶和领悟。在确立了这样的散文观念之后，才有可能对《广西文学》散文八年的成败得失作出整体意义的描述和评价。

《广西文学》散文八年最突出的一个题材类型就是山水游记，这显然是占了"桂林山水甲天下"的地利。作者们在写作这类散文时往往从容不迫，极有流连忘返的风姿；引经据典，显出谙熟桂林文化的态势。像杜奋嘉《春游雁山》(79-7)，以陪客人旅游为线索，介绍了雁山的由来"雁落平沙"和雁山公园的历史"雁山别墅"。然后着重写了相思江畔的绿梅和杨梅山脚的古相思树。在游览途中，作者以和客人交谈的方式，自然而又亲切地给读者介绍了雁山风光的种种秀丽传神处，既充满湖光山色之胜景，又洋溢故友同游之纯情。文末以"纸上看宝"的办法来弥补无福亲身领略方竹之宝的遗憾，为桂林山水的美不胜收留下了令人无限留恋的意趣，可谓妙不可言的结束。李时新的《观画读史游象山》(82-6)则完全另一风格。作者主旨不在记游，而在观画。他从不同角度，或远眺全景，或藏身洞内，或攀登山顶，把象山里里外外观察了个透彻。一方面描绘现实风景，另一方面叙述神话传说，一方面借助古诗表达感情，另一方面引证史料丰富知识。虚实相间，真幻交错，桂林山水的神韵得以表现，桂林文化的厚实得以传达。这篇散文华丽铺张，内容博杂，在情趣方面相当充分显示作者对桂林山水文化既爱且知的胸怀。这里还值得一提的是极有特色的《叠彩拾遗》(85—10)。

《叠彩拾遗》出自一位青年学生之手，作者从小居住叠彩山脚，对叠彩山的深切爱恋作者题记写得相当动人："那里，有饱和的绿色，有嶙峋的兀岩；有野猫婴儿啼哭般的凄厉的呼伴，有无底洞所带来的不可名状的恐惧。那里，有被雨水剥蚀得渍迹斑斑的无字碑，也有我的童年和伴随着童年生长的一切。"把山水之爱和童年生活联为一体，把内心感情和自然风物交融相汇，足以证明作者找到了散文写作极为纯正的路子。我们常常有感于记游文字的缺情乏味以及貌似高尚实则空洞的政治抒情，有感于怀旧文字的寡情少趣以及形如深刻实则平庸的教条说理。然而，《叠彩拾遗》这篇小小的散文，却彻底荡涤了上述这些散文的致命缺陷。它去虚饰陈真情，除教条言真理，短短三章，作为童年生活的拾遗记录，写了叠彩春笋的勃发，写了叠彩夏蛇的恐怖，还写了叠彩永远长不大的南瓜。其中最富情趣的是描写叠彩夏日的那一章。作者极写叠彩夏日之美，"太鲜太亮的绿溢得满满的，似乎只要轻轻一碰就会流出绿色的汁液。绿雾濛濛，人的双眼不忍省略那水墨画般的境界，耀光泛彩，却又使你遐思飞荡，悠然神往"。如此美的所在对童年时代的作者显然具有难以抗拒的诱惑。然而，"美的存在往往伴随着丑恶"。那被上帝从伊甸乐园放逐人间的蛇成为孩子自由心灵的巨大障碍。求生意识毕竟比审美享受更为强大，当孩子们没有征服毒蛇的可靠办法时，只好龟缩家中，如作者所写"从此，我的世界似乎一下子缩小了许多，我只能趴到窗前，静静地欣赏叠彩山瞬息万变的景色"。这里的造型既遗憾又安详，逼真地传达孩子们委屈难尽的心理，向往自然又恐惧自然。结尾作者发出感叹："哦，那该多美呵，如果夏天不是这么热，如果永远没有那条蛇……"作者主体的情与理和生活本身的美与遗憾终于水乳交融。

广西这块土地虽然以桂林山水名闻天下，然而，能与桂林山水相比美的还有许多不那么出名的奇山丽水，神秀风光，像伊岭岩、花山和涠洲岛，都是有名的旅游胜地。当今一领文坛风骚的王蒙曾有《伊岭岩的启示》一文，从审美角度探讨了伊岭岩之所以吸引人诱惑人的神秘魅力所在。作者侃侃而谈，娓娓而叙，既有知识的启蒙，也有见解的启迪。壮族作者邓永隆的《花山五题》（83-5）虽然发表较早，但已经表现出了对原始文化的好奇和关注，作者缅怀了壮家先祖的力神蒙卡，缅怀了神秘的女妖左江姣，优美的神话和优美的文字给这篇散文增添了优美的外形，优美的文化和优美的抒情给这篇散文增添了优美的内涵。花山，作为壮族原始文化完美而又神秘的记载，它将决不逊于敦煌。敦煌已经刺激了许多大作家的灵感和才气，花山为什么不能孕育出我们这块土地的杰出作品呢？尤其是在这样一个具有历史文化反省热潮和原始风俗考古热潮的时代，我们的作家是没有理由辜负花山这块原始文明活化石的。

《广西文学》散文八年尤具个性特色的一个题材类型是风情写真。昔日的《刘三姐》作为壮族生活的抒情写照，征服了海内海外亿万观众的心。今天，对民族风情的描述和写真仍然是散文作者乐此不疲的主题。

广西民族风情最有特色的当推每年三月的歌圩。这种对歌活动并不局限于一个民族。凌渡《故乡的坡歌》（80-9），李葆青《侗乡听歌》（82-6）等散文极富感情色彩地描绘了壮侗等族青年男女对唱山歌的欢闹场面。这些文章不仅有关于歌圩的知识性介绍，而且穿插大量精彩的歌词片段。像《故乡的歌坡》：

禾苗无水哪来青，

手中无伞哪来荫；

妹求哥你借把伞，

不知哥安哪样心？

出门扛伞盼有晴，

妹今树下早有荫；

妹今树下早有靠，

不知是假还是真！

诸如此类，一问一答。既情真意切，又机智幽默，极为形象生动地表现了少数民族青年的机灵、淳朴、聪明、智慧。对歌圩场面的真实描写，少男少女的欢乐融进了作者本人的欢乐，少数民族风俗的健康清新也引起作者对现代生活方式的思考。像这类描写："小叶榕树的影子往东越拉越长，太阳缓缓向西落去，墟场上的买卖人慢慢散走了，如火如荼的坡歌也渐渐稀落下来。一坡坡男女歌伴们用歌互相道别，纷纷走上归家的路。一时间，歌声恍如扯不断的情丝，袅袅娜娜飘荡在故乡的条条小道上。"这番情景，有声有色，有光有影，确如作者所言：别有情趣的民族风情，令人忘返流连。

壮侗山歌固然迷人，瑶族风情也不逊色。壮族作者吴伟峰所写《白裤瑶风情》（85-9）就为我们描绘了一种不怎么为外人熟悉的民族——白裤瑶。白裤瑶族的名字来自他们的服装习惯，所有男子无论老少无论寒暑一律穿一条白单裤。作者着重描写了这个民族玩表、砍牛的习俗。场面往往是这样：

天黑了。

男的都找地方站着，屋檐下，墙跟边，电杆下，都有。他们都手拿着毛巾、腰带、镯子之类的小物件，默默等着。

姑娘们亮着电筒，走着，看着，发现适意的小伙子，便动手去抢他手上的东西。若小伙子也满意对方，便任其抢去，成为一对。反之，就不松手，姑娘顿时领悟，再另择满意，故伎重演，直到成功。

这种谈情说爱方式和壮族男女对歌又情趣大异，它究竟是体现了风俗的淳厚还是民族的愚昧呢？作者特意提到一个瑶族少年："你长大了玩表吗？""不！""那你干什么呢？""我要读书！"看来，现代文明已经开始冲击这古老的村寨，瑶族的年轻一代处在变革的时代已做出了历史的选择。而在两种文明的碰撞交汇中，该出现多少惊心动魄的精神裂变，我们的散文作者能否以历史的美学的态度去正面描绘这一历史的进步呢?

作为一个极富现代意识的女作者,林白薇显然意识到了这种原始文明和现代文明的剧烈冲突。《山那边》(86-5)以第二人称叙述,直接把读者从现代文明的都市拉进了原始荒蛮的远村。这是举世瞩目的红水河,巨大的水力资源吸引了大工业时代的能源目光,古朴的民风民情诱惑了现代都市的文学青年。牲口市场的交易、熟肉市场的狂饮,尤其是极斑斓的苗族姑娘,那引人注目的头巾,有多少条头巾就有多少个情人的大胆,苗族姑娘的美丽自然足可充当电视中的系列化妆品广告,然后是买盐巴的队伍很长很长。然而,这一切古朴的繁荣终将被现代的繁荣所代替,最现代化的技术装备为了开发这里惊人的水力资源终于翻山越岭闯了进来。于是,读者看到的是这样一种反差极强的对比:"刀耕火种和世界第一流的美国掘进机,人畜共住的麻栏和铺着豪华地毯的高级宾馆,讲着苗话壮话彝话的山民和操着英语日语德语的各国洋专家。这里是古与今、土与洋、慢与快、静与动、正与反。事物的两个极端在这里得到了淋漓尽致的体现。"于是,读者在这里体验到的是自然、历史、人三位一体在同一时空的深刻思考:"人与自然,既要较量,也要和谐,既要矛盾,又要共存。于是便生出许多既喜又悲,可歌可泣的业绩来。""在这间高级接待厅里,你会产生时空倒错的感觉,好像有人把你从原始闭塞的山寨一下子推到现代化的都市,历史的正常序列被切断了,在文明的断层上接续上全新的文明,中间没有铺垫,也不需要铺垫。"这种感觉性思考固然有作者诗人气质的随意色彩,也未尝不是对古老文明突然在一种强大的外力冲击下发生断裂的真实描绘。当然,"中间没有铺垫,也不需要铺垫"的议论或许过于随意以至显得粗率。事实上,任何一种文明的断裂都是一种巨大的痛苦,一种新的文明的确立必须以旧的文明的牺牲为代价,而牺牲的痛苦又是由现实的人来承受的。也许正因为作者和山那边的人们完全处于两个不同的世界,她才能发出如此轻松的议论。这种轻松固然造就了作者潇洒从容的风格,同时也使作者失去了一次正面展示精神裂变的机会。不过,对于一篇短小的散文,我们这种评价实属苛求。然而,这种苛求实际上包含了对这位极富才情和思考力的女作者的期望。

还能显示地方区域特色的题材类型应该算边防小品。战事在云桂两省区展开，一九七九年直接生产了一批讴歌战斗英雄、描写战斗生活的散文篇章，如蓝太阳《梯子赞》（79-7）写一个"人梯"的故事，极力赞颂了一位壮族民兵在战场上甘当人梯，不怕牺牲的献身精神。王道平《在阵地上的诗》、莫孝川《岔路口的小窝棚》、孟宪武《子弹·照片》（79-8）分别从阵地、后方、伤员病房三个场景表现了战斗生活场面，每篇都洋溢着强烈的爱国主义感情和英雄主义精神。战事断断续续持续至今，反映战士生活，表现战士情操的散文篇章也层出不穷。八四年二期特辟《南国边防线》栏目，集中了六篇边防小品。八五年则陆续发表了《前线随笔》《我们的阵地》《大千山的云雾》和《边关情》等声情并茂的散文篇章。

杨小凌的《前线随笔》（85-3）以雷马克《西线无战事》中的一段话开头，为文章烘托出一种战争残酷恐怖的气氛。然而，作者并非承接其意，而是改弦更张，在写战争残酷恐怖的同时特别注重写战士生活的情趣和欢乐。残酷的战场不能消灭美的存在，根源在于战士们有美的情怀。"西线的战事起起落落，东线的战火何时复燃？也许就在明天早上。即便是如此，也要像战争永远都不会发生那样去正常地生活。"显然，这里非常清晰地表达了作者的情感体验，正是对生活的无限热爱使战士们时刻体会到生活的美，正是生活的美激发了战士们英勇的献身精神。爱与美与献身，如此因果相连，战士高尚的情操也就在这种因果关系中得到了强而有力的凸现。

像这些战士心灵美的表现已成为边防小品的一个传统主题。贺建春《我们的阵地》把阵地和祖国相对比，指出"我们的阵地虽然很小、很小，但是我们依托的地方很大、很大，有九百六十万平方公里……"爱祖国、卫祖国、依靠祖国的心理跃然纸上。

杨石龙的《边关情》是一篇专注写情的散文，作者选择三个普通戍边军人的家庭生活的某一侧面，构成三个画面，三个层次，并合成一个完整的总体形象，从中升腾起边防战士保卫祖国牺牲个人家庭幸福的献身精神，以发自心灵深处的激情，礼赞了边关战士的责任感，新一代最可爱的人那种高尚忠诚的军魂得到深刻的体现。文中"到南国边防线上来吧。在这里你会感受到前线造就的新一代高尚的军魂，倾听到一支支带着点酸楚味儿，可又感人肺腑的爱情之歌"的呼唤，无疑是对广大后方人民理解边关战士的深切期望。黑格尔认为："战争情况中的冲突提供最适宜的史诗情境。"就散文而言，史诗目标并非它的追求。然而，正因为战争有这种极为特殊的题材意义，人性人情在战争中往往产生非同凡响的裂变，所以，面对战争，是应该出现一大批杰出的散文篇章的。以上论及的诸篇，大多围绕着战士心灵美这样一个主题核心，单纯而感人，高尚而育人，这是其优点，也未尝不是弱点，希望今后这个题材的散文创作能更加丰富、更加深刻，把战争中复杂的人性人情的多层次多侧面淋漓尽致地展现出来。

综观《广西文学》散文八年，除了上述三种极有特色的题材类型之外，还有其他许多题材类型的散文佳作。像贺祥麟、黄婉秋、韦其麟这些广西文化名人的旅外随笔，记叙异国风情，抒写中外友谊。由于他们多是常年写作的学者作家，文笔大多从容老练，于舒缓自然的节奏中传达出淳厚益人的情致。又如谢逸、秦似等老作家的散文篇什，或阐发哲理，或表寄同情，或童显影心；有的下笔凝练，有的行文流畅，有的铺陈激越。秦似《写在南国初冬的时候》（85-4），以自己住院养病的亲身体验，表现出老一辈对青年一代的深切关怀。韦其麟的《童心集》和《童蒙之歌》，显然深得泰戈尔《新月集》的启发陶冶，以一个纯真幼儿的心态眼光，抒发对自然、对社会的稚爱，既反映了作者进入暮年童心未泯的心态情绪，又未尝不成为读者灵魂的净化剂。还值得一提的是专注于写作知识小品的散文作者姚古，他的《养猫》和《酒瓶的欣赏》虽然略嫌稚嫩，却显露了与上述作品截然不同的风格个性。

在散文创作相对寂寞甚至不景气的情况下，《广西文学》不惜以较大的版面来刊登散文作品，这和时下众多文学刊物冷落散文创作的现象恰好构成鲜明对比。仅从一系列散文栏目如《南防铁路工地掠影》（84-1），《红水河作品征文》（86-8、12），《南国明珠》（86-1），《大学生文学创作评比》（86-2、4）等，即可看出《广西文学》编者对散文创作的厚爱和扶持。这些散文园地紧密联系广西实际，或讴歌为防城港修建铁路的豪情壮志，或记叙红水河工地的雄伟场景，或展现北海特区建设的各个侧面，或抒写当代大学生的内心追求和情感趋向。可以说，这一组组相当体现编者自觉意识和艺术慧眼的散文作品，比较全面地反映了建设中的广西的进步历程。作为一种生动形象的历史记录，这些散文不仅有较强的现实感染力，也有较深远的历史影响力。而对大学生散文创作的扶持和鼓励，同样体现了编者极富建设意识的文学眼光，它一方面对大学生散文创作是一个十分有成效的鼓励，另一方面也未尝不是为广西散文创作培养了一批面貌全新的生力军。尤可钦佩的是《广西文学》编者对散文创作的爱与知。就散文创作的实绩而言，对真情趣的追求几乎已成为散文界一致的步调，大智慧的境界由于作者自身的才力和修养一时还难以显现。无疑，散文创作已经进入一个亟待超越自身的阶段，而对散文作者来说，从观念、素质、修养、风格全方位超越自我也就成了不可回避的现实。历史把这样光荣的机会展开在当代人面前，我们的散文作者是否具有赢得光荣的才力呢？一旦我们的评论文字能激发起散文作者的历史使命感，那么，即便浅尝辄止，挂一漏万也毫无惭愧和遗憾了。

作家，是文学成熟的第一要素

——广西各少数民族作家之比较

王敏之

作家，是文学创作的主体。

一个民族的作家的出现，并逐步形成群体，是民族文学步向成熟的主要标志之一。

自本世纪七十年代末开始的社会主义新时期以来，由于政治上的安定团结，经济上的改革开放和文学观念的变革，艺术视野的拓展，各少数民族的文学作者队伍也在各自的土壤上风涌般地成长起来，有的是在原有作家基础上重新构组扩大，有的是由民间文学整理者转战而来，有的是在知青生活中觅寻文学而跳入当代文学新潮。总之，各个少数民族都有那么一些人，在创建、丰富着自己民族的文学。广西十一个少数民族就是如此。

广西壮族自治区是以壮族为主体的壮、汉、瑶、苗、侗、仫佬、毛南、回、京、彝、水、仡佬等多民族聚居的省区。各民族的文学都在继承和发扬本民族丰富的民间文学基础上，得到了进程不一的建设和发展，有些民族如壮、瑶、仫佬等，不仅

作品信息

《民族文学研究》1988 年第 5 期。

形成了作家群，还创作出以反映民族生活为主的大量作品，创建了自己民族文学的宝库和民族形象的人物画廊。文学作品虽然不是研究作家队伍的唯一依据，但是，衡量一个民族的文学成熟与否，不能不考察民族作家队伍的形成及其主体作用的显现，而文学作品恰恰是这个队伍创作力量和思想艺术素质的集中体现。

广西各少数民族作家的状况，正可以说明这个问题。

民族经济的变革，革命文化的影响，促进和带动着民族作家文学的兴起和演变

尽管文艺理论界在探讨文艺与政治、经济的关系时观点不一，但都不得不承认马克思关于"物质生活的生产方式制约着整个社会生活、政治生活和精神生活的过程"的论述，不得不承认毛泽东关于"一定的文化（作为观念形态的文化），是一定社会的政治和经济的反映，又给予伟大影响和作用于一定社会的政治和经济"的论述是真理。从广西这个地处边陲的民族地区来看，莫说解放前人民生活极端贫困，生产方式具有原始特点，即使解放后经过三十多年的努力，到了八十年代初，仍然"处在社会主义初级阶段的低水平，在经济发展上，生产力更加落后，商品经济更加不发达"，"属于贫困落后地区"，"全区至今尚有六百多万人未解决温饱问题"（引自韦纯束同志1988年1月15日在广西人大代表会议上的政府工作报告）。面对这样的区情，各民族文学能够得到长足的发展，实在是十分艰难的。促进奇迹发生的特殊因素是：

其一，广西左右江革命烽火，百色起义的红旗，中国工农红军第七、第八军的革命业绩，在壮乡瑶寨的大片贫瘠的土地上播下了革命的火种，也在各族人民心田里孕育了革命的幼芽。近年来，广西少数民族作家创作的以左右江革命斗争为题材的作品，长篇小说有黎国璞（壮）、蓝启渲（瑶）的《南天一柱》，陈漫远、王云高（壮）的《冬雷》，杨军、梁学（壮）的《南国冬雷》，传记文学有蓝汉东（瑶）、蓝启渲的《韦拔群》和吕梁的《虎将传奇》，革命的历史滋养着作家的成长，也激励了他们的

文学创作热情。

其二，抗战时期，文化名人云集桂林，使本是文化沙漠的桂林变成大后方的唯一抗战文化中心，他们所创办的刊物和所创作的作品，成为广西文学的宝贵财富，也成为广西少数民族作家继承和发扬的文化传统。特别是那些曾参加文化城抗日工作并一直留在广西工作或广西籍的同志，如秦似、曾敏之、周钢鸣等人的创作活动、成果，为鼓励、扶植广西民族作家的成长，起到了直接的楷模作用。

其三，广西民族作家解放前就投奔革命根据地延安，全国解放后回到广西主持和领导广西文学创作，他们的创作、作品成为直接激励民族作家成长的动力。如壮族作家陆地，他的创作成果《美丽的南方》《瀑布》《故人》以及他的《创作余谈》，无不启示着民族作家的思想和创作渴望；侗族作家苗延秀以民族生活为题材的长诗《元宵夜曲》《大苗山交响曲》，京族作家李英敏的累累创作成果，也都为民族作家展示了美好的前景。与此同时，就地闹革命的黄青、蓝鸿恩、蒙光朝、黄宝山等壮族作家的创作成就，也时时启动着一代代民族作家的创作心思。

由于这些积极因素的影响，广西少数民族文学创作队伍的成分构成，也逐渐发生了实质性的演变，即由以外出参加民主革命而成长起来的作家为主，转变为在广西民族地区土生土长的作家为骨干，如韦其麟、周民震、包玉堂、蓝怀昌、韦革新、韦一凡等一批民族作家的涌上广西民族作家舞台。到了八十年代，又有一批民族青年作家脱颖而出，为广西的民族文学增添了无限的朝气。这些成长着的中青年民族作家与老一代作家的文学素质有所不同，前者经历了多年的革命战争的洗礼，而后者则多为在大学里被文学名著所武装。作家队伍文化素质的变化，必然形成不同的作家群体，带来创作风貌的丰富多彩。由此，民族文学的不断演变也就开始了。

壮族作家队伍多层次局面业已形成，仫佬族作家群共建着本民族的文学

壮族文学在新时期第一个十年期间发展迅猛，老中青作家在广西文坛上似有争奇斗艳之势。"文革"前能在省级以上报刊发表作品的壮族作者还屈指可数，近几

年竟猛增至二百余名，不仅新作不断，而且作品集也纷纷出版。他们的创作实践及其作品的艺术水平，很自然地将壮族作家群体划分为不同的层次，显现出不同的艺术特征。

从年龄和创作经历上看，老中青作家基本上是塔式的结构，中青年占有较大的比重。若连同作品的出版、发表量来透视，也可以说是两头小中间大，中年作家居多，成果亦较显著。

从创作倾向来看，在整体上已由民族民间文学的整理、编写转为以反映当代壮族现实生活为主体的格局。但是，也不能不看到仍有少部分作家、诗人以取材民间文学而进行创作，这部分作家的成熟特征，并不在于超越对传统的民族文化意识的继承，而是在观照现实的前提下，开掘民族历史深层的灵魂，如韦其麟、韦文俊的诗创作，然而更多的作家则是以切入现实生活，楔入民族灵魂，塑造壮民族自己个性化的形象为己任，如陆地、韦一凡、潘荣才、黄钲的小说和农冠品、韦志彪的诗等。也有些壮族作家如王云高、杨柳等，他们虽然生活在壮族地区，但其创作视角并不完全放在壮族生活之上，而是放眼整个社会，揭示多民族共同关注的社会问题。当然，还有部分作家始终不忘壮族生活风情的美感，他们总是透过风情画面探寻民族的内蕴，一批散文作家多是如此。

尽管在壮族当代文学史上，老作家成绩卓著的不多，中年作家成果丰盛的不少，但青年作家是壮族文学的希望所在。这些青年作家如孙步康、黄堃、韦元刚、陈多、廖润柏、蒙齐华、黄琼柳等，从步入文坛就显示出他们各自的独特的艺术追求，孙步康笔下壮乡小镇的情韵，黄堃诗歌的动律，韦元刚小说的内蕴，陈多作品的风采以及黄琼柳对现代意识的潜用，都是反复实践而练就的。

如果说，壮族作家已形成多层次、多色彩的队伍，那么，仫佬族作家则显然是各种文体同时并进，共同构建着本民族文学的群体。这个群体人数不多，十几个，但从事小说、诗歌、散文创作的作家齐备，各专一体，兢兢业业，如包玉堂、龙殿宝的诗，潘琦、包晓泉的散文，唐海涛兄弟的小说，从不远离仫佬族的民族历史与现实，始终把仫佬族的进步及变革作为创作与研究的主题。表面上看，他们的创作似乎有点民族封闭的味道，其实不然，仫佬族文学如同仫佬族文明开放的民族性格一样，是紧紧围绕着本民族经济发展、社会变革的进程而发展的。民族文学的成熟在于民族作家队伍的形成，而民族作家的成熟，正是表现在如仫佬族作家这样，对本民族经济文化的全面反映，对民族自身本质特征的思考。文学创作固然是个体精神劳动，但对于一个少数民族来说，作家的群体力量是不能忽视的。

处在颗粒状态的艺术各异的瑶族作家们，正在争夺文学殿堂的一席之地

在中国当代文坛上，瑶族作家似乎不多，从中国作家协会主办的刊物《民族文学》所发表的作品来看，数来数去就那么三五人。其实，在省级以上报刊发表作品的已有十七八个作者。广西的瑶族大多数散居广西各山区，形成了大分散、小聚居的"南岭无山不有瑶"特点，这样，瑶族文学作者也就自然地分布在广西各地，他们的社会生活感受多具有居住地的地域特点，而少有瑶族分支之间的交往与交流。因而，这就决定了瑶族作家的文学创作必然呈现各自不同的艺术风采和特色，即使是瑶族风情习惯，也往往差异很大。瑶族文学研究者们常常为探索瑶族文学的特征到底是什么这一难题而抓耳挠腮，其原因就在这里。

这些分散在广西各地的瑶族作家呈颗粒状态，各有着自己的艺术追求。从他们作品中虽然难以探求到瑶族的共同的性格特征，但从他们所写的"瑶"与"山"中，能窥视到瑶族的民族精灵，似乎他们都在拼搏，在中国当代文坛上争求着瑶族文学应有的席位。事实上，他们以自己文学创作上的相异的艺术特色，已赢得了读者的赞赏。蓝怀昌的小说创作，在瑶族文学中是突出的，他的小说集《相思红》、长篇小说《波努河》都蕴藉着一种深沉的历史感和民族的自强精神，瑶族道德风尚和风情习俗的变化也写得十分逼真，而来自金秀大瑶山的莫义明的小说则不同，他专注大瑶山中瑶民们改变现实的骚动以及对新生活的追求，他的《八角姻缘》《香草妹》《瑶山一支花》等小说中，仿佛都有一股民族的力量在跃动，要闯出大瑶山的深山老林，欲与山外世界比个高低。而他的另一些作品，如《瑶山新姑爷》《瑶山

通》等，却从不同角度描写了打破传统的族规，实现瑶汉通婚的始末与意义。其他瑶族作家，如李肇隆以他居住靠近桂林的地理优势，作足了桂林山水的文章；蓝汉东则以桂西北农村瑶族生活为对象，通过历史与现实跳跃式的变迁，描绘了瑶族山区人们的心理特征，如获奖的《卖猪广告》等小说。蓝启渲则以当年中国工农红军在瑶寨壮乡的足迹为线索，撰写传记文学作品，缅怀邓小平、韦拔群、李明瑞等老一辈革命家的革命业绩。青年作者何德新、唐克雪则以桂南瑶族山区为生活基地，着重揭示人与社会、人与自然、人与现实的矛盾冲突，将"竹林里的悄悄话""大山二重奏"传达给读者。

看来，瑶族作家队伍难以形成独到的类似"荷花淀""山药蛋"那样的艺术流派，但这并不是缺陷，相反，他们各自的选择、追求，倒是瑶族文学能够繁花似锦的条件，它比同一个民族的作家都挤到一条艺术的道路上去争、去夺，更能呈现出一个民族多元化文学的面貌。

改革搅醒了民族的梦，民族文化觉醒后必然产生自己的作家，无作家文学的民族历史在广西已成为过去

在广西的侗、苗、回、毛南、京、彝、水、仫佬等少数民族中，"文革"前除了苗延秀（侗）、李英敏（京）、杨通山（侗）等堪称民族作家之外，几乎再也找不到几个文学作者。党的十一届三中全会之后，政治环境的安定与经济生活的好转，也极大地丰富了民族文化生活。随着各族人民对自己民族文学的迫切需要心理的增强，不少从事民间文学搜集整理工作的同志在不到十年的时间里，相继以本民族文学新人的面貌走上了文坛，如侗族的黄钟警、杨世恒，水族的李果河，回族的海代泉，彝族的韦革新，苗族的李荣贞、朱慧珍、夏慧，毛南族的蒙国荣、谭亚洲、韦秋桐，京族的苏维光，仫佬族的郭秀玉、郭秀勇以及满族的赵元龄、刘桂阳，土家族的郑光松等。这些作者的创作成果有不少，作品质量也存在较大的高低差别，类似黄钟警的《歌的家乡》《新生歌》，韦革新的《金麦黄熟了》这类获全国少数民族

文学创作奖的作品还不多，但他们毕竟是自己民族的文学代言人。

这些代言人，能够在描写对象身上注入艺术的光彩，渗透进自己的主体意识，从而形成艺术的个性，这实际上就象征着一个民族的文学成熟程度。例如，韦革新所创作的诗，首首溢发着民族山乡的清新气息，行行熔铸着彝族"火的民族"的形象和性格。他把彝族人民心爱的缅娓花的深意作为诗创作的艺术追求，把桂西北高原偏僻山中生活的彝人的心、彝人的性格、彝人的气质，抒发得淋漓尽致。海代泉是文学创作的多面手，小说、诗歌、散文都写，而寓言创作却独具一格，他的寓言集《鹦鹉的诀窍》《驴的忧虑》《老驴推磨》《得意的狐狸》，充分显示了笑中见真理，假托寄真情的艺术特点，那色彩鲜明的对比、生动贴切的比喻、赋予现实生活的情理和以赞美、欢乐为主的格调，无一不使人从中获得一定的人生哲理。黄钟警是连续获全国少数民族文学创作奖的诗人。他的诗同他这个人一样，一直在侗族的土地上成长着，侗族人民的生活有多少风采，他的诗就有多少形象和情感，即使是对时代的感受、对未来的向往，也从不离开自己民族的命运、生活的思考，民族个性特征成了他诗歌创作审美的坐标。他的诗曾多次获奖，但他始终以真诚的态度说："这奖是奖给侗族人民的。我只不过是个执笔者。"朴实的语言道出了他的诗创作走向成熟的真谛。

多民族聚居地区的民族相互交流、促进，也带来了文学创作上的交叉：你中有我，我中有你

关于少数民族文学的范畴及其界定标准，文学理论界讨论了几年未成定论，其原因就在于对多民族地区民族文学发展的复杂特点缺少深入的分析和探讨。从广西民族文学的实况来看，只有以作者的族籍作为唯一标准方能说得清楚，如若添加什么用什么文字，反映的是哪个民族的生活等条件，就会有损于民族文学的整体性，排除了民族文学之间"你中有我，我中有你"的客观存在。

广西的民族作家反映他民族生活题材的作品是相当多的，这里，仅以优秀之作

为例就有：侗族作家苗延秀以苗族生活为题材的叙事长诗《大苗山交响曲》，壮族作家陈雨帆反映仫佬族生活风貌的中篇小说《冰棕榈》，壮族作家周民震创作的以苗族学生为主人公的学生三部曲电影剧本《春晖》《心泉》《远方》，壮族作家蒙齐华与王天若分别专注大瑶山瑶族与大苗山苗族人民生活的小说创作，京族作家李英敏对海南黎族地区生活的反映，壮族诗人莎红反映瑶、苗、侗、京、毛南民族的诗歌，仫佬族诗人包玉堂的组诗《春色满壮乡》以及汉族作家杨军、聂震宁、曾仕龙等所写的反映广西各民族历史与现实的小说等等。这类文学创作上交叉情况的出现和存在，虽早已有之，但现在如此纷繁，实在是我国当代少数民族文学走向繁荣所产生的一个新特点，这个民族文学创作的新实践、新经验值得研究和倡导。

那么，产生这一新特点的原因在哪里呢？我们认为，如下因素是少不了的。

一是社会改革与开放的政治环境，民族经济文化的横向联系，促使了民族之间的相互交流和了解，也促使着民族作家在创作上不断开拓新的生活领域。二是多民族杂居的地理条件。一个作家对另一个民族的理解和掌握，单凭短期的深入生活是难以创作出真实而美好作品的，它需要长期的生活积累。只有与他民族人民朝夕相处，耳濡目染，深知这个民族的气质和感情，方能进入艺术创作阶段，而民族杂居地区的作家更具备这种优越条件。三是作家要对他民族具有深厚的友谊，产生爱慕之情。周民震之所以能够创作出反映苗族生活的系列作品，这与他曾多年在苗族地区从事革命斗争，解放后又多次深入苗村，与当地人民建立了深厚的感情是分不开的。四是所写出的作品，得到被反映的民族读者的承认与肯定。陈雨帆的中篇小说《冰棕榈》发表后，在仫佬人民中朗读，仫佬人边听边赞"对，是我们民族的事"，这就为民族文学之间交叉创作的合理化找到了契合点。事实上，这种民族文学交叉创作的现象，也是民族文学一种借鉴、创新的方式，也是培养扩大民族作家队伍的途径，它比民族作家只局限在本民族生活的狭小圈子之内的创作，既有积极的相互促进作用，又可达到加强民族文化交流，增进各民族之间的团结，扩大少数民族文学战线的战略价值。

这种文学上的交叉创作，随着经济改革的深入以及作家创作思想的进一步解放，将成为一种普遍现象。话又说回来，即使这种民族文学作品逐渐多起来，对以民族作家的族属为判断其民族文学的唯一标志，也是难以改变的。

民族文学同样面临着竞争，广西民族作家中目前存在着的危机感和焦灼感应引起关注

民族作家队伍的形成及其构成成分的不断向高层次变化，他们的文学作品也朝着揭示民族内部的民族精神，发现其新的觉醒，并在艺术上追求多样化的方向迈进，这无疑是民族作家走向成熟的表现。与此同时，我们还要清醒地看到，八十年代的民族文学，也同样承受着读者文学欣赏需求的挑战和西方现代文学理论的影响。也就是说，民族文学同样面临着严峻的竞争态势。

民族作家的文学创作如何在文学观念发生大的变革的年代里使自己走向多元化，以适合中国当代文学新潮的迭起，确实需要有个思考、选择和消化、吸收的过程。在这个过程中间，民族作家自己也不可能不产生这样或那样的创作心理。作为一个勇攀艺术高峰的作家，回顾自己的创作足迹，重新审定创作方向，这是积极的正常的活动，对于文学创作这种创新的事业并不是坏事，而是新的跨越的开始。从近年来广西民族作家们所发表的作品来审视，似乎让人觉察到多数人普遍存在着危机感和焦灼感。危机感的表现，表面上看似是作品发表量的下降，实际上是不满于已走过的创作之路，试图突破自己的创作模式来个"推陈出新"，而由于新的社会生活积累不足，又不甘效仿他人的创作方法，于是陷入了创作苦闷期。焦灼感则表现为急于追赶文学大潮，对新的改革生活来不及咀嚼，对某些引进的艺术手法来不及消化，便匆匆捉笔，结果成功率甚低。这两种或类似这两种的创作情绪或心理，给广西文坛带来了一种想象不到的后果，即佳作不多，成功之作更少。

这种平平默默的文学状态，到底还能维持多久？有的人预测，它将会被新中国成立四十周年献礼的文学作品所打破，也有的人感到这是民族作家队伍在初级阶段理论指导下的又一次构成成分演变的前奏，它必然会以具有强烈改革意识的青年作

家的创作所取代，更有的人认为，它不仅是民族作家队伍演变的预兆，同时也是民族文学理论贫乏薄弱、缺少新鲜活力的反映，少数民族文学再度蓬勃发展，有待于民族文学理论的丰富发展。这众说不一的看法，尽管各是一家之言，缺乏具体的调查研究和准确的分析判断，但毕竟是对民族整体格局的思考，看到了它的光彩前景，点明了民族作家队伍建设这一关键环节。

纵观古今中外，文学创作的发展无不是在作家主体意识的不断递变中行进的，而维持作家创作生命力的因素却是多方面的，它既受制于客观的社会，也取决于作家对社会存在的理解和掌握。然而，起决定作用的因素却始终是作家自身的世界观、人生观、艺术观的确立，至于写什么，怎样写，运用什么样的创作方法，使用什么语言文字等则是次要的。我们的不少民族作家，在当今改革使我国社会生活（包括文化生活）发生迅速而又深刻变化并打破了原来的秩序和平衡的时候，其创作一时不适应改革潮流的需求而受到冷落，从而陷入困惑状态之中，应该说这也是正常的，难以避免的。随着马克思文艺理论在文学改革实践中不断地丰富和发展，文学创作也同样会迈出跨阶段的步伐，这也是必然的。改革，是统揽社会全面的伟大探索，它也迫使民族文学用改革的精神和实践去适应，反映改革的进程，只要民族作家勇于开拓社会生活视野，打破原有的半封闭的知识结构和思维方式，把改革特别是民族地区经济改革的实践作为创作源泉，在艺术上多方面借鉴，全面地提高现代文化素质，我想用不了多长时间，广西的各民族作家肯定会创作出一大批具有时代气息和新的民族特色的作品，为构建社会主义初级阶段民族文学宝库做出无愧于时代的贡献。在这里，我们必须明确：作家，是社会主义文学发展最终决定的力量，只有充分推动作家生产力的发展，社会主义文学才能呈现崭新的局面。

壮族当代散文概观

徐治平

一

　　在讨论壮族当代文学的成就时，人们一般是谈小说和诗歌，散文往往被忽视和冷落。其实，壮族当代散文也是取得了较大成就的，只不过还没引起人们应有的重视而已。

　　早在五六十年代，就有一批壮族作家致力于散文创作了。周民震是以电影文学剧本的创作成就闻名全国的。而他在五六十年代，却是一位热心的散文作家。他在1980年出版的散文集《花中之花》，大多数篇什都是写于五六十年代。集子中的作品，有的描写广西秀丽迷人的湖光山色，有的反映少数民族欣欣向荣的新生活，有的展现青少年美好纯真的心灵，有的歌颂先进人物的崇高品质，具有鲜明的南国色彩和浓郁的生活气息。周民震的散文，宛如一幅幅绚丽多彩的山水画，一首首优美

作者简介

　　徐治平（1942— ），广西柳州人，毕业于广西师范大学中文系，广西民族大学文学院教授，有《散文美学论》《当代散文艺术论》《壮族当代散文概观》等论著。

作品信息

　　《广西民族学院学报》1988年第3期。

动人的抒情诗，让人感到时代脉搏的跳动，听到祖国前进的足音。此外，李春鲜、苏长仙、蓝直荣等，当时也创作了不少散文篇章。李春鲜的《牛角号》（1962年9月28日《人民日报》）以抒情的笔调，描写了一个壮族老牛角号手的鲜明形象。全文以牛角号为主线组织材料，对老牛角号手往事的回忆，不重在刻画事件的细枝末节，而是以写意手法，将事件虚化、诗化，因而富有抒情诗般的韵味。

到了七八十年代，壮族散文的创作队伍迅速发展壮大，作品的数量和质量都大大超过了五六十年代老一辈作家、诗人，他们在潜心小说、诗歌创作及民间文学研究的同时，也以极大热情进行散文写作，如陆地、韦其麟、黄勇刹、蓝鸿恩等。以《美丽的南方》《瀑布》等长篇小说著称的壮族老作家陆地，也写了一些精美的散文。发表在《散文》1981年第11期上的《一段苏木》就是其中的优秀代表。作品描写了一位老裁缝对在"文革"中被批斗的共产党老同志的深切同情和关怀，体现了人民群众对共产党的衷心热爱和信赖，读来令人感动。《一段苏木》写出了在非常情况下，共产党在人民心中的崇高地位，写出了党和人民的鱼水关系，具有较高的思想性与艺术性。

以长诗《百鸟衣》和《凤凰歌》闻名中外的壮族诗人韦其麟，近年来也写了不少散文佳作。《童心集》（《广西文学》1981年第11期，《民族文学》1982年第2期）就是两组想象丰富，风格独特，像童心一般天真烂漫、洁白纯净的篇章。此外，《泰国纪行》（《广西文学》1983年第7期）和《访泰琐记》（《三月三》1983年第3期），歌颂了中泰人民的深厚情谊，充满异国情调和深刻哲理，也是韦其麟较好的散文作品。

老作家黄福林也是这个时期登上散文殿堂的。1985年出版的散文集《蹄花》，就是他这些年辛勤笔耕的成果。陆地为之作序，称他"据有年深月久的生活储备，对世书人情的体会，自能洞明练达，把握分寸较准，源远自有流长，大器晚成"。黄福林的散文，大多是以右江流域的自然风物、壮族人民的革命斗争以及边防军民的爱国精神为题材。其中《蹄花》（原载《北京文艺》1979年第12期）1981年获全国少数民族文学创作奖，可视为黄福林的代表作。

特别值得注意的是，这段时间涌现了一批十分活跃的壮族中年散文作家。凌渡、蓝阳春、韦纬组、陈雨帆、邓永隆、农耘、露白、黄河清、严小丁、黎浩邦、童健飞、潘恒济等，他们大多是从农村、矿山、林场等基层单位走出来的，生活积累丰富，思想雄健深沉，艺术功底厚实，创作日臻成熟，成了壮族散文创作的中坚。凌渡于1984年出版的散文集《故乡的坡歌》，具有浓郁的地方色彩和鲜明的民族特色。它的大量篇幅，描写了广西各地绮丽迷人的自然景色、饶有情趣的民族风情，反映了少数民族生活近年来的深刻变化，给读者献上了一幅幅明丽清新的民族生活画卷。集子里的作品，语言清新、淡雅、朴实、自然，格调清丽，意境高远，淡雅中蕴藉着浓酽的情思，朴素中透露出思想的光华，体现了作者的艺术追求和散文风格。凌渡的第二本散文集《南方的风》(将由漓江出版社出版)，仍然是以广西少数民族和广西边境军民的劳动、生活为题材，具有浓烈的"桂"味。邓永隆于1987年献出了他的散文诗集《红水河之恋》。集子中诸作，写壮乡之美，抒时代之情，赞创业之举，颂卫国之志，唱出了壮族人民的心声。邓永隆引人注目之处，是三个系列的作品：一是红水河系列，这是一组"光与电"的颂歌；二是花山系列，自然古朴，扑朔迷离；三是边防系列，具有阳刚之气，奔涌着强烈的爱国之情。

报告文学作家何培嵩也是在这期间崛起在文坛上的。他的报告文学集《归客》于1987年10月由漓江出版社出版。何培嵩的报告文学，取材广泛，色彩纷呈，最引人注目的是写体育明星和文艺、科技界知名人物的一系列作品，如描述举重名将吴数德踏实刻苦、坚韧刚毅、临危不惧、奋力拼搏的可贵性格，展现他勇攀世界体坛高峰的艰难历程的《啊，中国的"赫剌克勒斯"》；描写我国著名体操运动员李宁在莫斯科参加第二十一届世界体操锦标赛期间，为了祖国母亲的微笑，以惊人的毅力战胜伤痛，为我国赢得了荣誉的《为了母亲的微笑》；记叙我国著名乒乓球运动员谢赛克挥舞"圆剑"，力克群雄的《希望之星》，都是令人振奋的佳作。《刘三姐与黄婉秋》则巧妙地将影片《刘三姐》与主演黄婉秋在"文革"中的磨难联结在一起，不仅写出了影片《刘三姐》的命运、黄婉秋的命运，而且"从这一面三棱镜，折射出国家的命运，人民的命运"。"作者在描写人物时，往往将他们置身于生活的激流和斗争的旋涡之中，十分注意揭示他们在困境中所表现出来的爱国情操和忠于事业、锲而不舍的优秀品质，因而具有激动人心的艺术力量。"（陈学璞《报告时代消息，描绘南国风云》，《广西文艺评论》1984年第4期。）

近年来，一批思想敏锐、勇于探索的壮族青年散文作家也随之出现，岑献青、冯艺、严风华就是其中的佼佼者。

二

纵观壮族当代散文创作，成就较大的有如下几方面题材的作品。

一是反映少数民族生活，展现历史前进的足迹，揭示民族精神和民族性格的。如黄勇刹的《放歌擎天树》，凌渡的《故乡的坡歌》《红水河风情》，韦以强、苏长仙的《卜万斤》，周民震的《百花图》，蓝阳春的《元宝山下芦笙节》《"笑酒"醉人》，陈雨帆的《架屋欢》，李春鲜的《牛角号》，露白的《醉乡行》等。《故乡的坡歌》把壮族三月三歌圩的来龙去脉、轶事趣闻、对歌场面、听众情绪，写得有声有色，引人入胜；《红水河风情》所描写的覆盖着彩布的歌棚、壮族青年男女在草地上抛绣球、碰彩蛋的情景，又是那么意趣盎然，动人情思。《卜万斤》曾获第二届全国少数民族文学创作奖，作品的主题是反映三中全会后壮乡面貌的改变，赞扬农民走上了劳动致富之路，但它摒弃了通常的访问记式的老一套写法，而是另辟蹊径，将场景集中在一艘轮船上，从侧面反映这一主题。文中有娓娓动听的叙述，有情意绵绵的民歌，既引人入胜，又潇洒风趣，不失为一篇构思独特的散文佳作。《百花图》是周民震的散文代表作之一，作者由京族贝雕画"百花图"引出对京族人民幸福生活和美好情操的描写，进而想到我们伟大的祖国就是一幅壮美的百花图，全篇奔涌着昂扬的爱国主义感情，构思颇精巧，体现了作者的艺术才华。

二是反映革命斗争和边防生活的。广西是红七、红八军的故乡，是祖国的边防前哨，因而描写这方面题材的作品数量较多，质量也较高。黄福林的《蹄花》集代表了这方面题材散文的主要成就。第一辑《蹄花》讴歌了左右江地区各族人民的英勇斗争精神，颂扬了邓小平、韦拔群等革命前辈的英雄业绩，十一篇散文，组成了一幅壮美的革命历史画卷。其中的代表作《蹄花》，描写四十九年前邓小平同志来右江领导百色起义，壮族人民选送一匹最好的马给他作坐骑的动人故事，表现壮族人民对革命领袖的热爱信赖以及革命领袖与壮族人民的亲密关系。作品以送马为线索，用蹄花作象征，首尾呼应，构思精巧。其间的叙述、对话融入了民间传说的某些手法，使作品具有鲜明的民族色彩，显示了寓意深刻、意境高远的艺术特色。第二辑《边防连城遗情深》是描写边防斗争生活的，从东汉时期壮族爱国英雄班夫人，清代御敌卫国名将冯子材、苏元春，到二十世纪八十年代驻守法卡山的壮族战斗英雄梁天惠，均在作者的描写歌颂之列。《边防连城遗情深》和《国门三记》两篇描述了苏元春督师卫国、保境安民和冯子材抬棺大战、痛歼法寇的英雄壮举。作品立足现实，回顾历史，将历史与现实、叙述与抒情糅合一起，既赞颂了古代爱国名将，又讴歌了当今英雄战士，洋溢着一腔凛然正气和爱国主义激情。此外，陆腾昆的《爱国者》、凌渡的《边境的小屋》、黎浩邦的《在边寨哨所里》，也是反映边防生活的较优秀的作品。

三是直接反映"四化"建设，展现建设者的战斗风采和崇高品质的。这方面的代表作有《红水河之歌》(凌渡)、《守珠棚一夜》(蓝阳春)、《流萤》(露白)、《高高的蚬树》(严小丁)、《红水河之恋》(邓永隆)等。《红水河之歌》以红水河的神话与现实、历史与现状、规划与建设为经纬，从整个红水河流域的变迁去落笔，写了一个民族改造山河的大事、一个国家水电建设的大事，概括了一个民族伟大的历史进程，具有历史的纵深感与地域的辽阔感，篇幅不长，却容纳了十分深广的社会内容。《守珠棚一夜》描绘了珍珠养殖场的皎美月色，赞颂了祖国海疆的美丽富饶以及育珠工人艰苦创业的高尚品质。作品题材新奇，情景交融，古今交错，意境幽远，具有较丰厚的内涵。《流萤》写的是一个"从大地方来的青年"，心甘情愿在少数民族聚居的山区从事农业技术工作，兢兢业业地为民族兄弟服务的动人事迹。萤火虫所发的光是有限的，然而它那一个个亮点，连接起来，便成了闪烁在夜空里的一条光的轨迹；"萤火虫"这个人物，默默地在山区生活、工作，长年累月在山里打转，他那一闪一亮的手电筒光，显示了一条生命的轨迹，闪耀在民族兄弟心中。"萤火虫"这个人物所蕴含的思想，无疑是深刻新颖的。

四是通过自然风光或草木花卉的描写，抒发某种思想感情，阐述某种生活哲理的。如《雾海拔峰壮山河》（黄福林）、《大明"佛光"》（蓝阳春）、《灵渠秋》（凌渡）、《绿柳情思》（韦纬组）、《壮哉，五百里巴莱》（蓝直荣）、《半边渡》、《春在漓江深处》（露白）、《九死还魂草》（岑献青）、《千日红》（农耘）、《青青的竹林》（潘恒济）等。《雾海拔峰壮山河》通篇紧扣一个"雾"字，由雾庐山想到故乡的"雾海拔峰"，想到壮族革命先驱韦拔群的不朽业绩，最后再写庐山——那茫茫雾海中拔出一座山峰，就像彭大将军高昂的头颅。作品构思新颖，联想深广，格调雄劲深沉，对故乡群峰景色的描绘尤其神形兼备，淋漓尽致。特别值得一提的是露白，他孜孜不倦地致力于桂林山水的描写，创作了不少表现漓江和花坪林区之自然美的散文。《半边渡》叙述了漓江半边渡的得名及地理位置，描写了半边渡"独特、奇绝、雅致、古朴"的自然景色，刻画了摆渡老艄公"与漓水一样坦荡"的心胸，"和半边渡一样奇特"的性情。《春在漓江深处》通过对"四季碧绿，四季含春"，"深深地扎根在清澈的江底的青丝草"的描写，说明"春不但驻在漓江深处，更驻在漓江两岸人们的心底"，从一个新的角度描绘了漓江之美，赞颂了终年辛勤劳作在漓江两岸的人们。农耘的《千日红》则通过生长在壮族山区的野花千日红被移栽进城的描写，暗示从偏僻山野来的人，同样能为社会主义祖国大花园增添春色，明写花草，暗写社会现实、人生哲理，具有一定的思想深度。

五是记叙出国见闻，描写异国风情，歌颂中国人民和世界各国人民的深厚友谊的。如《访巴散记》（蓝鸿恩），《泰国纪行》《访泰琐记》（韦其麟），《泰北琐记》（农学冠）等。此类作品既向读者介绍异国的珍闻奇观，又注意抒发作者的独特感受。如《访泰琐记》记述了泰国某佛寺里的"痛苦花"，据说"这种花征兆着痛苦和不幸"，佛寺僧侣把它栽在庭院里，是为了把世上的痛苦和不幸集中在一起，让自己承担世上的痛苦和不幸，让百姓家家都获得欢乐和幸福。作品蕴含深刻的哲理，既使人增长见识，又受到启迪。

三

壮族当代散文，在艺术上也取得了令人瞩目的成就。有的篇什，已达到或接近全国的一流水平。选入《中国新文艺大系（1976—1982）少数民族文学集》的《放歌擎天树》(黄勇刹) 和《九死还魂草》(岑献青) 堪称壮族当代散文的精品。

《放歌擎天树》原载 1981 年 9 月 7 日《羊城晚报》。全文分五部分，每部分均由"高高的擎天树啊，高高的擎天树！"两行诗领起。第一部分描写擎天树的总体形象："你托起滔滔的云海，你横扫茫茫的迷雾！"一开头就写出了擎天树顶天立地、气贯长虹的高大形象。接着具体描写擎天树在晨昏时的壮美景色，以旭日、霞彩、夕阳、回光等色彩斑斓的自然景象，将擎天树渲染衬托得愈加挺拔魁伟。第二部分为回忆童年时代对擎天树的观察、联想。写月亮娘娘带着星星儿女在擎天树丛中捉迷藏的景象，可谓观察细致、想象奇特、意境幽远。至于妈妈跟"我"叙说的关于星星到擎天树丛中找情人的故事，更是充满神奇色彩，令人心往神驰。擎天树的臂膀"具有挽月摘星的神力"，而这种神力又是"来自壮乡的土地"。显然，作者讴歌擎天树，就是讴歌孕育擎天树的壮乡大地。第三部分描写壮族英雄韦拔群及老一辈无产阶级革命家聚集在擎天树卜展开革命斗争的壮举，叙述功臣们聚集在擎天树下痛击侵略者的英姿，讴歌今天的人们在高高的擎天树下聚集着进行新长征的英雄气概。作者借擎天树的形象，赞颂了壮族人民不屈不挠的战斗精神。第四部分进而将擎天树的形象比为祖国的形象，你"顶天立地，满目春光，一腔诗意"，"你是日益繁荣昌盛的社会主义祖国形象的壮丽浮雕！"第五部分直接抒发"我"对擎天树的赞美、依恋之情。作品主要运用象征手法，以高高的擎天树，象征勤劳勇敢的壮族人民，象征孕育挽月摘星神力的壮乡大地，象征不屈不挠的战斗精神，象征日益繁荣昌盛的社会主义祖国。采用第二人称，仿佛面对擎天树声声呼唤，很好地抒发了作者的热烈赞颂之情。奇妙瑰丽的想象、浓郁的浪漫主义色彩、具有诗歌韵味的语言、回环往复的节奏，也是作品鲜明的艺术特色。不少地方糅入了生动形象的民歌，使作品生色不少。《放歌擎天树》是一首对于民族、对于人民、对于祖国的热情颂歌。

《九死还魂草》原载《民族文学》1982年第7期。作品叙述"我"回广西探亲，买了几棵"还阳草"，回到北京，竟把它们遗忘了。两个月后，"我"从抽屉里拿出两棵，泡进玻璃瓶里，居然还能活过来，"还阳"了。这种草书上叫"卷柏"，当地人称它"九死还魂草"。一种小草，本是十分平常的，但作者能从平凡中挖掘出奇绝，使作品产生一种奇趣美。"还阳草"的两次"还阳"，形象地显示了它们的顽强生命力和坚强意志。作者对"还阳草"的赞美，实际上是对顽强的生命力和坚强意志的赞美。"我"之所以对"还阳草"如此珍爱，是因为"我"从中明白了一个道理："由经历过千难万苦的生命所创造出来的美才是最有价值的，才是永恒的。"作者对"美的价值"的思考、认识，无疑是深刻的，能给人以有益的启示。

壮族当代散文作家，在长期的创作实践中，形成了各自独特的艺术风格。

周民震是著名的电影剧作家，他的散文采用了"蒙太奇"手法，由一个个精巧奇妙的镜头，经过巧妙的剪接组合而成。读周民震散文，犹如观看一部部清新隽永、寓意深刻的微型影片，跳跃跌宕，形象鲜明。这一特点在《白云深处走马帮》中表现得尤为突出。开头是一幅全景："云笼雾锁的金钟山"。接着是山路上的马帮："那领头的青骢马引颈长嘶，四谷应和"，"一串昂头竖尾的马儿，拨云寻路，健步如风"。镜头慢慢推近，"赶马人是个苗族老汉。风霜的纹迹布满了他乌亮的脸庞。"然后用"雾中来，云里去，丁丁当当……"这一自然段反复出现，连接起四个跳动很大的不同地点的镜头：一是山顶的观察哨，二是山谷里勘探队的帆布房，三是密林中的森林研究所，四是高山小寨。通过这几个镜头，表现了苗族赶马人一心为哨所战士、勘探队员、科研同志以及山寨群众服务的高尚品质，表现了人们与赶马人的深厚情谊，从侧面反映山区建设者们的工作成就以及他们热爱祖国的美好情怀。此外，周民震散文，构思巧妙，动感强烈，具有某些戏剧性情节，因而有较强的艺术吸引力。作者在描述现实生活的时候，喜欢运用插叙的手法，或对革命斗争历史的回顾，或对先进人物英雄事迹的追忆，从而增加了作品反映生活的广度和历史的纵深感。这是周民震散文又一显著特色。如《百花图》《红水河之波》均能较好体现出作者这一艺术风格。

凌渡的散文则十分重视意境的创造。他善于将真情实感融入描写的对象之中，达到物（客观）我（主观）的统一，充分表现了自然美、人物美、民族美，创造了诗一般美好的意境。如《女人山雪》，开头用了较多的笔墨，描绘自己在杭州和湘西所看到的雪景，接着满怀喜悦的心情，描写了洁白纯净、滋润美丽的女人山雪，"使人宛如觉得一踏上那纯白的地毯，就会洗去尘俗，心灵一尘不染的光洁，就可以走进迷离神秘的天宫里去"。作者就在这一片洁白无瑕的天地间，描写壮族妇女米婆亮和米涛氏萍的活动，刻画她们勤劳、俭朴、善良的高尚品德，烘托她们纯洁美好的心灵，抒发作者真挚热切的赞颂之情，真正做到了思想感情和描写对象的统一，创造了令人神往、纯洁深邃的意境。凌渡还十分注意把思想性、知识性、趣味性有机地结合起来，使作品充满浓厚的生活情趣。作者探微洞幽，勤于思索，掌握了有关草木虫鱼、飞禽走兽、山川河流、风情民俗的丰富知识，并善于将这些知识采撷到散文作品之中。读这样的作品，大有耳目一新之感。如《扁桃熟了》《鹰猎时节》《朗亭》等篇，便较好体现了凌渡散文这方面的风格特点。

老作家黄福林的成功之处，在于他"善于拾缀生活的珍珠"，即善于将一些闪光的事物采摘进散文的花篮，从小处着眼，以小见大，将无数闪光的"珍珠"连缀成壮美的历史画卷。一匹骏马，写出了邓小平同志领导百色起义，纵横驰骋的英姿（《蹄花》）；一簇火花，写出了邓小平同志从南宁押运一船军火到右江古渡，亲手点燃了右江革命烽火的壮举（《火花歌》）；一张床铺，揭示了邓小平同志艰苦奋斗、平易近人、与群众同甘苦共呼吸的伟大品格（《孖铺情》）；一团糯饭、一条小路，寄寓了壮族人民对邓小平同志的深切怀念（《清明糯》《小路牵情》）……总之，作者没有正面描写邓小平同志领导百色起义的雄才大略，对敌斗争的艰苦卓绝，而总是从平平常常的生活入手，选取一些典型事物落笔，这就使作品富于生活气息，感情浓烈，亲切自然。黄福林的这些作品，为我们的散文创作提供了有益的经验。

此外，蓝阳春、苏长仙、韦纬组等，也都有他们各自的风格特点，在此就不一一赘述了。

四

壮族当代散文的创作，虽说取得了一定成就，但总的说来，仍比不上壮族当代小说、诗歌的成就。壮族当代小说、诗歌产生了不少在全国有影响的作品，而散文似乎还缺少脍炙人口、影响深远的杰作。壮族当代散文，仍旧给人一种疲软、困顿的感觉。

从内容上看，以写民族风情、湖光山色、花鸟虫鱼的居多，而关注当代生活、探究人物心灵、针砭社会弊端的较少。至于直接描写"四化"建设，反映改革开放的力作，更是不可多见。由于对现实生活的描绘缺少宏观的把握，有的与人们的生活相去甚远，作品往往缺少力度，难以收到振聋发聩之效。

在艺术上，壮族散文作家大多采用传统的创作方法，艺术创新不够。不少同志的表现手法陈旧落套，或沿用访问记式的单调雷同的结构方法，或套袭画山绣水、卒章显志的模式，面目相似，未能给人以新鲜感。意象派、意识流、现代主义等艺术手法，在壮族当代散文中更是难以找到。

壮族当代散文创作之所以疲软、困顿，究其原因，大概有以下几个方面：一是散文创作的队伍不大，专攻散文的作者屈指可数，青年作者更是寥寥无几；二是有关部门重视不够，没有形成倡导散文创作的浓厚气氛，发表的园地越来越少，出版的散文集寥若晨星；三是有的散文作者驾轻就熟，墨守成规，未能大胆探索，开辟新路。

我认为，壮族当代散文创作，具有诸多有利条件。首先，广西这块古老而美丽的土地，为散文作家提供了广阔的驰骋天地。北部湾畔经济开放区的潮汛，中越边境的军民生活，红水河水力资源的开发，少数民族地区的经济建设，都是内地缺少而我们独有，有的甚至是举世瞩目的，这是壮族散文创作得天独厚的条件。其次，壮族散文作家（特别是中年作家），有深厚的生活积累和丰富的创作经验，有振兴壮族散文创作的强烈愿望和坚定信心，在他们的努力下，壮族当代散文一定会有更大突破，达到更高的层次。

当前，壮族散文作家必须改变"各自为战"的分散状况，尽快形成一个散文创作的作家群体；必须团结协作，共同探讨，加强对创作理论的研究及对作品的评论（包括对壮族散文作家逐一进行专题讨论），加强与外省的散文作家和评论家的横向联系。壮族散文作家自身，还应当克服满足于写民族风情、小花小草的小家子气，进一步关注当代生活，扩大题材领域，敢于触及重大社会问题，"兴改革之风，赞创业之人，抒时代之情，绘四化之美"，力求创作出具有强烈的时代感、高度的艺术性、经得起时代掂量的散文佳作来。壮族当代散文率先跻身于全国最先进的行列，我想是完全可能的。

壮族当代文学民族性探索

陈学璞

　　我们探讨壮族当代文学，首先遇到的是民族性问题。什么是壮族当代文学的民族性？怎样建设有真正民族性的壮族当代文学？这一系列问题的研究，关系到壮族当代文学的地位和命运。也就是说，如果壮族当代文学的民族性不明显，或者可有可无，那么壮族当代文学就会失去应有的光泽，甚至会使人疑心有无提倡的必要了。

　　少数民族当代文学之所以能在文学之林中独树一帜，十分重要的原因是它从内容到形式、从涵义到风格，都标上了民族的"印记"。由于"印记"的图案、花纹、色泽的不同，便有了蒙古族文学、藏族文学、朝鲜族文学、维吾尔族文学，等等。壮族当代文学，自然也不能例外。

作者简介

　　陈学璞（1944—），江西安义人，毕业于广西师范大学中文系，广西壮族自治区党校教授，有著作《玫瑰园漫步——马克思主义文艺理论与实践》等。

作品信息

　　《社会科学探索》1988年第5期。

（一）

我国有五十六个民族，每一个民族，特别是少数民族都因其具有不同于其他民族的特点而独立存在。一个民族，不论大小，都有其不以人的意志为转移的内部特征和外部特征。文学的民族性，正是民族本质上的特点、特殊性的形象化、诗化、艺术化，是作品所反映的民族生活、民族精神和民族观念，是文学塑造的民族人物、民族典型，是作品中与内容相适应的民族形式与民族风格。总之，是民族作家感知客观世界的审美心理和审美趣味的文学表现。

壮族当代文学，应当是社会主义的内容，壮族的民族形式。壮族有自己的情理心态、表达方式、性格特质、风俗习惯，乃至民族历史、民族文化和地理环境。从民间文学来看，壮族文学有别于汉族和其他少数民族文学的特点。例如，民间故事传说所描绘的壮族生活的风情画面，人物的坚毅顽强性格和委婉曲折的心志，浪漫和写实相结合的创作方法，壮族喜闻乐见的语言和艺术形式，等等。但是，在壮族当代文学的创作实践中，如何形象地再现壮族的民族特点，如何塑造壮族与众不同的"这一个"，如何把握民族传统与时代精神，如何描写民族风俗与时代变迁，却是一个十分复杂的问题。

放眼壮家文坛，已形成老、中、青结合的可观阵容：著名老作家陆地，以及韦其麟、张报、华山、周民震、蓝鸿恩、肖甘牛、莎红、黄勇刹、黄福林、蒙光朝、黄青等；七八十年代崛起的中年作家韦一凡、农冠品、王云高、黄钲、韦纬组、黎国璞、潘荣才、凌渡、蓝阳春、苏长仙、韦文俊、陈雨帆、韦显珍、韦志彪、何培嵩、苏方学、杨炳忠、雷耀发等；八十年代起步的新秀、青年作家孙步康、黄堃、莫非、陈多、韦元刚、李甜芬、黄琼柳、廖润柏、岑献青、郭辉、谢树强等。众多的壮族作家的作品，其中不乏美学价值较高、民族色彩艳丽的佳作。大致上可以分为四类。

第一类，取材于民间故事、传说而创作的作品。彩调、歌剧《刘三姐》的文学剧本，长诗《百鸟衣》，电影《一幅壮锦》，壮剧《金花银花》的文学剧本，等等。

这类作品溯源于民间口头文学，经过当代作家从新的思想高度、以新的艺术手法再创作，一鸣惊人，成为中国当代民族文学的灿烂明珠。韦其麟1955年在《长江文艺》发表的《百鸟衣》，与云南的《阿诗玛》齐名，被誉为"经过整理和改编的民间创作的珍品"（周扬：《建设社会主义文学的任务》）。《百鸟衣》在中国当代文学史上占有举足轻重的位置。

第二类，反映民主革命时期和新中国成立初期人民革命斗争生活的作品。陆地的长篇小说《美丽的南方》《瀑布》是杰出的代表作。《美丽的南方》以灌注南方暖风的笔触，深情地描写了土地改革给壮族山乡带来的翻天覆地的变化和壮族贫苦农民的觉醒。规模宏大的鸿篇巨制《瀑布》，描写了从1915年至1931年中国旧民主主义革命和新民主主义革命交替时期的严峻险恶、波澜壮阔的斗争。这类作品通过描绘壮乡的地理环境、风土人情、文化习俗，革命斗争的风云变幻、曲折艰难，塑造具有民族性格的壮族知识分子和农民革命者形象，而体现鲜明的民族特色。

第三类，直视壮族人民新时期蓬勃前进的生活历程，或从当代生活的矿苗中发掘历史的渊源的作品。韦一凡的《劫浪》《姆姥韦黄氏》，黎国璞的《古寨恩仇》，孙步康的《小镇蝶恋花》，何培嵩的《刘三姐与黄婉秋》等。这类作品以壮族普通人在现实土地上的足迹，融进民族历史的灾变，褒扬民族传统的光彩和发出"亮色"的社会主义新人，鞭挞民族的丑类，其时代气息与民族风味之浓厚，是不言而喻的。

第四类，借助"意识流""魔幻"等现代艺术手法，观照壮族历史文化与当代现状的作品。如黄堃的诗歌《远方》等。这类作品追寻壮族以"花山壁画"为标志的原始文化，希冀"打破现实与幻想的界线，抹掉传说与现实的分野，让时空交叉"，隐现一种历史的忧患与现实的思虑。其民族性飘忽闪烁，深沉而辽远。

壮族当代文学以其民族特点而区别于其他民族的文学。但与先进的少数民族文学相比，从总体来说，还缺乏一种民族的自觉的能动性，少一点历史与现实融汇的博大精深，民族情感不够强烈。因而，未能充分发挥壮族当代文学的民族优势。这也是壮族当代文学的地位和影响与其人口在少数民族中所占的比例不相称，多年来未评上全国大奖的一个原因。

（二）

建设有壮族特色的当代文学，我们需要追寻"百越"文化的底蕴，观览西方现代意识，捕捉区外先进地区和兄弟民族创作大潮的信息，张扬作家的"主体意识"。为了加快壮族当代文学发展的步伐，我们应当立足于壮族原有的物质文化基础，吸收和消化外来艺术，面对广西改革开放和经济建设的现实，从壮族人民的实践和理想情操中汲取养料，强化文学创作的民族意识。在这种求实而高远的民族意识滋润下，经过长期不懈的努力，创作大批具有鲜明的民族性和时代感而又多层次、多维系的作品，造就像维吾尔族铁依甫江、蒙古族玛拉沁夫、回族张承志、鄂温克族乌热尔图式的壮族作家。我们需要像乌热尔图这样的机智的"民族文学猎人"！

题材的新开拓，地方性和民族性水乳交融，往往可以使民族文学插上翅膀。蒙古族有"草原文学"，藏族有"高原文学"，维吾尔族有"边疆文学"，鄂温克族有"森林文学"，西部几个民族有"西部文学"。红水河是壮族的摇篮。横贯广西的红水河流域，崇山峻岭，沟壑纵横，森林茂密，物产丰盛，自古是壮人休养生息的地方。红水河的水力资源蕴藏量和开发价值冠居全国。河上建设的梯级电站是我国"四化"的重点工程。当年红军饮马红水河，今天建设者勘凿红水河。红水河本身就将古代文明与现代文明、革命传统与新时期风尚、历史感与现代味统一起来了。红水河养育了壮族人民，培育了民间文学，也必将孕育壮族当代文学。因此，我们的作家应该带着强烈的民族意识到红水河流域深入生活，在当代文学中开掘"红水河题材"，塑造有民族特点和现代感的"红水河性格"。让这条流淌物质黄金的河，也流出壮族文学的精神黄金。

保卫祖国，正义战争，最能迸射出民族精神的耀眼火花。广西地处南疆边防，有连绵数百里的边防线。历史上的中法战争、镇南关起义、抗美援越等都发生在广西边境。边防也是壮民保家卫国、休养生息之地。著名的老山、法卡山雄踞在云南、广西的壮族地区。历史和时代赋予壮族文学以神圣的责任：建立以壮族和其他少数民族为主体的边防文学，使壮族当代文学也像老山、法卡山一样，闻名于中国，驰名世界。

壮族当代文学，是在民间文学的基础上诞生的。我们还要在挖掘、整理、加工民间文学的基础上，重新创作，把古代的民间文学素材升华为今天文人创作的当代文学。更重要的是，继承民间文学的优良传统，运用民间文学的成果，改革民间文学的技法，创作新的有时代气息和审美价值的作品。

改革是当代生活的主题，写改革是当代文学的主旋律，也必然是壮族当代文学的焦点。歌颂壮家改革者的创业精神和改革引起的巨大变化，揭示改革的困难和阻力，描写改革生活中壮家人的喜怒哀乐和人的命运的升降沉涨，同样是壮族当代文学责无旁贷的任务。写改革的壮族文学作品，只要善于概括生活现象并艺术地再现生活的真实，不但不会失去民族特点，而且会使作品的民族性与时代性更好地结合在一起。

民族文学离不开民族风俗。但民俗作为一种文化传统的映照，既有相对的稳定性，又总是处于不断变革之中的。不能孤立地写民俗，更不能把民族性与"老百姓的粗俗性混为一谈"。别林斯基在谈到文学的民族性时，批评"伪古典主义思潮"，把出身低贱的人的"粗毛短袄"和所住的"连烟囱也没有的茅草屋"，以及"被老爷打扁的鼻子"当作"真正的民族性"。他指出："一个诗人就必须拥有巨大的才能，必须在灵魂上是一个具有民族性的人。"壮族当代文学的民族性，不局限于题材，关键在于作家自身的民族性。作家必须具有民族的气息，民族的眼光，民族的意识，写出的作品才可能代表民族的声音。如果壮族作家失却"民族性"这个灵魂，即使他写"抛绣球""抢花炮""不落夫家""对歌"，写各式各样的壮族生活题材，也不可能写出真正有特点的壮族文学作品。韦一凡的《姆姥韦黄氏》并没有用很大的篇幅专写壮乡风情，但惟妙惟肖地刻画了老一辈壮族妇女的灵魂——不管经受多少磨难，都始终坚信"生活呀，既有灰色的痛苦，也有绿色的希望"这个真理。

作为民族作家，无论写什么题材，表现什么主题，关键在于要有"民族的眼睛"，表现真正的"民族精神"。因此，当代壮族作家在强化思想素质和文学素质的同时，必须提高民族素质，熟悉本民族的生活习俗，学习本民族的优良传统和杰出人物，强化先进的民族意识。只有民族感情深厚，民族意识强烈，充满民族自豪感和自信心，而思想素质和文化素质又良好的壮族作家，才能创作出第一流的壮族当代文学。当真正形成一个先进的、民族意识浓厚的壮族作家群，并创作出大批民族特色和时代精神突出的作品的时候，广西当代文学就会走在全国的前列，再也无须担忧"广西文学落后"了。

壮丽的南国长篇浪潮

——广西三十年来少数民族长篇小说创作概述

雷猛发

鸟瞰：浪潮卷起的态势

尽管广大读者对长篇小说创作的现状不甚满意，评论家也较多地指出长篇小说的不足，然而，在新时期文学第十个年头到来的前后，我国的长篇小说创作仍然掀起高潮。广西少数民族作家的长篇创作，是这个高潮中一个引人注目的浪头。

长篇小说原本是广西少数民族文学创作最薄弱的项目。在广西壮族自治区成立的1958年以前，长篇小说创作尚是空白；"文革"前，仅有一部。近几年来，长篇小说创作有了长足的发展。截至今年四月，全区出版的少数民族作家创作的长篇小说计有九部之多。除陆地的《美丽的南方》1960年出版之外，其余八部均出版在新时期里：陆地的《瀑布》，陈涛的《爱的暖流》，韦一凡的《劫波》，黎国璞、陆君田的《乱世枭雄》，王云高的《明星恨》《冬雷》（与已故的汉族老干部陈漫远合作），

作者简介

雷猛发（1941—），广西宁明人，壮族，广西社会科学院研究员，有著作《作家之门》等。

作品信息

《民族文学研究》1988年第5期。

梁学的《南国冬雷》(与汉族作家杨军合作),蓝怀昌的《波努河》。(此外,尚有出版于1976年1月的《雨后青山》、1977年1月的《穿云山》。这两部长篇小说均是三结合创作组写农业学大寨的内容,算不得真正的广西少数民族文学,本文暂未予以评论。)总字数在三百万字以上。这九部长篇,从作者的民族成分看,八部是壮族的,一部是瑶族的(《波努河》);从题材看,既有一般历史题材、革命历史题材,又有从"土改"到目前改革的现实题材;从作品主人公看,既有革命者,又有反动派,既有工人农民,又有知识分子,还有荣誉军人,既有历史伟人,又有平民百姓、民间艺人等;从时间地域跨度看,既有纵贯数十年、横跨数省区的长轴(长中之长),也有只写数年和一村的短卷(长中之短);从艺术品类看,既有雅文学,也有俗文学,还有所谓雅俗共赏的文学;从创作方法看,多数是现实主义的,也有基本上是现实主义的,同时吸取其他创作方法的艺术手法,还有框架是现实主义,而主宰作品灵魂的却是非现实主义的,等等。广西少数民族作家创作的长篇小说这一绚丽斑斓的面貌,说明了在数量激增的同时,也说明了艺术的成熟和勇于探索的艺术取向。值得一提的是,广西少数民族作家长篇小说创作浪潮的势头正方兴未艾。据了解,列入今明两年出版计划的长篇不下十部,仅南宁市准备向自治区成立三十周年献礼的长篇小说就有五部。三十年来,特别是新时期以来,广西少数民族长篇小说创作的成绩是巨大的,应充分肯定。

对于长篇小说创作的勃兴,除了经济、政治方面的因素外,人们较多地注意到的,是文学创作的由短到长、由易到难的带规律性的因素,这无疑是正确的。长篇小说作为文学艺术的重武器和"大炮"(高尔基语),作为"一时代的纪念碑"(鲁迅语),确实是比短、中篇小说更难于营造。广西少数民族的小说创作,正经历了短篇的繁荣、中篇的勃兴的有序过程。目前已出版长篇小说的广西少数民族作家,几乎都经历过这样的历程。可以说,他们的长篇创作的准备是较充分的,功底是较厚实的,态度也是严谨的。进而再考察他们的初始动机及其艺术感受,则会发现,促使广西少数民族长篇小说创作迅速勃兴的更为深沉的力量,是历史的、民族的崇高使命感。壮族老作家陆地萌生创作《瀑布》为革命英雄立传的宏愿就有四十年之久,他说："但愿此生，有朝一日，能将这一叱咤风云的英雄一代，再现于文书，以纪念这段历史中的革命先烈。"身为一名荣誉军人，壮族中年作家陈涛，数十年"文债"萦怀，"断断续续写了四年，三易其稿，一改再改，吃够苦头饱尝艰辛"，然后才有表现荣誉残废军人生活的《爱的暖流》问世。瑶族中年作家蓝怀昌创作描写瑶族波努支系子孙在改革中艰难历程的《波努河》，既有对波努创世始祖神岜桑弥洛特的感悟，更有对和自己呼吸与共的本族父老兄弟姐妹的挚爱。他们用心血以数年以至数十年时间造成的民族文学的"大宫阙"（鲁迅语），使人读来如触摸到一颗颗灼热跳动的心。民族长篇的意义，往往超越了单纯小说的价值，正是在这一意义上，广西民族长篇凝结着它的力度与丽度。

力度：涵盖与穿透

广西少数民族作家长篇小说创作最为引人注目的一点，是作家们从构思到动笔，大都将艺术的视觉对准自己脚下的大地和本民族，把自己的第一部、第二部长篇首先奉献给自己的民族，使文学创作中容量最大的长篇小说成为民族历史、生活和精神的艺术载体，因而作品反映的历史背景或描写的社会生活，涵盖面都较为广大。这同时下长篇创作较为时髦的"向内转"的艺术取向和收缩物质层面的具体写法，似乎相去较远。然而，这正是时代和民族所厚望于民族作家的地方。左拉说过，巴尔扎克和司汤达伟大，因为他们描绘了他们的时代。我们不妨也可以这样说：民族作家的功绩，在于他们描绘了他们的民族。尽可能广阔地反映本民族的历史和生活，这可以看作是少数民族长篇小说创作（特别是初始阶段）所遵循的一条规律。广西少数民族作家长篇小说创作所显现的，正是这种自觉而可贵的民族意识。

由于受作品题材、时间、地域及作者文学观念、艺术取向等因素的制约、影响，广西少数民族作家创作的长篇小说的涵盖力表现出种种不同的状况。从宏观上考察，主要有两大类型。

一是以大见大。广西民族长篇多数表现重大题材，时间空间的跨度都较大，其涵盖力之大，显而易见。篇幅最长、反映的地域较广、时间也较长的，当首推壮族老作家陆地的四卷本《瀑布》。作品描写了韦步平为代表的广西壮族地区壮、瑶、汉各族人民在中国共产党领导下进行的艰苦卓绝的革命斗争，从"长夜"到"黎明"的曲折历程。历史背景从1915年的反袁世凯卖国条约二十一条始，至1931年冬工农民主中央政权诞生止，地域涉及桂、粤、云、贵、川五省的壮、瑶、汉民族地区，展现了风云变幻的社会画面和独具特色的民族风情，生动地刻画了众多的人物形象，涵盖面远远超出一个民族、一个地区的范围，具有史诗的若干品格。同是以革命斗争为题材的《冬雷》《南国冬雷》，在背景、事件、人物等方面，与《瀑布》有某些能够使人联想的相近或相似之处，但都写得各有特色。虽然《冬雷》的民族特色稍弱，《南国冬雷》的斗争波澜略欠壮阔，但前者反映的社会层面较为广阔，后者作为第一部正面描写百色起义的长篇，也较好地勾勒出了起义的壮伟轮廓。广西第一部民族长篇《美丽的南方》，篇幅比起同一作者的第二部长篇《瀑布》要小得多，但在反映我国南方土改运动的规模、特点以及社会层面上，也是颇为成功的。以"陆荣廷传奇"为副题的《乱世枭雄》，用演义形式，状写旧桂系军阀头目陆荣廷传奇性的一生，反映了几乎包括整个近代史和现代史开端七十年间广西政治、经济、军事的动荡风貌以及斑驳陆离的民情世态。

二是以小见大。其余四部，相对于上述五部，或只反映一个家族、两代人之间爱恨恩仇的故事（《劫波》）；或是以黄家父子与陶氏母女长幼错位的奇婚为主线，写了一场触目惊心的特殊斗争（《明星恨》）；或是在改革的大背景下，写了瑶族古老的波努支系两个女儿在新生活的大潮中搏浪与溺水的新奇故事（《波努河》）；或只是反映了中国人民志愿军几位残废军人震撼人心的爱情故事（《爱的暖流》），题材没有那么重大，事件没有那么曲折，人物没有那么众多（《明星恨》不在后两条内），但内容的涵盖面并不因此而狭小。《劫波》深刻地写出了壮族农民在旧社会的生活苦难和在极左思潮钳制下的精神重负。《波努河》在现实生活层面上以一点反映出民族经济改革的概貌，又在精神生活层面上再现了瑶族从远古至今古朴淳厚的精神风貌。《明星恨》反映的事件虽不大，但事件曲折，人物关系错综复杂，较为完整地反映了生活在社会底层的民间艺人和独霸一方的土皇帝营垒人物的异常生活；社会生活涵盖面相对较小的《爱的暖流》，也在荣誉军人这一特殊题材中，首次揭开了新的领域，正面描写了荣军生活的诸多方面，并涉及了与荣军有关的军与民、城与乡、干与群的多层生活面。这些生活场景较小的长篇，还大都注意深挖精神深层，这更有助于增大作品的涵盖面。

如此看重作品的涵盖面，是想说明广西少数民族作家创作的长篇的包容量是较为广大的，大都符合作为长篇小说的容量，并非是拉长了的中篇。这是衡量长篇创作实绩的一个重要标准。

诚然，涵盖出于对本民族的挚爱。仅止于此，或许尚属浅层意识的不自觉表露。从总体看，广西少数民族作家创作的长篇小说还有着一种或强或弱为穿透力，能够从题材的开掘和人物命运的安排中，揭示出生活的某些本质或艺术的某些规律来。而穿透，则得自作者对社会、人生和文学艺术的深沉思考。这些思考，较为突出的，集中表现在如下两个方面。

一是文学观念的突破。长期以来，在极左思潮影响下，我国文学创作形成了"好人彻底地好、坏人彻底地坏"的模式。这就导致了典型人物的阶级类型化。"文革"后广西第一个有长篇出版的壮族老作家陆地，率先突破旧文学观念的束缚，以严谨的现实主义创作方法塑造形形色色的人物，写出了人物的复杂性。不仅坏人不是一坏到底，如后来成为杀人不眨眼的反动军阀官僚的黎柏初、夏雷，学生时代也曾是"风雨社"的中坚人物，有爱国心的热血青年；又如后来投到反动官僚怀抱的"女三杰"之一的海银华，当年也曾是相当进步的政治活动家。而且好人也不是一好到底，与韦步平并肩战斗的凌云青在革命低潮期成了脱离革命的"云外零人"，与韦步平形影不离的梁少英也成了革命叛徒。而对于壮族革命英雄人物韦步平，作家也扫除了笼罩在他头上的神化光环，把他塑造成一个悲剧人物。在他身上，既有英雄的大智大勇，也有凡人的忧患失误，而造成他的悲剧的直接原因，却是他被狭隘的民族感情一叶障目，信任了最不该信任的人。作品把英雄人物塑造出来，最后又让他死掉，这在成书的1980年，无疑是文学创作上的一个重大突破。与《瀑布》

相映照，《乱世枭雄》写的是史学上有定评的反动军阀陆荣廷。书中没有把主人公写成完全反动的人物，而是以审美价值取代了原有的政治价值。小说中的陆荣廷，不是一个嗜血成性的刽子手、残酷无情的冷血动物，而是一条重情重义、经得起摔打至死不倒地的铮铮硬汉。作者的感情，明显地是倾向于他的主人公的。这种闯入历史反动人物题材禁区的大胆探索，是对原有文学观念的一个有力冲击。这些突破的冲击，未必都是完满成功的，特别是对陆荣廷形象的塑造可能会有争议，但它凝聚着作者的反思，带来了作品的穿透力。

二是作品主题的升华。"开掘要深"，这是鲁迅先生关于小说创作的一句名言。广西少数民族作家创作的长篇小说在处理非重大题材时，大都努力向深处开掘，使主题得到了较理想的升华，加深了作品的意义。《劫波》以壮族农村新旧两个社会的不同生活为背景，写了一个家族两代人之间的爱恨恩仇的故事。浮游在素材表面的，是一些个人的苦难和不幸，偶然的巧合和报应；作为一般的悲欢离合故事处理，于曲折离奇之中，未尝不可以赚取读者的一掬廉价的同情之泪。然而作者却拨开素材的浮游物，透视到素材的深层底蕴，把新社会的极左思潮和旧社会的封建专制联系起来进行思索，看到了二者之间形异而质同的某些因素，成功地设计了韦良山先是反封建斗士后是极左思潮卫道者的一身具有二重性的人物，强烈地揭示了极左思潮的社会历史根源和严重恶果，加深了作品的深度，使壮族的一个山村成了中国的一个缩影。《明星恨》的故事极为离奇荒诞：儿子成了父亲的岳丈，女儿作了妈妈的婆母。两家人长幼错位的荒唐婚配，照实铺写，充其量不过是人们酒后茶余的谈资。但作者不甘作文坛上庸手俗笔，他把生活中的原型作了特殊处理，把其中一人写成倒行逆施而又极端淫乱暴戾的土皇帝，荒唐婚配正是封建主义登峰造极的必然恶果，从而使离奇荒诞的故事包孕着反封建的严肃而深刻的主题。

此外，《波努河》以较多笔墨写了改革的艰难挫折和波努人子孙的落后愚昧，《冬雷》《南国冬雷》写了革命与反革命的互有得失的不同情状的较量，《爱的暖流》写了荣誉军人的既自悲又崇高的复杂思想等，都是作者根据不同题材作出不同思考的艺术成果，不同程度地增强了作品的思想深度和艺术容量。

丽度：稳态与超越

"丽度"一词是作家刘心武在最近的一篇短文中提出的概念，我把它当作是对作品达到的艺术性程度的概括，并用作对广西少数民族长篇小说创作艺术成就的判定。

我国文学传统的创作方法是现实主义。作家文学起步较迟，目前尚在发展中的少数民族文学创作，大都打上现实主义的深刻印记，广西少数民族长篇创作也不例外。近几年来有一种鄙薄现实主义的倾向，但我赞同作家路遥的观点：现实主义文学的巨大潜能尚未在中国的国土上得到很好的发挥，现实主义的生命力仍然存在。据此，我们对尊奉现实主义的民族文学不应妄加贬斥，而应看现实主义在民族作家笔下获得何种实绩。广西少数民族作家的长篇创作正是在现实主义的稳态发展中显示了初步的成熟。这可从以下几方面来考察。

构思的博大与完整。《瀑布》是具有史诗品格的全景式鸿篇巨制，代表着直至目前的广西少数民族长篇小说的最高水平。它采用了传统的描写人物命运与显现事件发生、发展、高潮和结局的有序进展的小说结构形态，视野开阔，场景博大，人物众多，事件错综复杂，有着大部头长篇所要求的诸种艺术要素和流贯全篇的恢宏气势。对于一系列重大事件的衔接交错、众多人物复杂关系的暗示交代，都有缜密的布局和精妙的安排。《瀑布》的出版，标志着长篇小说这一最为重要的文学样式在壮族当代文学史上的完全确立。《劫波》对羊胡三爷与韦良山不同时代相似面貌的设计，对于良才、满姑与志槐、土妹两代人爱情、命运的巧合；《明星恨》对于黄氏父子与陶氏母女乱伦婚姻的安排，也都各有匠心。其他各部长篇，大都能统摄全篇，未见大的疏漏。

人物形象较为鲜明和丰满。人物众多而又刻画得最成功的，还是首推《瀑布》，《瀑布》塑造了"风雨三杰"、"女三杰"、"那平十友"、"三三会"同志以及反动营垒中的"马屁精"、"金边蚂蟥"、"竹叶青"、汪"锯人"等一组组群象，除了主人公韦步平是全书着墨最多，整个形象有血有肉、高大丰满外，其余不少人物，特别是知识分子中的凌云青、桂品微、王光宗等形象，给人印象也较深刻。在其他各部长篇中，人物塑造大都是作者的看家本领之一，不少人物各具特色，《劫波》中的韦良山，《乱世枭雄》中的陆荣廷，《波努河》中的玉梅、画眉头，《明星恨》中的几个女性凤鸣、玉莲、杨氏、孔琼瑶，《爱的暖流》中的"黑仔"黄竹根和玉晚姑娘，《美丽的南方》中的韦廷忠、傅全昭，《冬雷》中的辛雷，《南国冬雷》中的李成，等等，各有个性，有些还写出了人物的复杂性格。值得一提的是，广西少数民族作家创作的民族长篇中，有好几部写了若干重大历史事件和革命伟人，如《瀑布》写了毛泽东、周恩来、孙中山、宋庆龄等，《南国冬雷》和《冬雷》写了邓斌（邓小平）、张云逸、韦拔群，《乱世枭雄》写了孙中山，从不同侧面展露了伟人英姿，其中邓斌形象是初次在长篇中出现，尽管还不够丰满，但此种尝试值得充分肯定。

鲜明的民族和地方特色。传统小说注重描写人物活动其间的社会和自然的环境。广西少数民族作家创作的长篇，大都着力描绘了一幅幅富有广西地方和民族特色的绚丽多彩的风俗画和风景画，不仅山清水秀、鸟语花香的秀丽南方自然风色，壮族歌圩以及春节等民俗景观，在不同作品中都有引人入胜的描写，而且还能把社会风云溶入民族风情之中，有着鲜明的时代特色，如《瀑布》中的"还王愿"盛典，《劫波》中的清明大祭，《波努河》中的岜桑弥洛特诞生节等。这些描写，不仅艺术色彩强烈，而且民族地方特色极为浓郁。

语言畅晓，富有民族个性和韵味。广西少数民族长篇小说的壮、瑶族作者，克服思维和语言的障碍，直接用汉文进行创作，而且书面语言较为畅晓，本是一个了不起的成绩。这对于吸收汉族和其他兄弟民族文学的长处，进一步发展本民族的文学，是有深远的意义的。由于这些作者在创作长篇之前都有较为丰厚的创作实践，因而对文学语言的驾驭都较娴熟。无论是叙述语言的自如，人物对话的个性化，都达到了较高的水准，不少语言富有感情韵味。老作家陆地还能得心应手地运用具有时代特征的语言。同时，大多数土生土长没有长期远离故土的广西少数民族长篇小说作者，还自觉或不自觉地保留语言的民族个性和韵味。其中《波努河》和《劫波》，不仅引用了不少本民族的俗语、歌谣，而且在思维和用语习惯上，都较多地表现出本民族的特点，这是值得研究者加以注意的。

我们在肯定广西少数民族长篇小说创作在现实主义的稳态发展中显示了初步成熟的同时，看到近年来出版的长篇，也开始试图在艺术形式上进行某种探索。值得一说的有下面三部。

《南方文坛》创刊号预告《波努河》出版的信息这样写道："瑶族作家蓝怀昌的《波努河》以现实与神话、写实与抒情交织而成的文笔，在民族文学的画廊里又新绘出这么一幅熔现实性、传奇性、神秘性于一炉的作品，这是我国瑶族文学史上的第一部长篇小说。"读后觉得这个介绍稍能抓住作品的艺术特点。作者说，他不想亦步亦趋走现代派、魔幻派的道路，也不想原封不动照搬汉族长篇的模式，而想取各家之长，探索一种更适于表现瑶族生活的形式。《波努河》艺术形式确有新奇之处，它的框架还是现实主义的，但主宰全篇的灵魂是非现实主义的，这就是无处不在的岜桑弥洛特的幽灵。这一形式，使得瑶族远古的历史、神话、传说与改革现实水乳交融，收到了现实性强、历史感深的效果。

《明星恨》的作者王云高探索一种既不同于纯粹的雅文学，又不同于纯粹的俗文学的艺术形式，力图把雅与俗结合起来，并名之曰"通雅文学"。《明星恨》就是"通雅文学"的第一个产儿。其特点可概括为：通俗的外壳包孕着严肃深刻的主题；离奇的故事与新叙事方式（即叙述角度的多变与叙述结构的多层次）相耦合；大量的民俗现象与丰富的历史内容相交融，多渠道增强作品的文学性。《明星恨》作者闯新路的用心颇为良苦。

在近几年来通俗文学名声不振的情况下，《乱世枭雄》的作者把自己的第一部长篇写成纯粹的俗文学，确要有一点不畏人言的勇气。他们通过创作实践，试图找到一种既适合大众口味又能提高俗文学声誉的写法。这就是俗而不浅，要尽可能写得深一些，力戒粗浅，最紧要的是格调要堂堂正正，绝不能庸俗。我以为《乱世枭雄》在这三方面的努力，为俗文学的健康发展找到了一个可资借鉴的经验。

目前全国长篇最大的弊病，是平庸之作居多。广西少数民族作家的长篇创作也未能力挽狂澜，因而在全国有影响的佳作也仅是个别的。尽管广西少数民族作家在创作中付出了巨大的努力，取得了相当可观可喜的成绩，但在世界长篇创作经验日渐丰富，艺术样式和手法层出不穷的态势面前，也还显得开放不够，接纳新潮不多。我们把提高质量更上层楼的希望寄托在他们的第二部或第三部长篇上，寄托在正在向长篇阵地冲锋的其他民族作者身上。相信我们的愿望不会落空，广西的少数民族长篇小说创作，在不远的将来，定会以新的面目出现于中华民族长篇之林。

广西文坛三思录

序

每年、每届、每代，我们都在总结自己的成绩，关着门，从纵向看自己的收获："很好很好，丰收丰收，当然也……"

曾有过不同的声音么？有，历来都有，但即使是学术上不同的声音，其结果都

作者简介

常弼宇（1953—），祖籍北京房山，毕业于广西大学中文系，曾在文化厅《影剧艺术》杂志任职，后在广西壮族自治区纪律检查委员会工作，曾当选广西作家协会副主席。出版有小说集《误入野史》《籍贯》。

杨长勋（1963—2006），广西田林人，壮族，先后在广西艺术学院、广西师范学院担任副教授，广西文艺理论家协会副主席，著有《骆越诗潮》《艺术的群落》《话语的边缘》《艺术学》《余秋雨的背影》等。

黄佩华（1957—），广西西林人，壮族，曾任《三月三》社长兼总编辑，广西民族大学驻校作家，文学影视创作研究专业硕士生导师，广西作家协会副主席，壮族作家创作促进会会长。有小说集《南方女族》《远风俗》，长篇小说《生生长流》《公务员》《杀牛坪》等，获全国第四届、第七届少数民族文学骏马奖，第四届、第五届广西壮族自治区政府文艺创作铜鼓奖。

黄神彪（1960—），广西宁明人，壮族，毕业于广西民族大学中文系，著有诗集《花山壁画》等。

韦家武（1964—），壮族，广西来宾人，毕业于广西民族大学中文系，曾任广西民族出版社社长，广西出版传媒集团有限公司董事、副总经理。

作品信息

《广西文学》1989年第1期。

是有目共睹的：人生长恨水长东，为探索文学艺术的科学真理，我们的文艺战士付出了巨大的牺牲。

这样的时代终于结束了：胡风文艺理论的平反，为这个结束树立了赫然的里程碑。

面对广西的文坛，也有几个年轻人要顽强地说出自己不合调的声音。初生之犊不怕虎，这种气魄必然地为尊长者所少有。如果认定文学的未来是属于年轻人的，对这种不合调的声音，似乎也应倾听一下吧?! 是耶? 非耶? 真理从来不是天然的采玉，它是打磨之后才现出光彩来的。

为事业的前进，赞歌是应该有的，但谏言更不可少，否则自满和自卑这两个幽灵都会交替地腐蚀我们，直至我们萎缩到不能存在。学术上只能听好话的时代应结束了，否则，改革和开放的口号就只能是炫耀时髦的点缀品。

读罢这几篇短文，编者有如新春闻雷：它刺耳，但对耕耘者说来，它预兆着春雨，有雷声总比万马齐喑好!

难道，丰收永远是对我们无缘的么? 不! 前人早有言：我劝天公重抖擞，不拘一格降人才!

哀兵必胜!

路是人走出来的!

欢迎就此发表议论，愿我们反思、忧思、沉思。

感谢广西人民广播电台文艺部的喜宏、刘洁宏和他们的同事们组织的这批稿件。他们广播。我们发表。会有涟漪吗?

别了，刘三姐

常弼宇

请扬起你握笔的手，说一声："别了，刘三姐!"

"刘三姐"的确曾在全国塑造了壮族文化的形象，她所到之处，作家和文艺家就从她的形象说到广西，说起这片土地上具有的民族文化特色。"刘三姐"使广西的作家和文艺家产生了"民族文化优势"的自豪感，这位歌仙载誉归来之后，广西文坛上也就有了这种说法："刘三姐"就是广西民族文化的代表，"刘三姐"就是启示，就是道路。"刘三姐"跨越了文艺的门类，和广西文坛结下了不解之缘，给广西文坛打上了深深的烙印。

"刘三姐"曾经被我们的作家和理论家一致推崇，为它献上了"民族性"、"人民性"和"艺术性"三个大花环。可是，在冷静地反思之后我们却说：不！"刘三姐"经过精心提炼的主题，充分表现了它所产生的那个时代的特色，它把民间传说中对"歌仙"的敬爱，对爱情的赞美，对自由美好生活的向往之情，以及民间对文化较为粗浅的、带局限性的认识，都贴上了阶级和阶级斗争的标签，提炼改变成为对文化的全盘否定。改造后的"刘三姐"故事情节中，有着对封闭的小农经济环境乐陶陶的欣赏。那个时代简单的、形而上学的"两分法"和"斗争哲学"也对"刘三姐"人物群体的塑造，产生了深深的影响。"刘三姐"以自己美妙的歌喉加入了"阶级斗争"扩大化的文化大汇唱，获得了不一般的效果。

"刘三姐"唯一蒙上悲剧色彩的经历是在十年浩劫中被禁被批判，但"文化大革命"的政治、文化形态，恰恰是"刘三姐"所具有的主题思想恶心膨胀的结果。

"刘三姐"的创作思维给广西文坛提供了一种模式，这个模式以它过去时代的成功诱惑、引导着作家，它使一批作家笔下的民族人物形象的性格有一个十分明显的特点：具备浓厚的政治色彩而缺乏真正的民族文化精神的灵魂。一个时期一个阶段的政治口号就往往成了填充进人物性格的核心。再按政治口号去描写一些相应的理想化的民族生活画面，作为人物需要的"典型环境"，如此这般地按模式思维，成了一批作家的思维习惯，也就出现了"你要什么，我写什么"的自觉意识，功利目的压倒了作家关于创作能否经得起历史和实践检验的思考。

像这样的创作思维，主旨并不在于塑造有血有肉的富有本民族文化精神气质的人物形象，它体现的是一种创作上的攀比心理，用对"政治任务"和"时代中心"

的攀比来证明本民族的"不落后"。它不是面向本民族而是背对本民族的，攀比的程度越高，民族文化真实失落的可能性和失落程度就越大。这样去认识和发扬民族文化优势，其效果必然是"南辕北辙"。

回顾和反思使我们发现，广西文坛上还有一种创作思维模式和相应的文学现象在延续：从一九五五年到一九八五年，从引起全国瞩目的《百鸟衣》到第二届全国少数民族文学创作奖的获奖作品《寻找太阳的母亲》，都是取材于民间传说的长诗，有着相近的艺术风格，有着相去不远的作品主题，体现着作家一贯的创作心态和平稳无变化的创作轨迹，三十年画了一个封口的圆圈：百鸟衣圆圈。这个圆圈最明显的特点，就是作家始终沉溺于民间文化的原始形态和氛围之中，把本民族必须进行的现代思考，关在圆圈之外。

当代文学在进行反思时，常常从人类童年时代的文化形态中寻找到人类永恒的美好品质和文化精神，然后与现代人格现代文化进行跨越时空的碰撞与冲突。它作为一种参照，使当代人感觉到自身的缺陷，产生完善自己的意识，这就是民间文学不可替代的价值。这样的民间文化形态，当然是具备了现代文化的意义，对当代社会的矛盾和冲突，表现出积极的参与姿态。而广西文坛上"百鸟衣圆圈"式的作品，尽量回避民间文学和当代社会的联系、碰撞，更不愿自觉地引发这种联系与碰撞。作家思索的是如何把民间文学原有形式表现得更加完美，成为当代文学现象中孤立的、超脱的门类。因此，广西文坛缺乏既能让人感受到遥远年代的文化精神，又能感受到当代文化意识启迪的民间文学作品。享有全国声誉的作家面对一个干涸荒废的水岸这种当代矛盾的现象，联想的方向却不是脚下这片土地上发生过的悲剧和冲突，而是"切莫骄傲"这么一个老而又老的哲理，作家为此创作了一个童话，沉重就这样化为轻飘，作家就是这样回避与当代社会发生的矛盾冲突。走完封口的"百鸟衣圆圈"寻找不见作家对十年浩劫进行沉重反思的作品。我们相信作家的人格，但对"百鸟衣圆圈"式的创作思维模式，却要发出否定的感叹了！

"刘三姐文化"和"百鸟衣圆圈"的创作思维模式，造成了今天广西文坛上作家作品呈现双重性格的现象：一方面作家并非没有一丝的清醒和敏锐，另一方面作品却难以摆脱过去的思维习惯和文学观念，表现着早已有之的思想范畴，不去开拓文学主题和文化反思的新领域，待全国一方兴起之后我们再去"追"。

来自黄河文化氛围的著名作家郑义，在红水河畔感受到了一种充满人性、充满个性与自由的文化精神本质，他欣喜地称之为"南方民族的文化精神"。我们脚下这片土地，的确蕴藏着区别于中原文化的南方民族文化精神的优势，我们过去之所以感受不到它，一直没有寻找它，就是因为我们沉浸在旧日的"优势"感觉之中。

别了，"刘三姐"！别了，"百鸟衣"！

文学的断流

杨长勋

文学就像河流，需要每一个河段的通畅。在任何一个地方断流，都会给后一个文学的河床带来干枯和困惑。

本世纪广西文学一直落后，是因为文学的红水河在几个大的河湾断了流。我们忽视了作家间的代际衔接，忽视了文学河湾的沟通，使得广西每一代作家都得不到引导和扶植，都比兄弟省区的作家起步更晚更艰难。

广西文坛这种文学断裂和代际脱节，从五四新文化运动就明显地开始了，直到今天这种断流还在继续。

就从五四时代说起吧，那时，中国文坛出现了鲁迅、茅盾、郭沫若、胡适、周作人、林语堂等一代文化名人，而广西的红水河还在光荣与梦想中甜睡。五四文化的滚滚洪流迟迟没有接纳地处边陲的红水河。这一代作家的轮空，使广西该在三四十年代起步的作家无人扶植，又一次轮空。巴金、曹禺、沈从文这代作家从外省脱颖而出，但广西此时找不到一个可以挤入全国行列的作家。也许后来广西大半个世纪的一贯落后都多多少少能在这里找到最初的文化的原因。

特别是三四十年代，中国文学的又一次高峰，与广西临近的广东、湖南、贵州、四川都产生了在全国有影响的作家，唯有广西还是一片寂寞，还是没有声息。这样一来，广西那些接着应该起步的作家，多多少少都不免有些地域文化的感伤情调。在这样的文化背景下，前面没有前辈作家的引导，要立志当大作家是必然有心理压力的。正如一条河，突然遇到沙漠，下游的流量就不仅不会增大，还有消失的可能。

直到四十年代，我们才有了从解放区起步的陆地和苗延秀，以及从国统区起步的秦似。没有他们，我们的现代文学会更难堪。但是应该说，现代时期广西没有自己成熟的作家。

接下来是解放后五六十年代起步的广西现在的中年作家，他们太艰难了。他们的前辈寥寥无几，他们基本上没有前辈作家的支持和扶植。而他们自己还要作为前辈扶植更年青的一代作家。他们受着这双重的压迫。他们中的大多数人，因为缺少作家文学传统，只好自觉不自觉地从民间文化那里吸取营养走上文坛。民间的题材和趣味，民间的艺术形式，很快就出现了艺术的饱和状态。把他们放到当代文学的大格局中，就更显出了他们的局限性。他们的继承过于单一，缺少一代大作家的观念和意识，因而没能走向更高更远。

又一次不幸的是，十多年前，我们曾错过一次极好的机会。那时候，整个中华民族都刚刚经历文化的浩劫，面临一片文化的废墟，都在同一条文学的起跑线上。文学的黄河长江，以伤痕文学的巨浪，气势宏伟，融入了世界文学的海洋。而文学的红水河，却流入了文学的沙漠地，在这样一个动人的背景下断流，令人伤心。等到伤痕文学这个划时代的文学革命已经过去以后，我们才在广西的报刊上看到了几篇类似伤痕文学的东西。我们还拿着那几篇马后炮的东西，奔走相告，激动不已。这样我们又丢失了伤痕文学这具有现代启蒙意味的关键课。

历史又一次重演。我们的广西作家在丧失了伤痕文学的良机之后，在中国改革文学思潮那里又一次轮空。那时我们还在处理"文革"遗留问题，我们还在回忆，还没清醒，来不及全身心地投入改革。没等我们醒悟，改革文学的首次高峰便悄悄离去，我们又一次失去了机会。中年作家们没有发扬广西老一辈在国统区和解放区那种严峻的现实主义传统，文学又一次断流。他们多数人起步以来一直在讴歌。我们有必要清理一下这股回避现实的艺术潜流。而我们把这个极为尖刻的话题，推到广西中年作家的面前，是真诚的，又是曾经犹豫再三的。

需要注意的是，文学的传统有时候会葬送在青年作家的手里，文学的断流有时候也是青年作家制造的。文学代际关系的交接是一个辩证的过程，需要代与代之间的双方都承担责任。有了这样的前提，我们就可以对广西的青年作家发难了，我们就可以把嗓音放得更高了。如果说广西伤痕文学和改革文学的轮空，可以更多地从中年和老年作家那里找到责任，那么近两三年来，广西的文化反思的文学创作，作品平平，有影响者（如《长乐》）寥寥无几，就可以更多地在青年作家那里找到案例了。

近年的青年文学创作，有一种反文化的倾向。文化反思本来是具有战略意义的文化行动。需提请注意的是，反前辈，反传统，反文化，不必采用新文化反对旧文化的残酷方式，应该是批判与回归相融合的冷静剖析。

如果我们只是拿西方一些皮毛的东西，来建立自己的思维体系，来完全地否定传统文化，那么西方的皮毛，传统的消失，恰恰从两个方面毁掉我们自己这一代人。

如果说广西的中老年作家太多地从传统文化那里机械地继承，那么广西的青年作家可以说多数人在反文化的思潮中走上了另一个极端。在对文化不太了解或者不了解的情况下，来进行急躁的文化批判，一方面是反思支离破碎，缺乏整体的文化把握能力，其批判缺乏文化的说服力；另一方面使反思染上了猎奇的颜色，并且使批判反而变成了对劣性文化的展览和张扬，结果适得其反。于是我们的青年作家炮制了大量的民俗异趣奇人奇事。

我们这代青年文化人，应回归前人的优势，回归祖辈充满人性充满人道充满和谐充满浪漫色彩的文化。

文学的历史之河，是一代一代作家不断继承、批判、发展和疏通的流程，作家的代际关系是文化的代际关系的一种外在形式。作家应自觉地消除文学的断代断流现象。

在我们目前的人文环境里，提一提作家间的代际关系不无益处。

广西作家必须早日结成代际的同盟，文学的红水河才能汇入世界文学的江海。

醒来吧，丘陵地

黄佩华

广西的地貌没有自己的特色。广西是一片没有自己特色的丘陵地。

不久前，有的作家在纵观这几年来广西文坛状况时作了这样的比喻：广西文坛就像广西的丘陵地一样，既没有挺拔的山峰，也没有深邃的沟谷。这种比喻是贴切而又自然的。

相当安适、温暖的环境和肥沃的土地的养育使广西大部分作家麻木得失去了忧患意识。他们对广西的过去和现状采取了一种视而不见、无动于衷的甚至是绕道走的态度。太平天国农民革命，左、右江红色革命以及后来极左路线酿就的"亩产十三万斤"和"文革"中一个个骇人听闻的事件等，说明广西的政治神经非常敏感。在面对广西这片土地的历史和现状时，政治家和革命者似乎比作家更能体察民情，更善于关注并利用这种忧患与疾苦酿成的情绪。从广西这块土地上已经走出了好些个赫赫有名的政治家和军事家，但没有产生出在国内外有一定位置的一群作家。这是因为许多广西作家不愿去直面生活现实，不愿去反映广西实际的缘故。我们，已经麻木了！

我们的麻木来自怯懦和畏惧。面对沉重的忧患，面对自然与历史带来的贫困与饥饿，面对改革大潮和我们的新生活，广西作家们的笔触却是一再犹豫、迟钝、畏怯、回避。翻开我们写了几十年的作品，真正的实在的直面我们生活现实的作品真是屈指可数。我们的绝大部分小说都去写人们重复了千万遍的永恒题材，或是大量地采用"时间差"回头去写那些外地作家已经写滥、写腻了的东西；有的作家盲目追求超现实主义境界，写的作品大众读者看不懂；有的则去写一些庸俗不堪的东西。我们的诗歌、散文多是吟诵与人、与现实没多大关系的花鸟虫鱼，局限于故乡山水的如画之美，月色水波的柔情蜜意。我们的报告文学几乎还跳不出写好人好事、歌功颂德的圈子，与报纸的表扬文章没有多大差别。我们的文学作品实在太少历史感、凝重感和责任感。

广西已有八年没有获得全国六项文学大奖。八年了！这是一个多么严峻、冷酷的现实。这一现实已经引起不少广西作家和广大关注广西文坛状况的广西人民的焦灼与不安。因为，无论从人种、智商和语言上，我们与别人并没有明显的差异。对此，有人说广西的评论力量太弱，有好作品推不上去；也有人说广西没有代表作家、没有"开山巨人"，没有形成高层次的作家群体；也有人说广西作家使用南方特点的语言文字创作，北方的权威们看不懂；等等。这些，并不是没有道理。但我们认为，这并不是主要的原因，主要的因素在于作家本身。与别人比，我们在思想和文化素质上几乎是平齐的，差异在于理论素质较低，再加上我们对生活的感受和观察采取了一种麻木、被动的态度。一个成功的作家，应该注重理论素质的修炼，以较高深的理论功底指导自己的创作实践，既是作家，同时又是半个以上的文艺理论家。一个具有使命感的作家，在生活感受上除了敢于直视现实并及时作出敏锐的反应外，还应做到不动声色地执着地追求和表现生活。另一方面，广西大部分作家出自乡村，熟悉乡土，受民间文学的熏陶和影响较重，文化心理上基本上是民间文学意识。他们共同的盲点和弱点是对当代文艺理论的重视不够，读书少，借鉴少，受禁锢较多。一些作家则是由民间文学转行搞作家文学的，他们虽对传统文化有较深的研究和造诣，但往往固守在民间文学的圈子里，怕过多接触和吸收外来文化会造成断代。另一些作家甚至拒绝接受当代文学理论的指导，并贬低它，形成了一种唯我独尊、独优、独秀的意识。这些作家的共同不足和缺陷是不注意多极的文化比较，找不出不同地域的文化心理反差，也看不出自己的特色。

被动心态有如电视天线，只会机械地接收来自异地的最新信息。一旦作家有了这种思维方式和行为，那就是一种悲剧。我们中间有的作家，不注意创新与独立思考，热衷于赶时髦、赶浪头。人家风行现代派、意识流，搞魔幻现实主义，他们也照葫芦画瓢，大肆模仿。洋人们探索了百几十年，我们仅用几年时间就玩遍了。作品显得不伦不类，不土不洋。对待国内作品也一样，每当某篇作品引起轰动以后，过不久便有类似的"儿子孙子"涌进编辑部。比如，《红高粱》轰动一时，一些"我爷爷我奶奶"之类的野性婚恋作品就出现了，人家写《灵旗》，我们也马上会见到《灵旗》的翻版。可悲的是，这类东西大多竟出自我们广西的一二流作家之手。

被动心态的成因来自我们固有的惰性，而惰性又往往来自传统的自足心理。作家们一旦有了这种意识和心态，就会缺少进取心，不愿去为写出好作品而花费更多的心血和劳动，就会走入为自己设置的误区里。广西文坛要打破八年的沉默，很重要的一个方面，就是作家们要克服麻木和被动心态，唤醒和强化忧患意识。

功利的诱惑

黄神彪

广西文坛越来越令人难过而痛心了！

是什么原因使我们广西文学这么平静和沉寂？是什么因素阻碍着我们作家应有的创造力？深深忧患和反思的结果，原因在于我们作家本身的创作素质问题。其中很突出的一个因素便是，我们作家创作中出现的一种文学功利化现象！

功利作为一种潜在的社会意识，它在文学艺术领域中，是普遍存在的。在某一时期或某一个阶段，文学艺术需要运用这样一种手段，去达到某种应该达到的目的，也就是我们过去所提倡的教育作用和认识价值。伤痕文学的出现、改革文学的诞生，它的积极作用是不容置否的。然而，作为纯粹的低层次功利化现象却是我们作家创作心态的一种"通病"或叫功利文学的精神诱惑。比如我们那种文学的"名利""官利"和"财利"等方面的功利意识，它对我们创作的整体意识和整体心态，是极端不利的。容易使我们的作品流于庸俗化与市侩气息，丧失作家高度强烈的社会责任感和使命感，从而失去了我们在祖国文坛拥有的竞争实力！

对我们创作中存在的文学功利意识，或许有人并不以为然，有可能说我们在无端否定广西的当代文学。这是可以理解的一种老祖宗心情。

新时期文学十年，是一次文学全面解放逐步走上多元化潮流不断呈现繁荣的十年。在这十年，就广西的文学状况看，这在一定程度上打破了原来创作领域中呆板单一的创作框架，那种五十年代由简单收集、整理民间文学，到从事当代文学创作的过程，被一些有勇气和才气的作家艺术家所打破，出现了一批在全国有影响的作家和作品，标志了广西当代文学的发展与流向。不幸的是，我们由于长期处于思想封闭、自卑、麻木心态，以及十分功利化动机的怪圈里，即使一旦迎来了外界开放的和风细雨，那种创作心态并未能冲垮堤坝，而仍显出一定的传统力量的坚固与顽愚。于是，文坛趋于平静与沉寂，文学新人和优秀作品，像被压上了沉重的石头，无法脱颖而出。像"湘军""川军""晋军"那样在全国举世瞩目的作家代表群，我们只能摇头苦笑，甚至哀叹我们这片土地不是地灵人杰。真是我们的环境和土壤，不适宜于作家的成长么？那么五六十年代，我们曾有过一批作家诗人走向全国，拥有自己创作的个性与民族优势，我们又如何解释呢？

纵观我们的创作，我们无论是小说、诗歌、散文，还是报告文学，我们的创作意识，总在不同程度不同形式地被一种什么诱惑着似的，总摆不开架势，陷入了十分沉醉的功利意识泥潭，像一个瓦泥工般沾满了厚厚的污泥，散发着一种不是滋味的滋味。比如我们的报告文学创作，谁都很怕去接触那些最敏感的神经，一方面采取逃避态度，一方面又极不负责任地一味歌颂。所以我们的作品，缺少大家风度和艺术探索上的宏观把握，大多是一些皮毛碎片的东西，简单、庸俗的形式走笔，或"好人好事"，歌功颂德式的篇什。完全停留在那种"为政治服务"的功利宣传和教育作用这种旧的观念上。

一定的政治宣传和教育，我们的文学要不要介入和参与？回答是肯定的。问题是，我们由于参与意识不强，对那些群众普遍关心的社会问题和一些生活热点，就不愿或没有勇气去碰。说明我们勇气不足，过于名利，明哲保身，再就是社会责任感使命感减弱，严重的麻木不仁！难怪，我们的文坛，只好这么悲哀地沉默下去了！

我们这块土地，从历史上看，我们的人民是耐不住寂寞的。但我们好大喜功，崇尚达官显贵，却也是众所周知的。由于"官意识"的浓厚，作家也不可避免地染上这些习气，是极自然而普遍的现象。科举时代，仕途们"头悬梁，锥刺股"目的就在于混迹官场，高人一等，享受荣华富贵。我们悲哀地看到，在我们广西，也有那么一些作家，"名利""官利"重于为文。他们写文章，搞创作，动机与目的在于通过文学铺上青云之路，或者在于把文学当作进入官场的敲门砖。这跟传统封建的科举制度"中举"当"官"几乎没有二样。无形中削弱了自己艺术的创作才华。还有些人一旦当上"官"，作品的生机与活力也没有了。

如果说文学功利意识的侵入，使我们作家的身心和脑体注满了"名利"病和"官利"病，那我们的"财利"病也是应该引起足够的注意的。我们指的是为"赚钱"而风行广西的"通俗文学"热。这有为了摆脱商品经济的冲击，摆脱通货恶性膨胀带来的困惑，谋求经济效益和出路的原因。但"通俗文学"热，热在一个"钱"字上，充满了"财利"的诱惑，却是令人忧患的。长此下去，我们怎么能出大作家和大作品呢？我们的文坛怎么能景气得起来呢！

可悲的是，我们广西的理论界，同样像创作界一样，患上了功利意识的"通病"。这就造成他们对我们文坛目前存在的问题和现象，总沉默不语，开不出金口，缺乏着"真正理论家的勇气"和理论上真正的真知灼见。这样，我们的文坛，趋于平静和沉寂，当是不可避免的了。

是的，历史和命运已经给我们留下了沉重的包袱，自卑和麻木心理使我们缺乏着一种积极进取的反思和自醒，而长期潜伏在我们创作活动中的那种严重的功利意识，又使我们今天的文学付出了艰辛的磨难与沉痛的代价。如何从自卑、麻木和功利意识泥潭里拔出腿脚，积极进行反思和自醒；如何在改革、开放的精神世界里，卸下我们肩上沉重的包袱，使诱惑变为背叛，让代价化为我们文学发展腾飞的动力，确是值得我们深深思考的一个不容忽视的现实。

为了文学，抛去我们那些庸俗的功利化创作吧！

我们的烙印很古老

韦家武

面对着广西当代文学这簇苗木的纤细、枯黄与病弱，我们广西的作家、评论家们曾不止一次、一时地陷入深深的困惑与痛苦的反思。

——有人认为广西当代文学缺乏悠久的文人文学历史；有人认为广西作家的整体素质太差；有人认为广西的文艺批评没有造成影响文学创作的浓郁氛围；也有人认为广西作家缺乏忧患意识……所有这些，或许都是造成我们广西当代文学落后的因素，然而人们似乎忽略了对广西当代作家的文学创作有更为深层影响的地域文化。

远古的时候，红水河这块广袤的土地曾孕育诞生了诸如铜鼓文化、花山文化、稻作文化的古代文明。然而，也正是这样的险峰峻岭、密布的河流、古老的农业文明，滋生并漫衍了一个近两千年来一直紧箍着这块土地上各民族后裔的恶劣的地域文化体——土司文化。而我们的先人们在承继了祖先的贫穷与落后的同时，也偏偏把祖先们独霸一方、逐鹿不止、闭关自守、缺乏群体意识等种种的"土司"劣性一代代地继承了下来，并遗传给了我们这些后代。我们身上的烙印太古老了。

土司文化已深深地根植在广西这块土地上，并已意识形态化了。如此缺乏群体性、封闭保守的文化，在当今世界文化中显得那么苍白、病态。在这样的文化阴影下，人，很容易变成畸形人。在这样的艺术土壤里，并由这样的人去参与去"创造"会取得怎样好的艺术效果？

文化对文学的影响既有表层的浸染——文化的心理积淀对作家社会行为模式的影响，又有深层的渗透——文化形态对作家文学创作模式的影响。首先，让我们认真观察一下，土司文化对我们广西当代作家社会行为模式的种种影响。

我们广西作家的"土司"味的确很浓。有的作家一旦掌握了实权，便圈占"领地"，盘抢山头，清除异己；作家们因为嫉妒或为着某种目的而明争暗斗的更是屡见不鲜，作家内部，序列森严……如此的窝里斗，不知耗损了作家们的多少精力，压抑了作家们多少才华。多少孕育中的文学工程夭折在莫名其妙的折腾之中，多少位可企望成大器的作家，中年未到就已才气枯竭。作为文明传播者，作家们却杜绝不了这样狭隘、专横、固执、保守的社会行为模式，又是怎样地可悲可叹！

事实上，土司文化的烙印不仅是几块屁股上的丑陋斑痕，更深层地表现在我们的作家先天地缺乏群体意识和凝聚力，先天地缺乏悟性，因循守旧，不善创新。

我们以为，现代作家的第一素质是群体意识，可我们广西作家却先天地失落了这一素质。我们广西作家的群体意识极其脆弱，既出现了代际的断裂，又形成了人际的隔阂。群体的涣散，使我们的作家难以借助群体的精神力量，来对自己土地上的文化进行同一基线上的感悟和反思，也就难以出现反映同一文化层面，具有同一水准的作品群体。我们广西文坛或有孤雁一冲天际，却未成雁阵搏击长空，始终没有像兄弟省区的文坛那样凝成过强大的群体冲击力来撼动全国的文坛和读者！

如果说，土司文化这个封闭保守的文化模式造就了我们祖先闭关自守、麻木不仁的心态，那么至今，我们不少的作家还将心灵禁锢在这个文化机制里。我们作家缺乏探索精神和创新灵性。他们很少对文学艺术样式或思想深度进行探索。故而，十二年来所有全国性的文学思潮的涌动，没有一次是源自我们的红水河；不论是诗歌或小说，不论是局部或是整体的，没有一次艺术样式变革潮流是在我们这块土地上开始奔涌的。

土司文化源远流长，污染力极强。我们惊异地发现，我们作家的文学创作模式也渗透着土司文化的魔影。

千百年来，广西这块土地在松散、封闭的土司文化背景里，其经济只能是自给自足的小农经济。在这样的小农经济土壤里，我们土生土长的作家，其思维模式自然难跳出"小"的模式，我们文学创作的题材也只能在狭小的框架里伸展瘦弱的躯体。

没有谁给我们规定过，可我们的作家却固守着这几个概念：民族作家只能创作反映本民族生活的作品。因而，从五十年代到八十年代，我们广西没有多少作家，没有多少部作品能摆脱得了"民族风情画卷"的束缚。我们的作家似乎生来就定死只能写自己的民族的人和事，写广西这块土地上的一草一木。而不像别的民族作家那样把视野宏扩到全国的河山，更没有像苏联少数民族作家艾特玛托夫那样从宇宙俯瞰小小的地球。

深受土司文化渗透的创作意识只能是封闭、呆板、单调的。这种创作意识支配下的创作模式也只能是呆板单调，缺乏生动的灵性。这恰好是我们广西作家创作模式的写照。譬如，我们中年作家对民间文学过度眷恋，始终摆脱不了民间文学的创作模式，缺乏现代文学创作意识。其主要表现为，大多中年作家的作品，往往是把一个现实或虚构的故事用文字简单地排列出来，过于单一而呆滞，作品表现的社会内容也是极单薄狭小的。不敢自觉地采用现代文学的创作手法，关照当代人物复杂的心理活动，对人物性格进行多棱的雕塑，对事件的发展进行立体而恢宏的构架，从而使作品具有当代高层面的文化意义，震撼当代读者的心灵。

祖辈遗传给我们广西当代文学的传统文化衰竭得令人悲哀！

我们广西当代文学贫弱得令人伤心！

论瑶族当代文学审美品格的超越

杨炳忠

发端于五十年代末期的瑶族当代文学，初时只有鲍夫、覃建谋、苏胜兴等几位当时还名不见经传的瑶族诗人在诗坛上默默耕耘，其后将近二十年漫长的时期，由于政治动荡，文化萧条，使起步较晚、基础薄弱的瑶族当代文学几近泯灭，党的十一届三中全会以后，改革开放的大潮把历经十年风雨洗劫的中国当代文学推上了一个全新的台阶，瑶族当代文学也在民族生活的肥沃土地上迅速勃兴崛起，以蓝怀昌、莫义明、李波、刘云中、蓝汉东、李肇隆、何德新、蓝启渲等为代表的一批中青年瑶族作家，相继在区内外以至全国的文坛上崭露头角，并以他们日渐丰厚成熟的创作实绩向人们昭示了瑶族当代文学不可磨灭的历史存在：作为一支劲旅，瑶族当代文学已经实实在在地跻身于中华民族文学之林，占有了自己应有的地位。

是的，瑶族当代文学在不到十年的短短历程里取得了引人瞩目的成就。瑶族当代文学所取得的成就，不但体现在作家作品数量上的变化，更主要的是体现在创作主体和文学主体的觉醒所带来的文学审美品格的超越，开创了瑶族当代文学史上自成格局的文学新时期。

作品信息

《社会科学家》1989年第2期。

一、创作主体的觉醒

我们不曾忘记，五十年代末期，由于"左"的思想影响，片面理解文艺与政治的关系，强调文艺从属于政治，使之变成政治的依附物，变成对政治的图解和对具体政策的演绎，把富于个性的自由的文学划进了非文学的怪圈。当时，活跃在诗坛上的几位瑶族诗人（那时还没有瑶族小说家），他们的作品几乎无一例外地定格在"写中心"和单纯"歌颂光明"的审美品位上，题材狭窄，思想浅薄，艺术单调，"标语"和"口号"淹没了作者的真情实感，作为创作主体的自我意识极其淡化。只要翻阅鲍夫、覃建谋、刘云中、苏胜兴、林仕亿等瑶族诗人早期的作品，是不难得出这样的结论的。其后产生于"农业学大寨"运动、以"阶级斗争为纲"、以"三突出"为原则而集体创作的长篇小说《穿云山》，自然也不可能摆脱"工具论""从属论"的影响，其艺术价值亦可想而知。瑶族当代文学真正挣脱"工具论""从属论"的沉重羁绊，瑶族作家真正意识到自己的历史责任，把文学创作当作崇高的事业，并产生改变瑶族当代文学后进现状的紧迫感，是在党的十一届三中全会以后。处于历史与未来临界点的瑶族作家、诗人，对于发生在昨天的那场历史浩劫，都不同程度地进行反思。当年《高唱协作歌》的瑶族诗人鲍夫，23年后发表了诗作《崖上凝思》（《金城》1982年2、3期合刊）："山有多高？／云雾常年萦。／崖有多陡？／有如斧削，无处栖鹰。／为了种行玉米，／筑起'万里长城'，／为了填平咫尺宽的'大寨地'，／挖空了千千洞场！"诗人站在曾经浸透过家乡父老兄弟汗水的山崖上，以批判的精神和眼光审视历史，痛楚地在内心长歌："我抬头凝望山雾，／疑是当年万吨炸药化成；／我俯瞰怪石嶙峋的谷底，／还听到当年开山的炮声……"多少年来，我们盲目地把帝国封闭的"地域观念""围墙意识"的产物"万里长城"视为民族的骄傲，把与科学精神背道而驰的"大寨经验"奉为发展社会主义农业的金科玉律；政治诗的无知和文化上的愚昧竟使我们心甘情愿地在"穷过渡"的羊肠小路上艰难跋涉几十年！诗人在广阔的历史背景上，以迥然不同的审美视角，勘探社会的底蕴；虽然诗人由于情感酝酿不足而稍有艺术上直露之欠，但这种从政治性到文化性的反思仍不失其深刻，而且还难能可贵地将这种反思升华到一种更高层次的自审性反思——与民族共忏悔的忏悔意识和自审意识，体现了主体精神的觉醒，个性意识的强化。

　　和中华民族大家庭中的其他成员一样，瑶族人民在经历了近代和现代历史上的民族灾难，特别是经历了"四人帮"对人的践踏和蹂躏以后，一旦"左"倾思潮的干扰终止，封闭和窒息的门窗打开，改革与开放的潮流涌来，不可避免地引起民族灵魂裂变的阵痛，而新旧思想观念、思维方式、价值取向剧烈冲突的结果，必然唤起民族自我意识的新觉醒。吸纳了民族自我意识觉醒的新鲜空气的当代瑶族作家，也同时强化了自身作为创作主体的个性意识，他们以空前的热忱呼唤着人的尊严和价值，探索人性的历史发展过程，追踪民族精神的历史蜕变，冷峻地反思民族的生存状态。于是，在他们的笔下，不再是单纯的光明、积极、美好的颂歌，还有阴暗、消极、丑陋的图景；当然，对后者的揭示，作家笔端的批判锋芒无论或隐或现，却并未收敛。优秀的瑶族作家既以"社会人"的态度欢呼民族的进步，使他们的作品因包涵火热的现实生活内容而产生使人感奋的社会效应；又以"审美观照者"的眼光审视世间粗俗甚或原始的民族生活形态，披露人生的不幸与不平、惆怅与困惑，而使他们的作品另有一番深沉的审美意蕴。唯其如此，当我们通过蓝怀昌的小说，目睹"正统的白裤人"，恪守"几千年的老规矩、老习惯"，自导自演残杀耕牛"砍牛送葬"的悲剧：残阳如血，铜鼓骤响，火枪齐鸣，魔师乱吆，屠刀猛劈，白光一闪，牛血横飞……面对这惨不忍睹的一幕，半里多路的送葬长队、围观的密密麻麻的人群里，竟响起一片"呼吁声，口哨声，惊叫声，大笑声"，"小伙子们啧啧称赞，姑姑们暗暗佩服"。(《哦，古老的巴地寨》)咀嚼这原始野蛮的生活，文明者的心灵能不战栗吗！当我们看到那位坚信"爱情比玉块还要纯洁"的英玉姑娘，只因为在"娱乐节"的晚上"拉不回一头野牛来过夜"(指"未婚而随意发生性关系")，被族人视为鬼魅，被家人当作"不中用的乌鸦"，赶出木楼，备受煎熬，最后竟被舅爷和父亲逼嫁逼上绝路……(《画眉笼里的格鲁花》)在现代文明日益普泛和深入的八十年代，竟然还存在着如此冥顽不化的消极丑陋的民风民俗，不能不引起我们深沉的思考：面对着现实的世界，民族灵魂深处却长存着一部悠长的历史，这历史实在过于沉重，以至于要重铸民族的灵魂，而要使民族精神真正觉醒起来，不知需要经历怎样深刻的阵痛！

考察瑶族文学史的结果表明，我们的瑶族作家全都是地地道道的密洛陀的子孙，并且大都长期地在瑶族的千山百峒地区工作过，生长和生活在特定的民族环境、民俗环境、宗教环境、自然环境这些外部环境整合的文化氛围中，在他们的深层意识——潜意识里，不可避免地存在着他们的祖先在创作神话、传说、史诗与创世纪时就已诞生并一直顺向延伸的集体无意识，一种在意识深层长期积淀形成的文化类型式的观念形态，他们的创作同样不可避免地受到这种观念形态的有力约束，因此，出于一种朴素的民族自尊，在他们的文学意识中，歌颂和赞美自己的民族（不管是自觉地还是不自觉地），应该说是顺理成章的事。但恰恰相反，崛起于八十年代的瑶族当代文学，更多的却是对自己民族痛苦的叙写，对自己民族灵魂的反思，他们在开放的现代意识的观照下对种种民俗（民族精神、民族心理的外在的感性的物质形态）的描写和评说，体现了对民族劣根极向的鞭挞之深切，对人性忧患意识之强烈，这正说明作家主体精神的觉醒，个性意识的强化；于是，伴随着作品的厚重感和历史感的增强，瑶族当代文学的审美品格也就有了新的超越。

二、文学主体的觉醒

文学是人学。它通过描写人、塑造人，展示人物作为艺术典型的合乎逻辑的性格发展，及其作为实践主体的灵魂内部的剧烈搏斗历程，体现一切社会学、哲学、道德伦理学、文化人类学的丰富而深邃的思想。然而，在中国当代文学史上曾经出现过悲剧性的曲解以至严重倾斜。积重难返的极左观念，"阶级斗争"这个"纲"和"塑造无产阶级英雄典型"这个"根本任务"，扼杀了作家这个创作主体，也扭曲了"人"这个文学主体。经过拨乱反正，在新的历史文化条件下，随着创作主体的觉醒，也唤来了文学主体的觉醒，实现了文学的"人学"回归。瑶族当代文学由于长时期的断裂，真正健全起步又恰逢盛世，中国当代文学在美学史和文学史上的种种扭曲变形现象，都作为值得记取的经验教训，给新一代开放型的瑶族作家提供了一个珍贵的参照系，使他们在人物性格描写和艺术典型塑造上持有比较清醒的认识，在文学创作中，把塑造活生生的具有鲜明性格的人物和具有新颖审美意义的艺术典型放在十分重要的地位，使瑶族当代文学的审美品格出现了新的超越。

这种超越除了表现在打破简单化、概念化和绝对化的格局，塑造丰富多彩的人物形象并赋予人物复杂多样的性格特征这一共同的文学现象以外，主要还表现在，对于新一代瑶族作家以描写的人物，我们不能光从（或者说不能主要从）社会意义的欣赏惯性去分析和认识，更多地应当用审美意义的新尺度去评判和理解。虽然瑶族当代文学中不乏"咤叱风云"的英雄形象，如：为革命建立了赫赫功勋的人民军队高级将领韦拔群（《韦拔群》《韦拔群和他的妻子》），赤诚的无产阶级战士月秀（《将军泪》），雷唤天（《八峒烽烟》），党和人民的好干部徐杰（《她以心血荐妇孺》），百折不挠的改革家玉梅（《波努河》），杨永安（《从此讲坛不飞"雪"》）等等，但更多的是极其平凡、普通的农民、农村妇女、农村知识分子、农村基层干部……这样的人物谱系，一方面是瑶族作家特定的"生活基地"所决定，另一方面却包含着作家对文学形象的更高审美价值的追求。因为"文学创作不同于打仗，最好的战士是那种勇往直前的人，最好的文学人物，恰恰是那些犹豫彷徨，欲进又止的角色"（韩石山：《且化浓墨写春山》）。那些极其平凡、普通的"芸芸众生"，往往就是在现实生活面前"犹豫彷徨，欲进又止的角色"，从某种意义上说，他们的实践活动，他们的性格历史，都是一部由传统人向现代人进化中的痛苦的历史，他们在痛苦中困惑彷徨、沉沦挣扎、搏击抗争，由此才更加凸现出民族灵魂搏斗的复杂性和深刻性，普遍性和长期性，也才更真切地印证"人"作为文学主体的现实存在。当然，在具体的作品中，这些普通人物并不是每个人都重复着与他人完全相同的痛苦，而是一种共性与个性整合的痛苦。例如，巴地寨的古萝嫂，作为一位见过世面、受过中学教育的民办教师，在她的精神世界里萌发着主体意识、科学意识、反叛意识、忧患意识等现代意识的种子。但作为一位生活在世俗困扰中的家庭妇女，逆来顺受的传统性格又使她不能作出更有力和更有效的抗争，被迫承受着一种为谋求真正翻身解放、呼唤人的价值而忍辱负重的深深的痛苦。(《哦，古老的巴地寨》)而来自波努山的女青年玉梅高中毕业回乡，机遇使她脱颖而出，刚强的性格和过人的胆略使她成为一位百折不挠的改革家，但艰难的改革道路、复杂的人际关系，却使她无时无刻不在经受着竞争的痛苦、打击陷害的痛苦、爱情的痛苦和事业的痛苦，那位具有三十多年党龄的老共产党员盘五叔，似乎是在没有任何负担的精神状态下拥护、支持和参与改革的，但传统的观念一旦与冷峻的现实发生碰撞，潜藏在他灵魂深处的种种困惑、苦恼和痛苦也就明晰可见，他把人的发现、人的存在、人的价值和人的潜能统统归于创世之神巴桑弥洛特的恩赐和保佑，每做一件事每走一步路都要向巴桑弥洛特"请示汇报"，依靠神灵在民众精神王国里的至高地位和力量解决现实中的各种困难和障碍，陷入被封建宗法和封建伦理道德纠缠而不能自拔的痛苦。(《波努河》)这些人物的痛苦，既是他们的性格悲剧，也是民族的悲剧，历史的悲剧。我们从他们身上的种种痛苦，联想到这个古老民族的苦难历史和苦难的生存现状，以及伤痕累累的灵魂，那就必定会感受到一种高度真实的发聋振聩的力量，从而也就提高了瑶族当代文学的审美品格。

躁动不安的广西文坛

——"振兴广西文艺大讨论"记述之一

彭　洋

　　广西文坛的寂寞，由来已久，"88新反思"成了振兴广西文艺大讨论的排头浪，这与其文章的犀利风格和理论的攻击选点很有关系。《刘三姐》《百鸟衣》几十年来众口皆碑，曾几何时，竟成包袱，竟造深渊：所谓的"刘三姐文化""百鸟衣圆圈"，人们不得不震惊于这赅俗的理论推断。这究竟是一种现实呢，还是一种误解？广西文坛该怎样估价自己、向何处去？一系列急需明了的问题，使这场更大范围的大讨论在所难免了。

　　敢问路在何方——云深不知处。

　　请看这大讨论的第一次讨论——

　　时间：三月十四日。

　　地点：广西文联。

　　参加者：在邕的一百五十多名学者、作家、艺术家。（中字辈、小字辈居多。）

　　形式：演说或辩论，每次发言不得超过五分钟，超时予以按铃警告直至取消

作品信息

《广西文学》1989年第5期。

话筒。

内容：围绕对广西文艺创作历史、现状的估价和出路这个大议题，本着科学态度和求实精神说真话，从理论、观念、作家作品、文艺队伍素质、创作题材、文艺体制以及个人创作得失等方面各抒己见、百家争鸣。

主办单位：《南方文坛》编辑部、《广西文学》编辑部、《广西日报》文艺部、广西人民广播电台文艺部、广电台视台文艺部、《南宁晚报》副刊部、政文部。

整个半天的讨论空前活跃与坦率，抢话筒、抢话头、指名道姓，每涉及一个话题，都引出冷静的论战。差不多都是些"悖论"。

有一个大前提大家是一致的：广西文艺创作落后，需要振兴需要奋起直追，时不我待。

对于广西文艺创作的历史与现状的估价是讨论的热点。有的发言者认为，历史要反思和重新评价，现状则是创作环境不佳和作家艺术家素质低。他们指出，广西文学界几十年给国民造成了一种印象：作品只有《刘三姐》和《百鸟衣》，作家只有陆地和韦其麟。这本来是很可悲的，而我们偏偏沉湎于这有限的成功和荣耀之中并自以为是，以致造成了一种落后的思维模式，它使广西一大批作家在表现民族生活上产生了非艺术把握的迷误，政治功利的目的代替了艺术意识，政治口号成了人物性格的核心和民族精神的内容，矫情、粉饰、虚假、浅浮成为大路货。广西文坛的十年史、二十年史说明，所谓的"刘三姐文化"和"百鸟衣圆圈"是存在的。有人指出，《刘三姐》是1958年假大空时代运动群众的产物，其故事与多彩的民间传说相去甚远，完全是阶级斗争的图解，刘三姐这个人物的塑造不单共青团员化，而且缺乏文学性，它得到海内外观众的喜爱主要是演员的创作和民歌的优美。他指出，《刘三姐》运动是一种通过行政手段强化了的文艺现象，在艺术观念上是排他的，是以牺牲了其他题材内容的艺术创造和众多艺术家创造潜力为其代价的。《刘三姐》为广西文坛树立起了一个比八个样板戏更早因而更久的样板，在文艺家中形成了一种未被明确意识到的思维定式。还有人指出，多年来我们提倡的是一种"刘三姐模式"，就是继续在农业文化圈子里跳，而没有积极地、自觉地向现代文化转化、过度、拓展，这就导致了广西文学在新时期自始至终表现欠佳，呈现出先天性的基因退化。即使就九年来唯一获全国奖的《彩云归》小说，在今天看来，更多的是政治成分而非艺术因素。

对于广西作家艺术家的素质问题，不少人都持微词，认为除文化修养外，还突出地表现在缺乏真正的艺术超脱，因而没有足够的胆识和勇气正视自己的内心世界、正视生活的现实，不敢讲真话，不敢为人民说话。有人指出，广西老一辈作家土生土长，多受民间文学的影响太深而又没有时间和精力去更新自己的知识，因而在观念上艺术上抱残守缺；而中青年一代作家又缺乏对民族生活的稔熟，只好玩弄技巧。这种反差和断层正是广西文艺界落后的内因。

也有人认为，广西作家艺术家并不低，关键是缺乏让他们发挥自己才能的创作环境，离开广西才能成为大作家者不缺其人。他们指出，广西经济文化落后，政治上比较保守，人文环境对作家艺术家诸多不利，文艺界的"内耗""窝斗"也特别大，这是令人担忧的。

不少同志在谈及广西文艺现状时都谈到，漠视文艺批评，是广西文坛的一个重大策略上的失误。有同志指出：由于广西文坛特别是领导者普遍没有意识到文学批评在当代文坛的重要性，因而在实践上对文艺批评没有足够的重视，其结果导致了批评的贫困，批评的贫困又愈加使整个文坛漠视批评，长期的恶性循环使批评变得更加萎缩和贫困。广西的批评界不仅需要扩充队伍，更要提高自身的素质，以强大的实力来赢得批评的权威。

有人认为，平庸苍白，是广西文艺评论界的现状，而广西的文艺评论家则大多表现为一种"兔型人格"，弱化和趋避便是其特征。它导致评论文章缺乏力透纸背的深度和大胆的批判精神。他指出，我区不少文艺评论家热衷于借助党派准则对作家作品施行政治评论，他们对党的方针政策有着非常主动的积极的趋从落实心理。因此在这种"政治示意"下所出的作品多半好歹分明善恶易辨，人情人性纷纷从文学艺术天国中逃遁，这些曾经是全国文坛"世纪末"狂通病，在广西遗留得更广更深。此外，瞎吹瞎捧、低级广告式的评论也是其特征，他们评论文艺作品时，往往给作品冠以民族特色啦、民族风情啦便完事，而对作品存在的问题避而不谈，或轻描淡写，或隔靴搔痒，等等。

不少同志在讨论中强调在估价广西文坛历史和现状时的客观态度和分寸感，他们对"88新反思"等一组文章提出了反批评。他们指出，这类文章和观点对拓展思路、从整体上考虑广西文坛的出路无疑是有益处和真知灼见的，但是，继承和发展创新是一种有哲学意义上的扬弃，同时又有一个时空问题，笼统的否定是不明智的，也欠客观性与科学色彩。特别是在对《刘三姐》《百鸟衣》等优秀作品的评价上，对我区卓有成就的作家艺术家的批评上要有历史的观点和哲理的明智，否则我们同样会在现实的实践中产生迷误。

讨论会结束了，讨论却没有停止，结论是没有的，因为所有的结论都是悖论。且看这种概括：

A：病根在于广西作家素质太差。

B：不，创作环境才是关键。

A：从《刘三姐》的阴影中走出来！

B：不要拿《刘三姐》出气！

A：兔型人格——广西文艺批评家的人格。

B：能怪我们的批评家吗？

是的，生命在于运动，运动是一种过程，文艺批评的真正意义在于它的过程而不是结论，这场大讨论的真正意义也在于此。急迫感、浮躁、偏激都不要紧，重要的是大家都在想，都在干，都有不满，因而奋斗，这就是希望所在。

涌动：在大潮之后

——广西首届青年文学评奖断想

陈学璞

1988年末，广西文坛似乎应验了老康德的"二律背反"：一方面，全区性评奖沸沸扬扬，最高"铜鼓奖"，首届"青年奖"，首届"壮族奖"相继颁发，文坛呈现歌舞升平、繁花似锦的景象；另一方面，以几个青年"刺破青天锷未残"的勇力为先导，忧文忧民之士面对广西九年与全国"大奖"无缘的事实，愤世嫉俗，痛定思痛，扼腕反思，颇有"凄凄惨惨戚戚"之感。

"评奖""议奖"的热风，给人带来惊喜，也注入困惑。或者更确切地说，借用诺贝尔文学奖获得者福克纳的名著——《喧哗与骚动》，不管怎么说，这总比封闭、沉寂，比一潭死水好吧。

一

新时期小说万花筒般地变异：《班主任》退休了，《高山下的花环》褪色了，《男

作品信息

《社会科学探索》1989年第3期。

人的一半是女人》也失去了诱惑力。于是权威人士断言：文学失去了轰动效应。一朵不大不小的阴云——"低潮""低谷""疲软"在文学晴空飘荡。一位有影响的青年作家对此很是不平，而迁怒于评论界，质问：昔日顽童今何在？

然而，广西文学的新进力量却在悄悄地勃起。继聂震宁的《长乐》系列短篇、孙步康的中篇《小镇蝶恋花》、杨克黄堃的朦胧意象诗之后，我们看到的是新人崛起，新作迭出。首届青年文学评奖获奖的作品，绝大部分是1986年到1988年的力作。柳州地区防疫站的魏雨的自由诗《大时代纪事》，在《诗刊》1988年9月号"新人集"上独占鳌头。他追风揽月、居高临下，把美国西方石油总裁、美苏的中导会谈、"列宁在一九八八"纳入笔端，似具贺敬之从月球瞭望地球"放声歌唱"的雄风。你会疑心这来自阅历深广、久经沙场的大手笔，可魏雨年方二十，正值豆蔻年华！林白前几年还是个写抒情小诗的业余作者，近两年已在《人民文学》《上海文学》《作家》发表小说多篇，跃为全国小说界引人注目的新星。著名评论家曾镇南在评论文学现状时，将林白与我国一批崭露头角的青年作家并列。她的《从河边到岸上》(载《人民文学》1986年5月号)，从貌似凝固的生活中，开掘人性的底蕴，把捞沙女人惶惑、慈爱、僵直、悸动的矛盾心态描绘得淋漓尽致。沙粒淘尽了，露出了灿灿生辉的人性的黄金。

在文学的跑道上，青年作家以富于思索的目光扫描现实，由于比中老年作家少一点历史文化的心理负重，往往可以跑得更快些。吴海峰的《陡军的后代》(载《广西文学》1985年7月号)辽远的历史凝重感，程达的《野鸽子》(载《广西文学》1985年10月号)淡雅而酷热的人情味，文萍的《血晕》令人眼花缭乱的耗散结构，应当说都不同凡响，可以与当今全国的佳作媲美。

二

这不是说广西作者只会在十万大山上称英雄，红水河谷里充好汉。"你没有得大奖！"这是事实，但总不能以"大奖"为准则论成败。我们有茅盾有巴金有沈从文有王蒙有刘心武有邓刚有张承志有乌热尔图有……不能说中国现代作家都不如海明威不如福克纳不如马尔克斯，不如非洲的印度的埃及的……什么作家，但中国确实未受过诺贝尔文学大奖的青睐。

我们广西作者生活在丘陵和石山丛生的这片土地上。作家受来自时间空间心间"三维"世界的制约。我们的青年作家埋头苦干也好，四处窥视也好，常常处于"穷追"的境地。人揭伤疤，我抚旧疮；人绘荒蛮野地，我画穷乡僻壤；人重情绪心境，我写心态人情。但人行宽敞大路，我登崎岖小道，因而总是离不开"窘迫感""距离感"。

在黄佩华《红河湾上的孤屋》里（载《三月三》1988年第5期），逃兵的孤寡老人与水中救出的妖艳女子同住一个窝棚，同受山蚊的煎熬，使原始人性赤裸裸地展示出来了。作者构思的出奇制胜，剖析灵魂的犀利尖刻，叫人不寒而栗。但把《孤屋》放到《遥远的白房子》(载《中国作家》1987年第5期)一旁，你就会发觉《孤屋》的主人是不食人间烟火了。你甚至似乎感觉上了当：子虚乌有！而《遥远的白房子》却使你欲罢不能，使你永久性地战栗，使你心中升起一团博大、崇高的雾霭。

两年前梅帅元等人沿红水河跋涉，人们翘首以待。他果然不负众望，在《人民文学》1988年11月号发了《红水河》。作者笔记中写道："红水河是南中国少数民族文化的摇篮，也将成为大工业腾飞的翅膀。"罗宾斯掘岩机的吼叫与创世神的图腾、总工程师的葬礼与砍牛祭神的舞蹈交织在一起，人神变幻，时空交叉，使人不得不信服作者的功力。但与张承志的《北方的河》相比，人们会觉得《红水河》缺少一点儿深层次的哲理蕴含。悲则悲矣，壮则壮矣，美则美矣，险则险矣，脑子里留下的却是白茫茫的一片。《红水河》本该在1987年春降世，不意难产，拖延至一年多后才出生，可能生不逢时，火候已经过了。

在艺术形式上，青年作家们比中老年作家更易于变革，更能适应新潮。近几年，苏晓康式的全景报告文学引起轰动，《洪荒启示录》《神圣忧思录》《阴阳大裂变》《出国潮》《西部在移民》等报告文学不胫而走，风靡全国。我区获青年奖的报告文学《80年代：新的落群在律动》(黄凤珍)、《从火红的梦幻到葱绿的现实》(刘丹)、《你好，桂林》(黄德昌)，几乎无例外地运用"全景式"手法，观照改革时代的风云。黄凤珍以新闻记者的敏感、女性的温情和细腻，透视了80年代城市个体户从"雀起——滑坡——中兴"的群体律动。这长达四万多字的"长篇报告"，不仅给形形色色的个体经营者留影，而且洋洋洒洒，激扬文字，谈了马克思经济学哲学手稿，经济发达国家经营机制的"普遍规律"，哈佛大学终身教授的"机会均等"原则。理论是光辉的，也是灰色的。作品苦苦追寻的恢宏理论和雄辩气势，却使读者担心作者的后劲不足。"超越自我"还不够，还要超越苏晓康们，我们的青年作家似乎显得营养不良了。

三

"夜郎自大"和"自惭形秽"是一对孪生兄弟。我们总是羡慕别人。山药蛋派如何荷花淀派如何晋军如何湘军如何、北京的什么群、广东的什么帮。而广西自己，则"派"不起来，"笼"不成形，土不土，洋不洋，"黄牛过河，各顾各"。以为有了"群体意识""沙龙效应"，广西的文学就会"阔"起来，包括笔者在内的这种主张可能是进入了误区。

不是天天在讲文学的主体性吗？其实这种"主体性"来自作家的"主体意识"。创作——主要是主体意识的宣泄和外化。作家专业也罢，业余也罢，从事的是个体复杂的脑力劳动。当代一位颇有名气的作家说，我从不看当代中国人的作品，连我自己已发表的作品也不看。当然不是说要自我封闭，但至少说明一点：创作要上去，离不开作者的自由思维、自主精神，要解开束缚头脑的桎梏，不断进行艺术境界上的"超越"。"紧跟""效仿"只能一阵子，如果一辈子就不会有作为。南宁电视台的刘丹在广州进修，应《现代人报》之约，写了整整两大版的《从火红的梦幻到葱绿的现实》。刘丹挥洒自如，娓娓道来，让"圣地"回到现实，揭开了大寨人心灵上的防线。从"粗犷的愚昧"到"精致的愚昧"，作者刻画得简直入木三分！刘丹还是那个刘丹，可到了羊城就如初生的牛犊。青年的可贵在无畏。在艺术的迷宫中探索，无拘无束、无遮无碍，想怎么着就怎么着，走自己的路！

这是广西文学的希望之所在。

对当代仫佬族文学的总体印象

杨长勋

研究当代仫佬族文学，既不能因为它是在特殊的文学传统和历史条件下产生和发展而拔高它现有的成就，也不能因为它的作家作品还相对地不够丰盛而忽视它在多民族的中国当代文学中的应有地位。

当代仫佬族作家文学在它诞生的时候，面临的是这样一种文学传统和历史条件：仫佬族人民世世代代都是以口头文学的形式记载着他们民族光荣的历史，歌唱着他们民族伟大的业绩。不幸的是，仫佬族人民长期受着残酷的民族压迫和阶级剥削，始终没有机会产生自己的文字，始终没有条件产生自己的文人作家和书面文学。

当代仫佬族作家文学是伴随着社会主义新中国的诞生而诞生的。仫佬族人民的代表作家包玉堂就是在共和国诞生以后开始走上文学道路的，并很快就以他的叙事长诗《虹》和短诗《回音壁》《走坡组诗》等优秀诗作，跨越了中国当代少数民族诗歌的起跑线和当时的水准线。以包玉堂为代表的第一批仫佬族作家的产生，结束了仫佬族文学史上长期的单一的民间口头文学的局面，这在仫佬族文化史上是质的

作品信息
《民族文学研究》1989 年第 3 期。

飞跃。应该说是中国共产党领导的社会主义制度，解放了仫佬族人民，解放了仫佬族文化，解放了仫佬族文学。仫佬族作家文学的诞生，是中国社会主义的文艺思想在仫佬族中的开花结果。只有这样，我们才能真正深刻地理解仫佬族当代作家文学的性质和意义。

五十年代仫佬族文学出现了令人期待的发展的势头。不幸的是，后期的浮夸风，使仫佬族作家和歌手创作了不少假大空的民歌，酿成了一次十分悲惨的"胜利"。接着而来的是一场文化浩劫，一度中断了的良好的势头，到了党的十一届三中全会后的新时期才获得了新的发展。这个时期不但作家和作品的数量增多了，而且诗歌、散文、小说、戏剧等文学形式都有人尝试并取得较好的成绩。诗歌，除包玉堂在总结创作道路上的正反两方面的经验之后继续开拓，获得两次全国性的少数民族文学奖，一直踏在较高的水准线上，龙殿宝和常剑钧在诗歌创作上也取得了较好的成绩，获得了广西少数民族文学优秀作品奖。应该说，当代仫佬族文学中，诗歌是取得了领先地位的。潘琦则在散文创作中为当代仫佬族文学史写下了重要的一页。小说方面，年轻的唐海涛的创作引起了比较广泛的注意，他为仫佬族小说献出了像《猎人的子孙》《香岛》这样比较优秀的小说。令人高兴的是像包晓泉、唐海涛这样刚刚开始走向生活的作者也冷静地向文学之路迈进，一些还不太知名的仫佬族作者，也为仫佬族文学的发展在严肃地生活、认真地创作。在人数不太多的那些少数民族当中，仫佬族的文学步子是迈得比较快的一个。

仫佬族作家大都具有强烈的民族感情和民族意识。包玉堂之所以能成为有成就的中国当代少数民族诗人，是因为他的生活道路和创作道路紧紧地和仫佬族人民的命运联系在一起。包玉堂的诗歌真实地反映了仫佬族当代历史的不平坦的进程，记载了仫佬族人民复杂的心灵历程。当仫佬族人民伴随着社会主义新中国诞生而开始走向全新的生活的时候，包玉堂曾经以他年轻而洪亮的歌喉为民族的解放与新生而欢呼歌唱。诗人在这个时候获得了最动人的诗情，为中国当代诗坛献上了《虹》《回音壁》《走坡组诗》等优秀的诗作。那情感来得这样的真挚动人，充满了民族的大我之情。然而当仫佬族人民与共和国一道穿过沼泽地带的时候，包玉堂就不免显得过于年轻过于天真，写下了一些令人遗憾的口号式的诗作。离开仫佬族人民的真实的心音，诗人的作品立刻就变得乏味。新时期的包玉堂重新回到仫佬族人民中间生活，深刻地体验了本民族的感情，从而获得诗的新生。他歌唱新时期仫佬族人民的美好生活，赞颂开放时代仫佬族人民的大海般的胸怀。新时期的包玉堂创作了许多关于海的诗作，我想这是开放时代仫佬族人民宽广胸怀的诗的升华，表现了诗人开阔的民族情怀。包玉堂的歌唱是渗透了民族意识的歌唱。民族意识是包玉堂诗歌创作中最原始最强大最感人的力量。

中国作家协会会员中的两位仫佬族成员，一位是包玉堂，另一位是新近入会的潘琦。潘琦的散文像仫佬山乡那淙淙流淌的山泉，发源于仫佬族人民生活的底层，从作家和他同胞的心间流过，汇入了中国少数民族文学的大海。与那些抒情型的散文相比，潘琦的散文则是通过情节忠实地反映本民族人民的生活，反映仫佬族人民的期待与向往。他以故乡的山水为散文创作的底色，把民族之爱、祖国之情、个人愿望、人民意志，都融入了山光水色的行文之中。在潘琦朴素得近乎返璞归真的散文中深深地隐含着一种浓郁的仫佬人的情感，他的散文集《山泉淙淙》是整个仫佬族民族心路历程的投影。在论及仫佬族作家的民族意识的时候，我们不能忘记另一位仫佬族的歌者、诗人龙殿宝。他一刻也没有忘记对民族的恋情，一刻也没有忘记对民族历史与现实的关注。他以自己心血酿成的《走坡素描》等比较优秀的诗作，为当代仫佬族文学献上了既有民族色彩又有个人风格的重要的一页。诗人把个人的信念，把对民族的全部深情都注入了坡歌式的诗的狂吟之中。他从一个个侧面塑造民族的形象，表现了诗人真诚的民族之爱。唐海涛这位年轻的仫佬族小说家，与他的前辈相比，他在反映时代生活、表现民族意识方面，有着自己不同于前辈的风格。他的《猎人的子孙》等小说，引起过比较广泛的注意。唐海涛的不少小说，虽然没有正面反映仫佬族人民的生活，但不管他走到哪里或者写到哪里，他的心灵中和小说里始终有一个仫佬族的灵魂在跳动。如果我们忽视了这一点，也许我们就不能真正透彻地把握年轻的海涛的小说艺术。他那本即将出版的小说集《远山》将使更多的人发现，仫佬人的魂灵是怎样地渗透在作家的心灵深处。当代仫佬族文学可贵的值得重视的一条经验，就是始终把民族的文学与民族的命运联系在一起，注重表现民族生活和民族精神。这是中国文学中一个已经古老然而又不可忽视的艺术课题。

当代仫佬族文学中另一个极其重要的问题，是仫佬族作家文学与民间文学的关系问题。只要我们的研究不是为了某种哗众取宠的热闹，不是为了把西方文艺学的名词套到仫佬族文学中就了事，只要我们客观地面对当代仫佬族文学的真实的艺术现象，我们的研究就不会忽视仫佬族民间文学对仫佬族作家文学的深刻的影响。应该说三十多年来的仫佬族文学是由民族民间文学逐步过渡到民族作家文学的过程。可以说今天的仫佬族文学基本上是作家文学逐步占据了主导的地位。当代仫佬族作家大多又都是民间文艺家，他们中的多数人都曾经从民族民间文艺那里获得了自己的艺术力量。我们不否认他们中的少数人还停留在对传统的民间艺术的简单的仿效的层次上。但是他们中的大多数都能在民族传统艺术的基础上继承和发展，成绩还是比较好的。代表仫佬族当代文学水平的包玉堂，首先是一位民族的民间歌手，然后才是一位民族的诗人。他的诗歌创作是以民歌的创作起步，他的一些像长诗《虹》这样的作品干脆就是民间文学作品的再创作。包玉堂的诗作带上浓厚的民间歌谣的情韵，在中国当代诗歌中获得了自己的一席位置。其他作家像龙殿宝、潘琦、常剑钧、赖锐民等，都是本民族多姿多彩的民间文艺哺育成长的作家诗人。这是仫佬族当代文学的另一值得重视研究的艺术经验。

我认为，要进一步地发展当代仫佬族文学，应该从仫佬族文学创作和仫佬族文学评论两个方面去做深入的探寻。

从创作方面考察，当我们检阅了当代仫佬族作家的大部分作品后，我们总是感到，仫佬族作家用来透视本民族生活的观念参照与本民族生活自身的生活参照过于一致，这就影响了生活与文学之间应有的那种距离感。这正如一对恋人，当他们热烈拥抱的时候是并不那么清醒的，只有他们拉开一定的距离客观地审视的时候，他们才能冷静深刻地认识对方。在生活中我们很少把走路看成舞蹈，在艺术上我们却很容易把生活的原始记录误以为是艺术。其实走路不是舞蹈，生活也远不是文学。文学应该追求应有的哲学高度，展示属于自己的思维方式。否则我们就很容易把生活表现得很天真，好像没有一丝云片，好像没有一点尘埃。其实仫佬族在向着光明迈进的每一步都面临许多严峻的课题。面对历史，我们的仫佬族作家似乎过于甜美，似乎少一点冷峻的笔墨。只有从历史进步的高度透视民族生活，文学才有希望。任何一个民族的历史进步，都将冲击民族固有的某种传统观念。我们在感情上和道德上过意不去的某些东西，恰恰是民族历史前进所需要的东西。即使在改革开放的今天，我们的作家也应该有冷静的头脑，开放带来的复杂的不纯洁的因素，改革所带来的复杂的矛盾冲突，特别是由此带来的民族中复杂的社会心态，需要我们从哲学的高度在文学作品中表现出来。过分地美化生活与过分地丑化生活，都曾经使文学家们陷入过困惑。

对仫佬族文学的评论研究工作，与创作相比，更为薄弱。仫佬族当代文学迫切地需要批评家们以文学评论的形式参与它的进程。文学事业当然不能靠救济和照顾，但不管是哪一个民族的作家作者在创作的道路上有了一定的成绩，都应得到研究评价和扶植。我们的少数民族文学研究包括当代仫佬族文学的研究，不能停留在作家作品的数量的统计上。我们期待有更多的批评家参与仫佬族当代文学的进程，在期待看到更多的仫佬族作家作品的同时，也期待看到更多的研究仫佬族当代文学的论文和专著。我们特别期待产生更多的仫佬族自己的评论家和理论家。

文明走向的艰难步履

——试论瑶族部分小说的艺术探索

雷猛发

广西的瑶族小说创作是瑶族当代文学的主要部分。据我所知，广西的瑶族小说创作基本上是"文革"后才逐步发展起来的。到现在，不仅有了好几位区内外知名的中青年小说作家，而且也创作出了一批短中长篇小说，作品数量较丰，质量比较高。不少文艺评论家对于瑶族小说的创作成就和民族特色，给予了充分的肯定，许多评论相当中肯。最近我反复拜读了蓝怀昌、莫义明、蓝汉东、唐克雪等瑶族作家的部分中短篇小说，总感觉到在他们为数不少的这部分作品中间，有着某种共同的东西，似乎是一种心声，一种脚步。就我个人所感悟到的即是：瑶族小说中蕴含着一个文明走向的大主题，其要求是强烈的，而步履却是艰难的。这个艰难的步履，尽管轻重不一，时现时隐，却扣动人心，令人久久不能忘怀。我有一种直觉，要了解瑶族这个民族，要评价瑶族小说创作的成败得失，不着重分析这个文明走向的大主题，很可能是一个缺憾。

作品信息

《小说评论》1989 年第 5 期。

一

　　瑶族有着悠久的历史。从"有瑶就有山"的民谚和瑶族自立于中华民族和世界民族之林的现状，可以想象得到，瑶族同胞世世代代经受了多少苦难，进行了多少反抗，而有着何等强大的创造力和旺盛的生命力！为了民族自身的生存和发展，瑶族人民付出了巨大的努力，在旧时代，是向历代反动统治者的一次又一次的反抗；在新时代，是向文明的一次又一次的迈进。

　　解放以后，瑶族和其他兄弟民族一样翻身当了主人；在党和人民政府的领导下，瑶族地区的社会经济文化等方面发生了翻天覆地的变化。但是，毋庸讳言，由于历史的和现实的诸多原因，部分瑶族地区还相当落后。三年困难时期，大山里的波努人只能靠"两把苦麻菜，半竹筒黑豆，一锅水，一抓盐"生活，过着原始般的野人生活（蓝怀昌《密密的甘蔗林》）。许多瑶民没有文化，牛高马大的盘云高为救母亲一命偷挖他人的红薯，只是用一块光石在白石头上画了四十多条杠杠作借条（蓝怀昌《寄马》）；合作化时有的瑶寨用红籽玉米记工分被老鼠偷吃，致使年终分配一塌糊涂（莫义明《瑶山通》）。缺少科学知识，翁凤的岳父买回灯泡，没有电源灯不亮，还责怪灯泡"在柳州你亮当当（堂堂），回来你没发光"（莫义明《瑶山新姑爷》）。迷信思想相当普遍，黎老保把三崽当上了副省长归功于祖宗坟山的保佑（蓝汉东《团圆》）；六太公则把古井干涸、李氏家族的衰落归咎于莫家祖坟断了大松山的龙脉，由此引发了李莫两个家族死伤惨重的械斗（唐克雪《冷太阳》）。此外，还有许多的陈规陋俗束缚着人们的思想和行为，不仅败坏了社会的风气（如娱乐房），在经济上给瑶胞带来难以弥补的损失（如砍牛送葬），而且葬送了许多人特别是青年一代的自由、幸福和美好前程，甚至吞噬了他们宝贵的生命。瑶族不是甘于落后的民族，他们要向文明迈进，就不能不比汉族和其他先进的少数民族付出更大的努力或巨大的代价，步履不能不更为艰难。蓝怀昌《哦，古老的巴地寨》中描写的姑嫂二人代替被砍下头颅的格鲁苏牛，用单薄的肩膀套上沉重的牛轭拉犁，"躬着腰，身子倾斜，步履艰难"的形象，可谓是瑶族同胞向文明迈进的一个形象感人的缩影。

瑶族小说中描写得较多也较为牵动读者心灵的，要数青年一代的恋爱婚姻问题。大概是由于母权制社会的残余影响还是那么根深蒂固，瑶族有一个不成文的规定，即"舅爷大过天"，表妹要嫁给表哥。只此一条，不知演化出多少爱情悲剧。白裤瑶第一个女大学生昵子刚接到入学通知书，被迫嫁给舅爷仔顶债，而她的嫂嫂，那位聪慧美丽的民办教师，为了使小姑冲出旧俗的牢笼，受尽折磨，最后献出了宝贵的生命，那位考上卫生学校善良正直的表哥，为了表妹读上大学，顶住了家庭的压力，娶了一位没有文化的妻子。这位白裤瑶女大学生是幸运的，但嫂嫂和表哥为她做出了最大的牺牲。而她的中学同学、民族班的高材生阿芳，却嫁了比她大十二岁的表哥，被埋葬了青春（蓝怀昌《哦，古老的巴地寨》）。

有的地方，瑶族姑娘在出嫁之前，必须在娱乐节中带回一个英俊的小伙，在娱乐房（即屋旁的独木楼）过上一夜，才会身价百倍，受人器重，否则贱如猪狗，被赶出家门。有抱负的瑶族男青年蒙琳发出了"我们这代人，要改掉那没结婚就先在木楼过夜的旧习惯！"的呼唤，但给他的未婚妻英玉带来灾难，先是被父亲赶出家门，随后被迫许给已有两个娃的舅爷仔做填房，最后她逃出这个旧习俗的黑泥坑，被罪恶的火把追赶，扑向山崖。要不是她急中生智，使了个金蝉脱壳计，恐怕也早成了旧习俗的牺牲品（蓝怀昌《画眉笼里的格鲁花》）。

瑶族同胞向文明迈进，还涉及了婚姻以外的各个方面，也同样付出了巨大的代价。砍牛送葬是瑶家的最高葬礼仪式，连爱情也不会表示的憨厚老实的昵子哥，在妻子累死在牛轭的重压下，才发出了苏醒的呼声："砍牛送葬，把我妻子的性命都葬送了！"失窃是民间常发生的案件，进到了八十年代，有的瑶族地区在处理这些案件时未能通过正常渠道依法办事。全运廷的八分地香草被偷得精光，搜了全扶贵的家，发生了冲突，不听村委主任的劝说，一再坚持要"民办"，不要"官办"，最后按瑶族习俗请寨佬断案。虽然这个寨佬开明能干，案断得令人口服心服，但毕竟是以传统的人治代替现代的法治，失主全运廷也被罚款五百元（莫义明《断案》）。封建迷信在瑶族地区大概也是个普遍的社会现象，信迷信的人多被迷信误。两嫁两死丈夫的寡妇罗秋凤听信了算命先生说她"八字不好，命对铁帚，杀三夫"的鬼话，死了再嫁的心，后来碰上了不怕被"克"的男子盘龙拉了她一把，才不再迷信。但跨过这一步，从迷信到不迷信，却花了七年时间，失却了一个妇女最珍贵的年华（蓝汉东《卖猪广告》）……

瑶族作家对本民族的苦难和由愚昧向文明迈进的艰难有着深切的感受，他们的小说大都写得笔力深沉，动人心魄。作家的心在战栗，人物的心在滴血，读者的心不能不为之震动。

二

在瑶族小说中寻找到文明走向的大主题，并强调这一走向的步履是艰难的，不仅使我们对瑶族生活的现状和发展趋向有个大的把握，而且也给我们带来一个新的视点，使我们对瑶族小说内容的深广蕴含、人物的复杂性格及错综关系，以及小说价值的评价等，会有进一步的或不同的认识。这对于我们准确评价瑶族小说创作的成就是有意义的。

读完瑶族的这一部分小说，给人留下最深的印象是，瑶族的传统观念、习俗和势力还是那么强大，其中虽不乏优良的成分，但那些过时的旧习俗，却简直令人窒息。瑶族地区的这些旧习俗，比起其他民族某些落后地区的经济色彩强烈的旧习俗（如以亲换亲），更为古远，因而也更根深蒂固。瑶族同胞正是在这一背景下，进行社会主义精神文明的建设，其难度当然要比其他先进的兄弟民族要大。瑶族作家以现实主义的勇气正视和写出旧的传统势力的强大，是应该肯定的。更为值得称道的是，他们没有停留在单纯展露旧习俗这一表面层次上，而是用艺术的手段，写出了这些传统习俗存在的某种合理性及其流动变化的形态，同时暗示了过时的旧习俗终归消亡的趋势。这是瑶族作家掌握了历史唯物主义的一个表现。比如，"舅爷大过天"，表妹要先嫁给表哥，这是对母系家族的一种偿还，从"饮水思源"、维系母系家族的利益来讲是天经地义的，但它无视当事人的爱情，不懂得近亲结婚的危害，则是违背历史发展要求的。时代前进了，旧习俗尽管还有着强大的势力，但已不可能一成不变。蓝怀昌的三篇小说写了三个不同类型的表哥。《画眉笼里的格鲁花》的那个表哥死了妻子，英玉的父亲和舅爷要把英玉给他做填房，小说没有正面写到这个表哥，但为了要英玉嫁给他，人们差一点把英玉逼死，这个表哥可看作是旧习俗的代表，或者至少是站在旧习俗一边，心安理得地接受旧习俗带来的好处；《哦，古老的巴地寨》中的表哥，砍牛时是那么凶残，但当人们追赶昵子时，他又保护着昵子，让她外逃去读大学，最后逆来顺受娶了一个不称心的妻子，为了成全表妹的幸福而做出牺牲。这个表哥，既是旧习俗的叛逆者，又是旧习俗的牺牲品；《格鲁花枝上的小米鸟》中的表哥，宽宏大量，又能自责，亲自送表妹凤来与情人哥三成亲，是一个完全超脱旧习俗罗网的无私的强者。三个不同类型的表哥形象，昭示了"舅爷大过天"的习俗正在土崩瓦解。还有，瑶族的最高葬礼砍牛送葬仪式，原本是代替吃人肉的一个文明创举，兼有生者对死者的崇敬悼念的深刻意义，然而后来却发展为破坏农村生产力和加重瑶胞经济负担的一道难关。八十年代的砍牛送葬，渗入了民主（开家庭会讨论砍不砍牛和砍几头牛）和乐民（砍牛场面的民众欢乐）的成分，随后又换来了人的觉醒，一步步走向了它的反面（从砍牛至反砍牛）。《哦，古老的巴地寨》把砍牛葬礼的由来及演化与当代瑶胞的命运密切结合起来，深刻地揭示了瑶族的习俗的本质、归宿和民族心理的复杂、微妙。

从瑶族小说反映的瑶族同胞文明走向的艰难步履中，我们还可以看到瑶族地区社会发展的复杂面貌。在一般人的心目中，瑶族地区的社会生活和人际关系比较单纯，然而经过十年浩劫以及三中全会以后的拨乱反正、改革开放政策的实施之后，中国这个大社会发生了深刻的变化，瑶族地区这个小社会不能不跟着发生变化，而呈现出较为复杂的态势来。过去发现地龙蜂只要打上茅标，保准不会有人去动，而现在，蚂蚁李捡得个空钱包，说"可惜是空的"，见到黄三伯捡来照相机守着还给失主，就说"你不要就给我"，居然贪心到想要他人的财物。他过去饿得浮肿也不吃别人送的玉米，现在却贪得无厌，不能只看成个人道德的堕落，而应看作不良社会风气侵入了瑶族宁静而古老的生活（莫义明《溪边》）。罗秋凤早年也曾是破除封建迷信的积极分子，后来一连死了两个丈夫，也信了命、八字，似乎难逃命的捉弄

（蓝汉东《卖猪广告》）。这其实是外在的旧习俗和社会压力使她不得不这么跳。把视点从这个弱女子转向社会，就可品尝出罗秋凤在迷信上出现反复的社会经济原因，更可感受到文明走向的艰难，对她不能不产生由衷的同情。随着商品经济的发展，瑶族地区经商、办工厂日渐多起来，引起了传统观念和人际关系的一系列变化。还保留着老通宝（茅盾小说《春蚕》中的人物）式传统农民观念的罗源恒老汉一开始对许多新事物，从黄老堡三儿子在农村开了榨糖厂又到城里办五花八门的工厂的所作所为，到自己女儿与人贴得紧紧的恋爱方式，统统看不惯，因为这都同传统的生产方式和传统的生活方式相去太远了。他为看不清变革世界的一些人的面目而怒恨、担心，后来他明白了有关事体的来龙去脉，脸上也挂上了甜蜜的笑纹。小说通过罗源恒老汉的眼来看瑶族地区社会的新变化，再结合他的经历写出过去的社会情状，反映了瑶族地区社会的复杂而深刻的变化。

从以上分析看，瑶族小说在反映瑶族地区传统习俗的演变和社会历史的发展方面，无论对现实的涵盖和对历史的穿透都达到了较高的水准，显出了较为厚实的功力。

以文明走向的艰难步履这一视点观照瑶族这部分小说中的人物，或许不难获得某些新的认识。瑶族文明走向的步履之所以艰难，在于存在着文明与愚昧的冲突，存在着旧传统的阻力。要冲破重重阻力，就需要有人做出牺牲，有人大义灭亲，有人勇敢开拓。瑶族小说中这几个类型的人物格外引人注目，值得特别一说。

（一）牺牲型人物。上面谈到过的白裤瑶第一个女大学生能够冲出旧习俗的牢笼，是因为有她嫂嫂做出了牺牲。这位嫂嫂就是瑶族小说中塑造得最丰满也最感动人的牺牲型人物。她在青春年华闪光的学生时代，曾做过许多改革之梦，憧憬文明的未来，结婚后，当了民办教师，立志做一个播种文化种子的园丁、移风易俗的先锋。她不许小姑昵子未结婚就在娱乐房与男子过夜；为了阻止砍牛，她故意打烂酒坛，被关禁起来；为了让昵子上大学，她被丈夫毒打了一顿，还日夜操劳，累得吐血，倒在沉重的牛轭之下。她用自己坚定的步伐和宝贵的生命，护送昵子上了大学，也使愚昧的巴地人觉醒了，从此不再砍杀耕牛送葬。她在遗书上写道：本来她也知道自己已经不能拉牛轭了，但是，为了打退一种旧习惯势力，她准备流血在战场上。这就是一个战士自觉牺牲的光辉形象。如果没有这样勇于牺牲的战士奋不顾身去战斗，千百年来盘根错节的旧习俗能破除得了吗？还有，昵子的表哥和凤来的表哥，也都做了他们所能做的牺牲。作者在他们身上花的笔墨虽然不多，但都给人留下了较为深刻的印象。

（二）大义灭亲型人物。文明与愚昧的冲突，大多是人民内部的问题，破旧俗立新风，又常常牵涉亲属、邻里的关系，有一个"己不正，焉正人"的难关拦在前进的道路上。那些立志改革旧俗的闯将，常常不得不咬紧牙关，来个大义灭亲的壮举。"陀螺王"刚当上寨委会主任，就有人违反"寨规民约"充当"娅努"（魔公）帮人赶鬼。而这位"娅努"不是别人，正是他父亲！"陀螺王"说服了寨委会的委员们，当众处罚了这位对他恩大如山、情深似海的老父亲：让他退回钱财，置酒一坛，当众检讨，给长者敬酒。生产队的木头丢失了，生产队长金贵查来查去，偷木头的原来是自己的亲生儿子。他训了儿子一顿，要儿子退出该退的钱，监督儿子登门道歉，要儿子当众检讨，开了一个好头（莫义明《寨规》）。破旧俗，立新风，要的不就是金贵这种带头执法的认真劲头吗？

（三）开拓型人物。向文明迈进，除了破旧俗立新风，改革原有的旧习俗之外，还要引入商品经济等新的观念，大力发展生产力，从根本上铲除旧习俗的经济根源。这也需要有人走出深山老林，吸收外来的新鲜空气，开创发展瑶族经济的新局面。老木匠黄老堡三儿子就是这样一个开拓型的人物。他先是在村里开办了榨糖厂，后来不满足了，又邀了一伙布努人进城起工厂，办商业，高薪雇请大城市来的工程师、专家，还搞横向联合、城乡联合，把过去冷冷清清的大山老林弄得热气腾腾，人心向上（蓝怀昌《密密的甘蔗林》）。经济发展了，新观念在瑶胞心里生了根，旧习俗就会被取而代之，文明走向的步履就会不再那么艰难了。那位罗源恒老汉原先看不惯女儿和别人贴得紧紧的恋爱方式，后来也看出了新结论："儿女长大了，由他们怎么相爱就怎么爱吧。"变得开明多了。当然，这又不应忘有黄老三这样一些开拓型人物在前面领路闯关。莫义明的小说还写了两位值得注意的开拓型人物。一位是懂得培植制作香草技术的"癫公"龚文山（《香草妹》），另一位是懂经营会做买卖的黄守信（《瑶山一枝花》）。长期处于封闭状态的瑶族地区，很需要像龚文山、黄守信这种会种养懂经营的人才。这样的人才多了，瑶山经济才发展得快，文明走向的步履才迈得轻松。

上述三个类型的人物，并不是瑶族小说人物的全部，甚至还不能概括尽有益于文明走向的人物群象。从总体上看，瑶族小说中对这三个类型人物的发现和塑造是不平衡的，前两类人物写得较多也较成功，后一类人物在中短篇小说中尚缺乏令人满意的较为丰满的形象。

三

瑶族人民的文明走向步履是艰难的，而瑶族小说家进行艺术探索的步履似乎也并不轻松。李红真把新时期小说的基本主题概括为文明与愚昧的冲突；雷达则把新时期文学的主潮概括为民族灵魂的发现与重铸。瑶族小说家是较为清醒地意识到了这一点的，因而从整体上展现了瑶族社会的文明与愚昧冲突的深远的历史根源和光怪陆离的现实风貌，发现并重铸了一系列生动感人的瑶族新人的形象。然而，脚踏实地的瑶族作家在崎岖的山路上行进，并不是每一步都踩得很稳，有时也难免有踏空或碰歪脚脖的情形。

蓝怀昌是瑶族作家中对文明走向这一大主题最为敏感的作家，正面表现这一主题的作品较多，激情也最丰富。从更高的层次要求看，他的某些小说尚缺乏一种震撼人心的深沉感。这大概与他在处理文明与愚昧的冲突时常用"虚晃一枪"的解决办法有关。逃出家门去上大学的昵子被表哥追赶上了，面临着美好前程毁于一旦的厄运，但表哥不是挡劫她回去结婚，相反护送她到安全之地；英玉深夜被旧习俗的火把穷追不舍，扑向了万丈深渊的山崖，正当人们为她悼念哀伤，她却从天而降，原来她使了个金蝉脱壳计，绝处逢生……这些化险为夷的偶然性事件不是绝对不可能出现，但至少应该少用或慎用，否则可能会冲淡严峻生活的浓度。

　　莫义明长期在瑶族地区生活和工作，年岁稍长于莫怀昌。读他的小说总感到有一种深刻的人生真谛蕴含在里面。也许因为过于写实，个别小说随着时过境迁或换一个角度看，容易挑出毛病来。上面提到的他笔下的两个开拓型人物，写得并不光彩。"癫公"是作为香草妹的反面陪衬人物来写的，他不但疑心生暗鬼，落了个不雅的外号，而且私心太重，生怕别人学去他的技术。但照我看，他有科学头脑，致富有门路，最后也还是同意把生产技术毫无保留地传授出来，这对于瑶族地区生产的发展是大好事，可惜作者的感情天平没有向他倾斜。另一个人物黄守信，更是被当作有"瑶山一支花"称号的蓝新秀的对立面。撇开事件的一切偶然因素，我们看到的黄守信，是一个懂得经营、敢于签订合同、能把瑶山的死宝变活宝的有商品经济头脑和竞争意识的大能人，他的许多观念是崭新的；而他的妻子蓝新秀尽管有勤劳俭朴等传统美德，但不敢要按合同规定该得的钱、有钱不敢花等观念却是陈旧的。退一步说，黄守信在这次推销板材的活动中，由于缺乏经验而有失误，但只要吸取教训，肯定会越干越好。至于他赚了钱，吃肉嫌肥，吃粮嫌粗，这是生活提高了的必然要求，不应苛求。事实上，他的今天正是瑶胞的明天，瑶族同胞中不是有越来越多的人爱吃瘦肉和细粮了吗！云南省有的少数民族世世代代没有人做生意，有的作家在创作中还在把近年来的经商行为当作坏事来写。商品经济是不可逾越的历史范畴。换个角度看，是否应该对黄守信这一类人物重新评价呢？

　　有人说过，文学批评有两个难以超脱的缺陷，一个是批评的个体性，一个是对象的特殊性。我大概也超脱不了这两个缺陷。不过，对于瑶族同胞小说的评论，我可能有片面，却绝无偏见。希望得到瑶族作家和评论家们的指正。